Le Dernier Royaume

DANS LA MÊME COLLECTION

Dolmen, Nicole Jamet et Marie-Anne Le Pezennec.
La Règle de quatre, Ian Caldwell et Dustin Thomasson.
4 Groupes sanguins, 4 régimes, Dr Peter J. D'Adamo.
Défigurée, Rania Al-Baz.
Le sang des anges, Michael Marshall.

Bernard CORNWELL

Le Dernier Royaume

Traduit de l'anglais par Pascal Loubet

Michel LAFON

Titre original :
The Last Kingdom

7-13, boulevard Paul-Émile-Victor - Île de la Jatte
92521 Neuilly-sur-Seine Cedex

Pour Judy, avec tout mon amour

Wyrd bið ful āræd

PROLOGUE

NORTHUMBRIE, 866-867

Mon nom est Uhtred. Je suis le fils d'Uhtred, fils d'Uhtred, dont le père s'appelait aussi Uhtred. Le clerc de mon père, un prêtre du nom de Beocca, l'écrivait Utred. J'ignore si cette version convenait à mon père, car il ne savait ni lire ni écrire, mais parfois je sors de leur coffre de bois les vieux parchemins et j'y vois son nom écrit Uhtred, Utred, Ughtred ou Ootred. Ces parchemins attestent qu'Uhtred, fils d'Uhtred, est le légitime et unique seigneur des terres précisément bornées de pierres et de digues, de chênes et de frênes, par les marais et par la mer. Je rêve de ces terres sauvages, battues par les vagues sous un ciel agité par le vent. Je rêve et je sais qu'un jour je reprendrai ces terres à ceux qui me les ont volées.

Je suis un ealdorman[1], quoique je me fasse appeler comte Uhtred, ce qui revient au même, et ces parchemins à l'encre pâlie sont la preuve de mes possessions. La loi dit que je détiens cette terre et la loi, nous enseigne-t-on, est ce qui fait de nous des hommes devant Dieu et non

1. Premier magistrat du comté, équivalent de *earl*, comte. Earl venant du danois jarl, j'ai utilisé ce dernier terme lorsqu'il s'agissait des Vikings.

des bêtes se vautrant dans la fange. Mais la loi ne m'est d'aucune aide pour recouvrer mon domaine. La loi prône les compromis. La loi estime que l'argent compensera cette perte. La loi, par-dessus tout, craint les querelles sanglantes. Mais je suis Uhtred, fils d'Uhtred, et ceci est l'histoire d'une querelle sanglante. Et c'est l'histoire d'une femme et de son père, un roi.

C'était mon roi. Tout ce que je possède, je le lui dois. La nourriture que je mange, le château où je demeure et les épées de mes hommes : tout cela me vient d'Alfred, mon souverain, qui me détestait.

Cette histoire commence bien avant ma rencontre avec Alfred. J'avais dix ans lorsque j'ai vu les Danes pour la première fois. C'était en l'an 866 et, à cette époque, je ne m'appelais pas Uhtred, mais Osbert, car j'étais le puîné de mon père et seul l'aîné portait ce nom. Mon frère avait alors dix-sept ans, il était grand et robuste, avec les cheveux clairs de notre lignée et le visage chagrin de mon père.

Nous chevauchions le long du rivage, nos faucons au poing. J'étais en compagnie de mon père, de mon oncle, de mon frère et d'une dizaine de nos hommes. C'était l'automne. Les falaises étaient encore couvertes de l'épaisse végétation de l'été, des phoques paressaient sur les rochers et une volée d'oiseaux de mer tournoyait en piaillant dans les airs, trop nombreux pour que nous lâchions nos faucons. Nous avons poussé jusqu'aux laisses de mer qui s'étendent entre nos terres et Lindisfarena, l'île Sacrée, et je me souviens d'avoir contemplé, de l'autre côté de l'eau, les murs effondrés de l'abbaye que les Danes avaient pillée bien avant ma naissance. Les moines étaient revenus l'occuper, mais le monastère n'avait pas retrouvé sa gloire passée.

Dans mon souvenir, c'était une belle journée. Peut-être l'était-elle vraiment. Peut-être pleuvait-il, mais il ne me semble pas. Le soleil brillait, la marée était basse et calme, le monde était heureux. Les serres du faucon s'agrippaient à mon poing au travers du gant de cuir, et sa petite tête capuchonnée tressaillait en entendant crier les oiseaux blancs. Nous avions quitté la forteresse dans la matinée et chevauché vers le nord. Bien qu'armés de rapaces, nous n'étions pas partis dans le but de chasser, mais pour que mon père puisse réfléchir.

Nous gouvernions cette terre. Mon père, l'ealdorman Uhtred, régnait sur toutes les étendues au sud de la Tuede et au nord de la Tine, mais nous avions en Northumbrie un roi nommé Osbert, tout comme moi. Il demeurait au sud, venait rarement dans nos contrées et ne nous causait nul souci. Or, un dénommé Ælla convoitait le trône. Depuis les collines à l'ouest d'Eoferwic, cet ealdorman avait levé une armée défiant Osbert, et avait envoyé à mon père des présents en échange de son appui. Je m'en rends compte à présent, mais le succès de cette rébellion reposait entre les mains de mon père. Je souhaitais qu'il soutienne Osbert, simplement parce que le souverain légitime portait le même nom que moi et, du haut de mes dix ans, je croyais naïvement que tout homme appelé Osbert ne pouvait être que noble, bon et brave. En réalité, Osbert était le dernier des sots, mais c'était le roi, et mon père ne pouvait se résoudre à l'abandonner. Pourtant, Osbert ne lui avait adressé aucun présent ni montré le moindre respect, contrairement à Ælla, et c'est la raison qui incitait mon père à réfléchir. Nous pouvions, d'un jour à l'autre, lever une armée de cent cinquante hommes et, en un mois, en compter quatre cents. Celui que nous choisirions d'épauler deviendrait roi et nous en serait reconnaissant.

Du moins était-ce ce que nous croyions.

C'est alors que je les vis.

Trois navires.

Dans mon souvenir, ils surgirent d'une nappe de brouillard et il en fut peut-être ainsi, mais la mémoire est chose faillible et comme les autres images que je garde de cette journée sont celles d'un ciel clair et limpide, peut-être n'y avait-il pas de brume. Il me semble avoir vu apparaître, venant du sud, trois navires, sur une mer déserte.

Ils étaient splendides. Ils glissaient sans effort sur l'océan et lorsque leurs rames plongeaient dans les vagues, elles paraissaient effleurer l'eau. Leurs proues et leurs poupes incurvées dressées s'ornaient de bêtes mordorées, serpents et dragons, et j'eus l'impression que, en cette journée d'été, les trois navires dansaient sur la mer, mus par le mouvement régulier d'ailes argentées. Le soleil scintillait sur les rames ruisselantes de lumière, puis elles plongeaient dans l'eau, s'enfonçaient, et les embarcations à têtes de monstres s'élançaient sous mes yeux fascinés.

– Les fientes du diable, grommela mon père.

Il n'était pas d'une grande piété, mais il fut assez effrayé en cet instant pour se signer.

– Que le diable les engloutisse ! renchérit mon oncle.

Il s'appelait Ælfric et c'était un homme mince et brun, rusé et réservé.

Les trois navires se dirigeaient vers le nord, leurs voiles carrées repliées le long de leur long mât. Mais ils changèrent de cap lorsque nous tournâmes bride pour retourner vers le sud, le long de la grève sablonneuse. Les crinières de nos chevaux flottaient comme des embruns dans le vent et les faucons alarmés piaillaient. Lorsque nous atteignîmes l'endroit où la falaise effondrée ouvrait une abrupte valleuse, nous regagnâmes l'intérieur des terres et prîmes au galop le chemin qui borde la côte jusqu'à notre forteresse.

Bebbanburg. Bebba avait régné sur notre terre voilà des années et avait laissé son nom à ma demeure, le lieu que je chéris le plus au monde. Le fort se dresse sur une éminence rocheuse qui descend vers la mer. À l'est, les vagues s'abattent sur son rivage et se brisent en gerbes d'écume sur la pointe nord, tandis qu'un bras de mer peu profond sépare à l'ouest la forteresse et les terres. Pour atteindre

Bebbanburg, il faut emprunter la digue, vers le sud ; c'est une longue bande de rochers et de sable gardée par une grande tour de bois, la Porte Basse, qui se dresse au sommet d'une muraille. Chevauchant nos destriers blancs d'écume, nous franchîmes au galop l'arche de la tour, puis les greniers, la forge et les écuries, tous de bois à toits de chaume de seigle, pour rejoindre la Porte Haute qui protégeait le sommet du rocher cerné d'un rempart de pieux ceignant la demeure de mon père. L'ayant atteinte, nous mîmes pied à terre, laissant nos montures et nos faucons à des serviteurs, pour courir jusqu'au parapet oriental et scruter la mer.

Les trois navires étaient à présent proches des îles où nichent les macareux et où dansent les phoques durant l'hiver. Ma belle-mère, alertée par le bruit des sabots, sortit du château pour nous rejoindre sur le rempart.

– Le diable a ouvert ses entrailles, lui dit mon père.

– Dieu et les saints nous protègent, répliqua Gytha en se signant.

Je n'ai jamais connu ma vraie mère, deuxième épouse de mon père, qui, comme la première, était morte en couches. Ainsi, mon frère et moi, qui n'étions en réalité que demi-frères, n'avions point de mère, mais je considérais Gytha comme telle. Le plus souvent, elle se montrait bonne envers moi, bien plus en vérité que mon père qui n'aimait guère les enfants. Gytha voulait que je devienne prêtre. Comme mon frère aîné hériterait des terres et deviendrait un guerrier apte à les protéger, elle m'enjoignait de suivre une autre voie. Elle avait donné à mon père deux fils et une fille qui n'avaient pas survécu au-delà de leur première année.

Les trois navires se rapprochaient. À croire qu'ils étaient venus dans le dessein d'inspecter Bebbanburg ; cela ne nous inquiéta pas, car la forteresse avait la réputation d'être imprenable. Les Danes pouvaient la contempler tout leur soûl. Le premier navire était muni de deux rangées jumelles de douze rames et, alors qu'il croisait à une centaine de brasses du rivage, un homme sauta du bord et courut sur la première rangée, en progressant de l'une à l'autre comme un danseur. Il portait une cotte de mailles et une épée. Nous priâmes tous pour qu'il tombe. En vain. Il avait une longue, très longue chevelure blonde, et lorsqu'il arriva triomphalement au bout de la rangée, il tourna les talons et la parcourut de nouveau en se pavanant.

– Ce navire commerçait à l'embouchure de la Tine voici une semaine, dit mon oncle Ælfric.

– Comment sais-tu cela ?

– Je l'ai vu. Je reconnais la proue à cette trace de couleur claire sur la courbe. (Il cracha.) Mais il ne portait pas de tête de dragon cette fois-là.

– Ils ôtent leurs têtes de monstres lorsqu'ils commercent, remarqua mon père. Qu'achetaient-ils ?

– Ils troquaient des peaux contre du sel et du poisson séché. Ils se disaient marchands originaires d'Haithabu.

– Ces marchands cherchent noise, à présent, dit mon père.

En vérité, les Danes des trois navires nous défiaient en frappant leurs boucliers peints de leurs épées et de leurs lances, mais ils ne pouvaient guère contre Bebbanburg et nous rien contre eux. Cependant, mon père fit hisser la bannière ornée d'une gueule de loup qu'il arborait dans les batailles. Mais comme il n'y avait pas de vent, le pavillon resta inerte et ce signal belliqueux échappa aux païens qui, après un moment, lassés de nous narguer, reprirent leurs postes et ramèrent vers le sud.

– Nous devons prier, dit ma belle-mère.

Gytha était beaucoup plus jeune que mon père. C'était une femme ronde et de petite taille à l'abondante chevelure ; elle révérait saint Cuthbert pour ses nombreux miracles. Dans la chapelle attenante au château, elle conservait un peigne en ivoire dont on racontait que le saint avait usé pour sa barbe. C'était peut-être vrai.

– Il nous faut passer à l'action, gronda mon père en se détournant des remparts. Toi, ordonna-t-il à mon frère aîné Uhtred, prends une douzaine d'hommes et chevauche vers le sud. Surveille les païens, mais ne fais rien de plus, entends-tu ? S'ils accostent sur mes terres, je veux savoir où.

– Oui, père.

– Ne les combats pas, ordonna mon père. Contente-toi de surveiller cette engeance et sois ici avant la tombée de la nuit.

Six autres envoyés partirent alerter la région. Tout homme libre avait le devoir de se battre et mon père rassemblait son armée. Dès le lendemain au soir, il présumait qu'il aurait réuni près de deux cents hommes, certains armés de haches, d'épieux ou de faux, tandis que ceux qui restaient avec nous à Bebbanburg seraient équipés d'épées bien forgées et de lourds boucliers.

– Si nous dépassons en nombre les Danes, me déclara mon père cette nuit-là, ils ne livreront point bataille. Ils sont comme des chiens, ces Danes. Couards au cœur, mais le fait d'être en horde leur donne du courage.

Il faisait nuit et mon frère n'était pas rentré. Personne ne s'en inquiétait outre mesure. Uhtred était un homme capable, bien que parfois imprudent, et sans doute arriverait-il au petit matin. Mon père avait ordonné qu'on allume un fanal au sommet de la Porte Haute, afin de le guider.

Nous nous sentions en sécurité à Bebbanburg, car le fort n'avait jamais cédé aux assauts d'un ennemi. Mon père et mon oncle semblaient préoccupés par le retour des Danes en Northumbrie.

– Ils cherchent des vivres, dit mon père. Ces affamés veulent débarquer, voler du bétail et repartir.

Je me souvins des paroles de mon oncle : les navires étaient à l'embouchure de la Tine et échangeaient des fourrures contre du poisson séché. Comment alors pouvaient-ils être affamés ? Je me tus. J'avais dix ans : que connaissais-je des Danes ?

Je savais que c'étaient des sauvages païens et redoutables. Que depuis deux générations, leurs navires pillaient nos côtes. Je savais que le père Beocca, clerc de mon père et notre prêtre, priait chaque dimanche à la messe pour que nous soit épargnée la furie des Norois, mais je n'avais pas subi leur sauvagerie. Aucun Dane n'était venu sur nos rivages depuis ma naissance, bien que mon père les eût souvent combattus. Ils venaient, disait-il, de terres du Nord où régnaient neiges et brouillards, et adoraient d'anciens dieux, ceux-là même que nous révérions avant que la lumière du Christ ne vienne nous éclairer. Lorsqu'ils étaient arrivés en Northumbrie la première fois, racontait-il, des dragons de feu avaient déchiré le ciel du Nord, d'immenses éclairs avaient déchiqueté les collines et les tourbillons du vent avaient démonté la mer.

– C'est Dieu qui les envoie pour nous punir, murmura timidement Gytha.

– Nous punir de quoi ? demanda mon père avec brusquerie.

– De nos péchés, dit Gytha en se signant.

– Au diable nos péchés ! rugit mon père. Ils sont venus parce qu'ils ont faim.

La piété de ma mère l'irritait et il refusait de renoncer à la bannière à tête de loup qui proclamait que nous descendions de Woden, l'ancien dieu saxon des batailles. Le loup, comme me l'avait dit Ealdwulf le forgeron, était l'une des trois bêtes préférées de Woden, avec l'aigle et le corbeau. Ma mère aurait voulu que notre bannière soit ornée d'une croix, mais mon père était fier de ses ancêtres, bien qu'il parlât rarement de Woden. En dépit de mes dix ans, je comprenais qu'un bon chrétien ne devait pas se vanter d'être le descendant d'un dieu païen, mais cette idée me plaisait. Ealdwulf, le forgeron, m'avait narré les légendes de Woden : comment il avait récompensé notre peuple en lui donnant la terre que nous appelions Anglie, comment il avait jadis jeté une lance de guerre autour de la lune, comment son bouclier pouvait assombrir le ciel à la mi-été et comment il pouvait faucher d'un seul coup de sa grande épée toutes les récoltes du monde entier. Je les préférais aux histoires des miracles de Cuthbert que me racontait ma belle-mère. Les chrétiens, me semblait-il, ne cessaient de pleurnicher, alors que les adorateurs de Woden ne pleuraient guère.

Nous attendions dans le château. C'était – et c'est toujours – une grande bâtisse de bois aux robustes poutres soutenant un toit de chaume, avec une harpe dressée sur une estrade et un âtre au milieu de la vaste pièce. L'entretien de ce grand feu nécessitait chaque jour le concours d'une dizaine de serfs qui traînaient le bois sur la digue et par les portes ; à la fin de l'été, nous édifiions pour nos réserves d'hiver un tas de bois plus haut que la chapelle. Les parties latérales de la salle étaient bordées de plates-formes de bois remplies de terre battue et couvertes de tapis de laine. C'est sur l'une d'elles que nous vivions, bien au-dessus des courants d'air. Les chiens demeuraient sur le sol couvert de paille, là où les hommes de moindre condition mangeaient lors des quatre grands festins annuels.

Ce soir-là, il n'y eut nul festin, juste du pain, du fromage et de l'ale, et mon père attendit mon frère en soliloquant, se demandant si les Danes étaient de nouveau sur le pied de guerre.

– Ils viennent généralement pour piller et se procurer des vivres, précisa-t-il. Mais en certains endroits, ils se sont établis et ont pris possession de terres.

– Tu penses qu'ils veulent les nôtres ? demandai-je.

– Ils sont prêts à s'emparer de n'importe lesquelles, répondit-il, agacé.

Mes questions l'irritaient toujours, mais ce soir il était inquiet et il poursuivit :

– Les leurs ne sont que glace et rocs, et ils vivent sous la menace de géants.

J'aurais aimé en savoir plus sur ces géants, mais il resta à ressasser ses pensées. Nos ancêtres, continua-t-il après un silence, ont pris ce domaine. Ils s'en sont emparés, l'ont façonné et protégé. Nous ne renoncerons pas à ce qu'ils nous ont légué. Ils ont traversé la mer, c'est ici qu'ils se sont battus, qu'ils ont bâti leurs demeures et que leurs restes reposent. Cette terre est la nôtre, mêlée de notre sang et renforcée de nos os. Elle est à nous.

Mon père était en colère, mais il en était souvent ainsi. Il posa sur moi un regard flamboyant, comme s'il se demandait si j'étais assez fort pour défendre cette terre de Northumbrie que nos ancêtres avaient gagnée à la pointe de l'épée et de la lance, au prix du sang et de massacres.

Nous finîmes par nous endormir, moi du moins. Je crois que mon père alla faire les cent pas sur les remparts, mais à l'aube il était de retour dans la grande salle. C'est alors que je fus éveillé par la corne sonnant à la Porte Haute et que je descendis de l'estrade dans les premières lueurs du matin. L'herbe était couverte de rosée, un aigle de mer planait dans le ciel et les chiens de mon père se précipitèrent par la porte du château, répondant à l'appel. Je vis mon père courir jusqu'à la Porte Basse et le suivis, puis me frayai un chemin entre les hommes rassemblés sur le talus de terre pour scruter la digue.

Une dizaine de cavaliers arrivaient du sud et les sabots de leurs chevaux étincelaient de rosée. À leur tête caracolait le cheval de mon frère, un étalon bringé au regard flamboyant, dont l'étrange manière de trotter était reconnaissable entre mille. Mais ce n'était pas mon frère qui le montait. L'homme juché sur la selle avait de longs cheveux couleur d'or pâle qui flottaient comme une crinière. En voyant sa cotte de mailles, le fourreau de son épée pendant à sa ceinture, et une hache jetée sur son épaule, je fus certain qu'il s'agissait de l'homme qui dansait la veille sur les rames. Lorsqu'ils arrivèrent à proximité de la forteresse, l'homme aux longs cheveux fit signe à ses compagnons vêtus de cuir et de laine de faire halte tandis qu'il poursuivait seul son chemin. Il arriva à portée de flèche, arrêta sa monture et leva les yeux vers la porte. Avec une expression moqueuse, il dévisagea les uns après les autres les hommes alignés sur les remparts, puis il s'inclina, jeta quelque chose sur le chemin et tourna bride. Il éperonna le cheval qui partit au galop vers le sud, rejoint par ses compagnons.

Ce qui gisait sur le chemin, c'était la tête de mon frère. On l'apporta à mon père qui la contempla longuement, sans trahir la moindre émotion. Il ne pleura ni ne broncha ni ne se rembrunit : il se contenta de regarder la tête de son aîné, puis il leva les yeux vers moi.

– De ce jour, me dit-il, tu t'appelleras Uhtred.

Et c'est ainsi que je reçus mon nom.

Le père Beocca insista pour me baptiser de nouveau, sans quoi, disait-il, le ciel ignorerait qui j'étais lorsque je m'y présenterais sous le nom d'Uhtred. Je me récriai, mais Gytha insista et mon père se souciait plus de son contentement que du mien. On apporta donc dans la chapelle un tonneau que l'on remplit à moitié d'eau de mer et le père Beocca m'y fit tenir tandis qu'il versait à l'aide d'une louche de l'eau sur mes cheveux.

– Reçois ton serviteur Uhtred, implora-t-il, dans la bienheureuse compagnie des saints et au rang des anges les plus resplendissants.

J'espère que les saints et les anges souffrent moins du froid que je n'en souffris ce jour-là. Après le baptême, Gytha pleura, je ne sais pourquoi. Elle aurait mieux fait de pleurer la mort de mon frère.

Nous apprîmes bientôt ce qui lui était arrivé. Les trois navires danes étaient entrés dans l'estuaire de l'Alne où étaient établis des pêcheurs et leurs familles. Les villageois avaient prudemment fui à l'intérieur des terres, mais quelques-uns étaient restés pour observer l'embouchure depuis une colline boisée. Ils nous rapportèrent que mon frère était arrivé à la nuit tombée, alors que les Vikings mettaient le feu à leurs maisons. On les appelait Vikings lorsqu'ils pillaient, mais Danes ou païens lorsqu'ils venaient commercer – ceux-ci étaient donc des Vikings. Ils étaient descendus en petit nombre, la plupart restant encore sur les navires, et mon frère avait décidé de poursuivre jusqu'aux maisons pour les tuer, mais c'était, bien sûr, un piège. Les Danes avaient vu arriver sa troupe et avaient dissimulé tout un équipage au nord du village. Leurs quarante hommes les avaient pris à revers, et tous tués. Mon père se consola en déclarant que son fils aîné avait dû connaître une mort rapide. Il se trompait : son fils avait vécu assez longtemps pour révéler son identité aux Danes, sans quoi comment ceux-ci auraient-ils pu rapporter sa tête à Bebbanburg ? Les pêcheurs prétendirent qu'ils avaient tenté d'avertir mon frère, mais j'en doutai. Ils disaient cela pour que la tragédie ne puisse leur être imputée. Prévenu ou non, mon frère était mort et les Danes nous avaient ravi treize excellentes lames, autant de bons chevaux, une cotte de mailles, un casque, et à moi mon nom de naissance.

Cela ne s'arrêta pas là. Une semaine après la mort de mon frère, nous fûmes avertis qu'une flotte dane importante avait remonté les rivières pour prendre Eoferwic. Ils avaient remporté la bataille le jour de la Toussaint, ce qui fit pleurer Gytha, car, à ses yeux, cela signifiait que Dieu nous avait abandonnés. Cependant, il y avait une bonne nouvelle : apparemment, celui qui portait encore mon nom, le roi Osbert, avait fait alliance avec son rival, le prétendant Ælla. Ils avaient décidé d'unir leurs forces et de reprendre Eoferwic. Cela semble simple, mais, bien sûr, cela prit du temps. Des messagers sillonnèrent le pays, des conseillers conférèrent, des prêtres prièrent, et c'est seulement à la Noël qu'Osbert et Ælla scellèrent la paix sous serment et convoquèrent les hommes de mon père, qui ne pouvaient prendre la route en plein hiver. Les Danes étaient à Eoferwic et y restèrent jusqu'au début du printemps, quand nous apprîmes que l'armée de Northumbrie allait se rassembler devant la cité. À ma grande joie, mon père décréta que je descendrais avec lui dans le Sud.

– Il est trop jeune, protesta Gytha.

– Il a presque onze ans, répondit mon père. Et il doit apprendre à se battre.

– Il ferait mieux d'apprendre ses leçons, dit-elle.

– Un clerc mort n'est d'aucune utilité à Bebbanburg. Et Uhtred est désormais mon héritier, il doit apprendre à se battre.

Cette nuit-là, il demanda à Beocca de me montrer les parchemins conservés dans la chapelle qui attestaient que nous possédions cette terre. Beocca m'avait appris mon alphabet depuis deux ans, mais j'étais mauvais élève et, à son grand désespoir, je ne compris goutte à ce qui était écrit.

Beocca soupira et m'expliqua.

– Ils décrivent la terre, cette terre que possède ton père, et disent qu'elle est sienne par notre loi et celle de Dieu.

Et un jour ces terres m'appartiendraient, car cette nuit-là mon père dicta un nouveau testament, stipulant qu'à sa mort Bebbanburg reviendrait à son fils Uhtred, que je serais ealdorman et que tous les habitants entre les rivières Tuede et Tine devraient me prêter allégeance.

– Nous étions rois autrefois, me dit-il. Et notre terre s'appelait Bernicie.

Et sur ces mots, il appliqua son sceau dans la cire rouge, y laissant la forme d'une tête de loup.

– Et nous devrions être de nouveau rois, renchérit mon oncle Ælfric.

– Peu importe comment on nous appelle, répondit sèchement mon père, du moment qu'on nous obéit.

Puis il fit jurer Ælfric sur le peigne de saint Cuthbert qu'il respecterait le nouveau testament et me reconnaîtrait comme Uhtred de Bebbanburg. Ælfric jura.

– Nous massacrerons ces Danes comme moutons dans un enclos et nous reviendrons ici chargés de butin et d'honneurs, conclut mon père.

– Si Dieu le veut, dit Ælfric.

Ælfric resterait à Bebbanburg avec trente hommes pour garder la forteresse et protéger les femmes. Il m'offrit des présents : une cotte de cuir qui me protégerait de l'épée et, mieux que tout, un casque qu'Ealdwulf le forgeron avait orné d'un cercle de bronze doré.

– Ainsi, on saura que tu es prince, dit Ælfric.

– Il n'est point prince, rétorqua mon père, mais l'héritier d'un ealdorman.

Bien qu'il ne fût pas heureux des présents que m'avait faits son frère, il m'en offrit deux à son tour : une épée et un cheval. L'épée était vieille, courte, et son fourreau doublé de peau de mouton. Sa garde était massive et difficile à manier, mais cette nuit-là je dormis avec elle sous ma couverture.

Le lendemain matin, alors que ma belle-mère pleurait sur les remparts de la Porte Haute, nous partîmes en guerre sous un ciel bleu et limpide. Deux cent cinquante hommes nous accompagnaient vers le sud, suivant notre bannière à gueule de loup.

C'était en l'an 867. Pour la première fois, je partais en guerre.

Je n'ai jamais cessé depuis.

– Tu ne combattras point avec les autres derrière les boucliers, me recommanda mon père.

– Non, père.

– Seuls les hommes le peuvent. Toi, tu observeras, tu apprendras et tu découvriras que le coup le plus dangereux n'est point porté par l'épée ou la hache que tu peux voir, mais par l'invisible, la lame qui passe entre les boucliers et te mord la cheville.

Il me prodigua bien d'autres conseils tandis que nous chevauchions sur la longue route du Sud. Sur les deux cent cinquante hommes se dirigeant vers Eoferwic, cent vingt étaient à cheval. Ils faisaient partie de la suite de mon père ou étaient de riches fermiers, ceux qui pouvaient s'acheter quelque armure et possédaient boucliers et épées. La plupart n'étaient pas riches, mais ils avaient prêté serment à mon père et pris la route avec des faux, des lances, des crocs, des gaffes et des haches. Certains portaient des arcs, et tous avaient reçu l'ordre d'emporter des vivres pour une semaine. Il s'agissait pour la plupart de pain dur, de fromage plus dur encore et de poisson fumé. Nombre d'entre eux étaient accompagnés de leur femme. Mon père avait ordonné qu'aucune ne vienne dans le Sud, mais il ne les renvoya pas, sachant bien qu'elles nous suivraient quand même et que les hommes se battaient mieux quand leurs épouses ou leurs maîtresses les regardaient. Il était persuadé que ces femmes assisteraient au massacre des Danes. Il prétendait que l'ost de Northumbrie comptait les hommes les plus rudes d'Anglie, bien plus que ces mollassons de Merciens.

– Ta mère était une Mercienne, ajouta-t-il sans plus s'étendre.

Il ne parlait jamais d'elle. Je savais qu'ils n'étaient restés mariés qu'un an, qu'elle était morte en me donnant la vie et qu'elle était fille d'un ealdorman. Pour mon père, c'était comme si elle n'avait jamais existé.

– On fuit les épreuves, dans le Wessex, ironisait-il. (Mais c'était aux Estangles qu'il réservait son plus sévère jugement.) Ils vivent dans des marais, m'avait-il dit un jour, tels des grenouilles.

Nous autres Northumbriens haïssions les Estangles, car ils nous avaient défaits il y a bien longtemps dans une bataille, tuant Ethelfrith, notre roi, époux de la Bebba qui avait donné son nom à notre forteresse. Plus tard, je devais découvrir que, durant l'hiver, les Estangles avaient offert chevaux et abri aux Danes qui avaient pris Eoferwic. Mon père était donc en droit de les mépriser. Ces grenouilles nous avaient trahis.

Le père Beocca nous accompagnait. Mon père ne l'aimait guère, mais il ne voulait point partir en guerre sans un homme de Dieu pour dire les prières. En revanche, Beocca était tout dévoué à mon père, qui l'avait affranchi et lui avait permis d'étudier. Mon père eût-il adoré le diable, Beocca, je crois, aurait fermé les yeux. C'était un jeune homme rasé de près, extraordinairement laid, avec un regard craintif, un nez aplati, des cheveux roux hérissés et une main gauche infirme. Il était également fort savant, ce que je n'appréciais guère à l'époque car il me donnait des leçons. Le pauvre homme avait tout tenté pour m'enseigner l'alphabet, mais je me moquais de ses efforts, préférant encourir le châtiment de mon père plutôt qu'étudier.

Nous suivîmes la voie romaine et traversâmes le grand mur à la Tine pour continuer vers le sud. Les Romains, disait mon père, étaient des géants qui avaient bâti de merveilleux édifices, mais ils étaient retournés à Rome où ils étaient morts. Les seuls survivants étaient des prêtres, mais leurs voies étaient encore là. À mesure que nous descendions vers le sud, d'autres hommes se joignirent à nous, si bien que ce fut une véritable horde qui marcha sur la lande, de part et d'autre de la route aux pavés inégaux. Les hommes dormaient à la belle étoile, tandis que mon père et ses lieutenants couchaient dans des abbayes ou des granges.

Notre bande était totalement désorganisée. Malgré mes dix ans, je le remarquais. Certains avaient apporté de la boisson, d'autres volaient de l'ale ou de l'hydromel dans les villages que nous traversions, et il arrivait souvent qu'ils s'enivrent et s'effondrent sur le bas-côté sans que personne s'en soucie.

– Ils nous rattraperont, assura mon père d'un ton désinvolte.

– Ce n'est pas bien, me dit le père Beocca.

– Qu'est-ce qui n'est pas bien ?

– Il faudrait plus de discipline. J'ai lu les récits des guerres romaines et je sais qu'il faudrait plus de discipline.

– Ils nous rattraperont, répondis-je, en répétant les paroles de mon père.

Cette nuit-là, nous fûmes rejoints par des hommes venus d'un lieu nommé Cetreht où, jadis, nous avions vaincu les Gallois au cours d'une grande bataille. Les nouveaux venus chantaient le combat et racontaient que nous avions abreuvé les corbeaux du sang des étrangers. Cela mit mon père de bonne humeur ; nous étions proches d'Eoferwic et, le lendemain, nous devions retrouver Osbert et Ælla avant, le jour suivant, de nourrir de nouveau les corbeaux. Nous étions assis devant l'un de nos feux allumés dans les champs. Au sud, de l'autre côté de la vaste plaine, je voyais le ciel s'illuminer des innombrables feux indiquant où s'était rassemblé le reste de l'armée de Northumbrie.

– Le corbeau est une créature de Woden, n'est-ce pas ? demandai-je avec inquiétude.

– Qui t'a dit cela ? demanda aigrement mon père.

Je haussai les épaules sans répondre.

– Ealdwulf ? devina-t-il, sachant que le forgeron de Bebbanburg, resté à la forteresse avec Ælfric, était secrètement païen.

– Je l'ai simplement entendu dire, répondis-je, espérant m'en tirer sans prendre de coups. Et je sais que nous descendons de Woden.

– C'est exact, admit mon père. Mais nous avons un nouveau Dieu, dorénavant. (Il fixa d'un œil noir le campement où buvaient les hommes.) Sais-tu qui remporte les batailles, mon garçon ?

– Nous, père.

– L'armée qui est la moins ivre, répondit-il, avant de poursuivre : mais cela aide d'être ivre.

– Pourquoi ?

– Parce que c'est affreux d'être derrière un mur de boucliers, dit-il en contemplant le feu. Je m'y suis trouvé à six reprises, continua-t-il, et j'ai prié chaque fois que ce soit la dernière. Ton frère, lui, aurait adoré cela. Il avait du courage.

Il se tut, but une rasade et se renfrogna.

– L'homme qui a apporté sa tête... Je veux la sienne. Je veux cracher dans les yeux de son cadavre et dresser sa tête sur une pique au-dessus de la Porte Basse.

– Tu l'auras, répondis-je.

Il ricana.

– Qu'en sais-tu ? Je t'ai emmené, mon garçon, parce que tu dois voir une bataille. Parce que nos hommes doivent te voir ici. Mais tu ne combattras point. Tu es comme un jeune chiot qui regarde les vieux molosses tuer un sanglier, mais qui ne mord point. Regarde et apprends sans relâche, et peut-être qu'un jour tu te rendras utile. Mais pour l'instant tu n'es encore qu'un chiot, conclut-il avant de me congédier d'un geste.

Le lendemain, la voie romaine traversa une plaine le long de digues et de fossés, puis nous arrivâmes enfin au lieu où s'étaient établies les armées alliées d'Osbert et Ælla. Au-delà, à peine visible à travers les arbres, s'étendait Eoferwic, la ville occupée par les Danes.

Eoferwic était et demeure la capitale de l'Anglie du Nord. Elle possède une grande abbaye, un archevêque, une forteresse, de hautes murailles et un vaste marché. Elle se trouve le long de la rivière Ouse et les navires peuvent rejoindre Eoferwic depuis la mer, et c'est ainsi que les Danes étaient arrivés. Sachant sans doute que la Northumbrie était affaiblie par une guerre civile et qu'Osbert, le roi lige, était parti à l'ouest affronter son rival Ælla, ils avaient pris la ville en l'absence du roi. La querelle entre Osbert et Ælla couvait depuis des semaines, et Eoferwic grouillait de marchands, venus pour la plupart de l'autre côté de la mer, qui devaient connaître l'âpre rivalité régnant entre les deux hommes. Les Danes étaient passés maîtres dans l'art d'espionner. Les moines chroniqueurs rapportent qu'ils sont venus de nulle part, que leurs navires à proue de dragon surgissaient du bleu du néant, mais c'était rarement le cas. Les équipages vikings attaquaient peut-être sans prévenir, mais les grandes flottes, les flottes de guerre, allaient là où existaient déjà des troubles. Elles se précipitaient sur ces blessures ouvertes et y festoyaient comme des asticots.

Mon père m'emmena aux abords de la ville avec une troupe de cavaliers vêtus de cottes de mailles ou de cuir. Nous aperçûmes l'ennemi sur les remparts. Ceux-ci étaient parfois en pierre – c'était l'œuvre des Romains –, mais la plus grande partie de la ville était défendue par un talus de terre surmonté d'une haute palissade de bois, dont un pan manquait à l'est. Il avait brûlé et nous pouvions discerner ses restes calcinés au sommet du talus de terre où des pieux avaient été apportés pour dresser une nouvelle palissade.

Plus loin s'entremêlaient des toits de chaume, les clochers de bois de trois églises et, sur la rivière, les mâts de la flotte dane. Nos éclaireurs prétendaient que les Danes disposaient de trente-quatre navires, soit une armée d'environ mille hommes. La nôtre était plus importante, proche de quinze cents, mais c'était difficile d'en faire un compte exact. Personne ne semblait la diriger. Nos deux chefs, Osbert et Ælla, campaient à part et, bien qu'ayant officiellement conclu la paix, ils refusaient de communiquer autrement que par messagers interposés. Mon père, le troisième personnage le plus important de l'ost, parlait aussi bien à Osbert qu'à Ælla, mais il ne put les persuader de se rencontrer, encore moins d'établir un plan de campagne. Osbert voulait assiéger la cité et affamer les Danes, tandis qu'Ælla comptait lancer l'attaque. Le rempart était brisé, disait-il, et un assaut permettrait de pénétrer dans le dédale des rues pour y traquer les Danes. J'ignore ce que préférait mon père, car il ne me le confia pas ; mais au bout du compte, la décision ne nous revint pas.

Notre armée ne pouvait attendre. Nous avions apporté des vivres, mais ils furent rapidement épuisés et les hommes devaient aller chaque jour plus loin pour s'en procurer. Certains ne revinrent jamais. Ils étaient simplement retournés chez eux. D'autres affirmaient que leurs fermes avaient besoin d'eux et qu'ils devraient affronter une année de famine s'ils ne rentraient point. Les chefs se réunirent et passèrent toute une journée à se quereller. Osbert y assista, Ælla n'y alla donc point, mais l'un de ses partisans s'y rendit et insinua qu'Osbert rechignait à lancer l'assaut par couardise. C'était probable : Osbert ne répondit pas à cette provocation et proposa d'établir des fortifications en dehors de la ville. D'après lui, trois ou quatre forts prendraient les Danes au piège. Nos meilleurs combattants pouvaient y rester postés, tandis que les autres rentreraient chez eux s'occuper de leurs terres. Un autre proposa de construire sur la rivière une passerelle qui retiendrait la flotte dane et défendit longuement cette idée, alors que j'eus l'impression que tout le monde savait que nous n'avions pas le temps de bâtir un tel pont sur une rivière aussi large.

– Par ailleurs, dit le roi Osbert, nous voulons que les Danes repartent avec leurs navires. Laissons-les retourner en mer. Laissons-les partir et en attaquer d'autres.

Un évêque plaida pour que nous attendions, sous prétexte que l'ealdorman Egbert, seigneur des terres au sud d'Eoferwic, n'était pas encore arrivé avec son armée.

– Pas plus que Ricsig, fit remarquer un prêtre, parlant d'un autre seigneur.

– Il est mal en point, commenta Osbert.

– Il souffre d'un manque de courage, ricana le porte-parole d'Ælla.

– Accordez-leur du temps, suggéra l'évêque. Avec les hommes d'Egbert et de Ricsig, nos troupes seront assez nombreuses pour effrayer les Danes.

Mon père ne dit rien durant l'assemblée, mais il était évident que nombre de ses hommes voulaient qu'il prenne la parole, et son silence me surprit. Cette nuit-là, Beocca m'en expliqua la raison :

– S'il avait dit que nous devions attaquer, les hommes auraient pensé qu'il prenait le parti d'Ælla ; et s'il avait déclaré préférer le siège, on l'aurait tenu pour un partisan d'Osbert.

– Quelle importance ?

Beocca me regarda par-dessus le feu de camp. Du moins l'un de ses yeux me regarda-t-il, tandis que l'autre se perdait dans la nuit.

– Quand les Danes seront battus, dit-il, la querelle d'Osbert et Ælla reprendra. Ton père ne veut point s'en mêler.

– Mais celui qu'il soutiendra remportera la victoire.

– Imagine qu'ils s'entretuent. Qui sera roi, alors ?

Je le regardai, compris et me tus.

– Et qui sera le roi, ensuite ? poursuivit Beocca. (Il tendit le bras vers moi.) Toi. Et un roi doit savoir lire et écrire.

– Un roi, répondis-je avec mépris, peut toujours prendre à son service des hommes sachant lire et écrire.

Le lendemain matin, la décision d'attaquer fut prise, car nous apprîmes que d'autres navires danes étaient arrivés à l'embouchure de la rivière Humber. Cela ne pouvait signifier qu'une chose : l'ennemi allait recevoir des renforts sous quelques jours. Aussi, mon père, qui s'était tu pendant si longtemps, finit par se manifester.

– Nous devons attaquer avant l'arrivée des autres navires, dit-il à Osbert et Ælla.

Ælla, bien sûr, était tout à fait d'accord, et même Osbert comprit que les navires supplémentaires changeaient la donne du tout au tout. En outre, les Danes à l'intérieur de la ville éprouvaient des difficultés avec le nouveau rempart. Nous nous éveillâmes un matin devant une palissade toute neuve, mais le vent puissant qui souffla ce jour-là la fit s'effondrer, ce qui provoqua grande liesse au campement. Les Danes, se réjouissait-on, n'étaient même pas capables de construire un mur.

– Mais ils savent construire des navires, me dit le père Beocca.

– Et alors ?

– Un homme capable de cela, affirma le jeune prêtre, sait généralement construire un mur. Ce n'est pas aussi compliqué qu'un navire.

– Il s'est effondré !

– Peut-être est-ce un fait exprès, continua Beocca.

Je le regardai, interloqué, alors il expliqua :

– Peut-être veulent-ils que nous attaquions à cet endroit.

S'il fit part à mon père de ses soupçons, ce que j'ignore, mon père les balaya sans doute. Il ne se fiait pas à Beocca en matière de stratégie. Le rôle du prêtre était d'encourager Dieu à vaincre les Danes et rien de plus. Pour être juste, il est vrai que Beocca priait ardemment et fréquemment pour que Dieu nous donne la victoire.

Le lendemain de l'effondrement du mur, nous donnâmes à Dieu la possibilité d'exaucer les prières de Beocca.

Nous attaquâmes.

Je ne sais si la totalité des hommes qui se lancèrent à l'assaut d'Eoferwic étaient ivres, mais ils l'auraient été s'il y avait eu assez d'hydromel, d'ale et de vin de bouleau. Ils avaient bu presque toute la nuit et, en m'éveillant, je les trouvai en train de vomir. Les rares qui possédaient, comme mon père, des cottes de mailles, les endossèrent. La plupart portaient des cottes de cuir, et d'autres n'avaient que leur manteau. Les armes furent aiguisées sur des pierres. Les prêtres parcoururent le campement en dispensant leurs bénédictions, tandis que les hommes prêtaient serment de fraternité et de loyauté. Certains s'associaient en promettant de partager équitablement le butin. Quelques-uns avaient le visage livide, et un bon nombre fila par les digues qui traversaient la vaste plaine marécageuse.

Un groupe d'hommes reçut l'ordre de rester au camp pour surveiller les femmes et les chevaux, mais mon père nous ordonna, au père Beocca et à moi, de monter à cheval.

– Tu resteras en selle, me prescrivit-il, et toi, dit-il au prêtre, tu demeureras avec lui.

– Certainement, mon seigneur, répondit le prêtre.

– S'il arrive quoi que ce soit, ajouta mon père sans plus de précisions, retournez à Bebbanburg, fermez la porte et attendez.

– Dieu est avec nous, affirma Beocca.

Mon père avait l'allure d'un guerrier émérite, ce qu'il était, en vérité, même s'il se prétendait trop vieux pour combattre. Sa barbe grisonnante tombait sur sa cotte de mailles, où pendait un crucifix sculpté dans un os de bœuf que lui avait offert Gytha. Son ceinturon était de cuir riveté d'argent, et sa grande épée, Brise-Os, logeait dans un fourreau de cuir orné de bandes de bronze doré. Ses bottes étaient munies de plaques de fer protégeant ses chevilles, me rappelant son conseil pour le mur de boucliers, et son casque était si poli qu'il brillait, tandis que son heaume, avec ses deux trous pour les yeux et sa bouche grimaçante, était incrusté d'argent. Son bouclier rond était de bois de tilleul avec une lourde bosse d'acier, recouvert de cuir et orné d'une tête de loup. L'ealdorman Uhtred partait en guerre.

L'armée fut rassemblée au son du cor. Les chefs s'étaient querellés au sujet de leurs places, mais Beocca m'expliqua qu'un évêque avait réglé la question aux dés et que le roi Osbert attaquerait le flanc droit, Ælla le gauche et mon père le centre. Les trois bannières des chefs se dressèrent à l'appel des cors et les hommes se rassemblèrent derrière. Les troupes personnelles de mon père, ses meilleurs soldats, étaient devant, suivies des bandes des thanes[1]. Ces derniers étaient des hommes importants, seigneurs de vastes terres, et certains possédaient leurs propres forteresses. C'étaient des hommes qui partageaient la table de mon père dans la grande salle des festins, des hommes qu'il fallait surveiller au cas où leur ambition les aurait fait guigner sa place, mais ils se rassemblaient loyalement derrière lui, suivis des ceorls[2], hommes libres de moindre condition. Les hommes combattaient aux côtés de leur famille ou de leurs amis. Il y avait abondance de jeunes garçons dans l'armée, mais j'étais le seul à cheval, le seul qui portât une épée et un casque.

J'aperçus quelques Danes derrière les palissades intactes de part et d'autre de l'ouverture laissée par l'effondrement, là où la plus grande partie de leur armée s'était massée, formant un rempart de boucliers au sommet du talus. Il était haut, d'au moins dix à douze pieds, escarpé et difficile à escalader pour affronter les combattants qui attendaient, mais j'étais certain que nous vaincrions. J'avais dix ans, presque onze.

Les Danes nous invectivaient en hurlant, mais nous étions trop loin pour les entendre. Leurs boucliers, ronds comme les nôtres, étaient peints de jaune, noir, brun et bleu. Nos hommes commencèrent à frapper leurs boucliers de leurs armes, dans un fracas effrayant. C'était la première fois que j'entendais la musique guerrière d'une armée, le bruit retentissant des lances de frêne et des lames d'acier sur le bois des boucliers.

– C'est affreux, gémit Beocca. La guerre, c'est affreux.

Je ne répondis pas. Moi, je trouvais cela glorieux et merveilleux.

– Le mur de boucliers, c'est là que meurent les hommes, continua Beocca avant d'embrasser le crucifix qui pendait sur sa poitrine. Les portes du ciel et de l'enfer

1. Aristocrates.
2. Propriétaires terriens, guerriers libres.

vont voir passer nombre d'âmes avant la fin de cette journée, conclut-il d'un air sombre.

– Les morts ne sont-ils pas emmenés dans une salle de festin ? demandai-je.

Il me regarda avec surprise et sembla choqué.

– Où as-tu entendu dire cela ?

– À Bebbanburg, répondis-je, assez prudent pour ne pas avouer qu'Ealdwulf le forgeron m'avait soufflé ces légendes, tandis que je le regardais battre le fer et le transformer en lames d'épées.

– C'est ce que croient les païens, me réprimanda Beocca. Ils croient que les guerriers morts au combat sont emmenés dans le château de Woden pour festoyer jusqu'à la fin du monde, mais c'est une grave erreur ! Les Danes sont toujours dans l'erreur. Ils révèrent des idoles et nient l'existence du vrai Dieu ; ils ont tort.

– Mais un homme doit mourir l'épée à la main ? insistai-je.

– Je vois que nous devrons t'enseigner le juste catéchisme une fois cette bataille terminée, constata le prêtre d'un ton austère.

Je n'en dis pas plus. Je regardais, essayant de graver le moindre détail de cette journée dans ma mémoire. Le ciel était d'un bleu estival, avec quelques nuages seulement dans le couchant, et le soleil scintillait sur les pointes des lances comme des paillettes de lumière sur la mer en été. Des primevères parsemaient la plaine où était massé l'ost, et un coucou chantait derrière nous dans le bois depuis lequel nous observaient les femmes. Des cygnes voguaient sur la calme rivière, car il y avait peu de vent. La fumée des cheminées d'Eoferwic s'élevait dans le ciel et ce spectacle me rappela qu'il y aurait un festin dans la cité, ce soir, un festin composé de porc rôti et de tout ce que nous trouverions dans les magasins de l'ennemi. Certains de nos hommes, ceux des premières lignes, s'avançaient pour hurler à la face de l'ennemi et le défier de descendre se battre, corps à corps, mais aucun des Danes ne bougea.

Ils se contentaient de nous fixer et d'attendre, leurs lances constituant une haie, leurs boucliers une muraille, et lorsque nos cors retentirent de nouveau, les cris et le fracas cessèrent et notre armée s'élança.

Elle s'avança en désordre. Plus tard, beaucoup plus tard, je devais comprendre la réticence des hommes à se précipiter contre un mur de boucliers, et plus encore un mur juché au sommet d'un abrupt talus de terre. Mais ce jour-là, j'étais impatient que notre armée s'élance et terrasse ces Danes impudents. Beocca dut retenir mon cheval par la bride pour m'empêcher de rejoindre les derniers rangs.

– Nous devons attendre qu'ils brisent leurs défenses, dit-il.

– Mais je veux occire un Dane ! protestai-je.

– Ne sois pas sot, Uhtred, s'emporta Beocca. Si tu essaies de tuer un Dane, ton père n'aura plus de fils. Tu es son seul héritier, désormais ; ton devoir est de vivre.

Je fis donc mon devoir et restai en arrière, tandis que, trop lentement, notre armée rassemblait son courage et s'avançait vers la cité. La rivière était sur notre gauche, notre campement désert sur la droite, et l'alléchante ouverture dans les murailles de la ville devant nous. C'est là que les Danes patientaient en silence, derrière leurs boucliers côte à côte.

– Les plus braves iront les premiers, me dit Beocca. Et ton père sera de ceux-là. Ils feront un coin, ce que les auteurs latins nomment une *porcinum capet*. Sais-tu ce que cela signifie ?

– Non.

Et je m'en moquais bien.

– Une tête de porc. C'est comme la défense d'un sanglier. Les plus braves avancent les premiers et, s'ils rompent la ligne, les autres les suivent.

Beocca disait vrai. Trois coins se formèrent en première ligne, chacun issu des troupes d'Osbert, d'Ælla et de mon père. Les hommes se tenaient les uns contre les autres, leurs boucliers serrés comme ceux des Danes, tandis que ceux des hommes qui les suivaient les protégeaient, constituant une sorte de toit. Puis, lorsqu'ils furent prêts, tous poussèrent une clameur et s'avancèrent. Ils ne couraient pas. Je pensais qu'ils le feraient, mais le coin ne peut demeurer en place si les hommes courent. Le coin est une stratégie de guerre lente, assez lente pour que les hommes qui s'y trouvent aient le temps de s'inquiéter, de s'interroger sur la force de l'ennemi et de redouter que le reste de l'armée ne suive pas. Mais les autres les soutinrent. Les trois coins n'avaient pas fait vingt pas que toute l'armée s'avança à son tour.

– Je veux m'approcher, suppliai-je.

– Tu attendras, rétorqua Beocca.

À présent, j'entendais les cris, des cris de défi, des cris qui donnent du courage, puis les archers de la ville bandèrent leurs arcs et je vis scintiller les plumes des flèches qui criblaient les trois coins. Un instant plus tard, leurs lances s'abattirent sur les boucliers levés. À mon grand étonnement, il me sembla qu'aucun de nos hommes n'était touché, mais je vis les boucliers hérissés de flèches et de lances comme des porcs-épics, et les trois coins continuer d'avancer. C'était au tour de nos archers de tirer sur les Danes, et quelques-uns de nos hommes sortirent des rangs derrière les coins pour lancer leurs javelles sur le mur de boucliers de l'ennemi.

– Ce ne sera plus long, murmura Beocca d'un ton inquiet.

Il se signa et commença à prier en silence, tandis que sa main gauche infirme tressaillait.

J'observais le coin de mon père, le coin central, celui où se dressait la bannière à tête de loup, et je vis les boucliers rapprochés disparaître dans le fossé creusé au pied du talus. Je sus que mon père était en grand danger et je le pressai de vaincre, de tuer et de donner au nom d'Uhtred de Bebbanburg encore plus de gloire, puis je vis les boucliers ressortir du fossé et, telle une bête monstrueuse, gravir le flanc du talus.

– Leur avantage, dit Beocca du ton patient qu'il prenait lors de mes leçons, c'est que les pieds de l'ennemi font des cibles faciles quand on s'approche par en dessous.

Je pense qu'il tentait de se rassurer, mais je le crus cependant et il devait avoir raison, car la formation de mon père, première sur le talus, paraissait indemne lorsqu'elle arriva devant le mur de boucliers des Danes. Je ne voyais rien d'autre que les éclairs des épées qui tourbillonnaient et j'entendais le fracas du fer sur le bois, du fer sur le fer. Pourtant, le coin continuait à progresser. Telle la défense aiguisée d'un sanglier, il avait percé le mur des Danes et poursuivait son chemin. Bien que l'ennemi se soit replié sur eux, il semblait que nos hommes gagnaient, car ils avançaient toujours, et les soldats qui les suivaient avaient dû sentir que l'ealdorman Uhtred leur avait apporté la victoire, car ils poussèrent soudain une clameur et se précipitèrent pour seconder leur avant-garde.

– Dieu soit loué, dit Beocca en voyant fuir les Danes.

Un instant plus tôt, ils formaient une épaisse muraille de boucliers hérissée d'armes, et à présent ils disparaissaient dans la ville tandis que notre armée, soutenue par ceux dont la vie avait été épargnée, se précipitait à leur poursuite.

Les Danes avaient disparu. Le talus était envahi par nos troupes qui s'engouffraient par l'ouverture et se déversaient dans les rues. Les trois bannières, celle de mon père avec sa tête de loup, celle d'Ælla avec sa hache, celle d'Osbert avec sa croix, flottaient sur Eoferwic. J'entendais des hommes pousser des vivats et j'éperonnai mon cheval, qui échappa à Beocca.

– Reviens ! cria-t-il en me suivant sans chercher à me retenir.

Nous avions gagné, Dieu nous avait octroyé la victoire et je voulais m'approcher pour sentir l'odeur du carnage.

Ni le prêtre ni moi ne pûmes pénétrer dans la cité car l'ouverture était envahie par nos hommes, mais je talonnai de nouveau ma monture et elle força son chemin dans la cohue. Certains soldats protestèrent mais, voyant le cercle de bronze doré sur mon casque et comprenant que j'étais de noble naissance, ils s'efforcèrent de m'aider à avancer, tandis que Beocca, retenu à l'arrière par la foule, me criait de ne pas m'éloigner de lui.

– Rattrape-moi ! lui lançai-je.

Il cria de nouveau, mais cette fois sa voix était empreinte de terreur. Je me retournai et distinguai des Danes débouchant sur la plaine. Sans doute cette horde avait-elle quitté la ville par la porte nord pour couper notre retraite, et ils devaient savoir que nous allions ressortir, car ils semblaient finalement capables de construire des murs : c'était dans la ville qu'ils les avaient bâtis, puis ils avaient feint de détaler des remparts afin de nous entraîner dans un carnage. Leur piège se refermait sur nous. Certains des Danes qui sortaient de la ville étaient à cheval, la plupart étaient à pied, et Beocca fut pris de panique. C'était compréhensible : les Danes aiment massacrer les prêtres chrétiens. Ne voulant pas finir en martyr, Beocca tourna bride et éperonna son cheval qui partit au galop le long de la rivière. Les Danes, qui n'avaient cure du destin d'un seul homme alors que tant d'autres étaient à leur merci, le laissèrent s'enfuir.

Il est vrai que, dans la plupart des armées, les plus timorés et ceux qui ont les armes les moins meurtrières demeurent en retrait. Les braves s'élancent en première ligne, les faibles cherchent à rester à l'arrière, et l'ennemi qui peut atteindre l'arrière sait qu'il fera un massacre.

Je suis aujourd'hui un vieillard et mon destin m'a conduit à voir la panique s'emparer de bien des armées. Cette panique est pire que la terreur du mouton pris au piège d'un ravin et assailli par les loups, plus désespérée que celle du saumon qui se tortille dans le filet qu'on soulève. En l'entendant, le ciel doit en être déchiré, mais pour les Danes, ce jour-là, c'était le doux bruit de la victoire, et pour nous, celui de la mort.

Je tentai de m'échapper. Dieu sait que, moi aussi, j'étais saisi de panique. J'avais vu Beocca se précipiter derrière les saules du bord de la rivière et je tentai de faire tourner bride à ma jument. Cependant, l'un de nos hommes voulut s'en emparer ; j'eus la présence d'esprit de dégainer mon épée et de le frapper à l'aveuglette tout en éperonnant ma monture. Je ne réussis qu'à quitter la cohue pour me jeter dans les bras des Danes. Tout autour de moi, des hommes criaient tandis que les haches et épées danes tourbillonnaient et tranchaient. L'œuvre de la mort, le festin sanglant, le chant de l'épée, comme ils disent. Peut-être fus-je sauvé pendant un instant, car j'étais le seul de notre armée qui fût à cheval. Comme plusieurs Danes l'étaient eux aussi, il est probable qu'ils me prirent pour l'un des leurs, mais l'un d'eux m'appela dans une langue que j'ignorais. Je levai les yeux et le vis tête nue, avec ses longs cheveux clairs, sa cotte de mailles couleur d'argent et le large sourire qui tordait son visage dément, et je reconnus l'assassin de mon frère. Sot que j'étais, je lui répondis d'un cri. Derrière le Dane aux longs cheveux, se tenait le porteur d'un insigne représentant l'aile d'un aigle. J'avais les yeux brouillés par les larmes, mais la folie de la bataille me gagna, car, malgré ma panique, je fondis sur le Dane aux longs cheveux et lui portai un coup de mon épée. Il l'esquiva de la sienne et ma piètre lame se courba comme l'arête d'un hareng. Aussitôt, il s'apprêta à me porter le coup de grâce, mais, voyant mes armes lamentables, il éclata de rire. Excédé, je l'attaquai de nouveau de mon épée dérisoire et il continua à rire, puis il se pencha, s'empara de ma lame et la jeta au loin. Il me cueillit sur ma selle tandis que je criais et le frappais ; il trouva cela fort amusant, me coucha à plat ventre devant lui en travers de sa selle et s'élança d'un coup d'éperon poursuivre le massacre.

Et c'est ainsi que je connus Ragnar, Ragnar l'Intrépide, l'assassin de mon frère, l'homme dont la tête devait orner une pique sur les remparts de Bebbanburg : le jarl Ragnar.

PREMIÈRE PARTIE

Une enfance païenne

Chapitre 1

Les Danes avaient fait preuve de ruse, ce jour-là. Ils avaient bâti de nouveaux murs dans la ville, attiré nos hommes dans les rues, les avaient pris au piège, acculés et massacrés. Ils n'avaient pas tué tout l'ost de Northumbrie, car même les plus féroces guerriers se lassent des boucheries et, par ailleurs, les Danes tiraient grand profit de l'esclavage. La plupart des captifs d'Anglie étaient vendus à des fermiers des sauvages îles du Nord, ou d'Irlande, ou envoyés par-delà les mers jusqu'aux îles danes, mais certains, appris-je, étaient emmenés dans les grands marchés d'esclaves en Franquie et quelques-uns dans le Sud, en une contrée qui ne connaissait point d'hiver et où des hommes au visage couleur de bois brûlé payaient fort cher pour des hommes et plus encore pour des jeunes femmes.

Mais ils en tuèrent beaucoup. Ils tuèrent Ælla et Osbert, et aussi mon père. Ælla et mon père eurent de la chance, car ils moururent l'épée à la main. Il n'en alla pas de même pour Osbert qui fut capturé et torturé durant la nuit, tandis que les Danes festoyaient dans la cité qui empestait le sang. Certains des vainqueurs gardaient les murs, d'autres fêtaient l'événement dans les maisons, mais la plupart se rassemblèrent dans le château du roi vaincu de Northumbrie, où Ragnar m'emmena, à mon grand étonnement : je m'attendais à être tué ou, au mieux, vendu comme esclave. Or Ragnar me fit asseoir avec ses hommes et déposa devant moi une cuisse d'oie, une demi-miche de pain et une chope d'ale, puis il me gratifia d'une petite tape affectueuse sur la tête.

Au début, les autres Danes m'ignorèrent. Ils étaient trop occupés à se saouler et à encourager les bagarres qui se déclenchèrent quand ils furent ivres, mais les acclamations les plus bruyantes s'élevèrent lorsque Osbert, captif, fut forcé de combattre un jeune guerrier qui maniait l'épée avec une extraordinaire dextérité. Il sautilla autour du roi, puis il lui trancha la main gauche avant de lui fendre le ventre de sa lame acérée ; comme Osbert était un homme corpulent, ses tripes en jaillirent comme des anguilles échappées d'un sac. À cette vue, quelques Danes s'esclaffèrent à en perdre connaissance. Le roi mit longtemps à mourir et, tandis qu'il suppliait qu'on l'achève, les Danes crucifièrent un prêtre. Notre religion les intriguait et leur répugnait, et leur colère fut à son comble lorsque le prêtre libéra ses mains clouées. Certains prétendirent qu'il était impossible de tuer un homme ainsi et ils se disputèrent d'une voix pâteuse. Après quoi ils tentèrent de clouer le prêtre une seconde fois sur les piliers du château, jusqu'au moment où, lassé, l'un de leurs guerriers lui planta sa lance en pleine poitrine, lui fracassant les côtes et lui perçant le cœur.

Après la mort du prêtre, une poignée d'hommes se tourna vers moi et, comme ils m'avaient vu coiffé d'un casque cerclé de bronze doré, ils comprirent que j'étais fils de roi et me firent revêtir une tunique. Puis, alors qu'un homme grimpait sur la table pour pisser sur moi, Ragnar fendit la foule. Il m'arracha la tunique et harangua ses hommes. Je ne sais ce qu'il leur dit, mais ses paroles les arrêtèrent. Ragnar me prit alors par l'épaule et m'emmena jusqu'à une estrade sur le côté de la salle en me faisant signe d'y monter. Un vieil homme y était assis, à l'écart. Ses yeux aveugles étaient d'un blanc laiteux, et son visage creusé de rides encadré de cheveux aussi longs que ceux de Ragnar. Il m'entendit monter et posa une question à laquelle Ragnar répondit avant de me laisser avec lui.

– Tu dois avoir faim, mon garçon, murmura le vieillard dans ma langue.

Je ne répondis pas, terrifié par ses yeux morts.

– Où es-tu donc passé ? demanda-t-il. Les elfes t'ont-ils emporté dans les entrailles de la terre ?

– J'ai faim, avouai-je.

– Tu es donc encore là, dit-il. Voici du porc, du pain, du fromage et de l'ale. Dis-moi quel est ton nom.

Je faillis répondre Osbert, mais je me rappelai que j'étais Uhtred.

– Uhtred, répondis-je.

– Un nom bien laid, dit le vieil homme. Cependant, mon fils m'a demandé de m'occuper de toi. Aussi le ferai-je, mais tu devras en faire autant. Me trancheras-tu un peu de porc ?

– Ton fils ? m'étonnai-je.

– Lejarl Ragnar, dit-il. Parfois surnommé Ragnar l'Intrépide. Qui étaient-ils en train de tuer ?

– Le roi, dis-je. Et un prêtre.

– Quel roi ?

– Osbert.

– A-t-il eu une belle mort ?

– Non.

– Dans ce cas, il n'aurait pas dû être roi.

– Es-tu roi ? demandai-je.

Il se mit à rire.

– Je suis Ravn. Jadis, j'étais jarl et guerrier, mais à présent, je suis aveugle et ne sers à rien. Ils devraient me donner un coup de massue sur la tête et m'expédier dans l'autre monde. (Je ne sus que répondre.) Mais j'essaie de me rendre utile, continua Ravn en cherchant le pain à tâtons. Je parle ta langue et la langue des Bretons, comme celle des Sorbes ainsi que celles des Frisons et des Francs.

La langue est désormais mon métier, mon garçon, car je suis devenu un scalde.

– Un scalde ?

– Tu dirais sans doute un conteur, un poète, un faiseur de rêves, un homme qui tisse de la gloire avec rien et t'éblouit par son ouvrage. Il m'incombe maintenant de narrer cette journée d'une manière qu'aucun homme n'oublie jamais nos hauts faits.

– Mais si tu ne peux voir ce qui s'est passé, répondis-je, comment peux-tu le raconter ?

Ravn se mit à rire.

– As-tu entendu parler d'Odin ? Dans ce cas, tu devrais savoir qu'Odin a sacrifié l'un de ses yeux en échange du don de poésie. Alors je suis peut-être deux fois meilleur qu'Odin comme poète, ne crois-tu pas ?

– Je descends de Woden.

– Vraiment ? (Il sembla impressionné, mais peut-être voulait-il simplement se montrer aimable.) Alors qui es-tu, Uhtred, descendant du grand Odin ?

– Je suis l'ealdorman de Bebbanburg, répondis-je.

Cela me rappela que j'avais perdu mon père et, à ma grande honte, je fondis en larmes. Ravn ne prêta pas attention à moi tandis qu'il écoutait les vociférations et les chants des ivrognes et les piaillements des filles capturées dans notre camp qui offraient aux guerriers la récompense de leur victoire. Ce spectacle grotesque chassa mon chagrin, car, en vérité, je n'avais encore rien vu de tel, même si, grâce à Dieu, je devais durant les années qui suivraient, connaître moi-même de telles récompenses.

– Bebbanburg ? répéta Ravn. J'y suis allé bien avant ta naissance. Il y a vingt ans.

– À Bebbanburg ?

– Pas dans la forteresse, concéda-t-il. Elle était imprenable. Mais j'étais au nord, sur l'île où prient les moines. J'ai tué six hommes, là-bas. Pas des moines. Des vrais hommes. Des guerriers. (Il sourit à ce souvenir.) À présent, ealdorman Uhtred de Bebbanburg, raconte-moi ce qui se passe.

Je devins donc ses yeux et lui décrivis les hommes qui dansaient, ceux qui arrachaient leurs vêtements aux femmes et ce qu'ils leur faisaient, mais Ravn ne s'intéressait pas à cela.

– Que font Ivar et Ubba ? demanda-t-il.

– Ivar et Ubba ?

– Ils doivent être sur la plus haute estrade. Ubba est le plus petit et il ressemble à un tonneau avec une barbe, et Ivar est si maigre qu'on l'appelle « Sans-Os ». On pourrait s'en servir comme d'une flèche tant il est fin.

J'appris plus tard qu'Ivar et Ubba étaient les deux aînés de trois frères et les chefs de l'armée dane. Ubba dormait, sa tête couronnée de cheveux noirs enfouie dans ses bras posés dans les reliefs de son repas. Ivar le Sans-Os, lui, était éveillé. Il avait des yeux enfoncés dans leurs orbites, un visage squelettique, des cheveux jaunes tirés en arrière et une expression de méchanceté boudeuse. Ses bras étaient couverts de ces bracelets d'or qu'aiment à porter les Danes en témoignage de leurs prouesses dans la bataille et une chaîne d'or pendait à son cou. Deux hommes lui parlaient. L'un, debout derrière lui, semblait chuchoter à son oreille, tandis que l'autre, l'air soucieux, était assis entre les deux frères. Je décrivis tout cela à Ravn, qui voulut savoir à quoi ressemblait l'homme inquiet assis entre Ivar et Ubba.

– Il ne porte point de bracelets, mais un collier au cou. Des cheveux bruns, une longue barbe, et il semble fort âgé.

– Tout le monde paraît vieux aux yeux des jeunes, soupira Ravn. Ce doit être le roi Egbert.

– Le roi Egbert ?

Je n'avais jamais entendu parler d'un tel personnage.

– Il était ealdorman Egbert, expliqua Ravn, mais il a fait la paix avec nous durant l'hiver et nous l'avons récompensé en le proclamant roi de Northumbrie. Il est roi, mais c'est nous qui sommes les seigneurs de ce pays.

Il gloussa et, si jeune que j'étais, je compris la trahison. L'ealdorman Egbert possédait des terres au sud de notre royaume et était là-bas ce que mon père était au nord : un homme puissant. À présent, il avait titre de roi, mais il était évident qu'on lui laissait la bride sur le cou.

– Si jamais tu dois vivre, dit Ravn, il serait sage d'aller rendre hommage à Egbert.

– Vivre ? répétai-je en balbutiant.

Ayant réchappé de la bataille, j'imaginais que je serais épargné, bien sûr. J'étais un enfant, mais les paroles de Ravn me ramenèrent brusquement à la réalité. Je n'aurais jamais dû avouer mon rang, me reprochai-je. Mieux valait vivre comme esclave que mourir en ealdorman.

– Je pense que tu vivras, me dit Ravn. Ragnar t'aime bien et Ragnar obtient ce qu'il désire. Il parait que tu l'as attaqué ?

– Oui, c'est vrai.

– Cela lui a plu. Un petit garçon qui attaque le jarl Ragnar ? Ce doit être un sacré petit, hein ? Trop bon pour qu'on le perde, m'a-t-il dit. Somme toute, mon fils a hélas un côté sentimental. Moi, je t'aurais tranché la tête, mais puisque tu es là et bien vivant, je crois qu'il serait sage d'aller t'incliner devant Egbert.

En me remémorant cette lointaine nuit, je pense à présent que j'ai probablement changé le cours des choses. Il y avait un festin, Ivar et Ubba étaient là, Egbert s'efforçait de ressembler à un roi, Ravn se montrait bienveillant à mon endroit, mais je suis certain que j'étais bien plus désorienté et effrayé que je ne le paraissais. Pourtant, à bien d'autres égards, mes souvenirs de ce festin sont très précis. Regarde et apprends, m'avait dit mon père. Ravn m'avait fait regarder, et j'avais appris. Appris la trahison, lorsque Ragnar, appelé par Ravn, me prit par le collet et me mena à la haute estrade où, après qu'Ivar m'y eut convié, je m'approchai de la table. Je répétai alors la leçon que Ravn m'avait soufflée :

– Seigneur roi, bredouillai-je d'une voix étranglée avant de m'agenouiller, si bien qu'Egbert, surpris, dut se pencher pour me voir, je suis Uhtred de Bebbanburg. Et je demande la protection de Votre Seigneurie.

Un silence s'installa, troublé seulement par le murmure de l'interprète qui traduisait mes paroles à Ivar. Puis Ubba se réveilla, sembla un instant interloqué, comme s'il ne savait où il se trouvait. Il me fixa et je fus parcouru d'un frisson, car je n'avais jamais vu visage plus malveillant. Ses yeux noirs étaient emplis de haine et j'aurais voulu disparaître dans un trou. Il ne dit mot et se contenta de me regarder tout en caressant l'amulette en forme de marteau qu'il portait au cou. Ubba avait le visage maigre de son frère mais, au lieu de ses cheveux blonds ramenés en arrière, il était affublé d'une tignasse noire et d'une épaisse barbe parsemée de miettes. Quand il bâilla, j'eus l'impression de contempler la gueule d'un monstre. L'interprète chuchota à Ivar qui répondit quelque chose, et l'homme s'adressa enfin à Egbert qui tenta de prendre un air sévère.

– Ton père, me dit-il, a choisi de nous combattre.

– Et il est mort, répondis-je, les larmes aux yeux.

Je voulus poursuivre, mais rien ne vint et je me mis à pleurnicher comme un bébé. Le mépris d'Ubba me brûla comme un feu cuisant. Je me cachai le nez dans mes mains.

– Nous déciderons de ton sort, dit Egbert d'un ton majestueux avant de me congédier.

Je retournai auprès de Ravn, qui insista pour connaître les détails et sourit quand je lui décrivis l'air cruel d'Ubba.

– C'est un homme à l'aspect effrayant, concéda-t-il. Je tiens pour certain qu'il a tué seize hommes en combat singulier, et des dizaines d'autres à la bataille, mais seulement lorsque les augures sont favorables. Sinon, il refuse de se battre.

– Les augures ?

– Ubba est fort superstitieux, précisa Ravn, mais il peut être dangereux. Jeune Uhtred, ne te bats jamais contre Ubba, jamais. Même Ragnar redouterait de le faire et mon fils n'est pas un couard.

– Et Ivar ? demandai-je. Ton fils le combattrait-il ?

– Celui qui n'a pas d'os ? Il est trop redoutable, répondit-il après réflexion. Il n'a nulle pitié, mais il a du jugement. Par ailleurs, Ragnar et Ivar sont amis, aussi ne se battent-ils pas. Mais Ubba ? Seuls les dieux lui dictent sa conduite et il faut prendre garde aux hommes qui ne reçoivent d'ordres que des dieux. Coupe-moi un peu de couenne, mon garçon. J'aime particulièrement la couenne de porc.

Je ne me rappelle pas combien de temps je demeurai à Eoferwic. Je fus mis au travail, cela je m'en souviens. Mes beaux vêtements me furent enlevés et donnés à quelque jeune Dane, et je reçus à la place une tunique de laine élimée et mangée par les mites, que je maintins à l'aide d'un morceau de corde. Je préparai les repas de Ravn pendant quelques jours. Puis les autres navires danes arrivèrent ; ils n'abritaient que des femmes et des enfants : c'étaient les familles de l'armée victorieuse, et je compris alors que ces Danes étaient venus s'installer en Northumbrie. L'épouse de Ravn arriva. C'était une maîtresse femme nommée Gudrun, avec un rire à assommer un bœuf. Elle me chassa loin des feux, qu'elle ravivait en compagnie de l'épouse de Ragnar, qui s'appelait Sigrid et dont les cheveux mordorés lui descendaient jusqu'aux reins. Ragnar et elle avaient deux fils et une fille. Sigrid avait donné naissance à huit enfants, dont seuls trois avaient vécu. Rorik, le puîné, avait un an de moins que moi et, le jour de notre rencontre, il me provoqua et m'assaillit de coups de pieds et de poings, mais je le renversai ; je m'apprêtais à l'étrangler lorsque Ragnar nous releva, cogna nos crânes l'un contre l'autre et nous ordonna d'être amis. L'aîné de Ragnar, qui portait le même nom que son père, avait dix-huit ans. C'était déjà un homme et je ne le vis pas à cette occasion, car il était en Irlande où il apprenait à se battre et à tuer pour devenir jarl à son tour.

Comme tous les autres enfants, les corvées me tenaient occupé. Il y avait toujours du bois et de l'eau à aller chercher et je passai deux jours à brûler les algues de la coque d'un bateau échoué. Cela me plut, même si je dus me battre à une dizaine de reprises avec de jeunes Danes tous plus grands que moi et que j'eus droit à un œil au beurre noir, des doigts écorchés, des poignets foulés et des dents déchaussées. Mon pire ennemi était un nommé Sven, de deux ans mon aîné et fort robuste pour son âge. Il avait le visage rond, le regard vide, l'air hébété et un méchant caractère. C'était le fils d'un des capitaines de Ragnar, qui s'appelait Kjartan. Ragnar possédait trois navires : il en commandait un, Kjartan le deuxième et Egil, un homme de haute taille au visage buriné, le troisième. Le fils de Kjartan me détesta d'emblée. Il me traitait de vermine anglaise, d'étron de chèvre et d'haleine de chien ; comme il était plus âgé et plus grand, il pouvait me battre assez facilement. Mais je me fis aussi des amis et, par bonheur, Sven détestait presque autant Rorik que moi. Tous les deux, nous pouvions lui faire mordre la poussière et bientôt Sven m'évita, sauf quand il était sûr de me trouver seul. Aussi, en dépit de sa présence, ce fut un bel été. Je n'avais jamais assez de nourriture pour me rassasier, j'étais toujours sale, mais Ragnar me faisait rire et j'étais rarement malheureux.

Ragnar s'absenta souvent : une grande partie de l'armée dane passa l'été à sillonner la Northumbrie pour mater les dernières poches de résistance, mais les rares nouvelles que je récoltai ne me donnèrent aucune information sur le sort de Bebbanburg. Il semblait que les Danes fussent victorieux, car régulièrement un nouveau thane anglais arrivait à Eoferwic et s'agenouillait devant Egbert qui demeurait à présent dans le palais du roi de Northumbrie, bien qu'il eût été dépouillé par les Vikings de tous ses attributs royaux. La brèche dans la muraille de la ville avait été réparée en une journée, pendant qu'un groupe de prisonniers creusait un grand trou dans la plaine. Nous le remplîmes de cadavres pourrissants. Je suppose que mon père était parmi eux, mais je ne le vis pas. Et maintenant que je repense au passé, il ne me manqua point. Il avait toujours été un homme morose, pessimiste, et il ne manifestait aucun amour envers ses enfants.

La pire corvée qui m'échut fut de peindre des boucliers. Nous devions d'abord faire bouillir des peaux pour fabriquer de l'empois, une colle épaisse que nous mélangions à une poudre faite de minerai de cuivre broyé à l'aide de grosses pierres ; nous obtenions alors une pâte bleue qui devait être étalée sur les boucliers neufs. Pendant les jours qui suivirent, j'eus les mains et les bras tout bleus ; mais quand nos boucliers furent accrochés au vaisseau d'Ubba, celui-là même que j'avais brûlé et radoubé, l'effet en fut splendide. Apparemment, Ubba projetait de partir et voulait que son navire soit le plus beau. Sa proue ornée d'une tête s'incurvait et se projetait en avant comme le col d'un cygne sur l'eau. La tête, mi-dragon, mi-serpent, en formait la partie supérieure, et pouvait être démontée et rangée dans la cale.

– Nous les ôtons, m'expliqua Ragnar, pour ne point effrayer les esprits.

Entre-temps, j'avais appris des rudiments de la langue dane.

– Les esprits ?

Ragnar soupira devant mon ignorance.

– Chaque terre a ses esprits, ses propres divinités, m'expliqua-t-il. Lorsque nous approchons de nos côtes, nous ôtons les têtes pour qu'ils ne soient point effrayés. Combien de fois t'es-tu battu aujourd'hui ?

– Aucune.

– Ils commencent à avoir peur de toi. Qu'as-tu autour du cou ?

Je le lui montrai. C'était un marteau de fer grossier, de la taille d'un pouce. Cela le fit rire et il me donna une calotte.

– Nous ferons bientôt de toi un Dane, décréta-t-il, manifestement ravi.

Le marteau était l'emblème de Thor, un dieu dane presque aussi important qu'Odin, nom qu'ils donnaient à Woden. Parfois je me demandais si Thor était le plus important des deux, mais personne ne semblait le savoir ni s'en soucier. Il n'y avait pas de prêtres parmi les Danes. Cela me plaisait, car les prêtres passent leur temps à nous asséner des interdits ou à essayer de nous apprendre à lire, à exiger que nous priions ; la vie sans eux était beaucoup plus agréable. Les Danes, en vérité, ne se préoccupaient guère de leurs dieux, et pourtant presque tous arboraient le marteau de Thor. J'avais arraché le mien du cou d'un garçon qui s'était battu avec moi, et je l'ai encore aujourd'hui.

La poupe du navire d'Ubba, qui s'incurvait et s'élevait aussi haut que sa proue, était décorée d'une tête d'aigle sculptée, tandis que sa tête de mât s'ornait d'une girouette en forme de dragon. Les boucliers étaient accrochés sur ses flancs, mais j'appris plus tard qu'ils n'étaient là qu'en guise de décoration et que, une fois le navire en mer, ils étaient remisés à bord. Juste au-dessous d'eux étaient percées les écoutilles pour les avirons, quinze de chaque côté, et toutes bordées de cuir. On obturait ces trous avec des tampons de bois lorsque le navire était sous voile, afin qu'il puisse gîter sous le vent sans prendre l'eau. Avec les autres garçons, j'aidai à récurer tout le navire, mais au préalable il fut coulé dans la rivière afin de noyer les rats et de chasser les puces. Puis nous le raclâmes de fond en comble et calfatâmes les fentes en les martelant avec de l'étoupe trempée dans de la cire. Enfin, le navire fut prêt, le jour même où arriva à Eoferwic mon oncle Ælfric.

Je fus instruit de sa visite lorsque Ragnar m'apporta mon casque, celui qui était cerclé de bronze doré, une tunique brodée de pourpre et une paire de chaussures. Cela me fit un étrange effet de marcher chaussé de nouveau.

– Mets de l'ordre dans tes cheveux, me dit-il. (Puis, se rappelant qu'il avait apporté le casque, il m'en coiffa.) Non, n'en fais rien, rectifia-t-il en souriant.

– Où allons-nous ? demandai-je.

– Entendre bien des paroles, mon garçon. Perdre notre temps. Tu ressembles à une putain franque, avec cette tunique.

– C'est mal ?

– C'est bien, mon garçon ! Ils ont de belles putains, en Franquie. Dodues, jolies et bon marché. Viens.

Il m'entraîna vers la rivière. La ville était en effervescence, les boutiques grouillaient de monde et les rues étaient envahies de mules trébuchant sous leur charge. Un troupeau de petits moutons à toison noire menés à l'abattoir fut le seul à ne pas s'écarter devant Ragnar, dont la renommée inspirait le respect. Mais il ne s'agissait pas d'une sinistre réputation, car je vis les sourires des Danes qu'il saluait. On l'appelait peut-être jarl Ragnar – comte Ragnar –, mais il était immensément apprécié pour son esprit à la fois farceur et guerrier qui balayait la peur comme des toiles d'araignées. Il m'emmena au palais, qui n'était qu'une vaste maison, partiellement construite par les Romains et agrandie depuis en bois et en chaume. C'est dans la partie romaine, vaste salle aux piliers de pierre et aux murs chaulés, que mon oncle m'attendait avec le père Beocca et une dizaine de soldats de mon père.

Les yeux louches de Beocca s'agrandirent à ma vue. Je devais paraître bien différent, car j'avais les cheveux longs, la peau hâlée, et j'étais plus maigre, plus grand et plus nerveux. Et il remarqua immédiatement le marteau autour de mon cou, car il désigna tour à tour son propre crucifix puis mon amulette d'un air réprobateur. Ælfric et ses hommes me considérèrent d'une mine renfrognée, mais personne ne parla, en partie à cause de la présence des gardes d'Ivar, vêtus de cottes de mailles et casqués, armés de haches de guerre aux longs manches. Ils étaient postés de l'autre côté de la salle où une simple chaise, en guise de trône de Northumbrie, était posée sur une estrade de bois.

Le roi Egbert arriva, accompagné d'Ivar le Sans-Os et de Ravn qui, je l'avais appris, était le conseiller d'Ivar et de son frère. Ravn était flanqué d'un homme de haute taille, aux cheveux blancs et à l'abondante barbe blanche. Il portait une longue robe brodée de croix et d'anges ailés et j'appris plus tard qu'il s'agissait de Wulfhere, l'archevêque d'Eoferwic qui, comme Egbert, avait prêté allégeance aux Danes. Le roi s'assit, l'air mal à son aise, et la discussion s'engagea.

Je n'étais pas le seul sujet de la conversation. Il fut d'abord question des seigneurs de Northumbrie dignes de confiance, de ceux qu'il fallait attaquer, des terres qui seraient attribuées à Ivar et à Ubba, du tribut que devaient payer les Northumbriens, du nombre de chevaux à amener à Eoferwic, de la quantité de vivres à donner à l'armée, des ealdormen qui livreraient des otages, tandis que j'attendais, lassé, que l'on prononce mon nom. Je levai le nez lorsque j'entendis mon oncle proposer de payer ma rançon. Voilà à quoi cela se résumait, mais rien n'est jamais simple lorsque des hommes se réunissent et décident de débattre. On se chamailla longuement sur le prix à payer, les Danes exigeant la somme folle de trois cents pièces d'argent, et Ælfric refusant d'aller au-delà de cinquante. Je restai silencieux et écoutai, assis à l'écart sur les dalles romaines. De trois cents, on passa à deux cent soixante-quinze, de cinquante à soixante, et cela continua ainsi, chaque chiffre se rapprochant, sans pour autant se rejoindre. C'est alors que Ravn prit la parole :

– Le jarl Uhtred, dit-il en dane (et ce fut la première fois que je m'entendis donner ce titre) a prêté allégeance au roi Egbert. En cela, il a un avantage sur toi, Ælfric.

Après la traduction, je perçus la colère d'Ælfric, de n'avoir pas eu droit à son titre. Mais il n'en avait réellement aucun, en dehors de celui qu'il s'était conféré lui-même, ce que j'appris lorsque Beocca répondit pour lui :

– L'ealdorman Ælfric, traduisit le prêtre, juge que le serment d'un enfant ne compte pas.

Avais-je prêté serment ? Je ne m'en souvenais pas, même si j'avais demandé la protection d'Egbert, et j'étais assez jeune pour confondre les deux. Cependant, cela n'avait aucune importance. Ce qui comptait, c'est que mon oncle avait usurpé Bebbanburg. Il se qualifiait d'ealdorman. Je le fixai, choqué, et il me toisa, le visage déformé par la haine.

– Il nous paraît plus souhaitable, dit Ravn en levant ses yeux aveugles vers le toit où manquaient des tuiles et par où tombaient quelques gouttes de pluie, d'installer à Bebbanburg notre propre jarl, qui a prêté allégeance et nous est donc loyal, plutôt que d'y supporter un homme dont la loyauté est discutable.

Sentant le vent changer, Ælfric s'approcha de l'estrade, s'agenouilla devant Egbert et baisa sa main tendue. En échange, il reçut la bénédiction de l'archevêque.

– J'offre cent pièces d'argent, concéda-t-il, ayant prêté allégeance.

– Deux cents, dit Ravn. Et trente Danes resteront en garnison à Bebbanburg.

– Puisque j'ai prêté allégeance, répliqua Ælfric d'un ton furieux, vous n'aurez nul besoin de Danes à Bebbanburg.

Bebbanburg n'était donc pas tombée et je doutais que cela arrive jamais. Il n'y avait pas plus imprenable forteresse dans toute la Northumbrie, et peut-être dans toute l'Anglie.

Ivar n'avait toujours pas parlé, mais il était évident que toute cette cérémonie l'ennuyait, car il adressa un signe de tête à Ragnar. Nous attendîmes. Ivar et Ragnar étaient liés par une amitié improbable, car ils étaient très différents, Ivar tout en silences sauvages et menaces sinistres, et Ragnar franc et tapageur. Pourtant, l'aîné de Ragnar servait Ivar, lequel l'avait même promu chef en Irlande, alors qu'il n'avait que dix-huit ans. Il arrivait souvent que les aînés servent d'autres seigneurs : Ragnar avait à son bord deux fils de jarls qui pouvaient un jour recevoir des richesses et une bonne situation s'ils apprenaient à se battre. Aussi Ragnar et Ivar discutaient-ils tandis qu'Ælfric se dandinait, que Beocca priait et qu'Egbert, n'ayant rien d'autre à faire, s'efforçait d'avoir l'air royal.

Ivar finit par prendre la parole.

– Le garçon n'est pas à vendre, annonça-t-il.

– Moyennant rançon, corrigea délicatement Ravn.

Ælfric s'emporta.

– Je suis venu... commença-t-il.

– Il n'y aura pas de rançon, l'interrompit Ivar avant de tourner les talons et de quitter la vaste salle.

Egbert, embarrassé, se leva à demi de son trône, se rassit, et Ragnar vint me rejoindre.

– Tu es à moi, dit-il à voix basse. Je viens de t'acheter.

– M'acheter ?

– Le poids de mon épée en argent.

– Pourquoi ?

– Peut-être ai-je envie de te sacrifier à Odin... sourit-il en m'ébouriffant les cheveux. Nous t'aimons bien, mon garçon. Assez pour te garder. Et puis ton oncle n'a pas proposé assez d'argent.

– Te portes-tu bien ? me demanda Beocca qui était accouru.

– Oui.

– Cette chose que tu as au cou... dit-il en tendant la main vers le marteau de Thor, comme s'il voulait l'arracher.

– Touche à ce garçon, prêtre, clama Ragnar d'un ton rude, et je te redresse tes yeux de travers avant de fendre ta maigre carcasse en deux, du ventre à la gorge.

Bien sûr, Beocca n'y entendit rien, mais le ton était suffisamment clair et il s'arrêta à un pouce du marteau. Il baissa la voix pour que je sois seul à l'entendre.

– Ton oncle te tuera, chuchota-t-il.

– Me tuer, moi ?

– Il veut être ealdorman. C'est pourquoi il voulait payer ta rançon. Pour pouvoir te tuer.

– Mais... protestai-je.

– Chut. (Mes mains bleues l'intriguaient, mais il ne me posa pas de question.) Je sais que tu es l'ealdorman, déclara-t-il, et nous nous reverrons.

Il me sourit, jeta un regard circonspect à Ragnar et s'en fut.

Ælfric se retira. J'appris plus tard qu'il avait reçu l'assurance d'entrer et de sortir sain et sauf d'Eoferwic, promesse qui avait été tenue ; mais après l'entrevue, il se retira à Bebbanburg et s'y cantonna. Il se montrait ostensiblement loyal envers Egbert, ce qui signifiait qu'il acceptait la suzeraineté des Danes, mais eux n'avaient pas encore appris à lui faire confiance.

– J'aime Bebbanburg, m'expliqua Ragnar. Je la veux.

– Elle est à moi, me butai-je.

– Et toi à moi, ce qui signifie que Bebbanburg m'appartient. Tu es à moi, Uhtred, parce que je viens de t'acheter, et je peux faire ce qui me plaît de toi. Je peux te faire cuire, si je veux, mais tu n'as pas assez de chair sur les os pour nourrir une fouine. À présent, ôte cette tunique, rends-moi les chaussures et le casque, et retourne travailler.

J'étais donc de nouveau un serf, et heureux. Parfois, quand je raconte mon histoire aux miens, ils me demandent pourquoi je n'ai pas fui les païens, pourquoi je ne suis pas parti vers le sud, vers les terres où les Danes ne régnaient pas encore, mais cette idée ne m'est pas venue à l'esprit. J'étais heureux, j'étais en vie, j'étais avec Ragnar, et cela me suffisait.

D'autres Danes arrivèrent avant l'hiver. Trente-six vaisseaux, chacun avec leur contingent de guerriers, furent tirés à sec sur la rive pour l'hiver pendant que les équipages, chargés de boucliers et d'armes, occupaient l'est de la Northumbrie. Car les ealdormen et les thanes qui n'étaient pas morts à Eoferwic avaient courbé l'échine : nous étions désormais un royaume dane, malgré un Egbert tenu en laisse et son trône pitoyable. C'était seulement dans l'Ouest, dans les régions les plus sauvages de Northumbrie, que les Danes ne dominaient pas, mais il n'y avait pas non plus là-bas d'armées pour les défier.

Ragnar s'établit sur des terres à l'ouest d'Eoferwic, dans les collines. Sa femme et sa famille l'y rejoignirent, ainsi que Ravn, Gudrun et tous les équipages de ses navires, qui s'installèrent dans les vallées voisines. Notre première tâche consista à agrandir la demeure de Ragnar. Celle-ci avait appartenu à un thane anglais mort à Eoferwic, mais ce n'était pas un grand château, tout au plus un bâtiment bas en bois, chaumé de seigle et de fougères, sur lesquels croissait une herbe si haute que, de loin, la maison était semblable à une petite colline. Nous construisîmes une nouvelle aile pour les quelques têtes de bétail, vaches, moutons et chèvres, qui mettraient bas l'année suivante. Les autres furent abattues. Ragnar et ses hommes s'en chargèrent, mais alors que les dernières bêtes entraient dans l'enclos, il tendit une hache à Rorik, son dernier-né.

– Un coup, net et vif, ordonna-t-il.

Rorik essaya, mais il n'était pas assez fort et visa mal, si bien que l'animal beugla et saigna, et qu'il fallut six hommes pour le tenir pendant que Ragnar l'achevait proprement. Les tanneurs s'approchèrent de la carcasse et Ragnar me tendit la hache.

– Voyons si tu sais mieux t'y prendre.

On approcha de moi une vache. Elle baissa docilement la tête et je soulevai la hache en me rappelant l'endroit exact où Ragnar avait frappé. La lourde lame s'abattit sur les vertèbres, juste derrière le crâne. L'animal s'écroula.

– Nous ferons bientôt de toi un guerrier dane, me réitéra Ragnar avec satisfaction.

Les Angles qui vivaient encore dans la vallée apportèrent à Ragnar leur tribut de bêtes et de grain. Il était impossible de deviner sur leurs visages ce qu'ils pensaient de Ragnar et des Danes, mais ils ne faisaient aucune difficulté, et Ragnar prenait soin de ne point troubler leur existence. Le prêtre des environs célébra la messe dans ce qui lui servait d'église : une cabane de bois rehaussée d'une croix. Ragnar siégeait pour juger des querelles, s'assurant toujours d'avoir à ses côtés un Angle versé dans les coutumes locales.

– Tu ne peux vivre nulle part, me confia-t-il, si les gens ne veulent pas de toi. Ils peuvent détruire ton bétail, empoisonner tes puits, et tu ne sauras jamais qui est le coupable. Soit tu les tues tous, soit tu apprends à vivre avec eux.

Le ciel pâlissait et le vent fraîchissait. Des feuilles mortes volaient en bourrasques. À présent, notre principale tâche était d'emmagasiner le bois. Nous partions à une dizaine dans les forêts et je devins un expert de la hache, apprenant à abattre un arbre en fort peu de coups. Nous attelions un bœuf pour tirer les plus gros troncs jusqu'à la réserve, et les meilleurs bois étaient mis de côté pour la charpenterie, tandis que les autres étaient coupés et fendus pour le chauffage. Nous avions aussi du temps pour jouer, et les enfants bâtirent leur propre petit château tout en haut des bois, composé de bûches à peine dégrossies, d'un toit de fougères et d'un crâne de blaireau au-dessus de la porte pour imiter le crâne de sanglier qui ornait la demeure de Ragnar. Dans ce château, Rorik et moi nous disputions le titre de roi ; mais c'était toujours Thyra, sa petite sœur de huit ans, qui en était la châtelaine. Tout en regardant les garçons faire mine de se battre avec leurs épées de bois, elle filait la laine. La plupart des enfants étaient fils de serfs ou d'esclaves et ils tenaient à ce que je sois le chef angle, tandis que Rorik serait le chef des Danes, et je ne comptais dans mon groupe que les plus faibles et les plus petits, si bien que nous perdions toujours. Thyra, qui avait les cheveux d'or pâle de sa mère, filait encore et encore, tenant la quenouille dans la main gauche, tandis que de l'autre elle tirait le fil d'un tas de laine.

Toutes les femmes devaient filer et tisser. D'après Ragnar, il fallait cinq femmes ou une dizaine de filles durant tout un hiver afin de produire assez de fil pour fabriquer une voile de navire. Aussi les femmes travaillaient-elles chaque heure que les dieux faisaient. Elles cuisinaient aussi, faisaient bouillir des coquilles de noix pour teindre le fil, ramassaient des champignons, tannaient les peaux du bétail abattu, glanaient les mousses que nous utilisions pour nous torcher, fabriquaient des chandelles avec de la cire d'abeilles, faisaient fermenter l'orge et apaisaient les dieux. Il y avait quantité de dieux et de déesses. Certains étaient propres à notre maison, d'autres aux rites particuliers des femmes, tandis que d'autres, tels Odin et Thor, étaient tout-puissants partout. Ils étaient révérés d'une manière bien différente de celle que réservent les chrétiens à leur Dieu unique. Les Danes ne se réunissaient jamais à l'église comme nous le faisions le dimanche à Bebbanburg ; tout comme il n'y avait nul prêtre chez les Danes, ils ne possédaient ni reliques ni livres saints. Et cela ne me manquait point.

Je me serais bien passé de Sven, mais son père, Kjartan, avait sa maison dans la vallée voisine et il ne fallut pas longtemps à Sven pour découvrir notre château dans les bois. Dès que les premières gelées hivernales figèrent les feuilles mortes et que brillèrent les baies de houx et d'aubépines, nos jeux devinrent plus violents. Nous n'étions plus partagés en deux camps : désormais, nous devions repousser les attaques de la bande de Sven. Au début, rien de grave ne se produisit. Ce n'était qu'un jeu, après tout, que Sven remportait chaque fois. Il s'empara de notre crâne de blaireau et nous le remplaçâmes par une tête de renard, et Thyra cria aux garçons de Sven, tapis dans les bois, qu'elle avait enduit la tête de poison. Nous jugeâmes cela fort habile de sa part, mais le lendemain matin nous trouvâmes notre château réduit en cendres.

– Une vengeance rituelle, dit amèrement Rorik.

– Rituelle ?

– On le fait chez nous, expliqua-t-il. On se rend au château de son ennemi et on le réduit en cendres. Mais il y a une condition à ce rituel. Il faut que tout le monde meure. S'il y a le moindre survivant, ils se vengeront à leur tour. Alors il faut attaquer la nuit, encercler le château et tuer tous ceux qui tentent d'échapper aux flammes.

Mais Sven n'avait pas de château. Il habitait, bien entendu, la maison de son père. Pendant toute une journée, nous discutâmes de la manière dont nous la brûlerions en massacrant tous les fuyards. Bien sûr, ce n'étaient qu'enfantillages, et nous n'en fîmes rien. Au lieu de quoi, nous nous bâtîmes un autre château plus haut dans les bois. Il n'était pas aussi somptueux que le premier, ce n'était en fait qu'un grossier abri de branches et de fougères, mais nous clouâmes un crâne d'hermine au pignon et nous assurâmes de régner toujours sur notre royaume des collines.

Quelques jours plus tard lorsque nos corvées furent achevées, Rorik, Thyra et moi nous rendîmes à notre nouveau château. Thyra filait tandis que Rorik et moi nous querellions sur l'endroit où se forgeaient les meilleures lames, lui affirmant que c'était au Danemark et moi en Anglie. Nous n'étions, l'un comme l'autre, ni assez âgés ni assez sensés pour savoir que les meilleures venaient de Franquie. Au bout d'un moment, nous nous lassâmes de nos chamailleries, prîmes les épieux de frêne affûtés qui nous tenaient lieu d'épées et décidâmes de partir en quête du sanglier qui rôdait parfois dans la forêt à la nuit tombée. Nous faisions mine d'être de grands chasseurs lorsque Sven attaqua. Il avait deux compagnons avec lui, et il portait une épée véritable, et non en bois, longue comme un bras d'homme, dont le métal scintillait dans la lumière d'hiver. Il se précipita sur nous en beuglant comme un dément. Voyant la rage dans ses yeux, Rorik et moi prîmes la fuite. Il nous poursuivit dans un fracas de branches, comme le sanglier que nous voulions chasser. Nous échappâmes à sa redoutable lame grâce à notre rapidité, quand un instant plus tard, nous entendîmes Thyra pousser un cri.

Nous revînmes précautionneusement sur nos pas, redoutant l'épée que Sven avait dû prendre chez son père. Quand nous atteignîmes notre pitoyable hutte, Thyra avait disparu. Sa quenouille gisait sur le sol, et la laine était jonchée de feuilles mortes et de brindilles.

Malgré sa force, Sven était maladroit et il avait laissé dans les bois une piste assez facile à suivre. Nous descendîmes jusqu'à la vallée de notre ennemi, qui n'avait pas eu le bon sens de poster une sentinelle qui l'aurait alerté de notre arrivée. Au lieu de cela, enivré par sa victoire, il était allé dans la clairière qui devait lui servir de refuge dans la forêt, car il y avait un âtre de pierres au milieu (je me souviens de m'être demandé pourquoi nous ne nous en étions pas construit un aussi). Il avait attaché Thyra à un arbre et lui avait arraché le haut de sa tunique. Il n'y avait rien à voir, car ce n'était qu'une petite fille de huit ans. Je vis que les deux compagnons de Sven faisaient mauvaise figure. Après tout, Thyra était la fille du jarl Ragnar et ce jeu devenait dangereux, mais Sven voulait parader, prouver sa hardiesse.

Après avoir posé l'épée près de l'âtre, il se planta devant Thyra et baissa ses braies.

– Touche-la, ordonna-t-il.

L'un de ses compagnons lui dit quelque chose que je n'entendis pas.

– Elle ne dira rien à personne, le rassura Sven, et nous ne lui ferons point de mal. (Il se retourna vers Thyra.) Je ne te ferai point de mal si tu la touches !

C'est alors que je surgis de ma cachette. Je ne faisais guère preuve de courage : Sven avait les braies aux chevilles et il avait abandonné auprès de l'âtre son épée dont je m'emparai avant de courir sur lui.

– Je vais la toucher, moi ! criai-je en brandissant la longue lame vers lui.

Mais l'arme était lourde et c'était la première fois que je maniais une épée d'homme. Au lieu de frapper là où je le voulais, j'entaillai sa cuisse nue, avant de faire tournoyer mon arme et de le frapper à la taille, où son haut de chausses amortit le choc. Il tomba en hurlant et ses deux compagnons me retinrent tandis que Rorik allait détacher sa sœur.

Il ne se passa rien de plus. Sven saignait, mais il parvint à remonter ses braies et ses amis l'entraînèrent, tandis que Rorik et moi emmenions Thyra à la maison. Ravn, entendant les sanglots de la petite fille et nos éclats de voix, ordonna le silence.

– Uhtred, demanda le vieil homme d'un ton grave, va attendre près de la porcherie. Rorik, conte-moi ce qui s'est passé.

J'attendis dehors tandis que Rorik s'expliquait, puis il sortit et je fus appelé à l'intérieur pour narrer à mon tour la mésaventure. Thyra se blottissait dans les bras de sa mère, laquelle était aussi furieuse que sa grand-mère.

– Tu m'as fait le même récit que Rorik, dit Ravn quand j'eus terminé.

– Parce que c'est la vérité.

– C'est ce qu'il semble.

– Il l'a violée ! soutint Sigrid.

– Non, dit Ravn d'un ton ferme. Il ne l'a point touchée, grâce à Uhtred.

L'histoire fut narrée à Ragnar lorsqu'il rentra de la chasse et, comme elle faisait de moi un héros, je ne contestai pas l'essentiel – que Sven n'avait aucune intention de violer Thyra. Son imprudence ne connaissait guère de limites, mais violer la fille du jarl Ragnar, suzerain de son père, était au-delà de la sottise, même pour Sven. Pourtant, il s'était fait un ennemi : le lendemain, Ragnar et six de ses hommes se rendirent à la demeure de Kjartan. Rorik et moi reçûmes des chevaux et l'ordre de les accompagner. J'avoue que j'étais effrayé. Je me sentais responsable. C'était moi qui avais déclenché ces batailles dans les bois, mais Ragnar n'en avait cure.

– Ce n'est pas toi qui m'as offensé, c'est Sven, proféra-t-il d'un ton sombre, sa jovialité habituelle envolée. Tu as agi comme il le fallait, Uhtred. Tu t'es conduit comme un Dane.

Il n'aurait pu me dispenser plus bel éloge, mais je sentais qu'il était déçu à l'idée que c'était moi qui avais attaqué Sven, et non Rorik.

Nous traversâmes la forêt glacée et j'étais intrigué, car deux des hommes de Ragnar portaient de minces branches de noisetier. J'ignorais à quoi elles serviraient et j'avais trop peur de demander.

La demeure de Kjartan se trouvait dans un repli des collines, au bord d'une rivière qui coulait entre des pâturages. C'était une journée ensoleillée, bien que froide. Des chiens aboyèrent à notre approche ; Kjartan et ses hommes leur ordonnèrent de se taire et les envoyèrent derrière la maison, où était planté un frêne. Ensuite, accompagné de quatre hommes désarmés, le maître des lieux s'approcha de nous. Ragnar et ses six hommes étaient armés de pied en cap de boucliers, épées et haches de guerre, et leurs larges poitrails protégés de cottes de mailles. Ragnar portait le casque de mon père, qu'il avait acheté après la bataille d'Eoferwic. C'était un casque magnifique, dont le dessus et le heaume étaient ornés d'argent, et je trouvais qu'il lui seyait mieux qu'à mon père.

Kjartan, le capitaine, était un homme robuste, plus grand que Ragnar, avec le visage large de son fils, de petits yeux chafouins et une immense barbe. Il jeta un coup d'œil aux branches de noisetier et en comprit sans doute la signification, car il porta la main à l'amulette en forme de marteau qu'il portait au cou attaché à une chaîne d'argent. Ragnar arrêta son cheval et, d'un geste des plus méprisant, jeta l'épée que j'avais rapportée après ma bataille avec Sven. De droit, elle appartenait à présent à Ragnar, et c'était une arme de valeur, avec son fil d'argent enroulé autour de sa garde, mais il l'avait lancée aux pieds de Kjartan comme s'il s'était agi d'une faux.

– Ton fils a oublié ceci sur mes terres, déclara-t-il, et je voudrais lui dire un mot.

– Mon fils est un bon garçon, répondit Kjartan d'un ton buté. Et le moment venu, il servira à ton bord et combattra à tes côtés.

– Il m'a offensé.

– Il ne pensait pas à mal, mon seigneur.

– Il m'a offensé, répéta durement Ragnar. Il a lorgné la nudité de ma fille et lui a montré la sienne.

– Et il en a été puni, répondit Kjartan en me jetant un regard malveillant. Du sang a été répandu.

Ragnar eut un geste brusque et les branches de noisetier furent jetées au sol. C'était manifestement la réponse de Ragnar, qui n'avait aucun sens pour moi, mais Kjartan comprit, tout comme Rorik, qui me chuchota :

– Cela veut dire qu'il doit se battre pour Sven, désormais.

– Se battre pour lui ?

– Ils vont délimiter un carré au sol avec les branches et combattre dedans.

Pourtant, personne ne bougea pour disposer les branches en carré. Au lieu de cela, Kjartan retourna dans sa maison et appela Sven, qui sortit en boitant sous le linteau bas, la jambe droite bandée. Il paraissait terrifié.

– Parle, demanda Kjartan à son fils.

Sven leva les yeux vers Ragnar.

– Je demande pardon.

– Je ne t'entends pas, rugit Ragnar.

– Je demande pardon, mon seigneur, répéta Sven, tremblant de peur.

– Pardon pour quoi ? questionna Ragnar.

– Pour ce que j'ai fait.

– Et qu'as-tu fait ?

Sven ne trouva rien à répondre, ou du moins rien qu'il osât dire. Il se dandina, les yeux baissés. L'ombre des nuages passa sur la lande et deux corbeaux s'envolèrent vers le haut de la vallée.

– Tu as posé la main sur ma fille, dit Ragnar, et tu l'as ligotée à un arbre avant de la dénuder.

– À demi, murmura Sven, qui reçut pour la peine un coup sur le crâne asséné par son père.

– C'était un jeu, supplia Kjartan. Rien qu'un jeu, mon seigneur.

– Nul garçon ne joue à de tels jeux avec ma fille, dit Ragnar.

Je l'avais rarement vu en colère, mais il l'était à présent. Il sauta de selle et dégaina son épée, sa lame de combat nommée Brise-Cœur, et en leva la pointe vers Kjartan.

– Disputes-tu mes droits ?

– Non, mon seigneur, dit Kjartan, mais c'est un bon garçon, dur au labeur, et il te servira bien.

– Et il a vu des choses qu'il ne devait pas, répliqua Ragnar en lançant Brise-Cœur en l'air. (L'épée tournoya dans le soleil et il la rattrapa au vol par la garde, mais en la tenant à l'envers, comme s'il s'était agi d'une dague.) Uhtred ! appela-t-il, me faisant sursauter. Il dit qu'elle n'était que demi-nue. Est-ce vrai ?

– Oui, mon seigneur.

– Alors, il ne sera puni qu'à demi.

Et Ragnar enfonça l'épée, poignée la première, dans le visage de Sven. La garde de nos épées est lourde, parfois précieusement décorée, mais elle reste un morceau de métal ; celle de Brise-Cœur, rehaussée de bandes d'argent, réduisit l'œil de Sven en bouillie. Ragnar lui cracha au visage et rengaina son épée dans son fourreau doublé de peau de mouton.

Sven s'était plié en deux et gémissait, les mains cachant son œil meurtri.

– C'est terminé, dit Ragnar à Kjartan.

Le capitaine hésita. Il était en proie à la colère, à la honte et au chagrin, mais comme il ne pouvait remporter une épreuve de force contre le jarl Ragnar, il finit par s'incliner.

– C'est terminé, acquiesça-t-il.

Et nous rentrâmes.

L'hiver fut rigoureux. Les ruisseaux gelèrent, la neige poussée par le vent remplit le lit des rivières, et le monde ne fut plus que silence blanc et glacé. Des loups rôdaient à l'orée des forêts et le soleil de midi était pâle, comme si sa force avait été aspirée par le vent du nord.

Ragnar me récompensa d'un bracelet d'argent, mon premier, tandis que Kjartan fut rétrogradé. Il ne serait plus capitaine de l'un des navires de Ragnar : à présent c'était un homme sans seigneur. Il alla à Eoferwic, où il s'engagea dans la garnison de la ville. La fonction n'était pas prestigieuse : ceux qui gardaient Eoferwic ne recevaient aucune part des butins. Leur tâche consistait à surveiller les plaines alentour et à s'assurer que le roi Egbert ne fomentait nul trouble ; mais je fus soulagé que Sven soit parti, et absurdement ravi de mon bracelet. Les Danes adoraient ces bijoux. Plus un homme en possédait, plus il était considéré, car ces bracelets étaient la récompense d'une victoire. Ragnar en avait d'or et d'argent, ciselés en forme de dragon ou incrustés de pierreries. Quand il bougeait, on les entendait tintinnabuler. Ils pouvaient servir de monnaie lorsqu'il n'y avait pas de pièces. Je me souviens d'avoir vu un Dane ôter le sien, le réduire en morceaux à l'aide d'une hache et les donner à un marchand jusqu'à ce que la balance signale qu'il avait réglé une somme suffisante. C'était dans la grande vallée, dans un vaste village où la plupart des jeunes guerriers de Ragnar s'étaient installés. Les envahisseurs danes avaient besoin d'espace pour leurs nouvelles maisons. Pour cela, ils avaient brûlé un bois de noisetiers, et c'est cet endroit que Ragnar appelait Synningthwait, ce qui signifiait « le lieu nettoyé par le feu ». Sans doute le village avait-il porté un nom anglais, mais il était déjà oublié.

– Nous sommes en Anglie pour de bon, désormais, me dit Ragnar alors que nous rentrions chez nous après avoir acheté des marchandises à Synningthwait.

La route était envahie par la neige et nos chevaux se frayaient prudemment un chemin entre les monticules d'où ne pointaient plus que les branches nues et noires des haies. Je menais les deux chevaux de faix chargés de précieux sacs de sel et je posais à Ragnar mes questions habituelles : où vont les hirondelles en hiver, pourquoi les elfes nous donnent-ils le hoquet et pourquoi appelait-on Ivar « le Sans-Os ».

– Voyons ! répondit Ragnar. Parce qu'il est si maigre qu'on pourrait le rouler comme une cape.

– Pourquoi Ubba n'a-t-il point de surnom ?

– Il en a un. On l'appelle Ubba l'Horrible.

Il se mit à rire, car il venait d'inventer ce sobriquet, et je me joignis à son hilarité, car j'étais heureux. Ragnar aimait ma compagnie ; avec mes longs cheveux blonds, les hommes me prenaient pour son fils et cela me plaisait. Rorik aurait dû être avec nous, mais il était malade ce jour-là, et les femmes cueillaient des simples en récitant des charmes.

– Il est souvent malade, dit Ragnar. Pas comme Ragnar. (Il parlait de son fils aîné qui surveillait les terres d'Ivar en Irlande.) Ragnar est bâti comme un bœuf, continua-t-il. Jamais il n'est souffrant ! Il est comme toi, Uhtred. (Il sourit, pensant à son aîné qui lui manquait.) Il prendra terre et il réussira. Mais Rorik ? Peut-être devrais-je lui donner cette terre. Il ne peut retourner au Danemark.

– Pourquoi ?

– Le Danemark est une terre ingrate, expliqua-t-il. Ce ne sont que plaines et sable, et on ne peut rien faire pousser sur un tel sol. De l'autre côté de la mer, ce ne sont que collines escarpées avec de minuscules champs où l'on travaille comme un chien en criant famine.

– De l'autre côté de la mer ? demandai-je.

Il m'expliqua que les Danes venaient d'un pays divisé en deux parties entourées d'innombrables îles, et que la plus proche, celle dont il venait, était très plate et très sablonneuse, tandis que l'autre, qui se trouvait à l'est de l'autre côté d'une vaste mer, n'était que rochers.

– Et il y a aussi les Sviars.

– Les Sviars ?

– Une tribu. Comme nous. Ils adorent Thor et Odin, mais parlent une autre langue. (Il haussa les épaules.) Nous nous entendons bien avec les Sviars, tout comme avec les Norses.

Sviars, Norses et Danes étaient les Norois, les hommes qui partaient en expédition, mais c'étaient les Danes qui étaient venus conquérir ma terre. Northumbrien ou Dane ? Qu'étais-je ? Que voulais-je être ?

– Suppose, demandai-je, que les autres Angles ne veuillent pas que nous restions ici.

J'avais utilisé délibérément le mot « nous ».

Il se mit à rire.

– Les Angles peuvent vouloir ce qui leur chante ! Mais tu as vu ce qui s'est passé à Yorvik. (C'était ainsi que les Danes prononçaient Eoferwic. J'ignore pourquoi, mais le mot leur semblait difficile à dire.) Qui a été le plus brave guerrier à Yorvik ? demanda-t-il. Toi ! Un enfant ! Tu m'as chargé avec ta petite épée ! C'était un couteau de boucher, pas une épée, et tu as essayé de me tuer ! J'ai failli en mourir de rire. (Il me donna gentiment une calotte.) Bien sûr que les Angles ne veulent point de nous ici, mais qu'y peuvent-ils ? L'an prochain, nous prendrons la Mercie, puis l'Est-Anglie et enfin le Wessex.

– Mon père disait toujours que le Wessex était le plus puissant royaume.

Mon père n'avait jamais rien dit de tel. En réalité, il méprisait les hommes du Wessex, car il les trouvait trop pieux et veules, mais j'essayais de provoquer Ragnar. Ce fut peine perdue.

– C'est le plus riche, mais cela ne l'en rend pas plus puissant. Ce sont les hommes qui font la force d'un royaume, et non l'or, sourit-il. Nous sommes les Danes. Nous vaincrons le Wessex.

– Vraiment ?

– Son nouveau roi est un faible, déclara-t-il avec mépris. S'il meurt, son fils n'étant qu'un enfant, peut-être le trône ira-t-il à son frère. Cela nous agréerait.

– Pourquoi ?

– Parce que le frère, Alfred, est tout aussi faible.

Alfred. C'était la première fois que j'entendais parler d'Alfred de Wessex. Je n'y prêtai pas attention sur le moment. Pourquoi m'en serais-je soucié ?

– Tout ce qui lui chaut, c'est de trousser les pucelles !, continua Ragnar d'un ton cinglant. Ne le répète pas à Sigrid, mais il n'y a rien de mal à dégainer l'épée quand on le peut. Seulement, Alfred y passe une moitié de son temps et l'autre à prier son dieu de le lui pardonner. Comment un dieu pourrait-il réprouver les cabrioles ?

– Comment sais-tu tout cela d'Alfred ? demandai-je.

– Les espions, Uhtred, les espions. Des marchands, pour la plupart. Ils parlent aux gens du Wessex, et nous savons tout du roi Æthelred et de son frère Alfred. (Il se tut, songeant peut-être à son jeune fils malade.) C'est une maison dénuée de force, continua-t-il. Les Saxons devraient s'en débarrasser et placer un homme véritable sur le trône. Mais ils ne le feront pas et lorsque le Wessex tombera, il ne restera plus rien de l'Anglie.

– Peut-être nommeront-ils un roi valeureux ?

– Non, répondit-il sans hésiter. Au Danemark, nos rois sont des hommes rudes, et si leurs fils font preuve de mollesse, c'est un homme d'une autre famille qui règne. En Anglie, on croit que le trône passe par les cuisses de la femme. Ainsi, un être aussi faible qu'Alfred peut devenir souverain simplement parce que son père l'était.

– Vous avez un roi, au Danemark ?

– Une dizaine. Je pourrais me dire roi, si cela me chantait, mais Ivar et Ubba ne verraient peut-être pas cela d'un bon œil et aucun homme ne les offense sans dommage.

Nous poursuivîmes notre chemin sans un mot, dans le bruit des sabots crissant sur la neige. Je pensais au rêve de Ragnar, d'une Anglie disparue, de ces terres conquises par les Danes.

– Et que deviendrai-je ? bafouillai-je soudain.

– Toi ? demanda-t-il, comme surpris par ma question. Ce que tu deviendras, Uhtred, c'est ce que tu feras de toi. Tu grandiras, tu apprendras l'épée, l'art du mur de boucliers, la rame. Tu apprendras comment honorer les dieux et tu useras de ce que tu sais pour faire de ta vie quelque chose de bon ou de mauvais.

– Je veux Bebbanburg.

– Alors tu la prendras. Peut-être t'y aiderai-je, mais pas tout de suite. Auparavant, nous irons dans le Sud, et avant cela nous devons convaincre Odin de nous considérer avec bienveillance.

Je ne comprenais toujours pas l'attitude des Danes envers leur religion. Ils s'y adonnaient avec moins de passion que nous autres Angles, mais les femmes priaient fréquemment et, parfois, un homme tuait une bête vaillante, la consacrait aux dieux puis accrochait sa tête sanglante au-dessus de sa porte pour indiquer qu'il y aurait chez lui un festin en l'honneur de Thor ou d'Odin. Ce festin, même s'il s'agissait d'un acte pieux, était identique en tout point aux autres beuveries.

Je me souviens de la fête de Yule, celle que nous appelons Noël, parce que Weland vint ce jour-là ; il arriva à pied, épée au côté, arc à l'épaule, guenilles sur le dos, et il s'agenouilla respectueusement devant la demeure de Ragnar. Sigrid le fit entrer et lui servit nourriture et ale ; lorsqu'il eut mangé, il tint à retourner dans la neige pour attendre Ragnar.

Au premier abord, je trouvai que Weland ressemblait à un serpent. Il me rappelait mon oncle Ælfric : mince, rusé et secret. Il me déplut aussitôt, et je fus saisi par la crainte en le voyant se prosterner dans la neige devant Ragnar.

– Je me nomme Weland, dit-il, et je cherche un seigneur.

– Tu n'es plus une jeunesse, répliqua Ragnar. Pourquoi n'as-tu point de seigneur ?

– Il est mort, mon seigneur, lorsque son vaisseau a sombré.

– Qui était-il ?

– Snorri, mon seigneur.

– Quel Snorri ?

– Snorri, fils d'Éric, fils de Grimm de Birka.

– Et tu ne t'es point noyé ? demanda Ragnar en descendant de cheval et en me confiant les rênes.

– J'étais à terre, mon seigneur. Malade.

– Ta famille ? Ton foyer ?

– Je suis fils de Godfred d'Haithabu, mon seigneur.

– Haithabu ! s'exclama Ragnar, d'une voix aigre. Un marchand ?

– Je suis un guerrier, mon seigneur.

– Et pourquoi venir à moi ?

– On dit que tu es un bon seigneur, que tu donnes des bracelets, répondit Weland d'un ton désinvolte. Mais si tu m'éconduis, mon seigneur, je m'adresserai à d'autres.

– Et sais-tu te servir de ton épée, Weland Godfredson ?

– Comme une femme de sa langue, mon seigneur.

Ragnar autorisa Weland à rester et l'envoya à Synningthwait chercher un logis. Lorsque je lui déclarai que cet homme ne m'inspirait pas confiance, il se contenta de hausser les épaules :

– Il n'y a rien de pire pour un homme, Uhtred, que de n'avoir point de seigneur. Ni de donneur de bracelets, ajouta-t-il en touchant les siens.

– Je ne lui fais pas confiance non plus, intervint Sigrid depuis le feu où elle cuisait des galettes de froment sur une pierre, aidée de Rorik, convalescent, tandis que Thyra filait, comme toujours. Je le crois hors-la-loi.

– C'est probable, concéda Ragnar, mais mon navire se moque d'avoir des hors-la-loi pour rameurs.

Il tendit la main vers une galette et reçut une tape de Sigrid, car elle les préparait à l'occasion de Yule.

La fête de Yule était la plus importante de l'année. Durant cette semaine de ripailles, l'hydromel et l'ale coulaient à flots et déclenchaient des rixes entre les hommes qui vomissaient dans la neige. Ceux de Ragnar se rassemblèrent à Synningthwait et il y eut des courses de chevaux, des tournois de lutte, de lancer de javelots, haches et rochers, ainsi que mon préféré : deux équipes d'hommes ou de garçons tiraient une corde et tentaient de faire choir leurs adversaires dans une rivière glacée.

Cette année-là, je m'enivrai pour la première fois, si terriblement que mes jambes se dérobèrent sous moi et que je restai allongé en gémissant, la tête dans un étau, tandis que Ragnar rugissait de rire et me faisait boire encore plus d'hydromel, tant et si bien que je finis par vomir. Ragnar, bien sûr, remporta le concours de boisson. Ravn déclama un long poème parlant de quelque ancien héros qui avait tué un monstre, mais j'étais trop ivre pour m'en souvenir.

Après la fête de Yule, Ragnar ordonna qu'on creusât une grande fosse dans les bois. Rorik et moi débitâmes des racines à la hache et pelletâmes la terre. Une planche inclinée menait au fond du trou, auprès duquel s'élevait un grand tas de terre. Le lendemain, tous les hommes de Ragnar, vêtus et armés de pied en cap comme pour partir en guerre, s'introduisirent dans la fosse à la tombée de la nuit. Nous autres garçons brandissions des torches enduites de poix projetant des ombres tremblotantes dans l'obscurité.

Ravn l'aveugle attendait dans la fosse au bout de la pente ; il y déclama une épopée à la gloire d'Odin, qui n'en finissait pas. Ses paroles, hachées et cadencées comme un tambour, racontaient comment le dieu tout-puissant avait créé le monde à partir du cadavre du géant Ymir, comment il avait lancé le soleil et la lune dans le ciel, et comment son épée, Gungnir, l'arme la plus redoutable de toutes, avait été forgée par des nains dans les entrailles du monde. Le poème continua ainsi et les hommes assemblés dans la fosse semblaient se balancer à son rythme, répétant parfois une phrase, et j'avoue que je m'ennuyais presque autant que lorsque Beocca radotait dans un latin bégayant. Je contemplais les bois et les ombres en pensant aux *sceadugengan*.

Je pensais souvent aux *sceadugengan*, les ombres qui marchent. Ealdwulf m'en avait parlé jadis, à Bebbanburg. Il m'avait raconté qu'avant que le Christ n'arrive en Anglie, à l'époque où les Angles adoraient Odin et les autres dieux, on connaissait les ombres qui marchent, créatures mystérieuses capables de changer de forme qui rôdaient sans bruit, presque invisibles. Tantôt elles étaient loups, tantôt elles étaient hommes, ou parfois aigles ; elles n'étaient ni mortes ni vivantes, c'étaient des créatures du monde des ombres, des monstres de la nuit. Et moi, je fixais les arbres noirs, espérant qu'il y avait là-bas des *sceadugengan* que je serais le seul à connaître, des êtres qui effraieraient les Danes et me permettraient de reprendre Bebbanburg, des êtres aussi puissants que la magie qui avait accordé la victoire aux Danes.

C'était un rêve d'enfant, bien sûr. Quand on est jeune et sans défense, on rêve de posséder un pouvoir magique. Quand on est adulte et fort, on condamne les faibles pour de tels rêves. Je me rappelle mon enthousiasme, cette nuit-là, à l'idée de m'approprier la puissance des ombres qui marchent, lorsqu'un hennissement attira mon attention vers la fosse. Les hommes s'étaient répartis en deux groupes et une étrange procession débutait. Il y avait un étalon, un bélier, un chien, une oie, un taureau et un sanglier, chacun mené par l'un des guerriers de Ragnar, et au fond un prisonnier angle, condamné pour avoir déplacé une borne dans un champ, et lui, tout comme les animaux, avait une corde au cou.

Je connaissais l'étalon. C'était le plus beau de Ragnar, un grand cheval noir appelé Brise-Flammes que son maître adorait. Pourtant, Brise-Flammes, comme toutes les autres bêtes, allait être sacrifié à Odin cette nuit-là. Ragnar s'en acquitta lui-même. Torse nu, sa large poitrine couturée de cicatrices luisant à la lueur des torches, il abattit les bêtes l'une après l'autre avec sa hache de guerre. Brise-Flammes fut le dernier à mourir. Le grand cheval descendit la pente, les yeux révulsés. Il ruait, terrifié par la puanteur du sang qui avait éclaboussé les parois de la fosse, quand Ragnar s'approcha de lui, le visage inondé de larmes. Il baisa les naseaux du cheval, avant de le tuer d'un seul coup entre les deux yeux, vif et net. L'étalon s'écroula en agitant les sabots, terrassé. L'homme fut sacrifié le dernier, et ce fut moins éprouvant que la mort du cheval. Ragnar se dressa au milieu des dépouilles et leva sa hache ruisselante de sang vers le ciel.

– Odin ! cria-t-il.

– Odin ! répétèrent les hommes en brandissant leurs épées, leurs lances et leurs haches. Odin !

C'est alors que je vis Weland le serpent m'observer depuis l'autre côté de la fosse fumante.

Tous les cadavres furent accrochés aux branches des arbres : leur sang avait été offert aux créatures souterraines et, à présent, leur chair était donnée aux dieux du ciel. Ensuite, nous comblâmes la fosse et nous dansâmes dessus pour tasser la terre tandis que des jarres d'ale et des outres d'hydromel passaient de main en main sous les corps suspendus. Odin, le terrible dieu, avait été invoqué car Ragnar et son peuple partaient en gucrre.

Je pensai aux lames brandies devant la fosse sanglante, au dieu s'éveillant dans son antre rempli de cadavres pour donner sa bénédiction à ces hommes, et je sus que l'Anglie tout entière succomberait, à moins de trouver une magie aussi forte que la sorcellerie de ces hommes si puissants. Je n'avais que dix ans, mais cette nuit-là je sus ce que je deviendrais.

J'allais rejoindre les *sceadugengan*. Devenir une ombre qui marche.

Chapitre 2

Au printemps de l'an 868, j'avais onze ans et la *Vipère de vent* était à flot. La *Vipère* était le navire de Ragnar, un beau vaisseau à coque de chêne, à la proue ornée d'une tête de serpent ; la poupe l'était d'une tête d'aigle, et la pointe du mât d'une girouette triangulaire en bronze noir peinte d'un corbeau. Derrière leurs boucliers accrochés au flanc, les hommes de Ragnar ramaient en chantant, racontant comment le puissant Thor avait pêché le redoutable serpent Midgard. C'était une belle légende et son rythme nous entraîna en amont de la rivière Trente, un affluent de l'Humber qui coule loin à l'intérieur de la Mercie. Nous allions vers le sud, à contre-courant, mais la rivière était calme, le soleil chaud et les rives couvertes de fleurs sauvages. Des cavaliers nous accompagnaient sur la rive, tandis que nous suivait une flotte de nos plus beaux navires. L'armée d'Ivar le Sans-Os et d'Ubba l'Horrible partait en guerre.

Toute la Northumbrie de l'Est leur appartenait, l'Ouest avait prêté allégeance avec réticence. À présent ils comptaient prendre la Mercie, le royaume situé au cœur de l'Anglie. La Mercie, moins riche que le Wessex, l'était néanmoins davantage que la Northumbrie. La rivière Trente la traversait en plein milieu, et la *Vipère* était la pointe d'un javelot qui en visait le cœur.

La rivière était peu profonde, mais Ragnar prétendait que son navire pouvait flotter sur une flaque, et c'était presque vrai. De loin, la *Vipère* avait l'allure effilée d'un couteau, mais quand on était à son bord, on se rendait compte qu'elle était large et flottait sur l'eau comme une coupe basse plutôt qu'une lame. Et même chargée de quarante à cinquante hommes, de leurs armes, boucliers, vivres et ale, elle n'avait qu'un faible tirant d'eau. De temps à autre, sa longue quille raclait le gravier. Pour pouvoir glisser sous les arbres sans nous retrouver coincés, le mât avait été abaissé.

Rorik et moi étions à la proue en compagnie de son grand-père Ravn, auquel nous devions raconter tout ce que nous voyions. Il n'y avait pas grand-chose à décrire, en dehors des fleurs, arbres, roseaux, gibiers d'eau et truites gobant une mouche. Les hirondelles étaient sorties de leur sommeil hivernal et les martins-pêcheurs recueillaient de la boue pour fabriquer leurs nids. Les fauvettes chantaient bruyamment, les pigeons s'égaillaient parmi les feuillages et des faucons planaient, menaçants, entre les nuages épars. Des cygnes nous regardaient au passage, et de temps en temps nous voyions les petits d'une loutre jouer sous les feuilles pâles des saules et s'enfuir à notre approche dans des gerbes d'éclaboussures. Parfois, nous passions devant des maisons de bois et de chaume, mais les habitants et leur bétail avaient déjà fui.

– La Mercie a peur ! dit Ravn en levant ses yeux laiteux et aveugles dans la brise. Et elle a raison. Nous sommes des guerriers.

– Ils en ont aussi, répondis-je.

Ravn éclata de rire.

– Dans notre armée, Uhtred, chaque homme est un combattant. Si tu ne veux pas guerroyer, tu restes au Danemark. Tu cultives la terre, gardes les moutons et pêches en mer, mais jamais tu ne montes sur un navire pour devenir soldat. Mais ici, en Anglie ? Tous sont forcés de se battre, et pourtant seul un sur trois ou quatre en a les tripes. Les autres sont des fermiers qui ne veulent que fuir. Nous sommes loups contre moutons.

« Regarde et apprends », m'avait dit mon père, et j'apprenais. Que pouvait faire d'autre un enfant dont la voix n'a pas mué ? Un homme sur trois est un guerrier, n'oublie pas les ombres qui marchent, prends garde à la brèche dans le mur de boucliers, une rivière peut devenir la route qui conduit une armée au cœur d'un royaume. « Regarde et apprends. »

– Leur roi Burghred est un couard, poursuivit Ravn. Il n'a aucun courage au combat. Il se battra, bien sûr, car nous l'y forcerons, et il appellera à la rescousse ses amis du Wessex, mais au fond de son cœur faible il sait qu'il ne peut gagner.

– Comment en es-tu si sûr ? demanda Rorik.

– Tout l'hiver, mon garçon, sourit Ravn, nos marchands sont allés en Mercie. Pour vendre peaux et ambre, acheter malt et minerai de fer, ils ont parlé et écouté et sont revenus nous le narrer.

Qu'on tue les marchands ! songeai-je.

Pourquoi pensais-je cela ? J'aimais bien Ragnar. Bien plus que je n'avais aimé mon père. J'aurais dû périr, mais Ragnar m'avait sauvé, gâté, traité comme un fils et appelé Dane. J'aimais bien les Danes, mais même à cette époque je savais que je n'en étais point un. J'étais Uhtred de Bebbanburg et je m'accrochais au souvenir de la forteresse dominant la mer, des oiseaux qui criaient au-dessus des vagues, des macareux tournoyant dans les embruns, des phoques sur les rochers et de l'eau blanche qui se fracassait sur les falaises. Je me rappelais les gens de cette terre, les hommes qui appelaient mon père « seigneur », mais qui lui parlaient de leurs cousins communs. Tel était et tel reste encore Bebbanburg pour moi : mon foyer. Ragnar m'aurait donné la forteresse si elle n'avait été imprenable, mais en ce cas je n'aurais pas mieux valu que le roi Egbert qui n'était pas un souverain, mais un chien dorloté tenu en laisse. Ce qu'un Dane donne, il peut le reprendre, et je voulais gagner Bebbanburg au prix de mes propres efforts.

Savais-je tout cela à onze ans ? En partie, je crois. C'était dans mon cœur, indistinct, informulé, mais solide comme le roc. À mesure que le temps passerait, ce serait enfoui, à demi oublié et souvent contredit, mais cette certitude y demeurerait. La destinée est tout, aimait me dire Ravn, et il me le disait souvent en angle : *Wyrd bið ful åræd.*

– À quoi penses-tu ? me demanda Rorik.

– Je me disais que ce serait agréable de nager.

Les rames plongeaient dans l'eau et la *Vipère* glissait vers la Mercie.

Le lendemain, une petite troupe nous attendait. Les Merciens avaient renversé dans la rivière des troncs d'arbres qui rendraient difficile pour nos rameurs le passage entre les branchages emmêlés. À proximité de ce barrage se tenaient une centaine de Merciens, des archers et des hommes armés de javelots, tenant en joue nos rameurs. Les autres avaient formé un mur de boucliers sur la rive orientale. Ragnar éclata de rire. Cela aussi, je l'avais appris : l'allégresse avec laquelle les Danes affrontaient la bataille. Ragnar, au gouvernail, poussa un hurlement de joie en guidant le navire vers la rive, suivi des autres vaisseaux, tandis que les cavaliers qui nous accompagnaient sautaient de selle en vue du combat.

Depuis la proue de la *Vipère*, je regardai les équipages se précipiter à terre et endosser leurs cottes de cuir ou de mailles. Que voyaient ces Merciens ? Des jeunes gens aux cheveux et barbes hirsutes et aux visages avides, des hommes qui se jetaient dans la bataille comme sur une maîtresse qu'on étreint. Le mur de boucliers mercien ne resta pas longtemps en place et, une fois que les soldats eurent compris qu'ils succomberaient sous le nombre, ils s'enfuirent sous les quolibets hurlés par les hommes de Ragnar.

Il fallut quelques heures pour dégager la rivière, et nous nous remîmes en route. Cette nuit-là, les navires se rassemblèrent le long de la rive, on alluma des feux à terre, des hommes furent postés en sentinelles et tous les guerriers dormirent en gardant leur arme à portée de main ; mais personne ne nous dérangea, et à l'aube nous repartîmes et atteignîmes bientôt une ville aux épais talus de terre couronnés de hautes palissades. Ragnar estima qu'il s'agissait de la place forte que les Merciens avaient tenté de défendre ; comme nul soldat ne se montrait aux remparts, il accosta et emmena ses hommes vers la ville.

Talus et palissades étaient en bon état : Ragnar se félicita que la garnison locale ait été envoyée à la rivière plutôt que cantonnée derrière d'aussi bonnes défenses. Les soldats merciens s'étaient manifestement enfuis vers le sud, car les portes étaient ouvertes et une poignée d'habitants agenouillés tendaient les mains en implorant notre merci. Trois moines inclinaient leurs têtes tonsurées.

– Je déteste les moines ! déclara Ragnar d'un ton jovial, en levant d'un geste vif Brise-Cœur, son épée.

– Pourquoi ? demandai-je.

– Ils sont comme des fourmis, grouillantes, tout en noir, inutiles. Je les exècre. Parle pour moi, Uhtred. Demande-leur quel est ce lieu.

Je m'acquittai de ma mission d'interprète et appris que la ville s'appelait Gegnesburh.

– Dis-leur, continua Ragnar, que je suis le jarl Ragnar, surnommé l'Intrépide, et que je mange les enfants si l'on ne me donne vivres et argent.

J'obéis. Les hommes agenouillés levèrent les yeux vers Ragnar qui avait dénoué ses cheveux, ignorant que c'était le signe qu'il était d'humeur à tuer. Avec un grand sourire, ses soldats s'alignèrent derrière lui, chargés de leurs haches, épées, lances, boucliers et marteaux de guerre.

– Tous leurs vivres, traduisis-je, sont à toi. Mais l'homme à barbe grise dit qu'il n'y en a guère.

Ragnar sourit à ces paroles, s'avança sans cesser de sourire, leva son épée et décapita presque l'homme. Je reculai, non pas de surprise, mais parce que je ne voulais pas souiller de sang ma tunique.

– Une bouche de moins à nourrir, plaisanta Ragnar. Maintenant, demande aux autres combien de vivres se trouvent ici.

L'homme, qui avait à présent la barbe rouge de sang, s'étrangla et s'écroula. Il se convulsa encore un peu puis il resta immobile, ses yeux me fixant d'un regard réprobateur. Aucun de ses compagnons n'avait tenté de venir à son secours : ils avaient bien trop peur.

– Combien de vivres avez-vous ? demandai-je.

– Il y a des vivres, mon seigneur, balbutia l'un des moines.

– Combien ?

– Assez.

– Il dit qu'il y en a assez, traduisis-je à Ragnar.

– Une épée, remarqua-t-il, est fort utile pour découvrir la vérité. Et l'église des moines ? Combien d'argent recèle-t-elle ?

Le moine bafouilla que nous pouvions aller nous en rendre compte par nous-mêmes, prendre ce que nous voulions, que tout ce que nous trouverions serait à nous, tout. Je traduisis ces paroles et Ragnar sourit de nouveau.

– Il ne dit point la vérité, n'est-ce pas ?

– Vraiment ? demandai-je.

– Il veut que j'aille voir, car il sait que je ne trouverai rien. Cela signifie qu'ils ont caché leur trésor ou qu'ils l'ont emporté. Demande-lui s'ils ont caché leur argent.

J'obéis et le moine rougit.

– Nous sommes une église misérable, protesta-t-il. Notre trésor est modeste.

Il me fixa en écarquillant les yeux tandis que je traduisais. Puis il essaya de se relever et de s'enfuir, mais Ragnar fit un pas en avant. Le moine trébucha sur son froc et Brise-Cœur le transperça dans le dos. Le moine se tortilla comme un poisson hors de l'eau et mourut.

Il y avait de l'argent, bien sûr, et il avait été enterré. C'est ce que nous avoua l'un des autres moines, et Ragnar soupira en essuyant sa lame sur le froc du moine mort.

– Ils sont tellement sots, se plaignit-il. Ils vivraient encore s'ils avaient dit la vérité dès le début.

– Mais s'il n'y avait pas eu de trésor ? demandai-je.

– Dans ce cas, ils auraient dit la vérité et ils seraient morts, dit Ragnar, qui trouva cela fort amusant. À quoi sert un moine, hormis à garder un trésor pour nous autres Danes ? Trouve la fourmilière, creuse, et tu seras un homme riche.

Il s'avança vers ses victimes. Au début, sa facilité à tuer un homme sans défense m'avait choqué, mais Ragnar n'avait aucun respect pour les geignards et les menteurs. Il appréciait qu'un ennemi se batte, montre du courage ; à ses yeux, les hommes faibles et retors comme ceux qu'il venait d'occire devant la porte de Gegnesburh valaient à peine mieux que des bêtes et ne méritaient même pas son mépris.

Nous vidâmes la ville de ses vivres, puis nous forçâmes les moines à déterrer leur pauvre trésor : deux calices et trois plats d'argent, un crucifix de bronze avec un Christ d'argent, des anges gravissant une échelle, sculptés dans de l'os, et une bourse d'écus d'argent. Ragnar les distribua à ses hommes, puis de sa hache il débita les plats et calices en morceaux qu'il partagea avec eux. Comme la sculpture en os ne lui servait à rien, il la fracassa d'un coup d'épée.

– Étrange religion, dit-il. Ils n'adorent donc qu'un seul dieu ?

– Un seul, mais il est divisé en trois.

Cela lui plut.

– C'est habile, dit-il, mais inutile. Ce triple dieu a une mère, n'est-ce pas ?

– Marie, répondis-je en le suivant tandis qu'il fouillait le monastère.

– Je me demande si son enfant est venu au monde en trois morceaux, poursuivit-il. Alors, comment se nomme ce dieu ?

– Je ne sais pas. (Je savais qu'il avait un nom, car Beocca me l'avait dit, mais je ne m'en souvenais pas.) Les trois ensemble forment la Trinité, continuai-je, mais ce n'est pas le nom du dieu. Généralement, ils l'appellent simplement Dieu.

– C'est comme appeler « chien » un chien, déclara Ragnar, qui se mit à rire. Et qui est Jésus ?

– L'un des trois.

– Celui qui est mort, c'est cela ? Et qui est revenu à la vie ?

– Oui, murmurai-je, craignant soudain que le dieu chrétien m'observe et me prépare un terrible châtiment pour mes péchés.

– Les dieux savent faire cela, dit Ragnar d'un ton désinvolte. Ils meurent, reviennent à la vie. Ce sont des dieux. (Il me scruta, sentant ma crainte, et m'ébouriffa les cheveux.) Ne t'inquiète point, Uhtred, le dieu chrétien n'a nul pouvoir ici.

– Vraiment ?

– Que non ! affirma-t-il en trouvant dans l'appentis derrière le monastère une serpe en bon état qu'il glissa à sa ceinture. Les dieux se battent entre eux ! Tout le monde le sait. Regarde les nôtres ! Ases et Vanes se sont battus comme chien et chat avant de devenir amis. Les dieux se battent, continua gravement Ragnar, et certains sont victorieux comme d'autres sont défaits. Le dieu chrétien est présentement vaincu. Sinon, pourquoi serions-nous ici ? Pourquoi vaincrions-nous ? Les dieux nous récompensent si nous les respectons, mais le dieu chrétien n'aide pas ses fidèles, n'est-ce pas ? Ils pleurent des rivières de larmes pour lui, le prient, lui donnent leur argent, et nous, nous arrivons et les massacrons ! S'il avait le moindre pouvoir, nous ne serions point là, n'est-ce pas ?

Pour moi, c'était d'une logique implacable. À quoi bon adorer un dieu qui ne vous aidait point ? Les adorateurs de Thor et d'Odin étaient victorieux, c'était incontestable, et je touchai subrepticement le marteau de Thor qui pendait à mon cou alors que nous retournions à la *Vipère*. Nous laissâmes Gegnesburh ravagée, ses habitants éplorés et ses greniers vidés, et poursuivîmes notre chemin sur la large rivière, la cale de notre navire remplie de grain, de pain, de viande salée et de poisson fumé. Plus tard, bien plus tard, j'allais apprendre qu'Ælswith, la femme du roi Alfred, était originaire de Gegnesburh. Elle déplorait souvent le saccage de la ville. Dieu, déclarait-elle, se vengerait des païens qui avaient ravagé le lieu de son enfance, et il me sembla sage de ne point lui avouer que j'avais été de ceux-là.

Nous achevâmes notre périple devant une ville bien plus vaste que Gegnesburh, nommée Snotengaham, ce qui signifie « le foyer de ceux de Snot ». Cependant, sa garnison avait fui et ceux qui restaient accueillirent les Danes avec des monceaux de vivres et d'argent. Un cavalier avait dû avoir le temps de rallier Snotengaham et d'annoncer que Gegnesburh était tombée. Les Danes aimaient que de tels messagers répandent la peur avant leur venue. C'est ainsi que cette cité, malgré ses murailles, tomba sans coup férir.

Certains des équipages des navires reçurent l'ordre de garder les remparts, tandis que d'autres pillaient les alentours. Ils cherchaient d'autres chevaux et, lorsque les troupes de guerre furent montées, elles purent aller encore plus loin pour voler, piller et incendier.

– Nous allons rester ici, me déclara Ragnar.

– Tout l'été ?

– Jusqu'à la fin du monde, Uhtred. C'est une terre dane, désormais.

Au terme de l'hiver, Ubba et Ivar avaient envoyé trois navires au Danemark pour rallier des Danes, et de nouveaux vaisseaux commencèrent à arriver les uns après les autres, charriant hommes, femmes et enfants. Les nouveaux arrivants choisissaient les maisons qu'ils désiraient, à l'exception de quelques-unes appartenant aux dignitaires merciens qui s'étaient inclinés devant Ivar et Ubba. L'un d'eux était l'évêque, qui prêchait à ses ouailles que les Danes avaient été envoyés par Dieu. Il ne disait jamais pourquoi, et peut-être l'ignorait-il ; mais grâce à ses sermons, sa femme et ses enfants étaient encore en vie, sa maison intacte, et l'église avait pu conserver un calice d'argent, bien qu'Ivar ait exigé que les jumeaux de l'évêque soient gardés en otages au cas où le dieu chrétien changerait d'avis sur les Danes.

Ragnar, comme les autres chefs danes, sillonnait constamment le pays en quête de vivres et aimait que je l'accompagne, car je pouvais lui servir d'interprète. À mesure que passaient les jours, nous entendions parler d'une grande armée mercienne se rassemblant à Ledecestre, la plus grande forteresse de Mercie selon Ragnar. Elle avait été édifiée par les Romains, les plus grands bâtisseurs qui fussent, et Burghred, le roi de Mercie, y rassemblait ses forces. C'est pourquoi Ragnar tenait tant à amasser des vivres.

– Ils vont nous assiéger, mais nous vaincrons. Puis Ledecestre sera nôtre comme toute la Mercie.

Il disait cela d'un ton calme, comme s'il n'y avait nulle possibilité de défaite.

Rorik était de nouveau souffrant, en proie à des crampes au ventre si douloureuses qu'il en pleurait parfois. Il vomissait la nuit, avait le teint blême, et seul le soulageait un breuvage de simples que lui préparait une vieille servante de l'évêque. Ragnar s'inquiétait pour son fils, mais il était heureux que Rorik et moi soyons si bons amis. Ragnar me ramènerait un jour à Bebbanburg pour recouvrer mon héritage. Je serais le jarl Uhtred cependant que Rorik et son aîné tiendraient d'autres places fortes, Ragnar devenant un puissant seigneur soutenu par ses fils et

Bebbanburg. Nous serions tous danes, Odin nous sourirait, et le monde durerait ainsi jusqu'au grand conflit final au cours duquel les dieux combattraient les monstres. En d'autres termes, tout resterait ainsi jusqu'à ce que tout disparaisse. C'était la conviction de Rorik, et sans doute Ragnar le croyait-il aussi. La destinée, disait Ravn, était tout.

Au cœur de l'été, nous apprîmes que l'armée mercienne s'était enfin ébranlée et que le roi Æthelred de Wessex soutenait Burghred. Nous étions donc confrontés à deux des trois derniers royaumes angles restants. Nous préparâmes Snotengaham pour l'inévitable siège. La palissade du mur oriental fut renforcée, et le fossé creusé plus encore. On tira les navires à sec, loin des remparts, afin qu'ils ne soient pas réduits en cendres par les flèches enflammées tirées depuis nos défenses. Enfin le chaume des demeures les plus proches des murs fut ôté afin qu'elles ne puissent être incendiées.

Ivar et Ubba avaient décidé de soutenir le siège : ils se jugeaient assez puissants pour conserver ce qu'ils avaient pris ; mais si nous nous appropriions un plus vaste territoire, les forces danes, dispersées, pourraient être défaites l'une après l'autre. Selon eux, il valait mieux laisser l'ennemi venir et se briser contre les défenses de Snotengaham. Celui-ci arriva lorsque les coquelicots fleurirent. Les premiers furent les éclaireurs merciens, des petits groupes de cavaliers qui contournèrent prudemment la ville. Puis les fantassins de Burghred apparurent, rang après rang, armés de lances, haches, épées, serpes et faux. Ils établirent leur campement dans les collines. Snotengaham se trouvait sur la rive de la Trente, qui séparait la ville du reste de la Mercie. L'armée mercienne arriva par l'ouest, après avoir franchi la rivière quelque part vers le sud. Leur présence signifiait que l'ennemi nous encerclait, mais nul ne nous attaqua.

Durant la première semaine, une poignée d'archers de Burghred s'approchèrent discrètement de la ville et décochèrent quelques flèches sur nous. Les projectiles se fichèrent dans les palissades et servirent de perchoirs pour les oiseaux. Voilà à quoi se borna leur action belliqueuse. Après quoi, ils fortifièrent leur campement en l'entourant d'une barricade de troncs et d'épineux.

– Ils craignent que nous tentions une sortie pour tous les massacrer, dit Ragnar. Ils vont rester là et essayer de nous affamer.

– Vraiment ? demandai-je.

– Ils ne sauraient affamer une souris enfermée dans un pot ! tonna-t-il.

Il avait accroché son bouclier sur le flanc de la palissade avec les mille autres, tous ornés de vives couleurs. Les Danes possédaient plusieurs boucliers et les suspendirent tous afin d'abuser l'ennemi quant à l'importance de leur garnison. Les grands seigneurs danes déployèrent leurs bannières sur les remparts : celle au corbeau d'Ubba et celle à l'aigle de Ragnar, entre autres.

– S'ils veulent nous expulser d'ici, continua-t-il, ils feraient mieux de nous attaquer dans les trois semaines, avant que leurs hommes ne rentrent moissonner.

Mais les Merciens, au lieu d'attaquer, s'en remirent à la prière. Une dizaine de prêtres en soutane, portant des perches ornées de croix, vinrent parader hors de portée de flèche, brandissant des bannières à la gloire des saints. L'un d'eux jetait de l'eau bénite et le groupe s'arrêtait toutes les quelques coudées pour nous agonir de malédictions. Ce même jour, les forces saxonnes arrivèrent pour renforcer l'armée de Burghred, dont l'épouse était la sœur d'Alfred et du roi Æthelred de Wessex. Pour la première fois, je vis l'emblème du Wessex : une immense bannière de lourde étoffe verte sur laquelle un dragon blanc crachait du feu. Le porteur de l'insigne galopa pour rejoindre les prêtres, le dragon flottant derrière lui.

– Ton tour viendra, promit Ragnar au dragon.

– Quand ?

– Les dieux seuls le savent, poursuivit-il sans quitter la bannière des yeux. Cette année, nous écraserons la Mercie, puis nous irons en Est-Anglie, et ensuite au Wessex. Pour prendre tous les trésors et les terres d'Anglie, Uhtred, combien de temps nous faut-il ? Trois, quatre ans ? Mais nous avons besoin de davantage de vaisseaux.

– Pourquoi ne pas aller au nord ? demandai-je.

– À Dalriada et en Pictie ? (Il éclata de rire.) Il n'y a rien là-bas, Uhtred, hormis des roches nues, des plaines nues et des culs nus. La terre n'y est point meilleure qu'en mon pays. Mais cette terre-ci est riche, dit-il en désignant du menton le campement ennemi. Riche et profonde. On peut y élever des enfants. Y devenir puissant.

Il se tut, tandis qu'un groupe de cavaliers surgissait du camp ennemi et rejoignait le porte-bannière. Malgré la distance, on voyait qu'il s'agissait d'hommes importants, car ils montaient de splendides chevaux et arboraient des cottes de mailles qui scintillaient sous leurs capes noires.

– Æthelred, le roi du Wessex ? supputa Ragnar. Nous allons savoir, à présent.

– Savoir quoi ?

– De quel bois sont fait ces Saxons ! À l'aube, Uhtred, c'est là qu'ils viendront. Droit sur nous, des échelles dressées contre les remparts, en sacrifiant quelques hommes. (Il éclata de rire.) C'est ce que je ferais, moi, mais eux ? cracha-t-il avec mépris.

Ivar et Ubba avaient dû avoir la même pensée, car ils envoyèrent deux espions observer si les forces ennemies fabriquaient des échelles. Ils partirent de nuit, mais ils furent découverts et capturés. Le lendemain, ils furent amenés devant les remparts et forcés à s'agenouiller, les mains liées dans le dos. Un Angle de haute taille s'approcha derrière eux, son épée au clair, et je le vis la pointer dans leur dos. Alors que le premier Dane levait la tête, il abattit son épée. Le second connut le même sort et les deux cadavres furent abandonnés aux corbeaux.

– Les chiens ! maugréa Ragnar.

Ivar et Ubba avaient eux aussi assisté aux exécutions. Je voyais rarement les deux frères. Ubba restait la plupart du temps chez lui, tandis que le maigre et spectral Ivar arpentait les remparts à l'aube et au crépuscule, scrutant l'ennemi d'un air sombre. À présent, il s'adressait à Ragnar d'un ton pressant, en désignant les vertes prairies au sud de la rivière. Il semblait incapable de parler sans aboyer, mais Ragnar n'en prenait pas ombrage.

– Il est en colère, m'expliqua-t-il plus tard, parce qu'il veut savoir s'ils ont l'intention de nous attaquer. Il souhaite que j'envoie quelques hommes les espionner, mais ensuite ? (Il désigna les deux corps décapités gisant dans le champ.) Peut-être devrais-je y aller moi-même...

– Ils doivent guetter les espions, dis-je, redoutant que Ragnar connaisse le même sort.

– Un chef est fait pour diriger, dit Ragnar, et tu ne peux demander à tes hommes de risquer leur vie si tu n'es prêt à en faire autant.

– Laisse-moi y aller, implorai-je.

Il se mit à rire.

– Quel chef enverrait un enfant accomplir le travail d'un homme, hein ?

– Je suis un Angle, dis-je. Ils ne me soupçonneront jamais.

Ragnar sourit.

– Si tu es un Angle, comment pourrons-nous nous fier à ce que tu nous conteras ?

– Je dirai la vérité, répondis-je en saisissant le marteau de Thor. Je le jure. Et je suis dane, à présent ! Tu me l'as dit ! Tu as dit que j'étais dane !

Ragnar s'agenouilla pour me regarder droit dans les yeux.

– En es-tu vraiment un ?

– Je suis dane, répétai-je, et j'étais sincère.

Parfois, j'étais persuadé d'être un *sceadugengan* secrètement dissimulé parmi les Danes, et en vérité, je ne savais plus trop moi-même qui j'étais. J'aimais Ragnar comme un père, j'avais de l'affection pour Ravn, je jouais, je faisais la course et luttais avec Rorik quand il était bien portant, et tous me traitaient comme l'un des leurs.

– Je suis dane, insistai-je d'un ton véhément. Qui mieux que moi pourrait les espionner ? Je parle leur langue !

– Tu es un enfant, répéta Ragnar, mais je compris qu'il s'habituait à cette idée. Personne ne soupçonnerait un enfant, murmura-t-il en continuant de me regarder. (Puis il se leva et considéra de nouveau les cadavres que dépeçaient les corbeaux.) Es-tu sûr de toi, Uhtred ?

– Je le suis.

– Je vais demander aux frères, dit-il.

Sans doute Ivar et Ubba donnèrent-ils leur consentement, car Ragnar me laissa partir. La nuit venue, je me glissai au-dehors. *Maintenant,* songeai-je, *je suis enfin une ombre qui marche*, même si en vérité cette expédition n'exigeait aucun don surnaturel en raison des nombreux feux de camp des lignes ennemies qui me guidaient. Ragnar m'avait conseillé de contourner le campement et de chercher une entrée plus facile par l'arrière, mais je préférai me diriger droit vers les feux les plus proches, derrière les arbres abattus qui servaient de mur aux Angles. Derrière ce sombre enchevêtrement, je distinguai les formes noires des sentinelles qui se découpaient sur les flammes. J'étais inquiet. Moi qui caressais depuis des mois le projet de devenir un *sceadugengan*, voilà que je me trouvais au cœur des ténèbres, non loin des deux cadavres décapités, au risque de subir un sort identique.

Je pouvais entrer dans le camp et révéler qui j'étais, puis exiger d'être conduit à Burghred ou à Æthelred afin de me mettre sous leur protection ; pourtant, j'avais dit la vérité à Ragnar. Je rentrerais et dirais ce que j'avais vu. Je l'avais promis, et pour un jeune garçon les promesses sont sacrées et étayées par la crainte d'une vengeance divine. Je choisirais ma tribu un jour, mais le moment n'était pas encore venu. Je traversai le champ à pas feutrés. Je me sentais minuscule, vulnérable, mon cœur battait la chamade et mon âme flamboyait de l'importance de ma tâche.

À mi-chemin, je sentis les poils se hérisser sur ma nuque. Étais-je suivi ? Je me retournai, tendis l'oreille et scrutai la nuit, mais je ne vis que des formes noires frémissant dans l'obscurité. Comme un lièvre, je fis un bond de côté, m'accroupis brusquement et tendis de nouveau l'oreille. Cette fois, je fus sûr d'avoir entendu des pas dans l'herbe. J'attendis en guettant, en vain, puis je continuai jusqu'à la barricade des Merciens où j'attendis de nouveau. Au bout d'un moment, je jugeai que mon imagination m'avait joué un tour. Je m'étais inquiété de ne pouvoir traverser leur muraille, mais ce fut finalement assez simple, car un gros arbre abattu laisse suffisamment d'espace pour qu'un enfant se faufile entre ses branches. J'entrai en courant dans le camp et fus aussitôt repéré par une sentinelle.

– Qui es-tu ? aboya l'homme dont la lance pointée vers moi luisait dans la lumière d'un feu.

– Osbert, dis-je, utilisant mon ancien nom.

– Un enfant ? s'étonna l'homme.

– Je voulais pisser.

– Par l'enfer, mon garçon, pourquoi ne point pisser devant ton campement ?

– Cela ne sied point à mon maître.

– Et qui est-il ?

L'homme avait relevé sa lance et me scrutait dans la faible clarté des flammes.

– Beocca, dis-je, donnant le premier nom qui me vint à l'esprit.

– Le prêtre ?

Surpris, j'hésitai, puis hochai la tête. Ma réponse eut l'heur de le satisfaire.

– Tu ferais mieux de le rejoindre, dit-il.

– Je suis perdu.

– Tout ce chemin pour pisser devant mon poste de garde ! C'est là-bas, mon garçon, dit-il en tendant le bras.

Je traversai donc librement le camp, passai devant les feux mourants d'où s'élevaient des gerbes d'étincelles et les petits abris où ronflaient les soldats. Deux chiens aboyèrent et des chevaux hennirent à mon approche.

La sentinelle m'avait désigné les lignes des Saxons. Je le sus à la bannière au dragon flottant devant une vaste tente illuminée par un grand feu. Je ne vis pas d'échelle. Un enfant pleurait dans un abri, une femme gémissait, et des hommes chantaient devant un feu. L'un d'eux me vit puis, se rendant compte de mon jeune age, me congédia d'un geste. Comme je me rapprochais du feu et de la bannière au dragon, je le contournai pour gagner la grande tente éclairée par des lanternes. Deux hommes montaient la garde et des murmures s'élevaient depuis l'intérieur. Personne ne me remarqua tandis que je passais furtivement, toujours à la recherche d'échelles. Ragnar m'avait dit qu'elles seraient rangées ensemble, soit au cœur du campement, soit près des abords, mais il n'y en avait aucune. Cependant, j'entendis des sanglots.

Je me cachai derrière un gros tas de bois qui, à en juger par la puanteur, jouxtait une latrine. Je m'accroupis et aperçus un homme agenouillé entre le tas de bois et la tente. C'était lui qui sanglotait. Il priait en même temps et se frappait la poitrine. Je fus étonné, voire effrayé, par ce spectacle. Je me mis à plat ventre et rampai dans l'ombre pour m'approcher.

– Épargne-moi, mon Dieu, l'entendis-je dire. Épargne-moi, car j'ai péché.

Puis il vomit, alors qu'il ne semblait point ivre, et se remit à geindre. Ce devait être un jeune homme. À cet instant, l'ouverture de la tente se souleva et de la lumière se répandit sur l'herbe. Je me figeai, immobile comme une bûche, vis que c'était bien un jeune homme qui était si malheureux, et m'aperçus, à mon grand étonnement, que celui qui venait de sortir était le père Beocca.

– Mon seigneur, dit-il en lâchant la toile et en laissant retomber l'obscurité sur le jeune homme.

– Je suis un pécheur, mon père, dit celui-ci. (Il ne pleurait plus, peut-être parce qu'il ne voulait pas montrer au prêtre une telle faiblesse, mais sa voix était empreinte de tristesse.) Je suis un grand pécheur.

– Nous le sommes tous, mon seigneur.

– Un grand pécheur, répéta le jeune homme, sans prêter attention aux paroles réconfortantes de Beocca. Et je suis marié !

– Le salut est dans le remords, mon seigneur.

– En ce cas, Dieu le sait, je mérite rédemption, car mon remords remplit le ciel, répondit-il en levant la tête vers les étoiles. La chair, mon père, la chair, gémit-il.

Beocca fit quelques pas dans ma direction, s'arrêta et se retourna. Il était si proche que j'aurais pu le toucher.

– Dieu envoie la tentation pour nous éprouver, mon seigneur.

– Il envoie les femmes pour nous éprouver, répondit le jeune homme d'une voix rauque. Nous succombons, et il envoie les Danes pour punir notre faiblesse.

– Ses voies sont impitoyables, dit Beocca, et personne n'en a jamais douté.

Toujours agenouillé, le jeune homme baissa la tête.

– Je n'aurais jamais dû me marier, mon père. J'aurais dû rejoindre l'église, me retirer dans un monastère.

– Et Dieu aurait trouvé un grand serviteur en vous, mon seigneur, mais il avait d'autres projets pour vous. Si votre frère trépasse...

– À Dieu ne plaise ! Quelle sorte de roi serais-je ?

– Le roi de Dieu, mon seigneur.

Ainsi donc, pensai-je, *ce devait être là Alfred.* C'était la première fois que je le voyais ou que j'entendais sa voix. Allongé dans l'herbe, j'écoutais Beocca le consoler d'avoir cédé à la tentation. Il semblait qu'Alfred avait troussé une servante et, immédiatement après, avait été pris de douleurs et de ce qu'il appelait un tourment spirituel.

– Mon seigneur, dit Beocca, prenez donc la fille à votre service.

– Non ! protesta Alfred.

Le son d'une harpe s'éleva de la tente et les deux hommes dressèrent l'oreille. Puis Beocca s'accroupit auprès du prince effondré et lui posa une main sur l'épaule.

– Prenez-la à votre service, répéta-t-il, et résistez-lui. Offrez cet hommage à Dieu, prouvez-lui votre force et il vous récompensera. Remerciez Dieu de vous tenter, mon seigneur, et glorifiez-Le en résistant à la tentation.

– Dieu nous exterminera, lâcha Alfred. Je jure de ne point recommencer. Pas après Osferth. (Ce nom ne me disait rien. Plus tard, beaucoup plus tard, je découvris que c'était le bâtard d'Alfred, qu'il avait eu d'une autre servante.) J'ai prié pour échapper à la tentation, continua Alfred, pour être affligé d'une douleur qui m'en détourne. Dieu dans sa miséricorde m'a rendu malade, mais j'ai tout de même cédé. Je suis le plus misérable des pécheurs.

– Nous sommes tous pécheurs. Accueillez la tentation, mon seigneur, le pressa-t-il. Accueillez-la, résistez-lui, et remerciez Dieu d'y parvenir. Et Dieu vous récompensera, mon seigneur.

– En chassant les Danois ? demanda Alfred.

– Il le fera, mon seigneur, n'en doutez point.

– Mais nous ne devons pas attendre, pesta Alfred, une soudaine dureté dans la voix qui fit reculer Beocca. Nous devons les attaquer !

– Burghred connaît son affaire, l'apaisa Beocca, tout comme votre frère. Les païens seront affamés, mon seigneur, si telle est la volonté de Dieu.

Je tenais donc ma réponse : les Angles n'avaient pas l'intention de donner l'assaut mais espéraient contraindre Snotengaham à se rendre par la famine. N'osant pas retourner aussitôt apporter la nouvelle, alors que Beocca et Alfred étaient si proches, je restai à écouter le prêtre prier avec le prince. Lorsque Alfred fut calmé, ils retournèrent tous les deux sous la tente.

Et je repartis. Il me fallut longtemps, mais personne ne me vit. Je fus un véritable *sceadugengan*, cette nuit-là, traversant les ombres comme un spectre, gravissant la colline menant à la ville et courant les cent derniers pas. Je criai le nom de Ragnar, la porte s'ouvrit en grinçant et je rentrai à Snotengaham.

Ragnar m'emmena voir Ubba au point du jour et, à ma grande surprise, je trouvai là Weland le serpent, qui me jeta un regard peu amène mais moins dur que celui d'Ubba.

– Alors, qu'as-tu fait ? grommela ce dernier.

– Je n'ai point vu d'échelles... commençai-je.

– Qu'as-tu fait ? aboya Ubba.

Je narrai donc ma traversée des champs quand j'avais cru être suivi et que je m'étais caché comme un lièvre, le passage des barricades et ma rencontre avec la sentinelle.

Ubba m'interrompit à cet instant et regarda Weland.

– Alors ?

Celui-ci acquiesça.

– Je l'ai vu passer la barricade, mon seigneur, et parler à un homme.

Ainsi donc, Weland m'avait suivi. J'interrogeai des yeux Ragnar.

– Le seigneur Ubba voulait envoyer un deuxième homme, expliqua-t-il. Weland s'est proposé.

Weland m'adressa le sourire du diable accueillant un évêque qui arrivait en enfer.

– Je n'ai pu passer la barrière, mon seigneur, dit-il à Ubba.

– Mais tu as vu le garçon la franchir ?

– Et je l'ai entendu parler à la sentinelle, mon seigneur, bien que je n'aie point ouï ce qu'il disait.

– As-tu vu des échelles ? demanda Ubba à Weland.

– Non, mon seigneur, mais je n'ai fait que longer la barrière.

Le regard que posa Ubba sur Weland le mit mal à l'aise, puis il tourna ses yeux noirs sur moi et je me recroquevillai à mon tour.

– Ainsi, tu as passé la barrière, dit-il. Qu'as-tu vu ?

Je lui narrai la grande tente et la conversation que j'avais surprise, Alfred qui pleurait d'avoir péché, puis qu'il voulait attaquer la ville et que le prêtre avait répondu que Dieu affamerait les Danes si telle était sa volonté. Ubba me crut, car il jugea qu'un enfant ne pouvait inventer l'histoire de la servante et du prince.

Pour moi, Alfred était un faible et un dévot, un pénitent pleurnichard, un moins que rien lamentable, et même Ubba sourit lorsque je décrivis le prince sanglotant et le prêtre empressé.

– Alors, demanda-t-il. Nulle échelle, donc ?

– Je n'en ai point vu, mon seigneur.

Il me fixa avec sa terrible face barbue puis, à mon grand étonnement, ôta l'un de ses bracelets et me le jeta.

– Tu as raison, dit-il à Ragnar, c'est un Dane.

– C'est un bon garçon, renchérit Ragnar.

– Parfois, le chien errant que l'on trouve dans un champ se révèle utile, continua Ubba, qui fit signe à un vieillard assis sur un escabeau dans un coin de la salle.

Ce vieillard s'appelait Storri et, tout comme Ravn, c'était un scalde mais aussi un sorcier qu'Ubba consultait avant chaque décision. Sans dire un mot, Storri prit une poignée de tiges blanches de la longueur d'une main, les leva au-dessus du sol et implora Odin avant de les lâcher. Elles tombèrent en claquant et Storri se pencha pour examiner la forme qu'elles dessinaient.

C'étaient des bâtons de runes. Nombre de Danes les consultaient, mais Storri était renommé pour ses interprétations des signes. Ubba était si superstitieux qu'il n'entreprenait rien si les dieux n'étaient de son côté.

– Alors ? s'impatienta-t-il.

Storri continua de fixer les tiges, cherchant à y déceler une rune ou un dessin particulier dans leurs formes éparses. Il tourna autour, les scrutant, puis hocha la tête.

– Cela ne pourrait être mieux, dit-il.

– Le garçon a dit la vérité ?

– Il a dit vrai, répondit Storri, mais les runes parlent d'aujourd'hui, non de la nuit dernière, et elles me disent que tout est favorable.

– Bien, dit Ubba en se levant et en prenant son épée accrochée au mur. Pas d'échelle, dit-il à Ragnar. Ainsi, pas d'attaque. Nous irons donc.

Ils craignaient jusque-là que Merciens et Saxons lancent un assaut contre les remparts pendant qu'ils mèneraient une expédition de l'autre côté de la rivière. La rive sud n'était que peu surveillée par les ennemis : il n'y avait qu'un cordon d'hommes postés là pour décourager la traversée de la Trente, et l'après-midi Ubba attaqua les Merciens. Les runes n'avaient point menti, car aucun Dane ne mourut et ils rapportèrent chevaux, armes, armures et prisonniers.

Vingt prisonniers.

Puisque les Merciens avaient décapité deux de nos hommes, Ubba en décapita vingt. Les corps furent jetés dans le fossé au pied du mur et les vingt têtes fichées sur des piques plantées au-dessus de la porte nord.

– À la guerre, m'enjoignit Ragnar, sois impitoyable.

– Pourquoi m'as-tu fait suivre par Weland ? demandai-je, vexé.

– Ubba y tenait.

– Tu ne me faisais pas confiance ?

– Ubba ne se fie qu'à Storri. Moi, je te fais confiance, Uhtred.

Les têtes de la porte nord furent picorées par les oiseaux jusqu'à ce qu'il n'en reste plus que des crânes et quelques mèches de cheveux voletant au vent. Merciens et Saxons n'attaquaient toujours pas. Le soleil brillait. La rivière coulait, limpide, devant la ville où les navires étaient tirés au sec.

Bien qu'aveugle, Ravn aimait monter sur les remparts où il demandait que je lui décrive tout ce que je voyais.

– Rien ne change, disais-je chaque fois. L'ennemi est toujours derrière sa barrière d'arbres, des nuages planent au-dessus des collines, un faucon chasse, l'herbe ondoie sous la brise, les martinets se rassemblent, rien ne change. Parle-moi plutôt des bâtons de runes.

– Les bâtons ! répéta-t-il en riant.

– Opèrent-ils ?

– Si l'on sait les lire, oui, répondit-il après réflexion. J'étais doué à cela avant de perdre la vue.

Ravn désigna d'un geste le paysage qu'il ne pouvait voir.

– Là-bas, Uhtred, m'apprit-il, les dieux nous envoient une dizaine de signes. Si tu sais les reconnaître, tu sauras la volonté des dieux. Les bâtons de runes donnent le même message, mais j'ai remarqué une chose. (Il marqua une pause et je dus le presser. Il soupira comme s'il pressentait qu'il aurait dû se taire, mais il poursuivit.) Il vaut mieux que ce soit un homme habile qui les déchiffre. Storri est de ceux-là. Mais moi, je ne suis point un sot.

Je ne compris pas la signification de ses paroles.

– Storri ne se trompe jamais ?

– Storri est prudent. Il ne veut point prendre de risques et cela plaît à Ubba, bien qu'il l'ignore.

– Alors, les runes sont des messages des dieux ?

– Le vent est un message des dieux, dit Ravn, tout comme le vol d'un oiseau, la chute d'une plume, le saut d'un poisson, la forme d'un nuage, le cri d'une renarde. Tout cela, ce sont messages, mais au final, Uhtred, les dieux ne parlent qu'en un seul endroit, conclut-il en frappant ma tête de l'index. Ici.

Je ne comprenais toujours pas et j'étais fort déçu.

– Pourrais-je les lire, moi ?

– Bien sûr, mais il serait sage d'attendre d'être plus âgé. Combien comptes-tu d'années, à présent ?

– Onze, lâchai-je, tenté de dire douze.

– Peut-être vaut-il mieux que tu attendes un an ou deux avant de lire les runes. Attends d'être en âge de te marier, d'ici à quatre ou cinq ans.

Cela me sembla une proposition bien saugrenue, car je n'éprouvais aucun penchant pour le mariage ou les filles, même si cela allait bientôt changer.

– Thyra, peut-être ? suggéra-t-il.

Je considérais la fille de Ragnar comme une camarade de jeux, et non comme une épouse. En vérité, l'idée même me fit rire.

Ravn sourit de mon amusement.

– D'après toi, Uhtred, pourquoi t'avons-nous laissé la vie sauve ?

– Je ne sais pas.

– Quand Ragnar a décidé de te garder, je pensais alors que c'était une sottise, mais il avait raison.

– J'en suis heureux, m'exclamai-je.

– Parce que nous avons besoin des Angles, continua Ravn. Nous sommes peu, les Angles sont nombreux, et malgré cela nous allons prendre leur terre, mais nous ne pouvons la tenir qu'avec leur aide. Un homme ne peut vivre dans une demeure toujours assiégée. Il a besoin de paix pour faire croître ses récoltes et élever le bétail. Nous avons besoin de toi. Quand le jarl Uhtred sera de notre côté, on ne nous combattra pas. Et tu dois épouser une Dane pour que tes enfants soient à la fois angles et danes. (Il marqua une pause, songeant à cet avenir lointain, et gloussa.) Assure-toi simplement qu'ils ne soient point chrétiens, Uhtred.

– Ils adoreront Odin, l'assurai-je, sincère.

– Le christianisme est une religion de mollesse, s'emporta Ravn, une croyance de femme. Elle n'ennoblit pas l'homme, elle en fait des vermisseaux. Tiens, j'entends des oiseaux.

– Deux corbeaux, qui volent vers le nord.

– Un message ! se réjouit-il. Huginn et Muminn vont retrouver Odin.

Huginn et Muminn étaient les corbeaux jumeaux perchés sur l'épaule du dieu. Ils faisaient pour Odin ce que je faisais pour Ravn : ils observaient et lui rapportaient ce qu'ils voyaient. Il les envoyait de par le monde, et ils lui contaient que la fumée du campement des Merciens était de moins en moins épaisse. On allumait moins de feux la nuit. Des hommes quittaient l'armée.

– La saison des récoltes, dit Ravn avec mépris.

– Est-ce important ?

– Ils appellent leur armée la *fyrd*, expliqua-t-il, oubliant un instant que j'étais angle, et chaque homme valide est censé servir dans la *fyrd* ; mais lorsque la récolte est mûre, ils craignent la famine d'hiver et rentrent chez eux couper seigle et orge.

– Récolte que nous allons ensuite leur prendre ?

– Tu apprends vite, Uhtred !

Pourtant, Merciens et Saxons espéraient encore nous affamer et, alors qu'ils perdaient chaque jour d'autres hommes, ils ne renonçaient point, jusqu'au jour où Ivar chargea un chariot de vivres. Il y entassa fromages, poissons fumés, pains frais, porcs salés et un tonneau d'ale et, à l'aube, une dizaine d'hommes le tirèrent vers le camp des Angles. Ils s'arrêtèrent juste hors de portée de flèche et crièrent aux sentinelles ennemies qu'Ivar le Sans-Os offrait ces vivres au roi Burghred.

Le lendemain, un cavalier mercien approcha des remparts en portant une branche feuillue en signe de trêve. L'Angle voulait parler.

– Cela signifie, dit Ravn, que nous avons gagné.

– Vraiment ?

– Lorsque l'ennemi veut parler, dit-il, c'est qu'il ne veut pas se battre. Aussi avons-nous gagné.

Et il disait vrai.

Chapitre 3

Le lendemain, nous dressâmes un pavillon dans la vallée, en tendant deux voiles entre des poteaux de bois, soutenues par des cordes de peau de phoque liées à des chevilles. Les Angles y placèrent pour les rois Burghred et Æthelred et le prince Alfred trois sièges à haut dossier qu'ils recouvrirent d'une riche étoffe pourpre. Iva et Ubba s'assirent sur des tabourets de ferme.

Les deux parties avaient amené entre trente et quarante hommes comme témoins des débats, qui commencèrent une fois toutes les armes déposées à vingt pas des deux délégations. J'aidai à transporter épées, haches, boucliers et lances, puis revins écouter.

Beocca m'aperçut et sourit. J'en fis autant. Il se tenait juste derrière le jeune homme, qui devait être Alfred : je l'avais entendu parler, mais je n'avais pu le voir clairement. C'était le seul des trois chefs angles à ne pas être couronné d'un cercle d'or, mais sa cape était maintenue par une grosse broche ornée de joyaux qu'Ivar lorgnait d'un œil de rapace. Alors que le prince s'asseyait, je vis qu'il était mince, de haute taille, et paraissait nerveux. Il avait un nez et un visage allongés, une barbe courte, des joues creuses, les lèvres pincées et des cheveux d'un brun sans éclat. Le regard inquiet et le front plissé, il se tordait les mains. J'appris plus tard qu'il n'avait que dix-neuf ans, mais il en paraissait dix de plus. Son frère, le roi Æthelred, en comptait plus de trente mais semblait encore plus inquiet, tandis que Burghred, roi de Mercie, était un petit homme rond au crâne dégarni, à grande barbe et grosse bedaine.

Alfred parla à Beocca qui sortit un parchemin et une plume et les lui donna. Puis il lui tendit un petit flacon d'encre, afin qu'il y trempe sa plume et puisse écrire.

– Que fait-il ? demanda Ivar.

– Il consigne notre discussion pour en conserver trace, répondit l'interprète angle.

– A-t-il perdu la mémoire ? demanda Ivar.

Pendant ce temps, Ubba sortit un canif et se cura les ongles. Ragnar fit semblant d'écrire dans sa main, ce qui amusa les Danes.

– Vous êtes Ivar et Ubba ? demanda Alfred, par le biais de son interprète.

– Ce sont eux, répondit notre traducteur.

Alfred griffonna sur son parchemin.

– Vous êtes les fils de Lothbrok ? continua-t-il.

– En vérité, répondit l'interprète.

– Et vous avez un frère, Halfdan ?

– Dis à ce crétin de se fourrer son parchemin dans le cul, gronda Ivar, et d'y mettre après sa plume et son encre, comme cela il chiera plumes noires.

– Mon seigneur déclare que nous ne sommes pas là pour discuter de notre famille, transmit suavement l'interprète, mais pour décider de votre sort.

– Et du vôtre, intervint Burghred qui n'avait encore rien dit.

– Le nôtre ? rétorqua Ivar, faisant frémir le roi mercien sous la seule force de son regard. Il est d'abreuver les champs de Mercie de votre sang, d'engraisser la terre de votre chair, de la paver de vos ossements et de nous débarrasser de votre immonde puanteur.

La discussion se poursuivit ainsi fort longtemps, mais c'étaient les Angles qui avaient demandé l'entrevue et comme ils voulaient faire la paix, il finit par en être question. Cela nécessita deux jours et presque tous les témoins, lassés, s'étaient allongés au soleil dans l'herbe. Les deux parties prenaient leurs repas sur place. C'est en l'une de ces occasions que Beocca vint prudemment du côté dane me saluer.

– Tu grandis, Uhtred, dit-il.

– Je suis heureux de vous voir, mon père, répondis-je docilement.

– Tu es toujours prisonnier, alors ?

– Je le suis, mentis-je.

Il regarda mes deux bracelets d'argent qui, trop grands, s'entrechoquaient à mon poignet.

– Un prisonnier privilégié, ironisa-t-il.

– Ils savent que je suis un ealdorman.

– Ce que tu es, Dieu le sait, même si ton oncle le nie.

– Je n'ai point eu de nouvelles de lui, remarquai-je.

– Il reste à Bebbanburg, répondit Beocca d'un ton vague. Il a épousé la veuve de ton père et elle est grosse d'un enfant.

– D'un enfant ? m'étonnai-je. Gytha ?

– Ils veulent un fils, et s'ils en ont un...

Il ne termina pas sa phrase et c'était inutile. C'était moi l'ealdorman, et Ælfric avait usurpé mon trône, mais j'étais encore son héritier et je le demeurerais jusqu'à ce qu'il ait un fils.

– L'enfant doit naître d'un jour à l'autre, reprit Beocca, mais tu n'as nulle raison de t'inquiéter. (Il sourit et se pencha vers moi pour chuchoter :) J'ai apporté les parchemins.

– Vous avez apporté les parchemins ? répétai-je sans comprendre.

– Le testament de ton père ! Les chartes des terres ! s'exclama-t-il, choqué que je n'aie aussitôt compris son geste. Je détiens la preuve que c'est toi l'ealdorman !

– Je suis l'ealdorman, répondis-je, comme si je n'avais nul besoin de preuve. Et le serai toujours.

– Pas si Ælfric parvient à ses fins. S'il a un fils, il voudra qu'il soit son héritier.

– Les enfants de Gytha meurent toujours, répliquai-je.

– Tu dois prier pour que tout enfant vive, se fâcha Beocca, mais tu es toujours l'ealdorman. Tu le dois à ton père, Dieu ait son âme.

– Vous avez abandonné mon oncle ? demandai-je.

– Si fait ! s'empressa-t-il de répondre, clairement fier d'avoir déserté Bebbanburg. Je suis un Angle, continua-t-il, ses yeux louches clignant dans le soleil. Je suis donc venu trouver des Angles déterminés à combattre les païens, des Angles capables d'accomplir la volonté de Dieu, et je les ai trouvés en Wessex. Ce sont hommes de bien, hommes de Dieu, et hommes résolus !

– Ælfric ne se bat point contre les Danes ? demandai-je.

Je le savais, mais je voulais qu'il me le confirme.

– Ton oncle ne veut pas d'ennuis, et c'est ainsi que les païens prospèrent en Northumbrie et que la lumière de notre seigneur Jésus-Christ faiblit chaque jour, dit Beocca en joignant les mains comme pour prier. Et il n'y a pas qu'Ælfric qui succombe. Ricsig de Dunholm leur offre des festins, Egbert s'assoit sur leur trône, et le Ciel pleure devant cette trahison. Il fallait faire cesser cela, Uhtred, et je suis allé en Wessex, car le roi est un homme pieux qui sait que nous ne pourrons défaire les païens qu'avec l'aide de Dieu. Je verrai si le Wessex est disposé à payer ta rançon. (Cette dernière phrase me surprit tant que j'eus l'air plus interloqué que ravi).

– Vous voulez payer ma rançon ?

– Bien sûr ! Tu es noble, Uhtred, et dois être sauvé ! Alfred peut se montrer généreux en pareilles circonstances.

– Cela me plairait, répondis-je pour ne pas le décevoir.

– Va faire la connaissance d'Alfred, s'enthousiasma-t-il.

Je n'avais aucune envie de connaître Alfred, certainement pas après l'avoir entendu geindre qu'il avait troussé une servante, mais Beocca insista tant que j'allai demander la permission à Ragnar, que cela amusa.

– Et pourquoi ce crétin louchard veut-il te présenter à Alfred ? demanda-t-il en regardant Beocca.

– Il veut que l'on paie ma rançon et pense qu'Alfred le fera.

– Verser de l'argent pour toi ! s'exclama Ragnar en riant. Va donc, dit-il avec indifférence. Cela ne fait jamais de mal de voir l'ennemi de près.

Beocca m'emmena retrouver Alfred qui conversait avec son frère à quelque distance.

– Alfred est le premier lieutenant de son frère, expliqua-t-il. Le roi Æthelred est un homme de bien, mais c'est un inquiet. Il a des fils, bien sûr, mais ils sont tous deux fort jeunes...

– Et donc, s'il meurt, l'aîné deviendra roi ?

– Non, non ! s'offusqua Beocca. Æthelwold est bien trop jeune. Il n'est pas plus âgé que toi !

– Mais c'est le fils du roi, insistai-je.

– Quand Alfred était enfant, dit Beocca en baissant la voix, mais toujours aussi passionné, son père l'a emmené à Rome. Pour voir le pape ! Et le pape, Uhtred, l'a investi comme futur roi !

Il me fixa comme s'il venait de me prouver quelque chose.

– Mais ce n'est pas lui l'héritier, dis-je, perplexe.

– Le pape a fait de lui l'héritier ! siffla Beocca.

Plus tard, je rencontrai un prêtre qui me conta qu'Alfred avait reçu en réalité un titre romain sans importance. Cependant, Alfred, jusqu'à son dernier soupir, soutint que le pape l'avait désigné comme successeur, justifiant ainsi l'usurpation du trône qui revenait légitimement au fils aîné d'Æthelred.

– Mais si Æthelwold grandit... commençai-je.

– Dans ce cas, bien sûr, il deviendra peut-être roi, me coupa Beocca, agacé. Mais si son père meurt avant qu'Æthelwold soit un homme, ce sera Alfred le roi.

– Alors Alfred devra les tuer, dis-je, lui et son frère.

Beocca me considéra, aussi stupéfait que choqué.

– Pourquoi dis-tu cela ?

– Il doit les tuer, tout comme mon oncle a voulu me tuer.

– Il l'a voulu, certes, et il le veut probablement encore, dit Beocca en se signant. Mais Alfred n'est point Ælfric ! Alfred traitera ses neveux avec une miséricorde toute chrétienne, et c'est aussi pour cela qu'il doit devenir roi. C'est un bon chrétien, Uhtred, comme je prie le Ciel que tu le sois aussi, et c'est la volonté de Dieu qu'Alfred devienne roi. Nous devons obéir à la volonté du Seigneur. C'est seulement en Lui obéissant que nous pourrons espérer vaincre les Danes.

– Seulement en lui obéissant ? demandai-je, pensant que des épées nous y aideraient bien.

– Seulement par l'obéissance, répéta Beocca d'un ton ferme. Et par la foi. Dieu nous donnera la victoire si nous L'adorons de tout notre cœur. Avec lui à notre tête, les cieux viendront à notre aide. Æthelwold est un enfant arrogant, paresseux et exaspérant. À présent, n'oublie pas de t'agenouiller devant lui, mon garçon, c'est un prince.

Il me conduisit devant Alfred et je m'agenouillai tandis que Beocca me présentait :

– Voici le garçon dont je vous ai parlé, mon seigneur. L'ealdorman Uhtred de Northumbrie est prisonnier des Danes depuis la chute d'Eoferwic, mais c'est un bon garçon.

Alfred me jeta un regard pénétrant qui, je dois l'avouer, me mit mal à l'aise. Je devais découvrir par la suite que c'était un homme fort intelligent, qui réfléchissait plus vite que les autres. Il comprenait tout, sauf les plaisanteries. Alfred me scruta longuement, comme s'il essayait de sonder les profondeurs de mon âme encore sans expérience.

– Es-tu un bon garçon ? demanda-t-il finalement.

– Je m'y efforce, mon seigneur.

– Regarde-moi, ordonna-t-il, car j'avais baissé les yeux.

Il sourit quand je croisai son regard. Il ne montrait aucun signe de maladie et je me demandai s'il n'était pas ivre cette nuit-là. Cela aurait expliqué ses gémissements pitoyables, alors qu'il était maintenant fort altier.

– Comment t'y efforces-tu ? demanda-t-il.

– J'essaie de résister à la tentation, mon seigneur, dis-je, me rappelant les paroles de Beocca.

– C'est bien. C'est très bien. Et y résistes-tu ?

– Pas toujours. (J'hésitai, puis je cédai à la tentation de l'espièglerie.) Mais j'essaie, mon seigneur, ajoutai-je le plus sérieusement du monde, et je me dis que je dois remercier Dieu de me tenter, et je Le loue de me donner la force de résister à la tentation.

Beocca et Alfred me fixèrent comme si des ailes d'ange m'avaient poussé dans le dos. Je ne faisais que répéter les absurdités que j'avais entendu Beocca dire au prince dans la nuit, mais ils crurent que cela révélait ma grande piété.

– Tu es un signe de Dieu, Uhtred, dit Alfred avec ferveur. Dis-tu tes prières ?

– Chaque jour, mon seigneur, répondis-je, omettant de préciser qu'elles s'adressaient à Odin.

– Et que portes-tu autour du cou ? Un crucifix ?

Il avait vu le lien de cuir et, comme je ne répondais pas, il se pencha et souleva le marteau de Thor qui était caché sous mon bliaud.

– Mon Dieu, dit-il en faisant le signe de croix. Et tu portes cela aussi, ajouta-t-il en considérant avec horreur mes deux bracelets d'argent gravés de runes.

– Ils me forcent à les porter, mon seigneur, dis-je, réprimant l'envie d'arracher l'amulette. Sinon, ils me battent, ajoutai-je précipitamment.

– Ils te battent souvent ?

– Tout le temps, mon seigneur.

Il secoua tristement la tête et lâcha le marteau.

– Mon seigneur, intervint Beocca, j'espérais que nous pourrions payer sa rançon.

– Nous ? demanda Alfred. Payer sa rançon ?

– Uhtred est le véritable ealdorman de Bebbanburg, expliqua Beocca. Son oncle a usurpé le titre, et il refuse de combattre les Danes.

Alfred me considéra pensivement et fronça les sourcils.

– Sais-tu lire, Uhtred ? demanda-t-il.

– Il a commencé à apprendre, répondit Beocca pour moi. Je lui ai enseigné, mon seigneur, même si, en toute franchise, il a été un élève bien réticent. Pas très bon pour l'alphabet, je le crains. Ses épines n'étaient point assez pointues et ses cendres s'envolaient.

J'ai dit qu'Alfred ne comprenait pas les plaisanteries mais il apprécia celle-ci, bien qu'elle fût aussi insipide que du lait coupé d'eau et aussi rance qu'un vieux fromage. Mais elle était chérie de ceux qui enseignaient la lecture, et Beocca et Alfred en rirent comme si elle était aussi nouvelle que l'aube de ce jour. L'épine, ∂, la cendre, *æ*, étaient les surnoms de deux lettres de notre alphabet.

– Ses épines ne sont point assez pointues, répéta Alfred d'une voix entrecoupée de rires. Et ses cendres s'envolent. Ses *d* sont pipés et ses *p*...

Il se tut, soudain gêné, se rappelant la présence du prêtre.

– Tu as eu l'heur de commencer tes études jeune, me dit Alfred, reprenant son sérieux. Je n'ai pu commencer à lire qu'à douze ans ! (Comme il semblait sous-entendre que j'aurais dû paraître choqué et surpris par cette déclaration, je pris docilement un air consterné.) C'est là un bien grand tort de mon père et de ma marâtre, continua-t-il d'un ton sombre. Ils auraient dû m'y mettre bien plus tôt.

– Cependant, vous lisez à présent aussi bien que tout clerc, mon seigneur, le félicita Beocca.

– Je m'y efforce, dit modestement Alfred, manifestement ravi de ce compliment.

– Et en latin, de surcroît ! insista Beocca. Et son latin est bien meilleur que le mien.

– Je crois que c'est vrai, répondit Alfred en souriant.

– Et il écrit d'une main déliée, continua Beocca, d'une belle et claire écriture !

– Comme tu dois l'apprendre aussi, me dit Alfred d'un ton ferme. Et c'est à cette fin, jeune Uhtred, que nous proposerons en vérité de payer ta rançon. Si Dieu nous aide dans cette entreprise, tu serviras dans ma maison et la première chose que tu feras sera de devenir un maître en lecture et en écriture. Cela te plaira !

– Si fait, mon seigneur, acquiesçai-je mollement.

– Tu apprendras à bien lire, promit Alfred, à bien prier et à devenir un bon et honnête chrétien. Quand tu seras un homme, tu pourras décider de ton destin !

– Je déciderai de vous servir, mon seigneur, mentis-je, pensant que c'était un prince faible, terne, ennuyeux et bigot.

– Voilà qui est louable. Et comment penses-tu me servir ?

– Comme soldat, mon seigneur. Pour combattre les Danes.

– Si Dieu le veut, dit-il, manifestement déçu par ma réponse. Et Dieu sait que nous aurons besoin de soldats, bien que je prie chaque jour que les Danes viennent à connaître l'illumination du Christ, qu'ils découvrent ainsi leurs péchés et cessent de commettre des crimes. La prière est la réponse, s'anima-t-il. Si Dieu exauce nos prières, Uhtred, nous n'aurons point besoin de soldats, mais un royaume a toujours besoin de bons prêtres. Je voulais prendre moi-même cette charge, mais Dieu en a décidé autrement. Il n'est de vocation plus haute que la prêtrise. Je suis peut-être un prince, mais aux yeux de Dieu je suis un vermisseau, alors que Beocca est un joyau sans prix !

– Oui, mon seigneur, répondis-je, faute de pouvoir trouver d'autre réplique.

Beocca se rengorgea modestement.

Alfred se pencha vers moi, remit le marteau de Thor sous mon bliaud et posa la main sur ma tête.

– La bénédiction de Dieu soit sur toi, mon enfant, et que Son visage resplendisse sur toi, qu'Il te soulage de ta servitude et te fasse entrer dans la sainte lumière de la liberté.

– Amen, répondis-je.

Ils me laissèrent partir et je retournai auprès de Ragnar.

– Frappe-moi, dis-je.

– Quoi ?

– Donne-moi un coup sur la tête.

Il leva les yeux et, voyant qu'Alfred m'observait toujours, il me donna une calotte, plus brutale que je ne m'y attendais. Je tombai en souriant malicieusement.

– Et pourquoi cela ? demanda Ragnar.

– J'ai dit que tu étais cruel avec moi, répondis-je, et que tu ne cessais de me battre.

Je savais que cela l'amuserait et je ne m'étais pas trompé. Il me frappa de nouveau, pour faire bonne mesure.

– Alors, que voulaient ces gueux ? demanda-t-il.

– Payer ma rançon, afin de pouvoir m'apprendre à lire et écrire et faire de moi un prêtre.

– Un prêtre ? Tout comme ce petit louchard aux cheveux roux ?

– Tout comme lui.

– Peut-être que je devrais accepter, dit Ragnar en riant. Pour te punir d'avoir dit menteries à mon sujet.

– Non, je t'en prie, le suppliai-je.

À cet instant, je me demandai si j'avais vraiment eu envie de jamais retourner auprès des Angles. Échanger la liberté dont je jouissais auprès de Ragnar pour la dévotion d'Alfred me parut un sort bien misérable. D'ailleurs, j'apprenais à mépriser les Angles. Ils refusaient de se battre et priaient au lieu d'aiguiser leurs épées : quoi d'étonnant à ce que les Danes pillent leurs terres ?

Alfred proposa de payer ma rançon, mais recula devant le prix exorbitant demandé par Ragnar, qui n'était pourtant pas aussi élevé que la somme extorquée à Burghred par Ivar et Ubba.

Burghred n'avait point de feu dans sa grosse bedaine, point de désir de combattre les Danes. Peut-être avait-il été leurré par les innombrables boucliers accrochés aux remparts, car il préféra se rendre. Aussi Burghred accepta avec résignation les exigences les plus démesurées et obtint en échange le droit de demeurer roi de Mercie, mais rien de plus. Les Danes confisqueraient ses forteresses pour y établir garnison, et s'approprieraient toutes les terres qu'ils désiraient. Burghred avait le devoir de combattre avec les Danes s'ils le lui demandaient et devrait en outre payer une somme énorme en argent pour le privilège de garder son trône alors qu'il avait perdu son royaume. Æthelred et Alfred, voyant que leur allié s'était dégonflé comme baudruche, partirent rejoindre leurs armées au sud. Et c'est ainsi que tomba la Mercie.

D'abord la Northumbrie, puis la Mercie. En deux ans la moitié de l'Angleterre avait cédé, et les Danes n'en étaient qu'à leurs débuts.

Des hordes de Danes sillonnèrent la Mercie, massacrèrent quiconque résistait, prirent ce qui leur plaisait et postèrent des hommes dans les principales forteresses avant de réclamer au Danemark l'envoi d'autres navires : il fallait davantage d'hommes, de familles, de guerriers pour occuper les vastes terres qu'ils avaient accaparées.

J'acquis la conviction que je ne me battrais jamais pour l'Anglie : lorsque je serais en âge, il ne resterait plus rien de ce pays. Aussi décidai-je de devenir un Dane à part entière. Comme j'approchais des douze ans, je commençai mon éducation. On me fit tenir à bout de bras une épée et un bouclier durant des heures, jusqu'à en avoir mal aux épaules, on m'enseigna les coups d'épée, le lancer du javelot et je dus abattre un cochon avec une lance. J'appris à parer avec un bouclier, à l'abaisser pour dévier un choc porté, et à frapper de sa bosse l'ennemi au visage afin de lui fracasser le nez et l'aveugler de larmes. J'appris à ramer. Je grandis, pris des muscles, commençai à parler avec une voix d'homme et reçus ma première gifle d'une fille. J'avais l'allure d'un Dane. Ceux qui ne me connaissaient pas me prenaient pour le fils de Ragnar, car j'avais les mêmes cheveux blonds que je portais longs et noués sur la nuque avec un lien de cuir ; Ragnar en fut enchanté, bien qu'il soulignât que jamais je ne remplacerais Ragnar le Jeune ou Rorik.

– Si Rorik vit, dit-il avec tristesse, car Rorik était toujours souffreteux, tu devras te battre pour ton héritage.

C'est ainsi que j'appris à me battre et, cet hiver-là, à tuer.

Nous retournâmes en Northumbrie. Ragnar s'y plaisait et, bien qu'il eût pu cultiver meilleures terres en Mercie, il aimait les collines du Nord, ses profondes vallées et ses sombres forêts. Un matin, alors qu'apparaissaient les premières gelées, il m'emmena chasser. Une troupe d'hommes et deux fois autant de chiens battirent la forêt pour tenter de rabattre un sanglier. Je restai aux cotés de Ragnar, armé comme lui d'une lourde lance de chasse.

– Un sanglier est capable de tuer, Uhtred, m'avertit-il. Si tu ne portes point correctement le coup de lance, il peut te déchirer du ventre au col.

Le coup, je le savais, devait être donné au poitrail de la bête ou, si l'on avait de la chance, en pleine gorge. Je savais que je ne pouvais tuer un sanglier, mais s'il s'en présentait un je devais essayer. Un sanglier adulte peut peser le double d'un homme et je n'avais pas la force d'en repousser un, mais Ragnar était déterminé à me laisser frapper le premier, tout en restant derrière moi pour me porter secours. Et c'est ce qui arriva. J'ai tué des centaines de sangliers depuis, mais je me rappellerai toujours le premier, ses petits yeux, sa rage, sa détermination, la puanteur, les soies hérissées et souillées de boue, et le bruit sourd de la lance plongeant dans son poitrail. Je fus projeté en arrière comme si j'avais reçu une ruade du cheval à huit jambes d'Odin et Ragnar plongea sa lance dans le cuir épais de la bête. Elle couina et rugit, agita les pattes, et les chiens se mirent à hurler. Je me relevai, serrai les dents, appuyai de tout mon poids sur la lance et sentis la vie de l'animal vibrer dans la tige. Ragnar m'offrit une des défenses de la dépouille. Je l'accrochai à mon cou avec le marteau de Thor. Les jours suivants, je voulais chasser encore, bien que je n'en eusse le droit qu'accompagné de Ragnar ; lorsque Rorik voyait sa santé s'améliorer, nous prenions nos arcs et partions chasser le cerf.

C'est lors de l'une de ces expéditions, sur des landes parsemées de plaques de neige, qu'une flèche faillit m'ôter la vie. Rorik et moi rampions sous les buissons et le dard me manqua de quelques pouces, sifflant à mes oreilles avant de se ficher dans le tronc d'un frêne. Je me retournai en bandant mon arc, mais ne vis personne. Puis j'entendis des pas sous le couvert des arbres. Nous les suivîmes aussitôt, mais celui qui avait tiré cette flèche courait plus vite que nous.

– Un accident, dit Ragnar. Quelqu'un aura vu les feuillages bouger, pensé à un cerf et tiré. Cela arrive. (Il examina la flèche que nous avions rapportée, mais elle ne portait aucune marque de propriétaire. C'était une simple tige de charme, empennée de plumes d'oies et munie d'une pointe d'acier.) Un accident, conclut-il.

Plus tard, cet hiver-là, nous retournâmes à Eoferwic pour réparer les navires. J'appris à fendre des troncs de chêne avec coin et maillet, et à façonner les longues planches pâles qui renforceraient les coques pourries. Le printemps vit arriver d'autres bateaux, d'autres guerriers, et parmi eux Halfdan, le jeune frère d'Ubba et Ivar. C'était un homme de haute taille, avec une abondante barbe et des yeux flamboyants. Il étreignit Ragnar, me donna un coup sur l'épaule, à Rorik une tape sur la tête, jura qu'il tuerait tous les chrétiens d'Anglie, puis alla voir ses frères.

Tous trois fomentèrent la nouvelle guerre, celle qui, promettaient-ils, dépouillerait l'Estanglie de ses trésors.

La moitié de l'armée progresserait à terre, tandis que l'autre, celle où servaient Ragnar et ses hommes, utiliserait la voie maritime. J'attendais avec impatience mon premier vrai voyage, mais avant le départ Kjartan vint voir Ragnar, suivi de son fils Sven, son œil borgne creusant un trou rougeâtre dans son visage maussade.

– Je désire combattre avec toi, seigneur, dit Kjartan qui s'agenouilla devant Ragnar.

Le capitaine avait commis une erreur en venant avec Sven, car Ragnar, d'habitude si généreux, jeta un regard noir au garçon. Je dis « garçon », mais en vérité c'était déjà un homme qui promettait d'être immense et robuste, avec une large poitrine.

– Tu désires combattre avec moi, répéta Ragnar d'une voix sans timbre.

– Je t'en supplie, mon seigneur, insista Kjartan.

Cela avait dû lui coûter de prononcer ces paroles, car Kjartan était un homme fier ; mais à Eoferwic, il n'avait récolté nul butin, gagné ni bracelet ni renommée.

– Mes navires sont pleins, répondit froidement Ragnar en se détournant.

Je vis la haine se peindre sur le visage de Kjartan.

– Pourquoi ne part-il point avec un autre ? demandai-je à Ravn.

– Parce que tous savent qu'il a offensé Ragnar, et lui donner une place aux rames, c'est risquer l'ire de mon fils, dit Ravn en haussant les épaules. Kjartan devrait rentrer au Danemark. Celui qui a perdu la confiance de son seigneur a tout perdu.

Mais Kjartan et son fils borgne restèrent à Eoferwic, et nous partîmes à la voile en descendant l'Ouse jusqu'à l'Humber où nous passâmes la nuit. Le lendemain matin, nous ôtâmes les boucliers du flanc des navires, puis nous attendîmes que la marée ait soulevé les coques pour ramer jusqu'au large.

J'avais déjà pris la mer à Bebbanburg, avec des pêcheurs, pour jeter des filets aux alentours des îles Farne, mais là c'était différent. La *Vipère* glissait sur les vagues comme un oiseau au lieu de les affronter comme un nageur. Nous profitâmes du noroît pour hisser la grand-voile. Les rames furent rentrées et les écoutilles bouchées tandis que la voile claquait et se gonflait pour nous entraîner au sud. Nous étions quatre-vingt-neuf navires au total : une flotte de tueurs à têtes de dragons qui faisaient la course et s'insultaient lorsque l'un d'eux devançait l'autre. Ragnar pesait sur le gouvernail, ses cheveux flottant dans le vent et sur les lèvres un sourire plus large que l'océan. Les cordages de peau de phoque crépitaient, le navire semblait bondir sur les flots, bouillonner sur les crêtes et glisser sur le flanc des vagues dans des gerbes d'embruns. Au début, je fus effrayé car la *Vipère* ployait, presque couchée sur les rouleaux verts, puis, ne voyant nulle crainte sur les visages des hommes, j'appris à apprécier ce chahut, poussant des cris de joie chaque fois que la proue fendait une lame et que l'eau se déversait en cascade sur le pont.

– J'adore cela ! me cria Ragnar. Au Valhalla, j'espère retrouver vaisseau, mer et vent !

La côte était toujours en vue à tribord. C'était une ligne verte, parfois brisée de dunes, mais sans arbre ni colline. Alors que le soleil baissait, nous voguâmes vers la terre, tandis que Ragnar ordonnait de replier la voile et de sortir les rames.

Nous entrâmes dans une contrée de marécages et de roseaux, de cris d'oiseaux et de hérons à longues pattes, de pièges à anguilles et de digues, et je me rappelai que mon père traitait les Estangles de grenouilles. Nous étions aux abords de leurs terres, là où la Mercie prend fin et où commence l'Estanglie dans un dédale d'eau, de boue et de bancs de sel.

– Nous naviguons sur le Gewaesc, dit Ragnar.

– Tu es déjà venu ?

– Il y a trois ans. C'est une terre bonne à piller, Uhtred, mais l'eau est traîtresse. Trop peu profonde.

Le Gewaesc l'était en effet et Weland, à la proue de la *Vipère,* sondait l'eau d'un poids accroché à une corde. Nous ne plongions les rames que lorsqu'il annonçait suffisamment de fond et c'est ainsi que nous avançâmes dans le crépuscule, suivis du reste de la flotte. Les ombres étaient longues, et sur le soleil rouge se découpaient les gueules ouvertes des dragons, des serpents et des aigles des proues.

La nuit venue, nous jetâmes l'ancre et dormîmes à bord. À l'aube, Ragnar nous fit grimper au mât, Rorik et moi. Le vaisseau d'Ubba était non loin et lui aussi avait mandé des guetteurs à la girouette peinte.

– Que voyez-vous ? nous cria Ragnar.

– Trois hommes à cheval nous observent, répondit Rorik en désignant le sud.

– Et un village, ajoutai-je.

Pour les hommes du rivage, nous étions l'incarnation de leurs pires terreurs, une forêt de mâts et des monstres sculptés aux proues et aux poupes surélevées de nos navires. À la vue de cette armée embarquée sur des bateaux dragons, ils savaient ce qui allait arriver. Les trois cavaliers tournèrent bride et galopèrent vers le sud.

Nous poursuivîmes notre route. Le vaisseau d'Ubba, ayant pris la tête, suivait un canal tortueux et peu profond. Le sorcier d'Ubba, Storri, se tenait debout à la proue. Je devinai qu'il avait consulté les runes et prédit la victoire.

– Aujourd'hui, me dit Ragnar, tu vas apprendre à être un Viking.

Être un Viking, cela signifiait être un guerrier, et Ragnar n'avait pas mené d'expédition sur son bateau depuis des années. Il était devenu un envahisseur, un occupant, tandis que la flotte d'Ubba ravageait la côte et attirait l'armée angle vers la mer, et qu'à terre son frère Ivar menait l'armée vers le sud depuis la Mercie. En ce début d'été, j'appris à être un Viking. Nous menâmes les navires jusqu'à une mince bande de terre et, une fois les bateaux tirés sur la grève, nous édifiâmes des fortifications en travers de la pointe. Après quoi, de vastes troupes battirent la campagne pour ne revenir que le lendemain matin avec des chevaux volés. Ceux-ci furent montés par d'autres hommes qui s'enfoncèrent à leur tour dans les terres, tandis que Ragnar menait ses hommes à pied le long de la côte.

Nous parvînmes à un hameau désert dont je n'ai jamais su le nom, et nous le réduisîmes en cendres. Nous incendiâmes des fermes et une église puis nous continuâmes notre route, et le soir nous arrivâmes aux abords d'un vaste village. Nous nous cachâmes dans un bois, et nous attaquâmes à l'aube.

Nous sortîmes en hurlant de l'obscurité : des hommes en cottes de cuir avec casques de fer, boucliers ronds et peints, armés de haches, d'épées et de javelots. Les habitants n'avaient ni armes ni armures, et peut-être ignoraient-ils même la présence des Danes dans les environs, car ils ne nous attendaient pas. Ils périrent. Quelques braves tentèrent de résister devant leur église, mais Ragnar les chargea et ils furent massacrés sur place. Quand Ragnar ouvrit les portes de l'église, il y trouva femmes et enfants. Depuis l'autel, le prêtre lança des malédictions en latin tandis que le Dane remontait la travée ; il l'invectivait encore quand Ragnar l'éventra.

Nous nous emparâmes d'un crucifix de bronze, d'un plat d'argent cabossé et de quelques pièces. Nous trouvâmes dans les maisons vaisselle, ciseaux, serpes et grils. Nous capturâmes bétail, chèvres, moutons et bœufs, ainsi que huit chevaux et seize jeunes femmes. L'une d'elles cria qu'elle ne pouvait abandonner son enfant et je vis Weland embrocher le petit sur sa lance et jeter son cadavre ensanglanté dans les bras de sa mère. Ragnar la renvoya, non par pitié, mais afin qu'elle répande la nouvelle du massacre. Les gens devaient craindre les Danes, disait Ragnar, ainsi ils seraient prêts à se rendre.

– Brûle le chaume, Uhtred, m'ordonna-t-il en me donnant un tison.

Et j'allai de maison en maison, mettant le feu aux toits de roseaux. Je brûlai l'église et, alors que j'approchais de la dernière maison, un homme en surgit, armé d'un trident. Je l'esquivai, plus par chance que par calcul, et lui jetai mon tison au visage. L'homme recula devant les flammes et Ragnar en profita pour me lancer un javelot, une lourde lance de guerre employée pour le combat rapproché. Elle tomba dans la poussière devant moi et, comprenant qu'il m'autorisait à combattre, je la ramassai. Ragnar n'avait pas l'intention de me laisser mourir, car il avait posté deux archers prêts à tirer, mais il n'intervint pas lorsque l'homme se précipita de nouveau sur moi.

Je parai son coup, envoyant voler le trident. L'homme, qui faisait deux fois ma taille et mon poids, m'injuria, me traita de bâtard du diable et de déchet de l'enfer, puis il se rua sur moi et je fis ce que j'avais appris en chassant le sanglier. Je m'écartai sur la gauche, attendis qu'il soit à la hauteur de ma lance, revins sur ma droite et frappai.

J'avais mal porté le coup et j'étais trop léger pour le repousser, mais la pointe lui avait percé le ventre. Hoquetant et grondant, il tomba sur moi et me renversa. Il essaya de m'étrangler, mais je m'extirpai de sous son corps, m'emparai de son trident et le lui plongeai dans la gorge. L'homme se convulsa en suffoquant, du sang jaillissant toujours de sa blessure. Je voulus retirer le trident, mais les barbes étaient coincées dans son gosier. Je lui arrachai donc son épée et tentai de l'achever. Cependant, la lame ne fit que lui effleurer les côtes. Il faisait un vacarme terrible, probablement en proie à la panique, et je ne vis pas que Ragnar et ses hommes s'étouffaient presque de rire à mes tentatives. Je finis par le terrasser, ou peut-être mourut-il d'avoir perdu tout son sang, mais je l'avais tailladé tant et si bien qu'on eût cru qu'une horde de loups s'en était pris à lui.

Je reçus un troisième bracelet, alors que certains des guerriers accomplis de Ragnar n'en avaient que trois. Rorik en fut jaloux, mais il était plus jeune et son père le consola en lui disant que son tour viendrait.

– Comment te sens-tu ? me demanda Ragnar.

– Bien, répondis-je.

Et, Dieu me vienne en aide, c'était vrai.

C'est ce jour-là que je vis Brida pour la première fois. Elle avait mon âge, elle était brune, mince comme rameau, avec de grands yeux noirs et l'esprit aussi sauvage qu'un faucon au printemps. Elle faisait partie des prisonnières et, alors que les Danes commençaient à se répartir les captifs, une vieille femme la poussa en avant. Brida ramassa un morceau de bois, se retourna contre la vieille et la frappa en hurlant qu'elle était une vieille rosse et un tas d'os desséchés. La vieille femme trébucha et tomba dans des orties, tandis que Brida continuait de la frapper. Ragnar riait et, comme il aimait ceux qui avaient du caractère, il me la donna.

– Mets-la à l'abri, m'ordonna-t-il, et brûle la dernière maison.

J'obéis.

Et j'appris une autre leçon : « Apprends à tes hommes à tuer quand ils sont jeunes, avant que leur conscience ne s'épanouisse. Prends-les jeunes et tu en feras des guerriers impitoyables. »

Nous rapportâmes notre butin aux navires et cette nuit-là, je bus mon ale en ne me considérant plus comme un Angle. J'étais un Dane et l'on m'avait donné une enfance parfaite – du moins selon les idées d'un jeune garçon. J'étais élevé parmi les hommes, libre, j'agissais à ma guise, nulle loi ne me retenait et j'étais rarement seul.

Et c'était cela, être rarement seul, qui me sauva la vie.

Chaque expédition rapportait d'autres chevaux qui permettaient d'envoyer encore plus d'hommes plus loin encore dans les terres, pour voler davantage d'argent et ramener d'autres prisonniers. À présent, nos éclaireurs guettaient l'approche de l'armée du roi Edmond. Celui-ci régnait sur l'Estanglie et, s'il ne voulait pas s'effondrer aussi lamentablement que Burghred de Mercie, il devait protéger son royaume. Aussi surveillions-nous les routes.

Brida resta auprès de moi. Ragnar l'aimait bien, probablement parce qu'elle avait été la seule à ne point pleurer quand elle avait été capturée. Elle était orpheline et vivait chez sa tante qui la battait et qu'elle détestait. Il ne lui fallut que quelques jours pour se trouver plus heureuse parmi les Danes qu'elle l'avait jamais été avec son peuple. En tant qu'esclave, elle devait rester dans le camp et faire la cuisine, mais un matin que nous partions en expédition elle se hissa sur la selle derrière moi. Ragnar, amusé, la laissa nous accompagner.

Ce jour-là, nous poussâmes loin dans le Sud, quittant les marécages pour gagner une région de collines boisées où se trouvaient de riches fermes et un monastère plus prospère encore. Brida éclata de rire quand Ragnar occit l'abbé et ensuite, alors que les Danes récoltaient leur butin, elle me prit par la main et m'emmena jusqu'à une ferme déjà pillée par les hommes de Ragnar. Brida la connaissait, car sa tante venait fréquemment y prier.

– Elle voulait des enfants, m'expliqua-t-elle. Mais elle n'a eu que moi.

C'était une ferme romaine, me dit-elle, bien que tout comme moi elle n'eût qu'une vague idée de qui étaient vraiment les Romains. Elle savait seulement qu'ils avaient autrefois habité l'Anglie puis en étaient partis. J'avais déjà vu de nombreux bâtiments romains – il y en avait quelques-uns à Eoferwic, délabrés, colmatés avec du torchis et chaumés –, tandis que cette ferme donnait l'impression que les Romains venaient de la quitter.

C'était étonnant. Les murs étaient de pierres parfaitement taillées, carrées et soigneusement jointoyées, et le toit couvert de tuiles bien ajustées et dessinant un motif.

À l'intérieur s'étendait une cour ceinte d'un péristyle, et sur le sol de la plus grande salle figurait une incroyable image faite de milliers de petits cailloux colorés. Je restai bouche bée devant le poisson bondissant qui tirait un chariot où se dressait un homme barbu, armé d'un trident comme mon adversaire dans le village de Brida. Autour de l'image, une frise représentait des lièvres se poursuivait à travers des guirlandes de feuilles. Il y avait d'autres fresques sur les murs, mais leurs couleurs avaient pâli ou coulé avec l'eau qui ruisselait du toit.

– C'était la demeure de l'abbé, me dit Brida en m'entraînant dans une petite pièce où l'un des moines gisait dans une mare de sang. Il m'y a fait venir.

– Il a fait cela ?

– Et m'a dit d'ôter mes vêtements.

– Il a fait cela ? répétai-je.

– Je me suis enfuie, répondit-elle sans émotion. Et ma tante m'a battue. Si j'étais restée, il nous aurait récompensées.

Nous visitâmes la maison et je m'étonnai. Nous savions planter des poteaux dans le sol, tailler poutres et solives et les recouvrir de chaume de seigle ou d'orge, mais les poteaux pourrissaient, le chaume moisissait et les maisons s'affaissaient. L'été, il y faisait sombre comme en plein hiver, toute l'année, on y suffoquait dans la fumée, et l'hiver elles empestaient le bétail. Pourtant, cette bâtisse était lumineuse et propre. Nulle vache ne devait avoir jamais crotté sur l'homme au chariot tiré par un poisson. C'était troublant de penser que, d'une certaine manière, nous retournions dans les ténèbres et ne serions jamais capables de construire rien d'aussi parfait que ce bâtiment.

– Les Romains étaient chrétiens ? demandai-je à Brida.

– Je ne sais. Pourquoi ?

– Pour rien.

Pour moi, les dieux récompensaient ceux qu'ils chérissaient et j'aurais aimé savoir quels dieux veillaient sur les Romains. J'espérais qu'ils adoraient Odin, mais je me rappelai soudain que le pape vivait à Rome et Beocca m'avait enseigné que ce très saint homme était le chef de tous les chrétiens. Son nom, je m'en souvenais, était Nicolas. Brida se moquait éperdument des dieux des Romains. Elle préféra s'agenouiller pour explorer un trou dans le sol qui semblait mener à une cave minuscule.

– Peut-être étaient-ce des elfes qui y vivaient ? avançai-je.

– Les elfes habitent les forêts, protesta Brida.

Elle décida que l'abbé y avait peut-être caché des trésors et m'emprunta mon épée pour en agrandir l'orifice. Ce n'était pas une véritable épée, tout au plus une spathe, un très long coutelas ; mais je la portais fièrement, car c'était un présent de Ragnar.

– Ne brise point la lame, lui dis-je.

Elle me tira la langue et effrita le mortier tandis que je retournais dans la cour et contemplais un bassin d'eau verte et visqueuse qui, j'en étais sûr, avait dû être limpide. Une grenouille nagea jusqu'à une petite pierre et je me rappelai de nouveau le jugement de mon père sur les Estangles : des grenouilles, rien de plus.

Weland apparut à l'entrée. Il s'arrêta sur le seuil, se pourlécha les lèvres et sourit.

– Tu as perdu ta spathe, Uhtred ?

– Non.

– Ragnar m'envoie. Nous partons.

Je hochai la tête sans mot dire ; Ragnar aurait sonné le cor si nous avions vraiment été sur le point de partir.

– Allons, viens, mon garçon.

Je hochai de nouveau la tête.

Ses yeux noirs se posèrent sur les fenêtres vides puis sur le bassin.

– Est-ce une grenouille ou un crapaud ? demanda-t-il.

– Une grenouille.

– En Franquie, on dit qu'elles se mangent. (Il s'avança vers le bassin et je m'éloignai, cherchant à laisser le bassin entre lui et moi.) As-tu déjà mangé une grenouille, Uhtred ?

– Non.

– Le voudrais-tu ?

– Non.

Il glissa la main dans la bourse de cuir qu'il portait à la ceinture de sa cotte de mailles. Désormais, il avait de l'argent, deux bracelets, des bottes, un casque de fer, une longue épée. Sa cotte avait besoin d'être rapiécée, mais elle le protégeait bien mieux que les guenilles qu'il portait à son arrivée chez Ragnar.

– Je te donne cette pièce si tu attrapes une grenouille, dit-il en faisant sauter un sou d'argent dans sa main.

– Je ne veux point attraper de grenouille, grommelai-je.

– Moi si, répliqua-t-il en souriant.

Il tira son épée du fourreau de bois et entra dans le bassin. L'eau atteignait à peine le haut de ses bottes et la grenouille s'enfuit d'un bond dans l'eau verte. Weland ne regardait pas l'animal, mais moi. Je savais qu'il allait me tuer, mais j'étais incapable de bouger. J'étais étonné, mais pas outre mesure. Je comprenais qu'il voulait me tuer et n'y était pas parvenu simplement parce que j'étais toujours accompagné. Jusqu'à cet instant où j'avais suivi Brida. Weland tenait donc une occasion. Il me sourit et leva son épée. Je repris soudain mes sens et m'enfuis en courant sous le péristyle. Je voulais l'éloigner de la maison, car Brida s'y trouvait, et je savais qu'il la tuerait sans hésiter. Il sauta du bassin, se lança à ma poursuite et me coupa la route. Ses bottes laissèrent des traces humides sur les dalles romaines.

– Que t'arrive-t-il, Uhtred ? Tu as peur des grenouilles, ealdorman ? railla-t-il en brandissant son épée étincelante. Ton oncle t'envoie son salut et ne doute pas que tu brûleras en enfer tandis qu'il demeurera à Bebbanburg.

– Tu viens de...

Mais comme il était évident que Weland servait Ælfric, je n'achevai pas ma phrase et préférai reculer.

– En récompense pour ta mort, je recevrai le poids de son enfant en argent, dit Weland. Et l'enfant devrait être né, maintenant. J'ai presque réussi à te rattraper à Snotengaham, et failli te tuer d'une flèche cet hiver. Je ne faillirai pas cette fois, mais ce sera bref. Ton oncle me l'a demandé, alors agenouille-toi, mon garçon. (Il balançait son épée de droite à gauche en la faisant siffler.) Je ne lui ai pas encore donné de nom, oberva-t-il. Peut-être l'appellerai-je Tueuse d'orphelins.

Je feintai à droite et sautai à gauche, mais il était aussi vif qu'hermine et me barra le chemin. J'étais acculé, il le savait.

– Ce sera bref, répéta-t-il. Je te le promets.

À cet instant, il reçut une tuile sur son casque. Cela ne dut pas lui faire grand mal, mais le choc le déséquilibra et le prit par surprise. La deuxième l'atteignit à la taille, la troisième à l'épaule, et Brida, juchée sur le toit, me cria :

– Rentre dans la maison !

Je pris mes jambes à mon coup, évitai l'épée de Weland d'un cheveu, passai la porte et la mosaïque, une deuxième puis une troisième portes, puis je vis une fenêtre et bondis à travers, rejoint par Brida qui sauta du toit, et tous les deux nous nous enfuîmes dans les bois.

Weland nous suivit, mais il abandonna quand nous disparûmes entre les arbres. Il préféra s'enfuir vers le sud, craignant le châtiment de Ragnar. J'étais en larmes quand je retrouvai ce dernier. Pourquoi pleurais-je ? Je l'ignore, mais sans doute était-ce de savoir que Bebbanburg m'avait échappé, que mon refuge chéri était occupé par un traître qui désormais avait peut-être un fils.

Brida reçut un bracelet et Ragnar fit savoir que si quelqu'un la touchait, lui, Ragnar, le châtrerait à l'aide d'un maillet et d'un ciseau. Elle monta le cheval de Weland. Et le lendemain, l'ennemi survint.

Bien qu'aveugle, Ravn nous accompagnait, et je lui décrivis l'armée estangle qui s'assemblait sur une crête au sud de notre camp.

– Combien de bannières ? demanda-t-il.

– Vingt-trois, comptai-je.

– Que montrent-elles ?

– Beaucoup de croix, et quelques saints.

– C'est un homme bien pieux, ce roi Edmond, dit Ravn. Il a même essayé de me convaincre de devenir chrétien.

Il gloussa à ce souvenir. Nous étions assis à la proue de l'un des navires tirés au sec, Ravn dans un fauteuil, Brida et moi à ses pieds, et les jumeaux Ceolnoth et Ceolbehrt à ses côtés. C'étaient les fils de l'évêque Æthelbrid de Snotengaham qui étaient otages bien que leur père ait accueilli l'armée dane. Mais comme le disait Ravn, prendre les fils de l'évêque en otage garantissait son honnêteté. Il y avait d'autres Angles qui servaient comme soldats ; en dehors de la langue qu'ils parlaient, rien ne les distinguait des Danes. La plupart étaient des hors-la-loi ou des hommes sans suzerain, mais tous combattaient férocement.

– Et c'est un sot, ajouta Ravn avec mépris.

– Un sot ?

– Il nous a donné refuge durant l'hiver avant l'attaque d'Eoferwic, expliqua Ravn, et nous avons dû promettre de ne tuer aucun clerc, dit-il avec un petit rire. Quelle condition stupide ! Si leur dieu était si utile, nous n'aurions pu les tuer.

– Pourquoi vous a-t-il donné refuge ?

– Parce que c'était plus simple que de nous combattre.

Ravn parlait en angle parce que les trois autres enfants ne comprenaient pas le dane, bien que Brida l'apprît rapidement. Elle était vive et rusée comme renarde. Ravn sourit.

– Ce sot de roi Edmond croyait que nous partirions au printemps et ne reviendrions point, mais nous sommes là.

– Il n'aurait point dû, remarqua l'un des jumeaux.

Je n'arrivais pas à les distinguer mais ils m'agaçaient, car c'étaient de farouches patriotes merciens, malgré l'allégeance de leur père. Ils avaient dix ans et me reprochaient constamment d'aimer les Danes.

– Bien sûr qu'il n'aurait point dû, opina mollement Ravn.

– Il aurait dû vous attaquer ! dirent les jumeaux en chœur.

– Il aurait été vaincu, dans ce cas, rétorqua Ravn. Nous avons établi un camp protégé et il nous a payés pour éviter les ennuis.

– Les Romains étaient-ils chrétiens ? demandai-je soudain.

– Pas toujours. Ils avaient leurs propres dieux, autrefois, mais ils les ont abandonnés pour devenir chrétiens et dès lors ils n'ont plus connu que la défaite. Où sont nos hommes ?

– Toujours dans les marais, répondis-je.

Ubba restait dans le camp pour inciter l'armée d'Edmond à attaquer par l'étroite langue de terre, mais les Angles étaient restés au sud de cette région traîtresse et attendaient notre assaut. Ubba hésitait. Il avait fait tirer les runes par Storri : l'oracle était incertain, ce qui renforçait la prudence d'Ubba. C'était un redoutable combattant, mais toujours circonspect quand il fallait attaquer. Cependant, comme les runes n'avaient point prédit de désastre, il avait posté l'armée dans les marais. La bannière triangulaire d'Ubba, le célèbre corbeau, se dressait entre deux chemins, tous deux bien gardés par les murs de boucliers des Angles. Si nous empruntions cette voie, nos hommes devraient affronter nombre de soldats ennemis. Je décrivis la situation à Ravn.

– Il n'est point convenable de perdre des hommes, même si nous sommes vainqueurs.

– Mais si nous tuons beaucoup d'ennemis ?

– Ils sont plus nombreux que nous, bien plus. Si nous en tuons un millier, un autre millier arrivera demain, mais si nous perdons cent hommes, nous devrons attendre que d'autres vaisseaux amènent des renforts.

– D'autres navires arrivent, fit remarquer Brida.

– Je doute qu'ils surviennent cette année, dit Ravn.

– Non, insista-t-elle, ils sont là.

Elle tendit le bras, et je vis quatre navires glissant entre les îlots.

– Raconte-moi, me pressa Ravn.

– Quatre vaisseaux, venant de l'ouest.

– De l'ouest ? Pas de l'est ?

– De l'ouest, insistai-je.

Cela signifiait qu'ils ne venaient pas de la mer, mais de l'une des quatre rivières qui coulaient dans le Gewaesc.

– Les proues ?

– Pas de bêtes, rien que du bois.

– Les rames ?

– Dix de chaque côté, peut-être onze. Mais il y a plus de soldats que de rameurs.

– Des navires angles ! s'écria Ravn, stupéfait.

En dehors de petits esquifs pour la pêche et de quelques embarcations marchandes, les Angles avaient peu de vaisseaux ; pourtant, ceux-là étaient des navires de guerre, long et effilés comme les nôtres, qui glissaient dans le dédale des canaux pour attaquer la flotte échouée d'Ubba. Voyant de la fumée s'élever du plus proche, je compris qu'il y avait un brasier à bord. Les Angles avaient pour dessein de brûler les navires danes et de prendre Ubba au piège.

Mais Ubba les avait vus, lui aussi, et déjà l'armée dane rejoignait le camp. Le navire de tête tira des flèches enflammées sur le plus proche vaisseau dane, gardé seulement par des malades et des infirmes, incapables de le défendre contre une attaque.

– Les garçons ! cria l'un d'eux.

– Allez ! s'exclama Ravn, allez !

Brida, qui se considérait comme valant bien un garçon, partit avec les jumeaux et moi. Nous sautâmes sur la grève et courûmes le long du rivage vers le navire dane d'où montait une fumée toujours plus épaisse. Deux vaisseaux angles tiraient des flèches, pendant que les deux autres tentaient d'atteindre le reste de notre flotte.

Nous étouffions les flammèches pendant que les gardes lançaient leurs javelots sur les équipages angles. Les navires ennemis étaient tout près, et je remarquai qu'ils étaient construits de bois vert et mal dégrossi. Une lance se ficha non loin de moi, je m'en emparai et la renvoyai, mais pas assez fort car elle tomba dans la mer. Comme les jumeaux ne tentaient rien pour éteindre le feu, j'en frappai un et le menaçai de le battre, mais nous étions arrivés trop tard pour sauver le premier navire, qui flambait. Nous l'abandonnâmes et tentâmes de protéger le suivant, mais une volée de flèches enflammées cribla les bancs des rameurs, une autre atteignit la voile repliée et deux des garçons gisaient, morts, sur le rivage. Le navire angle de tête mit le cap sur la grève, une troupe d'hommes à sa proue, armés de lances, de haches et d'épées.

– Edmond ! hurlaient-ils. Edmond !

La quille racla le sable, les guerriers sautèrent à terre et commencèrent à massacrer nos gardes. Les énormes haches s'abattaient, le sang giclait sur le sable, emporté par les vaguelettes. J'empoignai Brida et l'entraînai à travers un petit canal peu profond grouillant de minuscules poissons argentés.

– Il faut sauver Ravn ! lui criai-je.

Elle riait. Brida adorait le chaos.

Trois des navires angles avaient déversé leurs équipages qui achevèrent nos gardes, tandis que le quatrième glissait sur l'eau, décochant des flèches enflammées. Enfin, les hommes d'Ubba se précipitèrent sur l'ennemi. Certains étaient restés avec la bannière au corbeau près du rempart pour protéger le camp, mais les autres criaient vengeance. Les Danes ont une adoration pour leurs navires. Pour eux, tout comme femme ou épée belle et effilée, un navire mérite qu'on meure, ou du moins qu'on se batte pour lui.

Les Angles avaient bien manœuvré jusque-là, mais la marée descendait et ils n'avaient plus assez de fond. Des Danes lancèrent des volées de haches, lances et flèches sur l'équipage du seul bateau encore à flot, tandis que les autres s'attaquaient aux Angles débarqués.

Ce fut un massacre. Un combat parfait que s'emploieraient à célébrer les scaldes. Le rivage était inondé de sang que léchaient des vaguelettes dans les hurlements des soldats. Tout alentour des navires en feu, le soleil, voilé, était devenu pourpre sur le sable teinté de rouge. Et dans cette fumée, la fureur des Danes fut terrible. Ce fut la première fois que je vis Ubba se battre et il m'émerveilla, car cet adorateur de l'épée, ce guerrier faucheur, semait la mort. Il ne se battit point dans le mur de boucliers mais fondit sur ses ennemis, les assommant d'un côté de son bouclier tandis qu'il les déchiquetait de sa hache. Il semblait invincible, car à un moment il fut encerclé par des Angles ; mais dans un hurlement de haine et un fracas de fer, Ubba surgit de l'enchevêtrement de combattants, sa lame et sa barbe ruisselantes de sang, et il chercha d'autres adversaires. Ragnar et ses hommes se joignirent à lui, fauchant l'ennemi sur la grève, criant leur haine de ces hommes qui avaient brûlé leurs navires. Lorsque tout fut terminé, nous comptâmes soixante-huit cadavres d'Angles, tandis que d'autres s'étaient noyés dans la mer, entraînés par le poids de leurs armures. Le seul navire angle qui parvint à en réchapper était celui des mourants, aux flancs ruisselants de sang. Les Danes victorieux dansèrent sur les cadavres et entassèrent les armes qu'ils avaient prises. Trente Danes étaient morts et furent brûlés sur un navire encore en feu. Nous avions perdu six vaisseaux, mais Ubba avait gardé les trois navires anglais échoués, que Ragnar qualifia de déchets.

– C'est incroyable qu'ils flottent, déclara-t-il en donnant un coup de pied dans une fente mal calfatée.

Pourtant, je trouvais que les Angles s'étaient bien débrouillés. Ils avaient commis des erreurs, mais ils avaient blessé la fierté des Danes en brûlant leurs navires. Et si le roi Edmond avait attaqué le mur protégeant le camp, il aurait pu tourner le massacre à son avantage. Mais au contraire il avait battu en retraite. Car il pensait affronter l'armée dane par la mer, alors que la véritable attaque était venue de terre.

Ubba était furieux. Quelques prisonniers angles furent sacrifiés à Odin. Le lendemain matin, abandonnant sur la plage nos navires calcinés, tels des squelettes noirs, nous rejoignîmes notre flotte.

Chapitre 4

Le roi Edmond d'Anglie reste dans les esprits comme un saint, l'une de ces âmes bénies qui vivent pour l'éternité dans l'ombre de Dieu. C'est du moins ce que racontent les prêtres. Selon eux, au paradis, les saints occupent une place privilégiée du grand château de Dieu, où ils chantent les louanges du Seigneur. Beocca me vantait toujours cette perspective enchanteresse, mais moi je trouve cela fort monotone. Les guerriers danes, eux, sont emmenés au Valhalla, le château des morts d'Odin, où ils passent leurs jours à se battre et leurs nuits à festoyer et boire, et je n'ose avouer aux prêtres que cela me semble une bien plus agréable manière de passer le temps outre-tombe. J'ai un jour demandé à un évêque s'il y avait des femmes au paradis.

– Bien sûr, mon seigneur. La plupart des saints les plus bienheureux sont des femmes.

– Je parle de femmes que l'on peut trousser, l'évêque.

Il répondit qu'il prierait pour moi, et peut-être l'a-t-il fait.

J'ignore si le roi Edmond était un saint. C'était un sot, voilà qui est sûr. Il avait donné refuge aux Danes, les avait payés, leur avait offert vivres et fourni chevaux, tout cela sur la promesse qu'ils quitteraient l'Estanglie au printemps et ne toucheraient pas un cheveu du moindre clerc. Deux ans plus tard et bien plus puissants, les Danes étaient de retour et le roi Edmond fut obligé de les combattre. Après la débâcle angle en Mercie et en Northumbrie, il savait que son royaume subirait le même sort. Il rassembla donc sa *fyrd,* pria son dieu et marcha à la bataille. D'abord, il nous aborda par la mer puis, apprenant qu'Ivar contournait les grandes étendues marécageuses du Gewaesc, il se retourna contre lui. Ubba mena alors notre flotte en amont du Gewaesc et nous remontâmes l'une des rivières jusqu'à ce qu'elle soit trop étroite. Les hommes remorquèrent les navires en pataugeant dans l'eau jusqu'à la taille. Lorsque nous ne pûmes aller plus loin, nous laissâmes nos navires sous bonne garde et suivîmes les chemins détrempés. Nous ignorions où nous étions. Nous savions seulement qu'en nous dirigeant vers le sud, nous devions atteindre la route prise par Edmond pour rejoindre Ivar. En coupant cette voie, nous le prendrions en tenaille entre nos forces et celles d'Ivar.

C'est précisément ce qui se passa. Ivar affronta l'armée d'Edmond, mur de boucliers contre mur de boucliers, et nous n'en eûmes connaissance que lorsque les premiers Angles fuyant vers l'est se heurtèrent à nous. Cela nous fut confirmé le lendemain par les cavaliers d'Ivar.

Le roi Edmond s'enfuit. L'Estanglie étant un vaste pays, il aurait pu trouver refuge dans une forteresse ou gagner le Wessex. Il préféra s'en remettre à Dieu et se réfugia dans le petit monastère de Dic. Ce monastère était perdu dans les marécages et peut-être le roi crut-il qu'on ne l'y trouverait jamais, car, comme on me l'a raconté, l'un des moines lui avait promis que Dieu nimberait les lieux dans une brume éternelle où se perdraient les païens. Mais en fait de brouillard, ce furent les Danes qui arrivèrent.

Ivar, Ubba et leur frère Halfdan chevauchèrent jusqu'à Dic avec la moitié de leur armée, tandis que l'autre commençait à pacifier l'Anglie, c'est-à-dire à violer, incendier et tuer jusqu'à ce que la population se soumette, ce qu'elle fit bientôt. L'Estanglie tomba aussi aisément que la Mercie, et la seule mauvaise nouvelle pour les Danes fut l'annonce de troubles en Northumbrie. On parlait de révolte, de Danes tués. Ivar n'osant quitter l'Estanglie si vite après sa victoire, il proposa au roi Edmond de conserver son trône, tout comme Burghred en Mercie.

L'entrevue se déroula à Dic, dans l'église du monastère, un bâtiment étonnamment vaste, en bois et en chaume, orné de grandes tentures de cuir peintes de scènes de couleurs vives. L'une d'elles représentait des êtres nus précipités dans l'enfer où un énorme serpent aux crochets immenses les engloutissait.

– Le Faucheur de cadavres, dit Ragnar en frissonnant.

– Le Faucheur de cadavres ?

– C'est un serpent qui attend dans le Niflheim, expliqua-t-il en touchant le marteau de Thor autour de son cou. (Le Niflheim, je le savais, était l'enfer norois, et à la différence de celui des chrétiens il y régnait un froid glacial.) Le Faucheur se nourrit des morts, continua Ragnar, mais il ronge aussi l'arbre de la vie pour anéantir le monde entier.

Il toucha de nouveau son amulette.

Une tenture près de l'autel représentait le Christ sur la croix, mais c'est la troisième qui fascina Ivar. Un homme vêtu d'un pagne, attaché à un poteau, servait de cible à des archers. Une douzaine de flèches perçaient sa chair blanche, mais il arborait encore une expression béate et un sourire, comme s'il savourait sa périlleuse situation.

– Qui est-ce ? demanda Ivar.

– Le bienheureux saint Sébastien.

Le roi Edmond était assis devant l'autel et c'est son interprète qui avait répondu. Ivar, son regard de spectre fixé sur la peinture, voulait connaître toute l'histoire. Edmond raconta comment saint Sébastien, un soldat romain ayant refusé d'abjurer sa foi, avait été condamné par l'empereur à périr sous les flèches.

– Et pourtant, il a survécu ! s'extasia Edmond. Il a survécu parce que Dieu l'a protégé. Dieu soit loué pour Sa miséricorde !

– Il a survécu ? interrogea Ivar, sceptique.

– Et l'empereur l'a fait exécuter à coups de massue, conclut l'interprète.

– Il est donc mort ?

– Il est allé au paradis, répliqua Edmond. Donc, il a survécu.

Ubba ricana. Ses deux frères et lui étaient accompagnés d'autant de guerriers que pouvait en accueillir l'église, alors que le roi Edmond n'était entouré que de deux prêtres et six moines pour écouter la proposition d'Ivar. Le roi Edmond avait la vie sauve, il pourrait régner sur l'Estanglie, mais les principales forteresses seraient aux mains des Danes, qui avaient le droit de cultiver les terres de leur choix, hormis les domaines royaux. Edmond fournirait des chevaux à l'armée dane, paierait et nourrirait les soldats. Edmond n'avait pas de fils, mais les enfants des lieutenants survivants seraient pris en otage afin d'assurer le respect de l'accord.

– Et si je refuse ? demanda Edmond.

– Nous prendrons toute la terre, répondit Ivar, amusé.

Le roi consulta ses prêtres. Edmond était un homme grand et maigre, chauve comme un œuf alors qu'il n'avait que la trentaine, les yeux exorbités, la bouche pincée et les sourcils perpétuellement froncés. Le froc blanc qu'il portait lui donnait l'air d'un moine.

– Qu'en est-il de l'église de Dieu ? demanda-t-il encore à Ivar.

– Comment cela ?

– Vos hommes ont profané les autels de Dieu, massacré Ses serviteurs et pillé Ses biens !

Le roi Edmond était en colère. Il se cramponnait à son fauteuil en martelant ses accusations.

– Ton dieu ne peut-il se défendre tout seul ? s'enquit Ubba.

– Notre dieu est tout-puissant. Il a créé le monde, et Il permet l'existence du mal, afin de nous mettre à l'épreuve.

– Amen, murmura l'un des prêtres tandis que l'interprète d'Ivar traduisait.

– Il vous a fait venir, cracha le roi, païens du Nord ! Jérémie l'avait prédit !

– Jérémie ? demanda Ivar, à présent déconcerté.

L'un des moines saisit un livre, le premier que je voyais depuis bien des années. Il en ôta la couverture de cuir, tourna les pages cassantes et le tendit au roi, qui sortit de sa poche une petite baguette d'ivoire dont il se servit pour désigner les mots qu'il lisait.

– *Quia malum ego, abduco ab aquilone et contritionem magnam !* C'est dans la Bible ! s'exclama Edmond en rendant le volume au moine.

– Tu peux garder ton église, concéda Ivar d'un ton indifférent.

– Cela ne suffit point ! ajouta Edmond qui se leva pour appuyer ses paroles. Je régnerai ici, continua-t-il, et je subirai votre présence si je le dois, et je vous fournirai chevaux, vivres, argent et otages, mais seulement si toi et tous tes hommes vous soumettez à Dieu. Vous devez être baptisés !

Les deux interprètes butèrent sur le mot et Ubba me demanda mon aide du regard.

– Il faut se tenir dans un tonneau rempli d'eau, expliquai-je, me rappelant ce qu'avait fait Beocca après la mort de mon frère, et on verse de l'eau sur toi.

– Ils veulent me laver ? demanda Ubba, stupéfait.

– Vous deviendrez chrétiens ! dit Edmond avant de s'adresser à moi d'un air irrité. Nous pouvons baptiser dans la rivière, mon garçon. Un tonneau n'est point nécessaire.

– Ils veulent te laver dans la rivière, traduisis-je à Ivar et Ubba qui éclatèrent de rire.

Ivar réfléchit à la question. Rester planté dans une rivière quelques minutes n'était pas un bien grand mal, surtout si cela lui permettait de retourner en Northumbrie ramener le calme.

– Je peux continuer d'adorer Odin une fois lavé ? demanda-t-il.

– Bien sûr que non ! s'emporta Edmond. Il n'y a qu'un seul Dieu !

– Il y en a de nombreux, répliqua Ivar. Tout le monde le sait !

– Il n'y a qu'un seul Dieu et vous devez Le servir.

– Mais nous sommes victorieux, expliqua patiemment Ivar comme s'il s'adressait à un enfant. Nos dieux ont battu le tien.

Le roi frémit devant cette hérésie.

– Vos dieux sont de faux dieux. Ce sont des étrons du diable, des créatures malsaines qui apportent les ténèbres sur le monde, alors que notre Dieu est grand, tout-puissant et magnifique.

– Montre-le moi, défia Ivar.

Un silence s'abattit.

– Prouve tes paroles, insista Ivar, tandis que les Danes murmuraient leur approbation.

Le roi Edmond cligna des paupières, ne trouvant clairement aucune inspiration, puis il désigna la tenture de cuir qui représentait le martyre de saint Sébastien.

– Notre Dieu a épargné à saint Sébastien la mort sous les flèches, dit-il. Voilà une preuve suffisante, n'est-ce pas ?

– Mais il est tout de même mort, fit remarquer Ivar.

– Parce que telle était la volonté de Dieu.

Ivar réfléchit.

– Donc, ton dieu te protégerait de mes flèches ? demanda-t-il.

– Si telle est sa volonté, oui.

– Essayons, alors, proposa Ivar. Nous allons tirer sur toi. Si tu survis, nous nous ferons tous laver.

Edmond considéra le Dane en se demandant s'il était sérieux, et se décomposa en voyant qu'Ivar ne plaisantait point. Le roi ouvrit la bouche, ne trouva rien à dire et la referma. Puis l'un des moines tonsurés lui murmura quelque chose. Il devait sans doute arguer que Dieu proposait cette épreuve afin qu'un miracle se produisît : les Danes deviendraient chrétiens, nous serions tous amis et nous finirions par chanter ensemble sur les cimes du paradis. Le roi ne parut pas totalement convaincu, mais les Danes voulaient tenter le miracle : à présent, ce n'était plus à Edmond de décider.

Une douzaine d'hommes écartèrent prêtres et moines pendant que d'autres allaient chercher arcs et flèches. Le roi s'agenouilla devant l'autel, priant comme aucun homme n'avait jamais prié. Les Danes souriaient malicieusement. Je crois que j'espérais être le témoin d'un miracle, non parce que j'étais chrétien mais parce que je n'en avais jamais vu aucun. Personne n'avait jamais marché sur l'eau à Bebbanburg, nul lépreux n'y avait jamais été guéri, et aucun ange ne remplissait le ciel nocturne de sa gloire flamboyante... À présent, peut-être pourrais-je constater cette puissance de Dieu dont Beocca m'avait si souvent fait l'éloge. Brida, elle, voulait simplement voir Edmond mort.

– Es-tu prêt ? demanda Ivar au roi.

Edmond regarda ses prêtres et moines et je me demandai s'il n'allait pas proposer que l'un d'eux le remplace pour éprouver la puissance de Dieu. Puis il fronça les sourcils et se retourna vers Ivar.

– J'accepte ta proposition.

– Tu acceptes que nous tirions nos flèches sur toi ?

– J'accepte de demeurer roi ici.

– Mais tu veux me laver.

– Nous pouvons nous passer de cela, déclara Edmond.

– Non, dit Ivar. Tu as prétendu que ton dieu est tout-puissant et qu'il est le seul. Je veux en avoir la preuve. Si tu dis vrai, nous nous ferons tous laver. C'est bien d'accord ?

Cette dernière question s'adressait aux Danes, qui approuvèrent bruyamment.

– Pas moi, protesta Ravn. Je ne veux point être lavé.

– Nous serons tous lavés ! aboya Ivar.

Je me rendis compte que l'issue de l'épreuve l'intéressait réellement, bien plus, en vérité, que de conclure rapidement la paix avec Edmond. Ivar essayait de découvrir si, depuis des années, il adorait les dieux qu'il ne fallait pas.

– Portes-tu une armure ? demanda-t-il à Edmond.

– Non.

– Mieux vaut s'en assurer, intervint Ubba en considérant la tenture. Qu'on le déshabille, ordonna-t-il.

Le roi et les clercs protestèrent, mais les Danes ne voulaient rien entendre et le roi se retrouva nu comme un ver. Brida était aux anges.

– Quel gringalet ! se gaussa-t-elle.

Edmond s'efforça de rester digne. Les moines et les prêtres s'étaient agenouillés et priaient, tandis que six archers prenaient position à une douzaine de pas d'Edmond.

– Nous allons savoir si le dieu angle est aussi puissant que les nôtres. S'il l'est et si le roi survit, nous deviendrons tous chrétiens, tous ! proclama Ivar.

– Pas moi, répéta Ravn à voix basse, pour qu'Ivar n'entende pas. Raconte-moi ce qui se passe, Uhtred.

Ce fut rapidement fini. Les six flèches atteignirent leur cible, le roi poussa un cri, du sang gicla sur l'autel, il tomba en se tortillant comme un saumon harponné, puis six autres flèches le criblèrent. Edmond se tortilla encore et les Danes continuèrent de tirer, à grand-peine tant ils riaient, et ils ne cessèrent que lorsque le roi fut hérissé de flèches comme un porc-épic. Il était mort et bien mort, sa peau blanche ruisselante de sang, la bouche ouverte. De nos jours, bien sûr, on ne raconte pas cette histoire. On dit aux enfants que le brave saint Edmond tint tête aux Danes, exigea leur conversion et fut massacré, mais la vérité est que ce sot avait lui-même provoqué son supplice.

Les prêtres et les moines gémissaient tant qu'Ivar ordonna qu'on les tue, puis il décréta que le jarl Godrim, l'un de ses lieutenants, régnerait sur l'Estanglie et qu'Halfdan ravagerait le pays pour étouffer les dernières résistances. Godrim et Halfdan reçurent un tiers de l'armée pour maintenir la paix en Estanglie, tandis que le reste retournerait soumettre la Northumbrie révoltée.

L'Estanglie n'était plus. Et le Wessex était le dernier royaume d'Angleterre.

Nous retournâmes en Northumbrie en remontant la côte, tantôt à la rame, tantôt à la voile, puis à la rame par l'Humber et l'Ouse. Bientôt les murs d'Eoferwic apparurent et nous hissâmes le navire à sec, afin qu'il ne pourrisse pas durant l'hiver. Ivar et Ubba nous accompagnèrent pour que la flotte tout entière, rames ruisselantes et proues ornées de branches de chêne vert témoigne de notre victoire. En prenant trois des quatre royaumes d'Anglie, les Danes avaient amassé une fortune qui fut partagée entre les guerriers. Certains décidèrent de rentrer au Danemark avec leur part, mais la plupart restèrent car le royaume le plus prospère était encore invaincu et certains pensaient qu'ils seraient riches comme les dieux une fois le Wessex tombé.

Ivar et Ubba s'attendaient à des difficultés à Eoferwic, mais les troubles qui agitaient la Northumbrie n'avaient pas atteint la ville et le roi Egbert, qui gouvernait sous la férule des Danes, nia d'un air boudeur qu'il y ait eu le moindre soulèvement. L'archevêque Wulfhere leur répondit de même.

– Il y a toujours maints brigandages. Peut-être est-ce de cela que vous avez entendu parler ?

– Ou bien c'est toi qui es sourd, répliqua sèchement Ivar.

Il avait raison de se montrer soupçonneux, car, une fois répandue la nouvelle du retour de l'armée, des messagers de l'ealdorman Ricsig de Dunholm firent leur apparition. Dunholm était une grande forteresse située dans un nœud de la rivière Wire, cela la rendait presque aussi imprenable que Bebbanburg. Ricsig n'avait jamais levé l'épée contre les Danes. Lors de l'attaque d'Eoferwic où mon père avait été tué, Ricsig avait prétendu qu'il était malade, mais à présent ses serviteurs annoncèrent à Ivar qu'un groupe de Danes avaient été massacrés à Gyruum. Il semblait que six Danes, tous sans suzerain, étaient venus à Gyruum en demandant à voir le trésor du monastère. Les moines ayant répondu qu'ils étaient pauvres, les six hommes avaient entrepris de les tuer. Les moines avaient résisté, et comme ils étaient plus d'une vingtaine, assistés par quelques villageois, ils étaient parvenus à occire les six Danes qui avaient fini embrochés sur des piques et laissés à pourrir sur le rivage. Jusque-là, admit Ragnar, la faute revenait aux Danes ; mais les moines, encouragés par le massacre, avaient remonté la rivière Tine et attaqué une colonie dane qui ne comptait que quelques hommes, trop âgés ou malades pour partir en guerre. Sur ces entrefaites, ils avaient violé et tué une vingtaine de femmes et d'enfants, sous prétexte de guerre sainte. D'autres avaient rejoint cette armée improvisée, mais l'ealdorman Ricsig, redoutant la vengeance des Danes, avait capturé bon nombre de rebelles et de moines, désormais détenus dans sa forteresse de Dunholm.

Cela nous fut narré par les messagers de Ricsig puis par des Danes ayant survécu au massacre, dont une fille de l'âge de celle de Ragnar. Elle nous déclara que les moines l'avaient violée puis baptisée de force. Elle raconta que des nonnes, qui accompagnaient et encourageaient ces hommes, avaient pris part au massacre.

– Un nid de vipères, dit Ragnar.

Je ne l'avais jamais vu si en colère, pas même lorsque Sven s'était exhibé devant Thyra. Nous déterrâmes des dépouilles de Danes et constatâmes qu'ils étaient nus et ensanglantés. Tous avaient été torturés.

Nous contraignîmes un prêtre à nous indiquer les principaux monastères et couvents de Northumbrie. Gyruum était l'un de ceux-là, bien sûr, ainsi qu'un vaste couvent de l'autre côté de la rivière, et un second monastère, là où la Wire se jette dans la mer. Streonshall était proche d'Eoferwic et abritait de nombreuses nonnes, tandis que non loin de Bebbanburg, sur l'île que Beocca disait sacrée, se trouvait le monastère de Lindisfarena. Il y en avait bien d'autres, mais Ragnar se contenta des principaux et envoya des messagers proposer à Ivar et Ubba que les nonnes de Streonshall soient dispersées, et qu'on tue toutes celles reconnues coupables d'avoir participé à la révolte. Après quoi nous nous mîmes en route pour Gyruum. Tous les moines furent exterminés, les bâtiments qui n'étaient pas de pierre brûlés, et les trésors – car ils avaient en réalité caché de l'or et de l'argent sous leur église – emportés. Je me souviens que nous découvrîmes une grande quantité d'écrits, des piles de parchemins, tous couverts de lettres noires. J'ignorais de quoi il s'agissait et je ne le saurai jamais, car nous brûlâmes tout. Une fois le monastère anéanti, nous partîmes au sud vers l'embouchure de la Wire et poursuivîmes notre œuvre de destruction. Puis nous traversâmes la Tine et réduisîmes à néant le couvent de la rive nord. À l'annonce de notre arrivée, les nonnes se lacérèrent le visage pour nous dissuader de les violer, et nous accueillirent en hurlant, ainsi ensanglantées et hideuses. Elles auraient dû s'enfuir plutôt que de nous attendre.

Je n'ai jamais avoué à Alfred que je fus de ceux qui anéantirent les couvents du Nord. On relate toujours cet épisode afin de prouver la férocité et la traîtrise des Danes. En vérité, tous les enfants angles connaissent l'histoire des nonnes qui se tailladèrent le visage jusqu'à l'os pour être trop laides à violer. Je me rappelle avoir entendu à la Pâque un prêche sur ces nonnes et avoir dû me retenir de ne pas déclarer que le prêtre contait menteries. Il prétendait que les Danes avaient promis de ne faire de mal à aucun moine ni nonne de Northumbrie, et ce n'était point vrai. Il allégua qu'il n'y avait nulle raison à ces massacres, et c'était tout aussi faux. Il racontait aussi que Dieu avait tendu devant la porte du monastère un voile invisible que les Danes n'avaient pu percer. Quant à moi, je me demandais pour quelle raison, si les nonnes étaient protégées par cet invisible bouclier, elles s'étaient donné la peine de se lacérer le visage. La réalité fut tout autre. Nous arrivâmes, elles crièrent, les jeunes furent violées, et elles moururent. Mais pas toutes, malgré la célèbre légende. Deux au moins étaient jolies et avaient le visage intact, et toutes deux demeurèrent avec des hommes de Ragnar. L'une donna naissance à un enfant qui devint plus tard un fameux guerrier dane.

Une fois le couvent brûlé, nous partîmes à Dunholm où Ragnar remercia l'ealdorman Ricsig, qui était cependant bouleversé par la vengeance des Danes.

– Tous ces moines et nonnes n'avaient point pris part au massacre, reprocha-t-il.

– Tous sont mauvais, soutint Ragnar.

– Leurs demeures, insista Ricsig, sont lieux de prière, de contemplation et de savoir.

– Dis-moi, demanda Ragnar, à quoi servent prière, contemplation et savoir ? La prière fait-elle pousser le seigle ? La contemplation remplit-elle le filet du pêcheur ? Le savoir construit-il une maison ou laboure-t-il un champ ?

Ragnar était désormais convaincu que monastères et couvents chrétiens étaient sources de mal, qu'on y accomplissait de sinistres rites encourageant le peuple à attaquer les Danes. Aussi ne voyait-il nulle raison de les laisser exister. Quant à moi, j'étais tout excité : mon oncle Ælfric, l'ealdorman usurpateur de Bebbanburg, oserait-il sortir de sa forteresse pour protéger les moines de Lindisfarena, dont la sécurité dépendait depuis toujours de ma famille ? J'étais accompagné de trois équipages au complet, soit plus d'une centaine d'hommes à cheval, car l'année était avancée et les Danes n'aimaient pas affronter le mauvais temps avec leurs navires. Nous contournâmes Bebbanburg, passâmes les collines, d'où nous apercevions de temps en temps les remparts de bois entre les arbres. Je la contemplais qui se découpait sur la mer agitée et je rêvais.

Nous arrivâmes à la grève sablonneuse d'où partait un chemin menant à Lindisfarena. À marée haute, ce chemin était submergé et nous attendîmes que la mer se retire. Les moines nous observaient depuis l'île.

– Pendant ce temps, les autres enterrent leurs trésors, prédit Ragnar.

– S'il leur en reste un, répondis-je.

– Il leur en reste toujours, dit-il d'un ton sombre.

– La dernière fois que j'y suis venu, intervint Ravn, nous avons pris un coffre rempli d'or. De l'or pur !

– Un gros coffre ? demanda Brida.

En croupe derrière Ravn, elle lui servait de guide ce jour-là. Elle parlait bien le dane, à présent. Les hommes l'adoraient et assuraient qu'elle nous portait chance.

– Aussi gros que ton giron, dit Ravn.

– Alors cela ne faisait guère d'or, répondit Brida, déçue.

– De l'or et de l'argent, se remémora Ravn. Et des défenses de morse. D'où les tenaient-ils ?

Les vagues rageuses descendirent et nous nous mîmes en route sur les hauts-fonds, entre les bornes qui marquaient le chemin, tandis que les moines s'enfuyaient. De minces rubans de fumée trahissaient les fermes éparpillées sur l'île. Ceux-là aussi devaient enterrer leurs quelques biens.

– Ces moines te connaîtront ? me demanda Ragnar.

– Probablement.

– Et cela t'inquiète ?

Cela m'inquiétait, mais je répondis que non en touchant mon amulette. Au fond de moi, je me demandais si le dieu des Chrétiens m'observait et je dus me répéter que le dieu chrétien était vaincu et que Thor, Odin et les autres dieux danes remportaient cette guerre dans le ciel. La mort d'Edmond l'avait prouvé.

Le monastère se dressait au sud de l'île, d'où je pouvais voir Bebbanburg sur son éminence rocheuse. Les moines habitaient des maisonnettes de bois à toits chaumés de seigle et de mousse, éparpillées autour d'une petite église de pierre. L'abbé, nommé Egfirth, vint à notre rencontre en portant une croix de bois. Il parlait dane, ce qui n'était point commun, et ne montrait aucune peur.

– Soyez les bienvenus sur notre petite île, nous salua-t-il avec enthousiasme. L'un des vôtres est parmi nous, et nous le soignons.

Ragnar posa les mains sur le pommeau de sa selle en peau de mouton.

– En quoi cela me concerne-t-il ? demanda-t-il.

– C'est là la preuve de nos intentions pacifiques, mon seigneur, dit Egfirth. (C'était un homme âgé, mince, aux cheveux gris. Comme il lui manquait beaucoup de dents, il avait de la peine à articuler.) Nous sommes une humble maison, continua-t-il. Nous nous occupons des malades et des pauvres et servons Dieu. (Il considéra les Danes casqués, leurs boucliers accrochés à leur selle, les épées, haches et lances dressées. Deux moines sortirent de l'église avec un coffre de bois qu'ils déposèrent derrière Egfirth.) Voici nos seuls trésors, ajouta-t-il. Et je vous les offre bien volontiers.

Je sautai de selle sur un signe de Ragnar et allai ouvrir le coffre, à moitié rempli de sous d'argent de mauvaise qualité, la plupart entaillés et tous ternis. Je haussai les épaules en me tournant vers Ragnar : c'était un piètre butin.

– Tu es Uhtred ! s'exclama Egfirth qui me fixait depuis un moment.

– Et quoi ? répondis-je d'un ton belliqueux.

– On m'avait dit que tu étais mort, mon seigneur, et je remercie le ciel que tu sois en vie.

– On t'avait dit cela ?

– Qu'un Dane t'avait tué.

Comme nous avions parlé angle, je dus traduire pour Ragnar.

– Était-ce un Dane nommé Weland ? demanda Ragnar à Egfirth.

– Tel est son nom. C'est l'homme dont nous soignons les blessures, mon seigneur, acquiesça Egfirth avant de me regarder à nouveau comme s'il ne pouvait croire que j'étais vivant.

– Ses blessures ? interrogea Ragnar.

– Il a été attaqué par un homme de la forteresse, mon seigneur. De Bebbanburg.

Bien entendu, Ragnar voulut connaître toute l'histoire. Apparemment, Weland était revenu à Bebbanburg en prétendant m'avoir tué et avait reçu sa récompense en pièces d'argent. Puis il avait été raccompagné par une demi-douzaine d'hommes, dont Ealdwulf, le forgeron. C'était lui qui avait attaqué Weland en lui donnant un coup de hache à l'épaule, avant que les autres ne le maîtrisent. Weland avait été amené ici et Ealdwulf était retourné à Bebbanburg.

Si l'abbé Egfirth avait vu que soigner Weland était un atout, il s'était trompé. Ragnar fronça les sourcils.

– Tu as donné abri à Weland alors que tu croyais qu'il avait tué Uhtred ? demanda-t-il.

– Nous sommes dans la maison de Dieu et nous donnons abri à tout homme.

– Y compris les assassins ? demanda Ragnar en dénouant le lacet de cuir qui retenait ses cheveux. Alors dis-moi, moine, combien de tes hommes sont partis au sud massacrer des Danes ?

Egfirth hésita, ce qui valait en soi une réponse. Ragnar dégaina son épée et l'abbé retrouva sa voix.

– Certains y sont allés, mon seigneur, avoua-t-il. Je n'ai pu les en empêcher.

– Tu n'as pu les en empêcher ? demanda Ragnar en secouant la tête, faisant retomber ses cheveux sur ses épaules. Et pourtant, c'est toi qui diriges ce monastère ?

– J'en suis l'abbé, oui.

– Alors tu pouvais les en dissuader.

Ragnar était en colère. Sans doute, se rappelait-il les cadavres que nous avions déterrés à Gyruum, ceux des petites filles danes aux cuisses maculées de sang.

– Tuez-les ! dit-il à ses hommes.

Je ne pris aucune part au massacre. Je restai auprès du rivage à écouter les oiseaux chanter tout en regardant Bebbanburg et en entendant le fracas des armes. Brida vint me rejoindre, prit ma main et contempla la grande forteresse au-delà de l'étendue des flots gris couronnés d'écume.

– C'est ta maison ? demanda-t-elle.

– C'est elle.

– Il t'a appelé seigneur.

– Je suis un seigneur.

– Tu crois que le dieu chrétien nous regarde ? demanda-t-elle en s'appuyant contre moi.

– Non, répondis-je, me demandant si elle avait deviné que je m'étais posé la même question.

– Il n'a jamais été notre dieu, décréta-t-elle. Nous adorions Woden, Thor, Eostre et tous les autres dieux et déesses, puis les chrétiens sont arrivés et nous les avons oubliés. Et les Danes sont revenus pour nous ramener à eux.

– C'est Ravn qui t'a conté cela ?

– En partie. Il y a une guerre entre le dieu chrétien et les nôtres, Uhtred, et lorsqu'il y a une guerre à Asgard, les dieux nous forcent à combattre sur la terre.

– Et nous triomphons ?

Elle se contenta de désigner les cadavres des moines éparpillés dans l'herbe mouillée, leurs frocs souillés de sang. Le massacre terminé, Ragnar avait fait tirer Weland de sa couche. L'homme était manifestement mourant, car il frissonnait et sa blessure empestait, mais il avait conscience de ce qui lui arrivait. Il avait été récompensé de m'avoir tué par un sac de pièces d'argent qui pesait le poids d'un nouveau-né. Nous le trouvâmes sous son lit et l'ajoutâmes au butin à répartir entre nos hommes.

Weland gisait sur l'herbe ensanglantée et nous regardait tour à tour.

– Tu veux le tuer ? me demanda Ragnar.

– Oui, dis-je, puisque telle était la réponse qu'on attendait de moi.

Je me rappelai alors le jour où j'avais vu Ragnar sauter de rame en rame sur son navire et celui où il avait apporté la tête de mon frère à Bebbanburg.

– Je veux le décapiter, dis-je.

Weland voulut parler, mais il parvint seulement à produire un gémissement rauque, les yeux fixés sur l'épée de Ragnar. Celui-ci me la tendit.

– Elle est bien affûtée, dit-il, mais exige de la force. Une hache conviendrait mieux.

Weland me fixait, tremblant et claquant des dents. Il m'avait déplu dès le premier jour, mais à présent je le haïssais. Pourtant, j'étais mal à l'aise à l'idée de le tuer, car il était déjà à moitié mort. Il dut sentir mon hésitation, car il me supplia, pitoyable.

– Je te servirai, gémit-il.

– Que ce maraud souffre, répondit Ragnar pour moi. Envoie-le à la déesse des morts, et que ses cris de souffrance la préviennent de son arrivée.

Je ne crois pas qu'il souffrit beaucoup. Il était déjà si faible que mes piètres efforts lui firent perdre bien vite conscience, mais malgré tout il me fallut de longues minutes pour le tuer. J'ai toujours été étonné des efforts nécessaires pour tuer un homme. Si l'on en croit les scaldes, c'est aisé, mais je frappai, sciai et hachai tant et si bien que je parvins enfin à lui couper la tête et que Weland rendit l'âme, la bouche tordue par un rictus douloureux qui me fut une sorte de consolation.

Je demandai à Ragnar d'autres faveurs, sachant qu'il me les accorderait. Je pris quelques-unes des pièces du butin, puis j'allai dans l'un des principaux bâtiments du monastère, là où les moines copiaient les livres. Ils les enluminaient de magnifiques lettres et, avant que ma vie ne change à Eoferwic, j'y venais avec Beocca. Parfois, les moines me laissaient colorer des morceaux de parchemin.

C'étaient les couleurs que je cherchais. Elles se trouvaient dans des coupes, généralement sous forme de poudre, parfois mêlées de gomme, et il me fallait un morceau d'étoffe. Je trouvai dans l'église un carré de linge blanc qui servait à recouvrir les sacrements. Je retournai à la salle de copie et dessinai au charbon une tête de loup que je coloriai en noir avec un peu d'encre. Brida se révéla bien plus douée que moi : elle ajouta un œil et une langue rouges puis parsema la fourrure noire de petites touches de blanc et de bleu. Une fois la bannière achevée, nous l'attachâmes au bâton surmonté d'une croix de l'abbé. Ragnar, lui, fouillait la bibliothèque du monastère. Une fois qu'il eut arraché toutes les couvertures d'ouvrages incrustées de pierreries et que j'eus achevé ma bannière, nous brûlâmes l'abbaye.

La pluie cessa quand nous partîmes. Nous traversâmes le gué au trot, et Ragnar, à ma demande, suivit le chemin côtier jusqu'à Bebbanburg. Là, je dénouai mes cheveux. Puis, une épée empruntée passée à ma ceinture, je chevauchai vers ma demeure, accompagné de Brida qui tenait la bannière, montée sur le cheval de Ravn. C'est alors que je vis mon oncle. Ælfric, le traître, me regardait depuis la Porte Basse. Je le fixai afin qu'il me reconnaisse, puis je jetai la tête de Weland à terre, à l'endroit où fut naguère jetée celle de mon frère, suivie de trente pièces d'argent.

Le salaire de Judas. Je me rappelais cette légende chrétienne, l'une des rares qui m'avait plu.

Aucun des archers postés sur les remparts ne tira. J'adressai à mon oncle le signe du diable, poing fermé, index et petit doigt tendus pour figurer les cornes, et crachai dans sa direction avant de tourner bride. À présent, il savait que je le tuerais comme un chien dès que j'en aurais l'occasion.

– Uhtred ! m'alerta Brida.

Je me retournai sur ma selle et vis qu'un guerrier avait sauté de toute la hauteur du rempart. Il courait vers nous. C'était un homme robuste, avec une barbe abondante, et je songeais que je ne pourrais jamais le combattre, lorsque des flèches criblèrent le sol autour de lui et que je reconnus Ealdwulf, le forgeron.

– Seigneur Uhtred ! cria-t-il. Seigneur Uhtred !

Je tournai bride et le rejoignis pour l'abriter des flèches derrière mon cheval. Aucune d'elles ne nous atteignit et je soupçonnai les archers de nous avoir délibérément manqués.

– Tu es en vie, mon seigneur ! rayonna Ealdwulf.

– Je le suis.

– Alors, je viendrai avec toi, déclara-t-il d'un ton résolu.

– Tu laisses ta femme et ton fils ?

– Ma femme est morte l'an dernier, mon seigneur, et mon fils s'est noyé à la pêche.

– J'en suis navré.

– Woden donne et Woden reprend, dit Ealdwulf. Et Woden m'a rendu mon seigneur.

Il vit le marteau de Thor à mon cou et, comme il était païen, il sourit.

Et c'est ainsi que j'eus mon premier partisan, Ealdwulf le forgeron.

– C'est un homme bien sinistre, ton oncle, me conta Ealdwulf alors que nous retournions dans le Sud. Malheureux comme un chien. Même son dernier-né ne parvient pas à le réjouir.

– Il a un fils ?

– Ælfric le Jeune, comme on l'appelle. Un petit tas d'os en pleine santé. Mais Gytha est malade. Elle ne durera point. Et toi, mon seigneur ? Tu sembles bien te porter.

– Je me porte bien.

– Tu as douze ans, désormais ?

– Treize.

– Tu es un homme, alors. Est-ce ta femme ? demanda-t-il en désignant Brida.

– Brida est mon amie.

– Elle n'a point trop de viande sur elle. Mieux vaut qu'elle ne soit que ton amie. Parlez-moi donc de ces Danes, poursuivit-il en jetant un regard soupçonneux vers les guerriers de Ragnar.

– Le jarl Ragnar est leur chef, c'est lui qui a tué mon frère. C'est un homme de bien.

– Et c'est lui qui a tué ton frère ? répéta Ealdwulf, choqué.

– La destinée est tout, répondis-je, ce qui m'évitait une plus longue réponse.

– Tu l'apprécies ?

– Il est comme un père pour moi. Tu l'apprécieras aussi.

– Il reste tout de même un Dane, mon seigneur. Peut-être adorent-ils les dieux qui conviennent, dit-il avec réticence, mais j'aimerais cependant qu'ils s'en aillent.

– Pourquoi ?

– Parce que ceci n'est point leur terre, mon seigneur, voilà pourquoi. Je veux pouvoir aller à ma guise sans crainte. Je refuse de saluer un homme simplement parce qu'il porte épée. Il y a une loi pour eux et une autre pour nous.

– Il n'est point de loi pour eux.

– Si un Dane tue un Northumbrien, s'indigna-t-il, que peut-on faire ? Nul ne nous verse de *wergild*, nous n'avons point de bailli ni de seigneur auprès de qui mander justice.

C'était vrai. Le *wergild* était le prix du sang pour un meurtre. Le *wergild* d'un homme était supérieur à celui d'une femme, et un guerrier valait plus qu'un fermier ; mais il y avait toujours un prix et un meurtrier pouvait échapper à la peine de mort si la famille du mort acceptait le *wergild*. Le bailli chargé de faire respecter la loi dépendait de l'ealdorman, mais il avait disparu depuis l'arrivée des Danes. Il n'y avait d'autre loi que celles qu'édictaient les Danes à leur convenance. J'étais ravi de ce chaos, car Ragnar me protégeait. Mais sans lui, je n'aurais point valu mieux qu'un hors-la-loi ou un esclave.

– Te souviens-tu de Beocca ? continua le forgeron. Le prêtre rouquin à la main déformée, qui louchait ?

– Je l'ai vu l'an dernier, avec Alfred de Wessex.

– C'est un homme de bien, Beocca, quoique prêtre. Il s'est enfui, car il ne supportait point les Danes. Ton oncle a déclaré que Beocca méritait la mort.

Sans doute, songeai-je, *parce que Beocca avait pris les parchemins prouvant que j'étais le légitime ealdorman.*

– Mon oncle veut ma mort aussi, dis-je. Et je ne t'ai pas encore remercié d'avoir attaqué Weland.

– Ton oncle a menacé de me livrer aux Danes en châtiment. Mais il n'en a rien fait.

– Tu es avec les Danes, à présent, dis-je. Et tu ferais mieux de t'y habituer.

Ealdwulf réfléchit un instant à la question.

– Pourquoi ne pas rejoindre le Wessex ? proposa-t-il.

– Parce que les Saxons veulent faire de moi un prêtre, alors que je veux être guerrier.

– Allons en Mercie, alors.

– Elle est soumise aux Danes.

– Mais ton oncle y vit.

– Mon oncle ?

– Le frère de ta mère ! s'exclama-t-il, étonné que je ne connaisse pas ma propre famille. Æthelwulf. Il est ealdorman, s'il vit toujours.

– Mon père ne m'a jamais parlé de ma mère, dis-je.

– Parce qu'il l'aimait. C'était une beauté, ta mère, un lingot d'or, et elle est morte en te mettant au monde.

– Æthelwulf... répétai-je.

– S'il vit encore.

Mais pourquoi me tourner vers Æthelwulf, alors que j'avais Ragnar ?

– Ragnar m'apprend à me battre.

– Tu apprends des meilleurs, hein ? répondit Ealdwulf à contrecœur. C'est ainsi que l'on devient bon forgeron. En ayant bon maître.

Ealdwulf était un bon forgeron et, à son corps défendant, il finit par apprécier Ragnar, qui était généreux et estimait les bons artisans. Un atelier fut installé dans notre demeure de Synningthwait et Ragnar fournit à Ealdwulf forge et enclume ainsi que marteaux, pinces et limes. Puis nous achetâmes du minerai à Eoferwic et notre vallée résonna du fracas du fer martelé. Même au plus froid de l'hiver, il faisait chaud dans la forge, et les hommes s'y rassemblaient pour bavarder et deviser. Ealdwulf était grand amateur d'énigmes que je traduisais pour les Danes émerveillés. La plupart parlaient de ce qu'hommes et femmes font ensemble, mais j'aimais les plus compliquées. L'une d'elles s'énonçait ainsi : mon père et ma mère m'ont cru mort, une fidèle parente m'a recueilli, j'ai tué tous ses enfants, mais elle n'a point cessé de m'aimer et de me nourrir, jusqu'au jour où je me suis élevé au-dessus des maisons des hommes et où je l'ai abandonnée. Qui suis-je ?

Ni moi ni les Danes ne trouvâmes. C'est seulement lorsque j'en parlais à Brida que je connus la solution :

– Un coucou ! devina-t-elle aussitôt.

Et, bien sûr, elle avait raison.

Au printemps, il fallut agrandir la forge. Pendant tout l'été, Ealdwulf fondit de l'acier pour fabriquer épées, lances, haches et pelles. Je lui demandai un jour si cela l'ennuyait de travailler pour les Danes, et il se contenta de hausser les épaules.

– J'ai travaillé pour eux à Bebbanburg, maugréa-t-il, parce que ton oncle leur obéit.

– Mais il y a des Danes à la forteresse ?

– Non point, admit-il. Mais ils viennent en visite et sont bien reçus. Ton oncle leur paie tribut.

Il se tut, entendant un cri qui me parut de colère.

Je sortis de la forge en courant et vis Ragnar devant la maison, alors que sur le chemin approchait une troupe menée par un guerrier à cheval. Et quel guerrier ! Il portait une cotte de mailles, un casque magnifique accroché à sa selle, un bouclier peint de vives couleurs, une longue épée et un grand nombre de bracelets. C'était un jeune homme aux longs cheveux blonds et à l'épaisse barbe couleur d'or. Il fit écho au cri de Ragnar et Ragnar courut vers lui. Je crus un instant que le jeune homme allait dégainer son épée, mais ils s'étreignirent et s'assenèrent de grandes claques dans le dos, puis Ragnar se tourna vers nous avec un sourire qui aurait illuminé les plus sombres cryptes de l'enfer.

– Mon fils ! Mon fils !

C'était Ragnar le Jeune, revenu d'Irlande avec son équipage. Bien que ne me connaissant pas, il me prit dans ses bras et me souleva du sol. Puis il fit tournoyer sa petite sœur, donna une tape à Rorik, embrassa sa mère, salua les serviteurs, distribua des bijoux en argent et caressa les chiens. On ordonna un festin, et cette nuit-là il nous raconta qu'il commandait à présent son propre navire, qu'il était revenu pour quelques mois seulement et qu'Ivar voulait qu'il regagne l'Irlande au printemps. Il ressemblait tant à son frère Rorik que je l'appréciai sur-le-champ. Certains de ses hommes logèrent avec nous, et à l'automne ils coupèrent des arbres et bâtirent un grand château, tel qu'il sied à un jarl, avec d'énormes solives et un haut pignon où fut cloué un crâne de sanglier.

– Tu as eu de la chance, me dit un jour Ragnar le Jeune, alors que nous chaumions le nouveau toit avec d'épaisses couches de seigle.

– De la chance ?

– Que mon père ne t'ait pas tué à Eoferwic.

– Oui, c'est vrai, convins-je.

– Mais il a toujours su juger les hommes, admit-il en me passant un pichet d'ale, perché sur la crête du toit et contemplant la vallée. Mon père aime beaucoup cet endroit.

– Et l'Irlande ?

– Roc et boue, Uhtred, sourit-il. Et les Skraelings, les habitants du pays, sont fort malfaisants. Mais ils se battent bien ! Et il y a de l'argent, là-bas. Et plus ils se battent, plus nous en prenons. Vas-tu boire toute cette ale, ou m'en donneras-tu un peu ?

Je lui rendis le pichet et l'ale dégoulina sur sa barbe tandis qu'il buvait.

– J'aime assez l'Irlande, dit-il quand il eut terminé. Mais je n'y resterai point. Je reviendrai ici. Je prendrai terre en Wessex, je fonderai une famille. Et j'engraisserai.

– Pourquoi ne reviens-tu pas maintenant ?

– Parce qu'Ivar veut que je sois là-bas, et Ivar est un bon seigneur.

– Il m'effraie.

– Un bon seigneur se doit d'effrayer.

– Ton père ne m'effraie point.

– Affronterais-tu Ragnar l'Intrépide dans un mur de boucliers ?

– Non.

– Il est donc effrayant, sourit-il. Va conquérir le Wessex et trouve-moi une terre qui m'engraissera.

Nous terminâmes le toit puis je partis dans les bois, car Ealdwulf avait un insatiable appétit de charbon, unique substance qui brûle assez pour faire fondre le fer. Il avait appris aux hommes de Ragnar comment en produire, mais Brida et moi étions ses meilleurs ouvriers. Les tas de charbon exigeaient une attention constante et, comme ils devaient brûler pendant au moins trois jours, Brida et moi passions souvent toute une nuit à veiller sur eux, guettant le ruban de fumée qui s'élevait des fougères recouvrant le foyer. Cette fumée indiquait que le feu était trop fort : nous devions alors grimper pour colmater la fente avec de la terre.

Nous brûlions de l'aulne quand nous en trouvions, car c'était le bois préféré d'Ealdwulf. Tout l'art consistait à en calciner les bûches sans les laisser s'enflammer. Pour quatre bûches que nous mettions dans le foyer, nous n'en retirions qu'une, tandis que les autres étaient réduites en mauvais charbon, trop friable. Il fallait parfois une semaine pour former un tas suffisant. C'était une tâche monotone ; malgré tout, cela me plaisait. Rester toute la nuit dans l'obscurité à côté de cette chaleur, c'était être un *sceadugengan*. En outre, j'étais avec Brida, désormais plus pour moi qu'une amie.

Elle perdit son premier enfant à côté du foyer. Elle ne savait même pas qu'elle était grosse, mais une nuit elle fut prise de crampes et de douleurs aiguës. Lorsque je voulus aller chercher Sigrid, Brida refusa et me dit qu'elle savait ce qui lui arrivait. Terrifié par ses souffrances, je tremblai dans le noir jusqu'au moment où, juste avant l'aube, elle donna naissance à un minuscule enfant mort, un garçon. Nous l'enterrâmes avec le délivre, et Brida retourna à grand-peine à la maison. Sigrid, alarmée par son allure, lui donna une soupe de poireaux et de cervelle de mouton et la fit aliter. Elle avait dû deviner ce qui était arrivé, car elle fut sèche avec moi pendant quelques jours et annonça à Ragnar que Brida devait se marier. À treize ans, Brida était en âge, et une douzaine de jeunes guerriers danes de Synningthwait cherchaient épouse. Mais Ragnar déclara que Brida apportait la chance à ses hommes et qu'il voulait qu'elle nous accompagne dans le Wessex.

– Et quand irez-vous ? demanda Sigrid.

– L'an prochain, répondit Ragnar. Ou le suivant. Point au-delà.

– Et ensuite ?

– Ensuite, il n'y aura plus d'Anglie. Leur terre sera tout entière nôtre.

Le dernier des quatre royaumes serait tombé : l'Anglie deviendrait la Danie, et nous serions tous des Danes, des esclaves ou des cadavres.

Nous fêtâmes Yule et Ragnar le Jeune remporta tous les concours de Synningthwait : il lança les pierres plus loin que quiconque, terrassa tous les hommes et réussit même à saouler son père. Puis suivirent les mois sombres, le long hiver, et au printemps, quand les tempêtes se furent apaisées, vint le moment pour Ragnar le Jeune de partir sous une fine pluie grise. Ragnar suivit du regard son fils jusqu'au bout de la vallée. Quand il se retourna vers son château nouvellement bâti, il avait des larmes dans les yeux. Je me rappelle avec émotion ce printemps et cet été, car c'est lors de ces longues journées qu'Ealdwulf me forgea une épée.

– J'espère qu'elle sera meilleure que la première, soupirai-je.

– La première ?

– Celle que j'avais lorsque nous avons attaqué Eoferwic.

– Celle-là ! Elle n'était pas de moi. Ton père l'avait achetée à Berewic, je lui ai dit qu'elle était mauvaise, mais ce n'était qu'une petite épée. Tout juste bonne pour tuer des canards, mais pas pour la guerre. Qu'en est-il advenu ?

– Elle s'est tordue, dis-je en me rappelant le rire de Ragnar devant mon arme pitoyable.

– Du fer mou, mon garçon. Il y a deux sortes de fer, m'expliqua-t-il. Le mou et le dur. Le dur fait les meilleurs tranchants, mais il est fragile. Une épée faite de ce fer se brise au premier coup violent, tandis qu'une épée de métal mou se plie comme l'a fait la tienne. Un bon forgeron mélange donc les deux.

Il fabriqua sept tiges. Trois étaient de fer dur ; les quatre autres, beaucoup plus longues, n'étaient pas autant exposées au charbon. Il les tordait en sortes de vrilles, afin de leur donner la même longueur qu'aux tiges de fer dur.

– Pourquoi fais-tu cela ? demandai-je.

– Tu verras, répondit-il d'un air mystérieux. Tu verras.

Ealdwulf commença par marteler une tige pour l'aplatir, en une très fine et très fragile lame, puis il plaça les quatre tiges tordues de part et d'autre, deux par deux, afin qu'elles l'enveloppent. Enfin, il souda les deux dernières tiges d'acier à l'extérieur, afin de façonner les tranchants. L'épée était grotesque, mais là commençait le véritable ouvrage, le chauffage et le martelage. Le métal était porté au rouge et la crasse noire s'écaillait en brûlant, tandis que le marteau s'abattait et que des étincelles volaient dans l'obscurité de la forge, que le métal sifflait une fois plongé dans l'eau froide et qu'avec patience la lame naissante était refroidie dans un seau de copeaux de frêne. Cela prit des jours entiers, mais à mesure des martelages, chauffages et refroidissements, je vis que les quatre tiges tordues, à présent mêlées à l'acier dur, s'étaient adoucies et formaient de merveilleux motifs répétitifs et incurvés dessinant des boucles plates et fuligineuses dans la lame. À la lumière, on ne les distinguait point, mais au crépuscule ou, en hiver, si on soufflait son haleine sur la lame, elles apparaissaient. Brida appelait ces formes le souffle du serpent et c'est ainsi que je nommais mon épée : Souffle-de-Serpent. Ealdwulf la termina en creusant au marteau des sillons courant de part et d'autre de son centre, expliquant qu'ils empêchaient l'épée de rester prise dans la chair de l'ennemi.

– Des canaux pour le sang, grommela-t-il.

La bosse de la poignée était de fer, tout comme le lourd quillon. L'un et l'autre étaient simples, sans ornement, et de bonne taille. Quand l'épée fut terminée, je façonnai deux morceaux de frêne pour la poignée. Je voulais que l'épée soit décorée d'argent ou de bronze doré, mais Ealdwulf refusa.

– C'est un outil, mon seigneur, dit-il. Rien de plus. Quelque chose qui facilitera ta tâche et ne vaut guère mieux que mon marteau. (Il leva la lame dans le soleil.) Et un jour, tu tueras des Danes avec elle.

Souffle-de-Serpent était lourde, trop lourde pour un garçon de treize ans, mais je grandirais vite. Selon Ealdwulf, jamais elle ne se plierait ni ne se fendrait. Il a dit vrai, car je l'ai toujours. La poignée de frêne a été remplacée, les tailles ont été ébréchées par les coups de l'ennemi, et elle est plus fine désormais, car elle a été souvent affûtée, mais elle est toujours aussi belle. Parfois, je souffle sur ses flancs et je vois surgir les motifs sur la lame, ces boucles et ces courbes bleues et argentées qui apparaissent dans le métal comme par magie. Et je me rappelle ce printemps et cet été dans les bois de Northumbrie, et je repense à Brida contemplant son reflet dans la lame neuve.

Car il y a de la magie dans Souffle-de-Serpent. Ealdwulf connaissait des charmes qu'il ne voulut point me dire, les charmes du forgeron, et Brida emmena la lame toute une nuit dans les bois sans me raconter ce qu'elle en avait fait, mais tels étaient les charmes d'une femme. Et lorsque nous accomplîmes le sacrifice dans la fosse, et que nous tuâmes un homme, un cheval, un bélier, un taureau et un canard, je demandai à Ragnar d'utiliser Souffle-de-Serpent sur l'homme condamné afin qu'Odin connaisse son existence et la considère avec bienveillance. Tels sont les charmes du païen et du guerrier.

Et je crois qu'Odin la vit, car elle a tué plus d'hommes que je ne saurais me rappeler.

Ensuite, avant que l'automne n'apporte ses tempêtes qui déchirent la mer, nous partîmes dans le Sud. Il était temps d'anéantir l'Anglie, et nous fîmes voile vers le Wessex.

Chapitre 5

Nous nous rassemblâmes à Eoferwic, où le pitoyable roi Egbert fut forcé de passer en revue les troupes danes et de leur souhaiter la victoire. Les équipages déguenillés des bateaux le regardaient avec mépris, sachant qu'il n'était point un vrai roi. Il était suivi de Kjartan et de Sven, qui faisaient maintenant partie de sa garde, même si, à mon avis, leur tâche consistait davantage à le surveiller qu'à le protéger. Sven, devenu un homme, portait un bandeau sur l'œil, et le père comme le fils semblaient bien prospères.

– Ils ont pris part au massacre de Streonshall, m'apprit Ragnar.

C'était un grand couvent non loin d'Eoferwic, et il était évident que les deux hommes y avaient amassé un important butin.

Kjartan, qui portait une douzaine de bracelets, regarda Ragnar droit dans les yeux.

– J'accepterai de te servir encore, annonça-t-il, dépourvu de l'humilité qu'il affichait la fois précédente.

– J'ai un nouveau capitaine, se contenta de répondre Ragnar.

Thorbjorn, le nouveau capitaine, surnommé Tokki, était un excellent marin et guerrier qui racontait ses expéditions avec les Sviars dans d'étranges contrées. Devant certains esprits crédules, il prétendait que les peuples y dévoraient leurs propres enfants, adoraient des géants et avaient un troisième œil à l'arrière de la tête.

Nous partîmes à la rame vers le sud sur la dernière des marées d'été, longeant la côte et dormant sur les rivages désolés d'Anglie. Nous descendions vers la Temse, dont Ragnar disait qu'elle nous mènerait loin dans les terres jusqu'à la frontière nord du Wessex.

C'était lui qui commandait la flotte, désormais. Ivar le Sans-Os avait regagné l'Irlande, emportant de l'or pour récompenser le fils aîné de Ragnar, tandis qu'Ubba ravageait Dalriada, la terre au nord de la Northumbrie.

– Il n'y a pas grand-chose, là-haut, m'avait dit Ragnar avec mépris.

Ubba, comme Ivar, avait amassé tant de trésors en Northumbrie, Mercie et Estanglie, qu'il ne se souciait pas d'en prendre d'autres dans le Wessex. Mais comme je vous le conterai le moment venu, il allait changer d'avis.

Pour l'heure, Ivar et Ubba étant absents, le principal assaut sur le Wessex serait mené par Halfdan, le troisième frère : il menait l'armée par la terre et devait nous retrouver quelque part sur la Temse. Ragnar n'en était point heureux. Halfdan, me confia-t-il, était un sot impétueux, une tête brûlée, mais il retrouva sa bonne humeur quand il se souvint de ce que je lui avais appris sur Alfred : le Wessex fondait tous ses espoirs sur ce dieu chrétien, qui s'était révélé inoffensif. Nous avions avec nous Odin, Thor et nos vaisseaux. Nous étions des guerriers.

Au bout de quatre jours, nous arrivâmes à la Temse et remontâmes le puissant courant. Dès midi, la rive sud, qui était autrefois le royaume de Kent et faisait désormais partie du Wessex, dessinait faiblement une ligne à l'horizon. Nous profitions de la marée autant que possible et nous écorchions les mains sur les rames le reste du temps. C'est ainsi que nous remontâmes jusqu'à Lundene, que je voyais pour la première fois.

Je croyais qu'Eoferwic était une ville, mais ce n'était qu'un village en comparaison. Lundene, immense et envahie par la fumée des cheminées, se dressait à l'endroit où Mercie, Anglie et Wessex se rejoignaient. Comme Burghred de Mercie en était le seigneur, c'était maintenant une terre dane. Personne ne s'interposa donc lorsque nous parvînmes à l'étonnant pont qui enjambait toute la largeur de la Temse.

Lundene. J'ai fini par aimer cette ville. Pas autant que Bebbanburg, mais il y avait là une animation que je ne retrouvai nulle part ailleurs. Alfred me conta plus tard que tous les vices du monde se pratiquaient ici, et j'ai l'heur de préciser qu'il disait vrai. Je me rappelle avoir contemplé bouche bée les deux collines de la ville, tandis que le vaisseau de Ragnar remontait le courant et se rapprochait du pont. C'était une grise journée et une méchante pluie cinglait la rivière, mais la ville me semblait briller d'une lumière enchanteresse.

C'étaient en réalité deux villes bâties chacune sur leur colline. La première, à l'est, était celle que les Romains avaient édifiée. Elle foisonnait de bâtiments de pierre et était ceinte d'un rempart, un véritable mur fait de pierres, entouré d'un fossé. Celui-ci était envahi par les ordures, et le mur par endroits brisé avait été réparé avec du bois. C'était ainsi dans toute la ville : aux immenses bâtiments romains s'adossaient des cabanes de bois et de chaume où habitaient quelques Merciens. Cependant la plupart répugnaient à demeurer dans la vieille ville, comme s'ils craignaient les fantômes des Romains, et vivaient en dehors des murs, dans la nouvelle cité de bois et de chaume qui s'étendait vers l'est.

La vieille ville avait autrefois des quais ; mais ils s'étaient effondrés depuis et les bords de la rivière, à l'est du pont, étaient couverts d'un enchevêtrement de piliers pourris et de jetées brisées qui se dressaient dans la rivière comme chicots. Je n'avais jamais vu rive plus pestilentielle, autant jonchée de carcasses, ordures, déchets et squelettes visqueux de navires abandonnés où piaillaient des mouettes, mais c'est là que devaient s'ancrer nos navires, après être passés sous le pont.

Les dieux seuls savent comment les Romains ont été capables de bâtir un tel ouvrage... En cet an 871, il était rompu et on ne pouvait le prendre en son entier. Deux des arches du milieu s'étaient effondrées depuis longtemps, mais les anciennes jetées romaines qui soutenaient la voie disparue existaient encore et la rivière formait entre elles de dangereux tourbillons. Pour atteindre le quai de la nouvelle ville, nous allions devoir glisser entre deux piles. Or, l'ouverture n'était pas assez large pour laisser passer le navire avec ses rames.

– Voilà qui promet d'être intéressant, ironisa Ragnar.

– Y parviendrons-nous ? demandai-je.

– Eux l'ont fait, dit-il en désignant les navires échoués au-delà du pont. Nous le pourrons donc. Les Francs aussi, continua Ragnar, ont bâti de tels ponts sur toutes leurs rivières. Sais-tu pourquoi ?

– Pour les traverser ? avançai-je, pensant que c'était évident.

– Pour nous empêcher de les remonter, dit Ragnar. Si je régnais sur Lundene, je réparerais ce pont. Remercions les Angles de n'en avoir point pris la peine.

Nous passâmes la brèche à la dernière marée montante. Durant ce bref laps de temps, nous avions la possibilité de faire passer sept ou huit navires en ramant à pleine vitesse jusqu'à la brèche puis, à la dernière minute, profiter de l'élan et relever les rames à la verticale pour passer entre les deux. Tous les navires n'y parvinrent pas du premier coup. J'en vis deux heurter une pile et fracasser des rames, puis dériver en aval tandis que l'équipage maugréait. Cependant, la *Vipère* réussit son passage et faillit s'arrêter au milieu, mais nous parvînmes à plonger les rames de proue et à sortir lentement de la brèche. Après quoi, des hommes nous jetèrent des cordages depuis la rive et nous halèrent jusqu'à des eaux calmes où nous pûmes ramer jusqu'à quai.

Sur la rive sud, au-delà des marécages, des cavaliers nous observaient depuis des collines boisées. Ces Saxons devaient compter nos vaisseaux pour évaluer les effectifs de la Grande Armée. C'était ainsi qu'Halfdan l'appelait : la Grande Armée des Danes venue prendre toute l'Anglie. Pour l'heure, nous attendions d'autres navires et d'autres équipages.

Brida, Rorik et moi explorâmes Lundene. Rorik avait été malade une fois de plus, et Sigrid ne l'avait laissé partir qu'avec réticence après qu'il l'en eut suppliée et que Ragnar lui eut assuré qu'un voyage en mer rétablirait sa santé. Il était pâle, mais tout aussi excité que moi à l'idée de découvrir la ville. Ragnar me fit enlever mes bracelets et laisser Souffle-de-Serpent, car, disait-il, la ville regorgeait de voleurs.

Nous parcourûmes d'abord les nouveaux quartiers, traversant des ruelles malodorantes remplies d'ateliers où l'on travaillait cuir, bronze ou fer. Là, des femmes tissaient, ailleurs on égorgeait des moutons dans une cour et il y avait des échoppes vendant poterie, sel, anguilles vivantes, pain, étoffes, armes et tout ce que l'on pouvait imaginer. Les cloches des églises retentissaient dans un vacarme épouvantable pour la prière ou lorsqu'un mort était emporté dans l'un des cimetières. Des hordes de chiens rôdaient dans les rues, des milans étaient perchés partout, et les toits de chaume étaient noircis par la fumée envahissante. Je vis une charrette qui débordait tant de roseaux qu'elle disparaissait sous son chargement et que les tiges raclaient le sol et les murs de part et d'autre de la rue. Deux esclaves aiguillonnaient et fouettaient les bœufs épuisés qui la tiraient. On leur cria que leur chargement était trop lourd, mais ils continuèrent à fouetter leurs bêtes, tant et si bien que la charrette arracha tout le pan d'un toit pourri. Il y avait des mendiants partout : enfants aveugles, femmes cul-de-jatte, un homme affligé d'un ulcère purulent à la joue. Des gens parlaient des langues inconnues, d'autres portaient des costumes étranges et devaient venir d'au-delà des mers. Dans la vieille ville, que nous visitâmes le lendemain, je vis deux hommes à la peau couleur de marron. Ragnar m'expliqua par la suite qu'ils venaient du Blaland, sans pouvoir me situer cette contrée. Ils portaient d'épaisses robes et des épées recourbées, et parlaient à un marchand d'esclaves dont les locaux étaient bondés de captifs angles qui allaient être envoyés dans ce mystérieux Blaland.

– Vous trois, vous appartenez à quelqu'un ? nous demanda le marchand, ne plaisantant qu'à moitié.

– Au jarl Ragnar, rétorqua Brida, et il sera heureux de te rendre visite.

– Présente mes respects à sa seigneurie, dit le marchand qui cracha et nous suivit du regard.

Nous restâmes à Lundene pendant des semaines. La Grande Armée n'était toujours pas au complet. Certains clamaient que nous attendions trop longtemps, que les Saxons allaient en profiter pour se préparer, mais Halfdan tardait toujours.

– Nous n'attendons pas le printemps, m'apprit Ragnar, mais le cœur de l'hiver.

– Pourquoi ?

– Parce qu'aucune armée ne marche en hiver, dit-il avec un regard flamboyant. Les Saxons seront donc chez eux, auprès du feu, à prier leur misérable dieu. Et au printemps, Uhtred, toute l'Anglie sera nôtre.

Nous travaillâmes donc durant le début de l'hiver. Je charriai du bois de chauffe et lorsque je n'allais pas chercher des bûches dans les forêts au nord de la ville, j'apprenais l'art de l'épée. Ragnar avait demandé à Tokki, son nouveau capitaine, de me l'enseigner, et c'était un bon maître. Il me regarda répéter les bottes les plus simples, puis il me conseilla de les oublier.

– Dans un mur de boucliers, dit-il, c'est la sauvagerie qui l'emporte. Prends ceci.

Il me tendit une spathe à lame fort épaisse. Je méprisais cette arme, plus courte que Souffle-de-Serpent et beaucoup moins belle, mais Toki me persuada que dans le mur de boucliers, une lame courte était indispensable.

– Tu n'as pas la place pour frapper de taille, dans un mur de boucliers, mais tu peux porter d'estoc, et une lame courte exige moins de place dans un combat rapproché. Tu peux t'accroupir et frapper vers le haut, à l'entrecuisse. (Il me prit à son côté, arma Brida d'un bouclier en lui faisant jouer l'ennemi et lui porta un coup par le dessus. Instinctivement, elle leva le bouclier.) Vois ! s'écria-t-il en me désignant le bouclier levé. Ton camarade oblige l'ennemi à lever sa garde et tu peux atteindre l'entrecuisse.

Il m'enseigna une dizaine d'autres bottes et je les répétai en y prenant plaisir. Plus je m'entraînais, plus je croissais en habileté et force.

Nous nous entraînions généralement dans l'arène romaine. C'est ainsi que Tokki appelait ce lieu, une « arène ». Ni lui ni moi ne savions ce qu'il signifiait, mais c'était un endroit étonnant, même pour cette ville si fertile en merveilles. Imaginez un espace circulaire, aussi vaste qu'un champ, entouré d'immenses gradins de pierre au mortier rongé par les herbes folles. Les Merciens, comme je l'appris par la suite, y tenaient leurs débats publics. Selon Tokki, les Romains y donnaient des combats à mort. Peut-être était-ce encore l'une de ses légendes incroyables...

Yule arriva. Le festin d'hiver fut donné et l'armée vomit dans les rues. Nous ne nous étions toujours pas mis en route, mais les chefs se réunirent. Comme de coutume, Brida et moi servîmes d'yeux à Ravn, qui nous expliqua à son tour ce que nous voyions.

L'assemblée se tenait dans l'église du palais, un bâtiment romain au toit en forme de demi-tonneau sur lequel étaient peintes la lune et les étoiles, mais le bleu et l'or étaient à présent écaillés et pâlis. La fumée du grand feu allumé au centre de l'église montait en spirale jusqu'à la voûte. Halfdan présidait depuis l'autel, entouré des principaux jarls. L'un d'eux était un homme fort laid avec un visage aplati, une énorme barbe brune et un doigt coupé à la main gauche.

– C'est Bagseg, nous apprit Ravn. Il se fait appeler roi, alors qu'il ne vaut pas mieux que quiconque.

Bagseg était arrivé du Danemark à l'été avec dix-huit navires et près de six cents hommes. À ses côtés siégeait un homme sinistre aux cheveux blancs et au visage agité de tics.

– Le jarl Sidroc, expliqua Ravn. Son fils doit être avec lui ?

– Un homme maigre, avec le nez qui coule ? interrogea Brida.

– Le jarl Sidroc le Jeune. Il ne cesse de renifler. Mon fils est là ?

– Oui, dis-je. Auprès d'un très gros homme qui chuchote à son oreille en souriant.

– Harald ! s'exclama Ravn. Je me demandais s'il viendrait. C'est un autre roi.

– Un vrai roi ? demanda Brida.

– Eh bien, il se fait appeler ainsi car il règne sur quelques champs boueux et un troupeau de porcs puants.

Tous étaient venus du Danemark et d'ailleurs. Le jarl Fraena avait amené ses hommes d'Irlande et le jarl Osbern avait fourni la garnison de Lundene pendant que l'armée se rassemblait. Ensemble, ces rois et jarls avaient réuni bien plus de deux mille hommes.

Osbern et Sidroc proposèrent de traverser la rivière et de frapper directement au sud. Pour eux, cela permettrait de couper le Wessex en deux et la partie est, ancien royaume de Kent, pourrait alors être prise rapidement.

– Il doit se trouver bien des trésors à Contwaraburg, insistait Sidroc. C'est la ville sainte de leur religion.

– Mais pendant que nous marcherons sur leur ville sainte, objecta Ragnar, ils nous prendront à revers. Leurs forces sont à l'ouest. Il suffit de vaincre l'ouest pour faire tomber tout le Wessex. Nous prendrons Contwaraburg une fois que nous aurons battu l'ouest.

Tel était l'objet du débat. Soit prendre la partie la plus facile du Wessex, soit s'attaquer à leurs principales places fortes à l'ouest. Deux marchands danes furent consultés ; deux semaines plus tôt, ils avaient fait commerce à Readingum, à quelques milles en amont, aux abords du Wessex. Ils prétendaient avoir ouï dire que le roi Æthelred et son frère Alfred rassemblaient leurs cavaliers à l'ouest. Selon eux, l'armée ennemie compterait au moins trois mille hommes.

– Parmi lesquels seuls trois cents seront des soldats aguerris, coupa Halfdan.

Son sarcasme lui valut un concert de coups d'épées et de lances sur les boucliers. Le vacarme résonnait sous la voûte arrondie de l'église quand survint un nouveau groupe de guerriers, menés par un homme de très haute taille, à la forte carrure, vêtu d'une tunique noire. Il avait une allure impressionnante avec son visage glabre, et devait être très riche, car sur son manteau noir brillait une énorme broche d'ambre et d'or et il portait abondance de bracelets, un marteau et une lourde chaîne, le tout en or. Dans son sillage, le silence se fit. L'atmosphère, jusque-là enjouée, parut soudain s'assombrir.

– C'est le jarl Guthrum, chuchota Ravn.

– Guthrum ?

– Guthrum le Malchanceux.

– Avec tous ces bracelets ?

– Tu pourrais lui donner le monde, expliqua Ravn, que Guthrum croirait toujours que tu l'as trahi.

– Il a un os accroché dans les cheveux, fit remarquer Brida.

– Tu lui demanderas de te l'expliquer, s'amusa Ravn, refusant d'en dire plus sur l'os, manifestement une côte ornée d'une pointe d'or.

Guthrum le Malchanceux, jarl de Danemark, annonça qu'il disposait de quatorze navires. Personne n'applaudit.

Guthrum, qui avait le visage le plus lugubre et le plus renfrogné qui fût, contempla l'assemblée comme un homme s'attendant à être condamné après un procès. Ce fut Ragnar qui brisa ce silence gêné.

– Nous avons décidé d'aller à l'ouest, déclara-t-il. (Nul n'avait pris la moindre décision, mais personne ne le contredit pour autant.) Les navires qui ont déjà passé le pont mèneront leurs équipages en amont et le reste de l'armée suivra à pied ou à cheval.

– Mes navires doivent remonter la rivière, dit Guthrum.

– Ont-ils passé le pont ?

– Ils remonteront tout de même la rivière, répéta Guthrum, nous apprenant ainsi qu'ils étaient toujours en aval du pont.

– Il vaudrait mieux que nous partions demain, dit Ragnar.

Plus nous attendrions, plus nos précieuses réserves de vivres diminueraient.

– Mes navires remonteront la rivière, insista Guthrum d'un ton égal.

– Il craint de ne pouvoir charger sa part de butin sur des chevaux, me chuchota Ravn. Il veut disposer de ses navires pour les remplir de trésors.

– Pourquoi le laisse-t-on venir ? m'étonnai-je.

À l'évidence, personne n'aimait Guthrum et son arrivée semblait aussi malvenue qu'encombrante, mais Ravn ne répondit point. Je n'en ai toujours pas compris la raison, ni pourquoi Ivar et Ubba ne se joignaient pas à l'attaque du Wessex. Tels étaient les Danes.

Il fallut deux jours aux navires de Guthrum pour passer le pont. Ils étaient fort beaux, ces navires, plus grands que la plupart des vaisseaux danes, avec leurs proues et poupes décorées de têtes de serpent peintes en noir. Ses hommes, très nombreux, étaient tous vêtus de noir. Même leurs boucliers l'étaient, et je devais reconnaître que les troupes de Guthrum étaient impressionnantes. Nous avions peut-être perdu deux jours mais y avions gagné ses noirs guerriers.

Et qu'y avait-il à craindre ? Le Wessex tout entier était là devant nous et l'on s'accordait à dire que c'était terre plus riche que toute autre, rivale de la Franquie en fait de trésors, et peuplée de moines et de nonnes aux couvents et monastères débordant d'or et d'argent, attendant seulement qu'on les massacre. Aussi partîmes-nous en guerre.

Des navires sur la Temse. Des navires glissant le long des fragiles roseaux, des saules et aulnes dépouillés. Des rames scintillant dans le pâle soleil. Les proues de nos vaisseaux arboraient leurs têtes de monstres pour dompter les esprits des terres que nous envahissions, ces terres grasses aux champs fertiles, pourtant tous déserts. Durant ce bref voyage, il régna presque une atmosphère de fête, que n'assombrit point la présence des noirs vaisseaux de Guthrum. Les hommes dansaient sur les rames, tout comme jadis Ragnar en cette journée éloignée où ses trois navires étaient apparus au large de Bebbanburg. Je m'y essayai moi-même et tombai à l'eau sous les acclamations. L'eau était si froide que Ragnar me fit ôter mes vêtements trempés et revêtir une cape en peau d'ours pour me réchauffer. Les hommes chantaient, les navires remontaient vaillamment le courant, les lointaines collines se rapprochaient lentement de la rivière... Le soir venu, nous vîmes se dessiner sur l'horizon le premier cavalier qui nous observait.

Nous atteignîmes Readingum au crépuscule. Les trois navires de Ragnar étaient chargés de pelles, presque toutes forgées par Ealdwulf : notre première tâche consista en l'édification d'un mur. À mesure qu'arrivaient les autres navires, d'autres hommes nous aidèrent. À la tombée de la nuit, notre camp fut protégé par un long mur de terre mal remblayé qui n'aurait guère fait obstacle à l'attaquant : ce n'était tout au plus qu'un talus facile à franchir, mais aucune armée du Wessex n'apparaissant le lendemain matin, nous eûmes le temps de le surélever et de le rendre plus redoutable.

Comme Readingum était construite au confluent de la Kenet et de la Temse, notre mur s'élevait entre les deux rivières. Il ceignait la petite ville, abandonnée par ses habitants, et abritait la plupart de nos équipages. L'armée de terre n'était toujours pas arrivée, et nous avions achevé notre rempart lorsqu'elle nous rejoignit.

Le mur était élevé, à présent, et nous allâmes couper des arbres dans les épaisses forêts qui se dressaient au sud, afin de le couronner d'une palissade sur les huit cents toises de toute sa longueur. Nous creusâmes à ses pieds un fossé que nous inondâmes de l'eau des deux rivières, puis érigeâmes quatre ponts, chacun gardé par un fort de bois. Ce fut notre camp, car, avec tous les hommes et chevaux que nous comptions désormais, nous risquions la famine si nous ne pouvions nous approvisionner en grain, paille et bétail. Nous avions apporté des tonneaux d'ale et de grandes quantités de farine, viande salée et poisson séché, mais ces impressionnantes réserves filaient à une vitesse étonnante.

Les poètes, quand ils narrent la guerre, évoquent les murs de boucliers, les lances et flèches qui volent, les épées qui frappent les boucliers, les héros qui tombent et les dépouilles de la victoire, mais je devais découvrir que ce sont les vivres qui comptent le plus. L'armée victorieuse est celle qui mange. Deux jours tout juste après l'arrivée de l'armée de terre à Readingum, nous étions à court de vivres. Les deux Sidroc, père et fils, partirent en expédition à l'ouest en territoire ennemi. Ils cherchaient des réserves pour les hommes et chevaux, mais c'est la *fyrd* de Berrocscire qu'ils trouvèrent.

Nous apprîmes par la suite que notre attaque en plein hiver n'avait pas du tout surpris les Saxons. Les Danes étaient des maîtres en matière d'espionnage, mais les Saxons aussi disposaient d'éclaireurs à Lundene et ils avaient préparé leur armée. Ils avaient aussi demandé le renfort de la Mercie du Sud. Leur *fyrd* était conduite par un ealdorman du nom d'Æthelwulf.

Était-ce mon oncle ? Bien des hommes se nommaient ainsi, mais combien étaient ealdormen en Mercie ? J'avoue qu'entendre ce nom suscita en moi un sentiment étrange. Je pensai à ma mère que je n'avais jamais connue. Je l'imaginais comme une femme toujours bonne, gentille, aimante. Elle devait m'observer de quelque part, du Ciel ou du Lindisfarena ; comme elle devait m'en vouloir de faire partie de l'armée qui marchait sur son frère, c'est dans une humeur sombre que je passai la nuit.

Mais il en fut de même pour tous, car mon oncle, si c'était bien lui, avait défait deux jarls. L'expédition était tombée dans une embuscade et les Angles avaient tué vingt et un Danes et fait huit prisonniers. Les Danes, qui s'attendaient à vaincre, étaient revenus sans rapporter les vivres dont nous avions besoin.

Nous ne connaissions pas encore la famine, mais les chevaux manquaient cruellement de paille. Le lendemain, Brida, Rorik et moi étions affairés à faucher à l'aide de longs couteaux et à remplir des sacs de cette piètre nourriture, lorsque l'armée du Wessex arriva.

Encouragée par la victoire d'Æthelwulf, elle était à présent au grand complet pour attaquer Readingum. Je fus alerté par des cris dans le lointain, puis je vis des cavaliers se précipiter sur notre petit groupe de fourrageurs et le décimer à coups de lances et de haches. Nous prîmes tous trois nos jambes à notre cou. Entendant le bruit des sabots derrière moi, je me retournai et vis un cavalier s'élancer sur nous en brandissant une lance. L'un de nous allait mourir. J'attrapai Brida par la main pour l'écarter, mais au même instant une flèche décochée des remparts de Readingum atteignit l'homme en plein visage. Il fut projeté en arrière, la joue ruisselant de sang. Brida, Rorik et moi traversâmes le fossé en pataugeant et en nageant, et deux hommes nous hissèrent de l'autre côté, trempés et couverts de boue.

À présent, le chaos régnait. Les fourrageurs, coincés de l'autre côté du fossé, se faisaient massacrer à coups de hache, puis l'infanterie du Wessex fit son apparition, sortant des forêts, rang après rang, envahissant les champs. Je courus à notre logis, sortis Souffle-de-Serpent de sa cachette, la ceignis et partis avec Brida en quête de Ragnar. Nous le trouvâmes au nord, près du pont de la Temse.

– Tu n'aurais pas dû venir, dis-je à Brida. Il fallait rester avec Rorik.

C'était le plus jeune d'entre nous. Après notre traversée du fossé, il avait commencé à frissonner et je l'avais laissé.

Brida ne m'écoutait pas. Elle s'était armée d'un javelot et semblait tout excitée, alors qu'il ne se passait rien encore. Ragnar scrutait les alentours depuis les remparts, et des hommes se rassemblaient à la porte, mais Ragnar ne l'ouvrit pas pour traverser le pont. Il compta les guerriers dont il disposait.

– Boucliers ! cria-t-il, car dans leur hâte ils étaient accourus seulement armés d'épées et de haches.

Je n'en avais pas non plus, mais je n'étais pas censé me trouver là, et d'ailleurs Ragnar ne m'avait pas vu.

Ce qu'il voyait, c'était les cavaliers saxons qui achevaient de massacrer les derniers fourrageurs. Quelques ennemis tombèrent sous nos flèches, mais ni les Danes ni les Angles n'avaient beaucoup d'archers. J'aime les archers. Ils peuvent tuer de très loin et, même si leurs traits ne font pas mouche, ils déroutent l'ennemi. Marcher sous des flèches, c'est avancer à l'aveuglette, car il faut garder la tête baissée sous le rebord du bouclier. Tirer à l'arc est un grand art. Cela paraît facile, et tous les enfants ont un arc et des flèches. Mais un arc de guerrier, capable de tuer un étalon à cent pas, est une arme énorme, sculptée dans l'if, exigeant pour la manier grande force et long entraînement. C'est pourquoi nous n'avions que peu d'archers. Moi-même, je n'ai jamais maîtrisé cet art. Avec une lance, une hache ou une épée, j'étais redoutable, mais avec un arc, j'étais comme la plupart : inutile.

Je me demande parfois pourquoi nous n'avons pas choisi de rester derrière notre rempart. Il était presque terminé, et pour l'atteindre, l'ennemi aurait dû traverser le fossé ou emprunter les quatre ponts sous un déluge de flèches, javelots et haches. Il aurait certainement échoué, mais nous aurions été assiégés... Ragnar décida donc de les attaquer. Pendant qu'il rassemblait ses hommes à la porte du nord, Halfdan faisait de même au sud. Quand ils jugèrent avoir assez de soldats, alors que l'infanterie ennemie était encore à deux cents pas de là, Ragnar donna le signal de la sortie.

L'armée saxonne, sous sa grande bannière au dragon, avançait vers les ponts centraux, pensant manifestement que le massacre n'était qu'un avant-goût d'une immense boucherie. Elle n'avait pas d'échelles et j'ignore comment elle s'imaginait pouvoir franchir ce mur, mais il règne dans les batailles une sorte de folie et les hommes agissent parfois sans réfléchir. Les soldats du Wessex n'avaient aucune raison de se concentrer sur le centre de notre rempart, notamment parce qu'ils n'avaient aucune chance de le franchir. C'est pourtant ce qu'ils firent. Et nos hommes surgirent en masse des deux portes situées de part et d'autre pour les attaquer.

– Le mur de boucliers ! rugit Ragnar. Le mur !

Un mur de boucliers en formation, cela s'entend. Les meilleurs sont faits de tilleul ou de saule et s'entrechoquent tandis qu'on les assemble, côté gauche par-dessus le côté droit du voisin. Ainsi, l'ennemi doit percer deux couches de bois.

– Bien serré ! cria Ragnar.

Il était au centre du mur de boucliers, devant l'aile d'aigle dépenaillée qui était son insigne. Il était l'un des rares à porter un casque de prix, ce qui le désignait à l'ennemi comme un chef, un homme à abattre. C'était celui qu'il avait pris à mon père, le splendide casque forgé par Ealdwulf avec son heaume incrusté d'argent. Il était aussi l'un des seuls à porter une cotte de mailles : la plupart des soldats, ne pouvant s'offrir un tel trésor, étaient vêtus de cuir.

Je vis un groupe de cavaliers galoper sous la bannière au dragon. Il me sembla apercevoir la tignasse rousse de Beocca parmi eux et je fus certain qu'Alfred était là, probablement entouré d'une horde de prêtres en froc noir qui priaient pour notre extermination.

Le mur saxon était non seulement plus long que le nôtre mais aussi plus épais, car soutenu par cinq ou six rangs de soldats, alors que nous n'en avions que trois. Le bon sens aurait voulu que nous ne bougions pas et les laissions attaquer, ou que nous nous retirions derrière le fossé. Mais d'autres Danes accouraient pour renforcer nos rangs, et Ragnar lui-même n'était pas d'humeur à réfléchir.

– Tuez-les ! cria-t-il. Tuez-les !

Il s'élança en avant et, sans attendre, les Danes poussèrent leur cri de guerre et se précipitèrent. En général, les murs de boucliers restent des heures à s'observer, s'insulter et se menacer tout en rassemblant leur courage pour affronter le plus affreux moment, celui où bois et acier s'entrechoquent, mais le sang de Ragnar bouillait.

Cette attaque était déraisonnable, mais il était furieux. Offensé par la victoire d'Æthelwulf et insulté par le massacre de nos fourrageurs. Sa fureur gagna ses hommes, qui poussèrent un hurlement en s'élançant.

Les soldats m'avaient repoussé tout à l'arrière, mais je continuai d'avancer avec eux, suivi de Brida, qui arborait un sourire mauvais. Je lui dis de retourner en ville, mais elle se contenta de me tirer la langue. À cet instant, j'entendis le fracas de tonnerre des boucliers qui se fracassaient les uns contre les autres, puis celui des lances cognant sur le bois, et celui de l'acier sur l'acier. Je ne pus rien voir, car j'étais trop petit, mais le choc fit reculer les hommes, qui aussitôt s'élancèrent de nouveau pour forcer le barrage des Saxons.

La véritable bataille avait lieu devant moi, dans un fracas de métal et de bois, entrecoupé des cris soudains et des gémissements des blessés. Brida se mit à quatre pattes et se faufila entre les jambes des soldats. Je la vis porter sa lance sous les boucliers et viser la cheville d'un Saxon. L'homme trébucha, lâcha sa hache, et une brèche s'ouvrit dans les rangs ennemis. Nos hommes s'y précipitèrent et je les suivis, usant de Souffle-de-Serpent comme d'une lance pour porter des coups aux jambes. Ragnar poussa un rugissement à réveiller les dieux dans leur céleste demeure d'Asgard, et son cri redoubla les efforts des hommes. Épées et haches tournoyèrent et je sentis l'ennemi battre en retraite devant la rage des Norois.

L'herbe était souillée de tant de sang qu'elle en était glissante, et notre mur de boucliers dut enjamber les cadavres pour avancer, nous laissant à l'arrière, Brida et moi. Elle avait les mains rougies par le sang qui avait coulé le long de sa lance. Elle le lécha en me faisant son sourire de renarde. À présent, les hommes d'Halfdan attaquaient l'ennemi de l'autre côté. Cependant, un homme de haute taille et à la puissante carrure nous tenait tête. Il portait une cotte de mailles, un ceinturon en cuir rouge et un casque encore plus glorieux que celui de Ragnar : le sien était surmonté d'un ours d'argent et je songeai un instant que c'était peut-être le roi Æthelred en personne, mais il était trop grand. Ragnar lui décocha un coup d'estoc, et l'autre para de son bouclier et riposta de son épée. Ragnar esquiva et projeta son bouclier en avant. L'homme recula, trébucha sur un cadavre. Ragnar abattit son épée comme pour tuer un bœuf, et la lame s'enfonça dans la cotte de mailles alors qu'un groupe de Saxons accouraient pour sauver leur chef.

Ils furent arrêtés par les boucliers des nôtres et Ragnar, avec un cri de victoire, acheva sa victime. Soudain, plus aucun Saxon ne résista. L'armée était en déroute, et le roi et le prince éperonnaient leurs chevaux et s'enfuyaient, suivis de leurs prêtres, tandis que nous les traitions de femmelettes et de lâches.

Nous pûmes enfin reprendre notre souffle dans cette mare de sang et de cadavres mêlés. C'est alors que Ragnar nous reconnut, Brida et moi, et éclata de rire.

– Que faites-vous là, vous deux ?

Pour toute réponse, Brida brandit sa lance ensanglantée et Ragnar vit la pointe rougie de Souffle-de-Serpent.

– Jeunes sots, dit-il affectueusement. (À cet instant, l'un de nos hommes amena un prisonnier saxon auprès de l'adversaire tué par Ragnar.) Qui est cet homme ? demanda-t-il.

– C'est le seigneur Æthelwulf, répondit l'homme en se signant.

Je restai coi.

– Qu'a-t-il dit ? me demanda Ragnar.

– C'est mon oncle, traduisis-je. Le frère de ma mère. Æthelwulf de Mercie.

Rien ne prouvait que c'était le frère de ma mère : peut-être y avait-il d'autres Æthelwulf en Mercie, mais j'étais certain que c'était mon oncle, celui qui avait remporté la victoire sur les jarls Sidroc. Ragnar, sa défaite vengée, poussa un cri de joie tandis que je contemplais le visage du mort. C'était un inconnu pour moi, alors pourquoi étais-je triste ? Il avait un visage étroit, une barbe blonde et une moustache taillée. Je le trouvai bel homme, il faisait partie de ma famille et je ressentais une étrange mélancolie, car je ne me connaissais nulle famille en dehors de Ragnar, Ravn, Rorik et Brida.

Ragnar fit ôter l'armure d'Æthelwulf et prit son précieux casque, puis, comme l'ealdorman s'était si bravement battu, il remit son épée dans sa main, pour que les dieux emportent son âme de Mercien dans la grande salle où les braves festoient avec Odin.

Et peut-être les Walkyries prirent-elles son âme, car le lendemain matin, lorsque nous sortîmes enterrer les morts, le corps de l'ealdorman Æthelwulf avait disparu.

J'appris plus tard, beaucoup plus tard, que c'était en effet mon oncle. Je sus aussi que ses hommes étaient revenus durant la nuit pour lui offrir une sépulture chrétienne. Et peut-être est-ce vrai aussi. Ou bien Æthelwulf siège au festin d'Odin.

Mais nous étions toujours affamés. Aussi était-il temps d'aller prendre ses vivres à l'ennemi.

Pourquoi me battais-je pour les Danes ? Toutes les existences sont empreintes de questions et celle-ci me hante toujours, bien qu'en vérité il n'y eût nul mystère. Pour mon jeune esprit, l'unique autre possibilité était d'être enfermé dans un monastère et d'apprendre à lire. Offrez un tel choix à un garçon et il préférera se battre pour le diable plutôt que gratter parchemin ou tablette d'argile. Et puis il y avait Ragnar, que j'adorais. Celui-ci envoya ses trois vaisseaux de l'autre côté de la Temse chercher la paille et l'avoine dans les villages merciens. Ils trouvèrent juste ce qui suffisait, si bien que lorsque notre armée s'ébranla vers l'ouest, nos chevaux étaient dans un état raisonnable.

Nous marchions sur Æbbanduna, une autre ville frontière sur la Temse entre Wessex et Mercie, et, selon notre prisonnier, c'était l'endroit où les Saxons avaient entreposé leurs vivres. En prenant Æbbanduna, nous affamions l'armée d'Æthelwulf, le Wessex tombait, l'Anglie disparaissait et Odin triomphait.

Il y avait d'abord un détail à régler : défaire l'armée saxonne. Nous n'attendîmes que quatre jours après notre victoire à Readingum pour nous mettre en route. Rorik, de nouveau malade, demeura avec la petite garnison qui restait pour veiller sur nos précieux navires, ainsi que les nombreux otages, comme les jumeaux merciens Ceolbehrt et Ceolnoth.

Le reste de l'armée avançait à pied ou à cheval. J'étais parmi les plus âgés des garçons qui accompagnaient l'armée ; notre tâche consistait à porter les boucliers de rechange, car il s'en abîmait beaucoup dans les combats.

Brida nous accompagna elle aussi en croupe derrière Ravn, et pendant un moment je marchai à côté d'eux, en écoutant Ravn déclamer les premiers vers d'une ode intitulée « La Chute des Saxons de l'Ouest ». Pour l'heure, il n'en était qu'à l'énumération de nos héros et à la description des préparatifs de la bataille, lorsque le sinistre jarl Guthrum, arriva à notre hauteur.

– Tu sembles en belle santé, dit-il à Ravn, d'un ton qui laissait entendre que cela ne durerait pas.

– Je ne peux voir si elle est belle, je suis aveugle, ironisa Ravn.

Guthrum, drapé dans son manteau noir, contempla la rivière.

– Qui sera roi de Wessex ? demanda-t-il.

– Halfdan ? proposa malicieusement Ravn.

– C'est un grand royaume, répondit Guthrum d'un ton morne. Un homme plus âgé serait mieux venu. (Il me jeta un regard mauvais.) Qui est-ce ?

– Tu oublies que je suis aveugle, dit Ravn. Je ne sais de qui tu parles. Ou bien me demandes-tu quel homme plus âgé devrait être fait roi ? Moi, peut-être ?

– Non, non ! Le garçon qui mène ton cheval. Qui est-ce ?

– C'est le jarl Uhtred, répondit cérémonieusement Ravn, et il comprend que les poètes sont suffisamment importants pour que leurs chevaux soient menés par un jarl.

– Uhtred ? Un Saxon ?

– Je suis un Dane, répondis-je.

– Et un Dane, précisa Ravn, qui a trempé sa lame à Readingum. Dans le sang saxon, Guthrum.

C'était une pique, car les hommes en noir de Guthrum ne s'étaient pas joints à notre sortie.

– Et qui est la fille en croupe sur ton cheval ?

– Brida. Qui un jour sera scalde et sorcière.

Guthrum ne trouva rien à répondre, puis revint à sa première préoccupation.

– Ragnar désire-t-il être roi ?

– Ragnar veut tuer, répondit Ravn. Mon fils a peu d'ambition : écouter des plaisanteries, résoudre des énigmes, s'enivrer, donner des bracelets, coucher avec des femmes, ripailler et retrouver Odin.

– Le Wessex a besoin d'un homme fort, dit Guthrum d'un ton évasif. Un homme qui sait gouverner. Nous sommes victorieux, Ravn, mais nous ne finissons point notre tâche.

– Et comment le ferons-nous ? demanda Ravn.

– Avec d'autres hommes, d'autres navires, d'autres morts.

– Des morts ?

– Qu'on les tue tous ! s'exclama soudain Guthrum. Jusqu'au dernier ! Qu'il ne reste nul Saxon en vie !

– Même les femmes ?

– Nous pourrions en épargner quelques-unes, des jeunes, concéda Guthrum à contrecœur. Que regardes-tu, mon garçon ? me demanda-t-il en fronçant les sourcils.

– Votre os, seigneur, dis-je en désignant du menton la côte à pointe dorée accrochée dans ses cheveux.

Il y porta la main.

– C'est l'une des côtes de ma mère, dit-il. C'était une femme bonne et merveilleuse, et elle m'accompagne partout où je vais. Tu pourrais rendre gloire à ma mère par un chant, Ravn. Tu l'as connue, n'est-ce pas ?

– Si fait, répondit Ravn sans s'émouvoir. Et assez bien, Guthrum, pour craindre de ne point avoir assez de talent pour composer un chant digne d'une femme aussi illustre.

Guthrum le Malchanceux ne saisit pas la moquerie.

– Tu pourrais t'y essayer, insista-t-il. Tu le pourrais, et je te donnerais bien de l'or pour un beau chant.

Je pensai qu'il était aussi fou qu'une chouette en plein midi puis je l'oubliai, car j'aperçus au loin l'armée du Wessex.

La bannière au dragon des Saxons flottait au sommet d'une basse colline qui se dressait sur le chemin. Pour atteindre Æbbanduna, dissimulée juste derrière, nous devions gravir cette côte et traverser une crête de prairies. Peut-être pouvions-nous contourner l'ennemi. Pour nous arrêter, il serait contraint de quitter sa position élevée.

Halfdan rassembla les chefs danes et ils débattirent longuement, divergeant sur la conduite à tenir. Certains voulaient attaquer la colline et disperser l'ennemi, d'autres préféraient combattre les Saxons dans la plaine. Finalement, Guthrum le Malchanceux les convainquit de faire les deux. Bien entendu, cela impliquait de diviser notre armée en deux. Je trouvai cependant l'idée excellente. Ragnar, Guthrum et les deux jarls Sidroc gagneraient le terrain plat, menaçant donc de contourner la colline tenue par l'ennemi, tandis qu'Halfdan, Harald et Bagseg avanceraient vers la crête. Ainsi, l'ennemi hésiterait peut-être à attaquer Ragnar, craignant que les troupes d'Halfdan ne le prennent à revers. Il était plus probable, déclara Ragnar, que l'ennemi déciderait de ne pas se battre du tout et choisirait de se replier sur Æbbanduna, où nous pourrions l'assiéger.

– Mieux vaut qu'ils soient enfermés dans une forteresse que de les affronter dans la nature, conclut-il d'un ton jovial.

– Il serait encore préférable, commenta ironiquement Ravn, de ne pas diviser l'armée.

– Ce ne sont que Saxons, répondit négligemment Ragnar.

Nous étions déjà l'après-midi et, comme c'était l'hiver, les jours étaient courts. Nous n'avions donc guère de temps, même si pour Ragnar il resterait toujours assez de clarté pour anéantir les troupes d'Æthelred. Les hommes touchèrent leurs amulettes, baisèrent les poignées de leurs épées et soulevèrent leurs boucliers. Un instant plus tard, nous quittions la colline pour gagner la vallée. Une fois là, nous fûmes à demi dissimulés par les arbres dépouillés ;

mais de temps en temps j'apercevais les hommes d'Halfdan, qui progressaient le long de la crête, et les troupes saxonnes. Le plan de Guthrum fonctionnait, nous pouvions donc contourner l'ennemi sans encombre.

– Ensuite, dit Ragnar, nous gravirons la colline pour les attaquer à revers et ces gueux seront pris au piège. Nous les tuerons tous !

– L'un d'eux doit demeurer en vie, dit Ravn.

– L'un d'eux ? Pourquoi ?

– Pour raconter le massacre, bien sûr. Cherche leur poète. Trouve-le et laisse-lui la vie.

Ragnar éclata de rire. Puis, alors que nos troupes sortaient d'une forêt de chênes, nous constatâmes que l'ennemi avait suivi notre exemple et divisé son armée en deux. Une moitié attendait Halfdan sur la colline tandis que l'autre marchait à notre rencontre.

Alfred était à leur tête. Je le sus, car je distinguai les cheveux roux de Beocca et un peu plus tard, durant la bataille, le long visage inquiet du prince. Son frère, le roi Æthelred, se tenait sur les hauteurs où, au lieu d'attendre l'attaque d'Halfdan, il descendait vers lui. D'évidence, les Saxons étaient impatients d'en découdre.

Nous leur donnâmes ce qu'ils voulaient.

Nos hommes formèrent des coins pour attaquer leur mur de boucliers. Nous invoquâmes Odin, poussâmes notre cri de guerre et chargeâmes, mais la ligne des Saxons ne se brisa ni ne recula. Elle tint bon et le massacre commença.

Ravn me répétait souvent que tout était inscrit dans notre destinée. Les trois déesses Nornes filent, assises au pied de l'arbre de vie. Urd préside à notre passé, Verdandi à notre présent et Skuld à notre avenir. Elles façonnent notre existence. Nous sommes jouets entre leurs mains, nous pensons faire nous-mêmes nos choix, mais leur quenouille décide de notre sort. Et ce jour-là, même si je l'ignorais, elles étaient en train de filer la mienne. *Wyrd bið ful åræd* : Nul n'arrête le destin.

Que dire de cette bataille, dont les Saxons racontent qu'elle se déroula en un lieu appelé la colline d'Æsc ? Ce jour-là, les champs reçurent une abondante rasade de sang et leur content d'os. Les poètes pourraient déclamer mille vers pour la raconter, mais une bataille reste une bataille. Des hommes périssent. Dans le mur de boucliers, tout n'est que sueur, terreur, douleurs, blessures et coups fatals, cris et morts cruelles.

Il y eut en fait deux batailles à la colline d'Æsc, une au sommet et l'autre à son pied, et les morts survinrent rapidement. Harald et Bagseg moururent, Sidroc l'Aîné vit son fils succomber puis fut à son tour abattu, et avec lui les jarls Osbern et Fraena, et tant d'autres valeureux braves.

L'épuisement de l'ennemi empêcha un massacre général et permit à nos rescapés de se replier en laissant leurs compagnons baignant dans leur sang. Tokki était de ceux-là. Le capitaine, si habile à l'épée, mourut dans le fossé. Ragnar, visage et cheveux dénoués couverts du sang de l'ennemi, n'en crut pas ses oreilles. Le Saxon nous huait.

Nos ennemis s'étaient farouchement battus, assurés que tout leur avenir reposait sur cet après-midi d'hiver, et ils nous avaient défaits.

La destinée est tout. Nous fûmes vaincus et nous repliâmes sur Readingum.

Chapitre 6

De nos jours, les Angles qui parlent de la bataille de la colline d'Æsc disent que Dieu donna la victoire aux Saxons parce que le roi Æthelred et son frère Alfred priaient lorsque les Danes sont apparus.

Peut-être ont-ils raison. Je crois volontiers qu'Alfred était en prière, mais le choix de sa position l'avait aussi bien servi. Son mur de boucliers était juste derrière un profond fossé inondé et les Danes durent s'extraire de ce cloaque boueux pour monter jusqu'au combat où ils trouvèrent la mort.

Halfdan fut, lui aussi, vaincu. Il attaquait à revers en remontant une pente douce, mais c'était la fin de la journée et ses hommes avaient le soleil dans les yeux, du moins c'est ce qu'ils prétendirent par la suite. Le roi Æthelred, comme Alfred, encouragea ses soldats qui fondirent en hurlant sur les troupes d'Halfdan. Et celles-ci perdirent courage en voyant l'autre moitié de leur armée battre en retraite devant les défenses d'Alfred. Il n'y avait sur les lieux aucun ange à l'épée flamboyante, malgré ce que prétendent les prêtres aujourd'hui. Du moins n'en vis-je aucun. Il y avait un fossé rempli d'eau, il y eut une bataille, les Danes furent vaincus, et ma destinée changea.

Je croyais les Danes invincibles, mais à quatorze ans j'appris le contraire. Pour la première fois, j'entendis les huées et les hourras des Saxons et au fond de mon âme, quelque chose fut ébranlé.

Nous retournâmes à Readingum.

Il y eut bien d'autres combats alors que l'hiver cédait la place au printemps. D'autres Danes arrivèrent à la nouvelle année, notre armée se reconstitua et nous remportâmes tous les combats qui suivirent : deux à Basengas, dans l'Hamptonscir, puis à Mereton, qui était dans le Wiltunscir, au cœur de leur territoire, puis de nouveau dans le Wiltunscir, à Wiltun. Et chaque fois nous gagnâmes. Ou plutôt nous étions maîtres du champ de bataille à la fin de la journée, sans que jamais nous n'eussions anéanti l'ennemi. Alors que l'été caressait la terre, nous n'étions pas plus près de conquérir le Wessex que nous l'avions été à Yule.

Cependant, nous parvînmes à tuer le roi Æthelred. C'est à Wiltun qu'il reçut une profonde blessure de hache à l'épaule gauche. Certes, on l'emporta bien vite à l'arrière, prêtres et moines prièrent à son chevet et d'habiles médecins le soignèrent avec simples et sangsues, mais il mourut quelques jours plus tard.

Et il laissa un héritier, un *ætheling*, le prince Æthelwod, fils aîné du souverain, qui n'était pas en âge de gouverner car comme moi il avait seulement quatorze ans. En outre, Alfred prétendit que le pape l'avait investi comme roi. Et lors de l'assemblée du witan du Wessex, qui réunissait nobles, évêques et puissants, Alfred fut proclamé roi. Peut-être le witan n'avait-il pas le choix. Après tout, le Wessex se battait désespérément pour repousser les forces d'Halfdan. Le moment aurait donc été mal choisi pour conférer le pouvoir royal à un enfant. Le pays avait besoin d'un chef : l'assemblée élut donc Alfred, tandis qu'Æthelwod et son jeune frère étaient promptement expédiés dans une abbaye pour y être instruits.

– Alfred aurait dû faire assassiner ces deux petits bâtards, commenta Ragnar avec un grand sourire.

Et il avait probablement raison.

Alfred, le plus jeune de six frères, était donc roi de Wessex. C'était l'an 871. Son épouse donna naissance à une fille, Æthelflæd. Elle avait quatorze ans de moins que moi et même si j'avais connu son existence, cela n'aurait point compté pour moi. Mais la destinée est tout. Les Nornes filent et nous accomplissons leur volonté, que cela nous plaise ou non.

Après avoir enterré son frère, et évincé ses neveux, Alfred envoya à Halfdan des messagers pour lui proposer une entrevue. Il voulait la paix, et comme nous étions au milieu de l'été et pas plus près de la victoire qu'au cœur de l'hiver, Halfdan accepta. C'est ainsi qu'il se rendit à Baðum, accompagné de ses chefs d'armée et de gardes du corps.

J'y allai moi aussi, avec Ragnar, Ravn et Brida. Rorik, toujours malade, resta à Readingum et je fus navré qu'il ne voie pas Baðum, car c'était une ville aussi merveilleuse que Lundene, bien que petite. Il y avait un bain au centre de la ville, non point un petit bassin, mais un énorme édifice avec des colonnes et un toit délabré au-dessus d'une grande cavité de pierre remplie d'eau chaude. Celle-ci jaillissait des profondeurs de la terre et Ragnar était certain qu'elle était chauffée par les forges des nains. Le bain avait bien sûr été construit par les Romains, tout comme tous les autres extraordinaires bâtiments de la vallée de Baðum. Rares furent les hommes qui s'y baignèrent, car ils craignaient l'eau, même s'ils aimaient leurs navires. Mais Brida et moi y allâmes et je découvris qu'elle nageait comme un poisson. Je restai accroché au rebord et m'émerveillai de l'étrange sensation de l'eau chaude sur ma peau nue.

C'est là que Beocca nous trouva. La trêve avait été déclarée dans le centre de Baðum : nul ne pouvait porter d'arme, et Saxons et Danes se mêlaient pacifiquement dans les rues. Il arriva aux bains avec deux autres prêtres, des hommes sinistres au nez enchifrené.

– Je t'ai vu entrer ici, dit-il en se penchant vers moi.

C'est alors qu'il remarqua Brida qui nageait sous l'eau, ses longs cheveux noirs flottant autour d'elle. Elle se retourna sur le dos et il ne put manquer le spectacle de ses petits seins. Il recula comme s'il avait vu la servante du diable.

– C'est une fille, Uhtred !

– Je sais.

– Nue !

– Dieu est bon, répondis-je.

Il s'avança pour me gifler, mais je m'écartai du bord et il faillit choir dans l'eau. Les deux autres prêtres fixaient Brida. Dieu sait pourquoi. Les femmes, je l'ai découvert, excitent beaucoup les prêtres, tout comme les guerriers. Mais nous ne frissonnons pas comme des trembles simplement parce qu'une fille montre son giron. Beocca essaya de ne point la regarder, mais c'était difficile car elle arriva derrière moi et m'enlaça la taille.

– Tu dois t'échapper, me chuchota Beocca.

– M'échapper ?

– Des griffes de ces païens ! Viens en nos quartiers. Nous te dissimulerons.

– Qui est-ce ? demanda Brida en dane.

– Un prêtre que je connaissais à Bebbanburg.

– Qu'il est laid !

– Tu dois venir. Nous avons besoin de toi, insista Beocca.

– De moi ?

Il se pencha encore.

– Des troubles ont éclaté en Northumbrie, Uhtred. Tu dois en avoir entendu parler. (Il marqua une pause et se signa.) Tous ces moines et nonnes massacrés ! Assassinés ! C'est affreux, Uhtred, mais Dieu ne se laissera point gausser ainsi. Alfred va soutenir le soulèvement en Northumbrie. Si nous clamons qu'Uhtred de Bebbanburg est de notre côté, les paysans nous viendront en aide !

J'en doutais fort. J'avais quatorze ans, à peine l'âge de donner envie à des hommes de lancer des attaques suicidaires sur les places fortes danes.

– Elle n'est point une Dane, dis-je à Beocca, qui ne m'aurait pas confié tout cela s'il avait su que Brida pourrait comprendre. Elle est d'Estanglie.

– D'Estanglie ? répéta-t-il en la fixant.

– C'est la nièce du roi Edmond, mentis-je.

Brida gloussa et me chatouilla.

Beocca se signa de nouveau.

– Pauvre homme. Un martyr ! Pauvre enfant. (Il se rembrunit.) Mais... commença-t-il. (Il se tut, incapable de comprendre pourquoi les Danes si redoutés permettaient à deux prisonniers de s'ébattre tout nus dans des thermes romains. Puis il se détourna en voyant où Brida avait posé sa main.) Nous devons vous sortir de là tous les deux et vous apprendre à vivre selon la loi du Seigneur.

– J'aimerais bien, commençai-je.

Brida me pinça si fort que je faillis crier de douleur.

– Nos quartiers sont au sud, dit Beocca. De l'autre côté de la rivière, au sommet de la colline. Rendez-vous là-bas, Uhtred, et nous vous emmènerons, tous les deux.

Je n'en fis bien sûr rien. Je racontai tout à Ragnar qui éclata de rire à l'histoire de Brida nièce du roi Edmond et haussa les épaules à la nouvelle du soulèvement en Northumbrie.

– Il y a toujours des rumeurs de révoltes, dit-il. Et elles finissent toujours de la même façon.

– Il en était fort sûr, insistai-je.

– Cela signifie seulement qu'ils ont envoyé des moines fomenter des troubles. Je doute que ce soit bien grave. Quoi qu'il en soit, une fois que nous nous serons accordés avec Alfred, nous pourrons partir. Rentrer à la maison !

Mais l'accord ne fut pas aussi simple que l'imaginaient Ragnar et Halfdan. Certes Alfred était demandeur, mais il n'était pas prêt à céder comme Burghred en Mercie. Lorsque Halfdan lui proposa de rester roi tandis que les Danes occuperaient les forteresses saxonnes, Alfred menaça de reprendre les combats.

– Tu m'insultes, répondit-il calmement. Si tu veux les forteresses, viens donc t'en emparer.

– Nous le ferons, répliqua Halfdan.

Alfred se contenta de hausser les épaules, comme si les Danes pouvaient toujours s'y essayer, mais Halfdan savait que sa campagne avait échoué. Certes, nous avions pillé une bonne partie du Wessex, amassé bien des trésors, massacré ou capturé du bétail, brûlé moulins, demeures et églises, mais nous avions payé un prix élevé. Nombre de nos meilleurs guerriers étaient morts ou si gravement blessés qu'ils devraient vivre de la charité de leur seigneur jusqu'à la fin de leurs jours. Nous avions aussi échoué devant toutes les forteresses saxonnes : cela signifiait que, l'hiver venu, nous serions contraints de nous replier en sécurité à Lundene ou en Mercie.

Pourtant, les Saxons avaient eux aussi perdu nombre de leurs meilleurs hommes, bien des trésors, et Alfred craignait que les Bretons déferlent depuis leurs repaires des Galles ou de Cornwalum. Aussi les négociations durèrent-elles une semaine et je fus étonné de l'entêtement d'Alfred.

Il n'avait guère une allure impressionnante. Il était maigrelet, avec un long visage souffreteux, mais son apparence était trompeuse. Il ne souriait jamais devant Halfdan, ses yeux bruns et vifs quittaient rarement le visage de son ennemi, il énonçait laborieusement ses arguments sans en démordre, toujours calme, sans jamais élever la voix, même lorsque les Danes s'emportaient.

– Ce que nous voulons, répétait-il sans relâche, c'est la paix. Vous en avez besoin et il est de mon devoir de la donner à mon pays. Aussi allez-vous quitter notre terre.

Ses prêtres, dont Beocca, notaient chacune de ses paroles, couvrant de précieux parchemins de longues lignes d'écriture. Ils durent utiliser toutes les réserves d'encre du Wessex durant cette entrevue, mais je doute que quiconque ait jamais lu tous ces documents.

Cependant, les discussions ne duraient pas toute la journée. Alfred exigeait d'aller d'abord à l'église avant de commencer le matin, les interrompait à midi pour prier, et terminait avant le coucher du soleil pour retourner à l'église. Combien cet homme priait ! Finalement, Halfdan accepta d'évacuer le Wessex, contre le paiement de six mille pièces d'argent et, pour s'assurer que la somme soit versée, ses forces demeurèrent à Readingum. Quand l'argent aurait été versé, promit Halfdan, les navires descendraient la Temse et le Wessex serait libéré des païens. Alfred accepta, et la paix fut enfin conclue par des serments solennels de part et d'autre.

Ni Brida ni moi n'étions là lorsque la réunion se termina. Nous y avions assisté presque tous les jours, servant d'yeux à Ravn dans le grand palais romain où se déroulaient les discussions, mais quand nous nous ennuyions, ou plutôt lorsque Ravn était las de notre ennui, nous allions nager aux bains.

Il n'y avait que nous dans l'immense salle résonnant d'échos. J'aimais me placer à l'endroit où l'eau giclait sur une pierre d'une ouverture dans la paroi et je la laissais couler sur mes longs cheveux. J'étais là, les yeux fermés, quand j'entendis Brida pousser un cri. J'ouvris les yeux et au même instant deux solides mains m'empoignèrent aux épaules. J'avais la peau glissante et me dégageai, mais un homme en cuir sauta dans le bassin, m'intima l'ordre de me taire et s'empara de moi. Deux autres pataugeaient dans l'eau et poussaient Brida vers le bord à l'aide de longues perches.

– Qu'est-ce que vous... ? commençai-je en dane.

– Silence, mon garçon, répondit l'homme.

C'était un Saxon. Ils étaient une dizaine. Quand ils nous eurent sortis de l'eau et enveloppés dans de grandes capes qui empestaient, ils ramassèrent nos vêtements et nous emmenèrent. J'appelai au secours et je fus récompensé par un bon coup sur la tête qui aurait assommé un bœuf.

Deux hommes nous prirent en selle et nous remontâmes

jusqu'à la colline qui dominait Baðum au sud et où Beocca, rayonnant, nous attendait.

– Tu es sauvé, mon seigneur, me dit-il. Le Tout-Puissant soit loué, tu es sauvé ! Tout comme vous, ma dame, ajouta-t-il à l'intention de Brida.

Je le fixai, ébahi. Sauvé ? Enlevé, plutôt. Brida et moi échangeâmes un regard. Elle me fit discrètement signe de garder le silence, du moins me sembla-t-il, et j'obéis. Beocca nous fit habiller.

J'avais glissé mon amulette et mes bracelets dans ma bourse quand je m'étais dévêtu et les y laissai tandis que Beocca nous entraînait précipitamment dans une église voisine. Ce n'était qu'une cabane en bois et en torchis à peine plus grande qu'une porcherie, et il y remercia Dieu de nous avoir sauvés. Ensuite, nous fûmes emmenés dans un château et présentés à Ælswith, l'épouse d'Alfred.

Ælswith était une femme de petite taille, aux cheveux bruns et ternes, des yeux minuscules, une petite bouche et un menton volontaire. Le bas et les larges manches de sa robe bleue étaient brodés d'anges en fil d'argent et un lourd crucifix en or pendait à son cou. À côté d'elle, un bébé dormait dans un berceau de bois. Je compris beaucoup plus tard qu'il devait s'agir d'Æthelflæd. C'était donc la première fois que je la voyais, mais je n'y prêtai aucune attention. Ælswith me salua avec un très reconnaissable accent mercien puis, une fois qu'elle se fut enquise de ma famille, elle m'apprit que nous devions être apparentés. En effet, son père était Æthelred, qui avait été de Mercie, cousin germain du valeureux Æthelwulf, dont j'avais vu le cadavre devant Readingum.

– Et toi, dit-elle en s'adressant à Brida. Le père Beocca me dit que tu es la nièce du saint roi Edmond ? (Brida se contenta de hocher la tête.) Mais qui sont tes parents ? demanda Ælswith en fronçant les sourcils. Edmond n'avait point de frères, et ses deux sœurs sont nonnes.

– Hild, répondit Brida.

C'était le nom de la tante que Brida détestait.

– Hild ? répéta Ælswith, perplexe, et même soupçonneuse. Aucune des deux sœurs du bon roi Edmond ne se nomme Hild.

– Je ne suis point sa nièce, avoua Brida d'une toute petite voix.

– Ah !

Ælswith se rencogna dans son fauteuil, son petit visage vif arborant la satisfaction de celle qui vient de prendre quelqu'un en flagrant délit de mensonge.

– Mais on m'a toujours demandé de l'appeler ainsi, continua Brida. (Elle m'étonna : je pensais qu'elle allait avouer son mensonge, alors qu'elle était en train de l'embellir.) Ma mère s'appelait Hild et elle n'avait point de mari, mais elle voulait que j'appelle le roi Edmond mon oncle, dit-elle de la même petite voix apeurée. Et il aimait cela.

– Il aimait cela ? interrogea sèchement Ælswith. Pourquoi ?

– Parce que... commença Brida.

J'ignore comment elle fit, mais elle rougit, baissa les yeux, s'empourpra plus encore et sembla sur le point de fondre en larmes.

– Ah ! fit de nouveau Ælswith, comprenant et rougissant à son tour. Ainsi donc, c'était ton...

Elle n'acheva pas, répugnant à accuser le défunt saint roi Edmond d'avoir engendré une bâtarde avec une femme de peu nommée Hild.

– Oui, dit Brida qui se mit à pleurer tandis que je fixais les solives noircies de suie pour ne pas éclater de rire. Il était si bon avec moi, sanglota-t-elle. Et ces méchants Danes l'ont tué !

Ælswith croyait manifestement Brida. Les gens imaginent toujours le pire chez autrui et le saint roi Edmond était à présent révélé comme un coureur de jupons. Cela ne l'empêcha pas de devenir un saint, mais ce fut la condamnation de Brida. Brida était peut-être de sang royal, mais il était d'évidence souillé par le péché, et Ælswith voulait qu'elle soit enfermée à vie dans un couvent.

– Oui, accepta humblement Brida.

Je fus contraint de faire semblant de suffoquer à cause de la fumée. Puis Ælswith nous offrit à chacun un crucifix. Elle en tenait deux tout prêts, en argent, mais elle chuchota quelques mots à l'une des nonnes qui remplaça celui destiné à Brida par un autre, en bois, tandis que je mettais docilement le mien à mon cou. Je le baisai, ce qui impressionna Ælswith, et Brida se hâta d'en faire autant. Rien ne pouvait plus fléchir l'épouse d'Alfred. Brida était une bâtarde qui s'était condamnée.

Alfred revint de Baðum après la tombée de la nuit et je dus l'accompagner à l'église où se succédèrent d'interminables oraisons et laudes. Quatre moines psalmodiaient d'une voix monocorde qui m'assoupissait. Lorsque ce fut enfin terminé, Alfred me convia à partager son repas. Beocca souligna que le roi concédait cet honneur à peu de personnes, mais cela ne me flatta guère, car j'avais pris mon repas avec des chefs danes qui n'avaient jamais l'air de se soucier que je partage leur table, du moment que je ne crachais pas dans la soupe. J'avais si faim que j'aurais pu manger un bœuf entier. Je trépignais d'impatience tandis que nous lavions cérémonieusement nos mains dans des aiguières que nous tendaient des serviteurs, puis en attendant auprès de nos sièges qu'Alfred et Ælswith soient conduits à la table. Les plats refroidirent à cause d'un évêque qui récitait d'interminables grâces pour remercier Dieu de ce repas et nous nous assîmes enfin. Mais quelle déception fut ce souper ! Ni porc, ni bœuf, ni mouton : ce ne furent que bouillies, poireaux, œufs mollets, pain, ale coupée d'eau et orge bouilli en une gelée aussi savoureuse qu'œufs de grenouille. Alfred répétait à l'envi que c'était délicieux, mais il finit par avouer qu'il souffrait d'affreuses douleurs au ventre que seul ce régime de bouillies apaisait.

– Le roi est un martyr de la viande, m'expliqua Beocca.

Il siégeait à la haute table avec deux autres clercs, dont l'évêque édenté qui écrasait son pain dans sa soupe avec une bougie. Il y avait aussi deux ealdormen et, bien entendu, Ælswith, qui fit les frais de presque toute la conversation. Elle pestait contre le fait que les Danes restent à Readingum, mais Alfred finit par admettre qu'il n'avait pas le choix, que c'était une petite concession pour obtenir la paix, et cela mit fin à la discussion. Ælswith se réjouissait que son époux ait négocié la libération de tous les jeunes otages détenus par l'armée d'Halfdan ; Alfred y tenait beaucoup, de crainte que ces jeunes gens soient détournés de la vraie foi. Il me regardait en disant cela, mais je l'ignorai, étant beaucoup plus intéressé par l'une des jeunes servantes, de quatre ou cinq ans mon aînée. Elle était fort jolie avec ses abondantes boucles noires et je me demandai si c'était celle qu'Alfred gardait à son service pour résister à la tentation. J'en eus la confirmation bien plus tard. Elle s'appelait Merewenna et je remerciai un jour Dieu de ne pas m'avoir aidé à lui résister, mais cette histoire sera pour plus tard. Pour l'heure, j'étais à la disposition d'Alfred, ou plutôt d'Ælswith.

– Uhtred doit apprendre à lire, dit-elle.

J'ignore en quoi cela la concernait, mais personne ne discuta sa suggestion.

– Amen, répondit Beocca.

– Les moines de Winburnan pourront le lui enseigner, proposa-t-elle.

– C'est une fort bonne idée, ma dame, dit Beocca, tandis que l'évêque édenté opinait en bavant.

– L'abbé Hewald est un fort diligent maître, dit Ælswith.

En vérité, l'abbé préférait fouetter les jeunes gens, mais c'était sans doute ce que voulait dire Ælswith.

– Je pense plutôt, intervint Alfred, que l'ambition du jeune Uhtred est d'être un guerrier.

– Il le sera le jour venu, si telle est la volonté de Dieu, énonça Ælswith, mais que vaut un soldat incapable de lire la parole divine ?

– Il ne vaut rien, convint Alfred. (Je pensais, moi, qu'apprendre à lire à un soldat était aussi utile qu'apprendre à danser à un chien, mais je me tus. Alfred perçut mon scepticisme.) Pourquoi est-il bon qu'un soldat sache lire, Uhtred ? me demanda-t-il.

– Lire est bon pour tous, répondis-je docilement, ce qui me valut un sourire de Beocca.

– Un tel soldat, continua patiemment Alfred, peut lire les ordres et saura ce que veut le roi. Imagine que tu sois en Northumbrie, Uhtred, et moi en Wessex. Comment pourrais-tu connaître ma volonté ?

C'était fascinant, mais j'étais trop jeune à l'époque pour m'en rendre compte. Si j'étais en Northumbrie et lui en Wessex, il n'avait point à se préoccuper de moi, mais bien sûr Alfred pensait déjà à l'avenir, un avenir lointain où il n'y aurait qu'un royaume angle et un seul roi. Je me contentai de le regarder bouche bée et il me sourit.

– Tu iras donc à Winburnan, jeune homme, dit-il. Et le plus tôt sera le mieux.

– Le plus tôt ? demanda Ælswith, qui n'appréciait guère cette hâte soudaine.

– Les Danes, ma bien-aimée, expliqua Alfred, vont rechercher ces deux enfants. S'ils les découvrent ici, ils pourront fort bien exiger leur retour.

— Mais tous les otages doivent être libérés, objecta-t-elle. Tu l'as dit toi-même.

– Uhtred, étais-tu otage ? demanda doucement Alfred en me fixant. Ou bien en danger de devenir un Dane ? (Il laissa la question en suspens et je ne tentai pas d'y répondre.) Nous devons faire de toi un véritable Angle. Tu dois donc partir dans le Sud demain matin, avec la fille.

– Elle n'a pas d'importance, dit Ælswith d'un ton méprisant.

Elle avait envoyé Brida manger avec les filles de cuisine.

– Si les Danes découvrent qu'elle est la bâtarde d'Edmond, observa l'un des ealdormen, ils en useront pour ruiner sa réputation.

– Elle ne le leur a jamais dit, intervins-je timidement, car elle pensait qu'ils se moqueraient d'elle.

– Il y a donc un peu de bonté en eux, dit Ælswith à contrecœur en prenant un œuf. Mais que feras-tu, demanda-t-elle à son époux, si les Danes t'accusent d'avoir sauvé ces enfants ?

– Je mentirai, bien sûr, dit Alfred.

Ælswith s'offusqua, mais l'évêque marmonna qu'un tel mensonge, commis au nom de Dieu, était pardonnable.

Je n'avais nulle intention de partir à Winburnan et n'avais nulle envie d'échanger ma vie avec Ragnar pour les misérables joies d'un monastère et d'un tuteur. Je savais que Brida voulait retourner parmi les Danes, et le désir d'Alfred de nous faire quitter au plus vite Baðum nous en donna l'occasion.

On nous fit partir le lendemain matin, avant l'aube, escortés par une douzaine de soldats qui n'appréciaient guère de devoir emmener deux enfants au cœur du Wessex. On me donna un cheval, Brida eut droit à une mule, et un jeune prêtre nommé Willibald fut officiellement chargé de mener Brida dans un couvent et moi à l'abbé Hewald. Le père Willibald était un homme aimable, souriant et doux. Il savait imiter le chant des oiseaux et nous fit rire en inventant une conversation entre une grive belliqueuse et caquetante et une alouette. Puis il nous demanda de deviner quels oiseaux il imitait et ce divertissement, mêlé d'inoffensives énigmes, nous amena jusqu'à une demeure située au-dessus d'une rivière, au cœur d'une région de forêts. Les soldats demandèrent d'y faire halte, car les chevaux avaient besoin de repos.

– Ce sont eux qui ont envie d'ale, nous dit Willibald en haussant les épaules, comme si c'était compréhensible.

C'était une chaude journée. Les chevaux furent attachés devant la maison, les soldats eurent leur ale, leur pain et leur fromage, puis ils s'assirent en rond et jouèrent aux dés en grommelant, nous laissant à la surveillance de Willibald. Mais le jeune prêtre s'allongea sur des bottes de paille et s'assoupit au soleil. Il nous suffit à Brida et moi d'échanger un regard. Nous longeâmes discrètement le flanc de la demeure, contournâmes un énorme tas de crottin et des cochons qui fouissaient dans un champ, passâmes au travers d'une haie et nous retrouvâmes dans la forêt. Nous éclatâmes de rire.

– Ma mère voulait que je l'appelle mon oncle, minauda Brida. Et les méchants Danes l'ont tué.

Nous convînmes que nous n'avions jamais entendu plus drôle, puis nous nous ressaisîmes et nous hâtâmes vers le nord.

Il s'écoula un long moment avant que les soldats ne nous cherchent. Ils prirent des chiens de chasse dans la maison où ils avaient acheté leur ale, mais entre-temps nous avions traversé une rivière, changé de nouveau de direction et gagné une hauteur pour nous cacher. Ils nous cherchèrent pendant deux jours et le surlendemain nous vîmes la suite royale d'Alfred prendre la route du Sud sous notre colline. L'entrevue de Baðum était terminée, les Danes se repliaient donc à Readingum. Nous ignorions comment nous y rendre, mais il nous suffisait de trouver la Temse ainsi que de la nourriture et de ne point nous faire prendre.

Ce fut plaisant. Nous chapardions du lait au pis des vaches et des chèvres. Nous n'avions point d'armes, mais nous nous façonnâmes des gourdins avec des branches tombées et en menaçâmes un pauvre vieillard qui creusait laborieusement un fossé. Il avait dans sa besace du pain et de la purée de pois pour son repas, et nous les lui volâmes. Nous attrapions du poisson à la main, un tour que m'apprit Brida, et nous vivions dans les bois. J'avais remis mon amulette. Brida avait jeté son crucifix de bois, mais je gardai le mien car il était en argent.

Au bout de quelques jours, nous décidâmes de voyager la nuit. Au début, nous avions grand peur, car la nuit, les *sceadugengan* sortent de leurs cachettes, mais nous devînmes de plus en plus habiles pour nous orienter dans le noir. Nous contournions les fermes et suivions les étoiles, et nous apprîmes à nous mouvoir sans bruit, à devenir des ombres.

Nous réussîmes à voler un agneau avant que les chiens du berger ne nous repèrent. Nous allumâmes un feu dans la forêt au nord des collines et le fîmes cuire. La nuit suivante, nous trouvâmes la rivière. Nous ignorions son nom, mais elle était large, coulait entre de grands arbres, et non loin de là se trouvait un village où nous repérâmes une petite barque ronde de branches de saule couvertes de peau de chèvre. Nous la volâmes durant la nuit et nous laissâmes glisser sur la rivière, de village en village et de pont en pont.

Nous ne le savions pas, mais c'était bien la Temse. Et c'est ainsi que nous arrivâmes sains et saufs à Readingum.

Rorik était mort, son mal l'avait emporté. Brida et moi arrivâmes à Readingum le jour où son corps fut brûlé. Ragnar, en larmes, se tenait auprès du bûcher et regardait les flammes consumer son fils. Une épée, un harnais, une amulette et un petit navire avaient été déposés avec lui. Lorsque tout fut fini, le métal fondu fut mis avec les cendres dans une grosse urne que Ragnar enterra auprès de la Temse.

– Tu es mon deuxième fils, désormais, me dit-il ce soir-là. Et toi, tu es ma fille, dit-il à Brida.

Il nous étreignit, puis il s'enivra. Le lendemain matin, il voulut prendre son cheval et aller tuer des Saxons, mais Ravn et Halfdan l'en empêchèrent.

Ragnar était éperdu de chagrin.

– Comment le dirai-je à Sigrid ? se lamentait-il.

– Il n'est point bon pour un homme de n'avoir qu'un seul fils, m'expliqua Ravn. Presque autant que de n'en avoir point. J'en ai eu trois, mais seul Ragnar a vécu. Et maintenant, il n'a plus que son aîné.

Ragnar le Jeune était encore en Irlande.

– Il peut avoir un autre fils, dit Brida.

– Pas de Sigrid, dit Ravn. Mais il pourrait prendre sans doute une seconde épouse. Cela se fait parfois.

Ragnar m'avait rendu Souffle-de-Serpent, et donné un autre bracelet. Il en donna également un à Brida et trouva une certaine consolation dans notre évasion. Nous dûmes parler à Halfdan et à Guthrum le Malchanceux, qui nous fixa de son œil noir tandis que nous décrivions le repas avec Alfred, ses projets pour moi. Même Ragnar, pourtant si chagrin, éclata de rire lorsque Brida raconta qu'elle avait prétendu être la nièce du roi Edmond.

– Cette reine Ælswith, demanda Halfdan, à quoi ressemble-t-elle ?

– Ce n'est point une reine, dis-je. (Beocca me l'avait expliqué.) Elle n'est que l'épouse du roi.

– C'est une fouine qui se prend pour une grive, railla Brida.

– Est-elle jolie ? demanda Guthrum.

– Elle a le visage pincé, de petits yeux de cochon et la bouche étroite.

– Il n'y trouvera donc point de joie, dit Halfdan. Pourquoi l'a-t-il épousée ?

– Parce qu'elle est de Mercie, dit Ravn, et qu'Alfred voulait s'allier à la Mercie.

– La Mercie est nôtre, gronda Halfdan.

– Mais Alfred veut nous la reprendre, dit Ravn. Nous devrions envoyer des navires chargés de riches présents pour les Bretons. S'ils l'attaquent de Galles et de Cornwalum, il devra diviser son armée.

C'était une phrase malheureuse, et Halfdan, qui avait encore un cuisant souvenir d'avoir agi ainsi devant la colline d'Æsc, contempla sombrement son ale. Il était distrait par son échec devant le Wessex et par les rumeurs de soulèvements en Northumbrie et Mercie. Les Danes s'étaient emparés si vite de l'Anglie qu'ils n'avaient jamais vraiment soumis leurs conquêtes, ni occupé toutes les forteresses. En conséquence, les révoltes prenaient comme feu aux bruyères. Il était temps, déclara-t-il, d'étouffer ces flammes et de soumettre par la terreur les terres conquises. Une fois Northumbrie, Mercie et Anglie calmées, l'attaque du Wessex pourrait reprendre.

Alfred envoya le reste du tribut en argent et les Danes libérèrent les jeunes otages, y compris les jumeaux merciens, puis nous retournâmes à Lundene. Ragnar exhuma l'urne contenant les cendres de son jeune fils et l'emporta sur la *Vipère*.

– Je l'emmènerai chez nous, me dit-il, pour l'enterrer avec son peuple.

C'était l'automne quand nous atteignîmes Lundene, mais ce ne fut qu'au printemps que les trois navires de Ragnar quittèrent la Temse. À quinze ans, j'avais tellement grandi que je dépassais d'une tête la plupart des hommes, et Ragnar me confia le gouvernail. Il m'apprit à diriger un navire, à prévoir la rafale de vent ou la vague, et à peser sur le gouvernail avant que le navire ne change de cap. Il fallait être subtil et au début le navire oscilla comme un homme ivre, car j'appuyais trop fort ; mais je finis par sentir la volonté du vaisseau dans le long manche de la godille et par adorer le frémissement du frêne alors que sa quille élancée prenait toute sa vitesse.

– Je ferai de toi mon deuxième fils, me confia Ragnar durant ce voyage. Je favoriserai toujours mon aîné, continua-t-il, parlant de Ragnar le Jeune, mais tu seras un fils pour moi.

– Cela me plaît, répondis-je gauchement. J'en suis honoré.

– Uhtred Ragnarson, dit-il comme pour éprouver le son de ce nouveau nom.

Cela dut lui plaire, car il sourit, puis il repensa à Rorik à jamais disparu, des larmes lui montèrent aux yeux et il se tut en fixant la mer déserte.

Cette nuit-là, nous dormîmes dans l'embouchure de l'Humber.

Et deux jours plus tard, nous étions de retour à Eoferwic.

Le palais du roi avait été réparé. Les hautes fenêtres étaient munies de nouveaux volets, et le toit chaumé de neuf avec de la paille de seigle dorée. Les vieux murs du palais romain avaient été nettoyés et il n'y avait plus de lichen sur les joints entre les pierres. Lorsque Ragnar demanda à entrer, des gardes postés à la porte lui répondirent sèchement d'attendre. Je crus qu'il allait dégainer son épée, mais avant que sa colère n'éclate Kjartan fit son apparition.

– Mon seigneur Ragnar, dit-il aigrement.

– Depuis quand un Dane attend-il à cette porte ? demanda Ragnar.

– Depuis que j'en ai donné l'ordre, répondit Kjartan avec insolence.

Tout comme le palais, il avait l'air prospère. Il portait une cape de fourrure d'ours noir, de hautes bottes, une tunique de mailles, un ceinturon de cuir rouge et presque autant de bracelets que Ragnar.

– Personne n'entre sans ma permission, continua-t-il, mais bien sûr tu es le bienvenu, jarl Ragnar. (Il s'effaça pour nous laisser entrer, Ragnar, moi et trois hommes, dans la grande salle où, cinq ans plus tôt, mon oncle avait tenté de me racheter à Ivar.) Je vois que tu as toujours ton petit Angle favori, grinça-t-il en me regardant.

– Profite bien de tes yeux tant que tu en as, répondit Ragnar. Le roi est-il là ?

– Il n'accorde audience qu'à ceux qui prennent la peine de la solliciter, répondit Kjartan.

Ragnar soupira et se retourna vers son ancien capitaine.

– Tu m'irrites comme méchante puce, dit-il. Et si tu y tiens, nous allons déposer les branches de noisetier et nous affronter d'homme à homme. Et si cela ne te plaît point, va me chercher le roi car je désire lui parler.

Jugeant qu'il valait mieux ne pas affronter Ragnar en duel, Kjartan s'enfonça dans les arrière-salles du palais. Il nous fit attendre fort longtemps, mais le roi Egbert apparut finalement, accompagné de six gardes, dont Sven le borgne qui semblait désormais aussi riche que son père. Et fort robuste, car il était aussi grand que moi, avec une large poitrine et d'énormes bras.

Egbert, inquiet, s'efforçait de se donner l'air royal. Ragnar s'inclina devant lui et annonça qu'Halfdan, ayant appris la rumeur de soulèvements en Northumbrie, l'avait envoyé y mettre un terme.

– Il n'y a point de soulèvements, déclara Egbert d'une voix si effrayée que je crus qu'il allait pisser dans ses braies.

– Il y a eu des troubles dans les collines, mais c'est terminé, dit Kjartan d'un ton méprisant en tapotant son épée d'un geste éloquent. La Northumbrie est sûre. Tu peux donc retourner auprès d'Halfdan, mon seigneur, et continuer d'essayer de défaire le Wessex.

Ragnar ne releva pas sa raillerie.

– J'irai à ma demeure, j'enterrerai mon fils et je vivrai en paix.

La nouvelle mit Sigrid en pleurs. Elle déchira sa robe et s'arracha les cheveux en poussant de grands cris. Les autres femmes se joignirent à elle et une procession emporta les cendres de Rorik au sommet de la plus proche colline, où l'urne fut enterrée. Ragnar resta sur place à contempler l'horizon et les nuages blancs qui passaient dans le ciel.

Nous y demeurâmes toute cette année-là. Il fallut semer, faucher foins et récoltes et moudre le grain. Nous fîmes fromage et beurre. Marchands et voyageurs apportaient les nouvelles, mais aucune du Wessex où, semblait-il, Alfred régnait dans la paix. Parfois, Ragnar parlait d'y retourner, de conquérir à l'épée d'autres richesses, mais l'esprit du combat semblait l'avoir quitté. Il envoya un message en Irlande pour demander à son fils de rentrer, mais Ragnar le Jeune ne rentra pas cette année-là. Il songeait aussi à Thyra, sa fille.

– Ragnar dit qu'il est temps que je me marie, m'apprit-elle un jour que nous barattions le beurre.

– Toi ? demandai-je en riant.

– J'ai presque treize ans ! s'indigna-t-elle.

– Certes. Et qui t'épousera ?

– Mère aime bien Anwend, dit-elle en haussant les épaules.

Anwend était l'un des guerriers de Ragnar, un jeune homme guère plus âgé que moi, robuste et jovial, mais Ragnar préférait que sa fille épouse l'un des fils d'Ubba. Cependant, cela l'aurait obligée à partir, si bien que Ragnar se rendit à l'avis de sa femme. J'aimais bien Anwend et je pensais qu'il ferait un bon époux pour Thyra, de plus en plus belle, avec ses longs cheveux dorés, ses grands yeux, son joli nez bien droit, sa peau parfaite et son rire tel un rayon de soleil.

– Mère dit que je dois mettre au monde beaucoup de fils, dit-elle.

– Je l'espère.

– J'aimerais bien aussi une fille. Mère dit que Brida aussi devrait se marier.

– Brida a peut-être d'autres désirs, répondis-je.

– Elle veut t'épouser, répliqua Thyra.

Cela me fit rire. Je voyais Brida comme une amie, et ce n'était pas parce que nous couchions ensemble, lorsque Sigrid avait le dos tourné, que j'avais envie de l'épouser. Je ne voulais point me marier du tout. Je ne pensais qu'épées, boucliers et batailles, et Brida n'avait que simples en tête.

Elle allait et venait telle une chatte, discrète, apprenant tout ce que Sigrid pouvait lui enseigner sur les herbes et leurs usages. Le liseron comme purge, la linaire contre les ulcères, le souci des marais pour écarter les elfes des seaux de lait, le mouron contre la toux, le bleuet contre les fièvres. Et elle apprenait d'autres charmes qu'elle refusait de me confier, les charmes des femmes, disant que si l'on restait silencieux et immobile la nuit, en respirant à peine, les esprits venaient. Et Ravn lui enseignait à rêver avec les dieux, après avoir bu de l'ale où macéraient des champignons rouges. Elle était souvent malade, car elle en buvait trop, mais elle composa ses premiers chants, sur les oiseaux et les bêtes, et Ravn déclara qu'elle était une vraie scalde. Certaines nuits, tandis que nous surveillions les tas de charbon, elle me les récitait d'une voix douce et rythmée. Elle avait maintenant un chien qui la suivait partout. Elle l'avait trouvé à Lundene lors du voyage de retour. Il était noir et blanc, aussi malin qu'elle, et elle l'avait baptisé Nihtgenga, ce qui signifie rôdeur de la nuit, ou gobelin. Il s'asseyait avec nous devant le tas de charbon qui brûlait et je jure qu'il l'écoutait chanter. Brida fabriquait des flûtes en roseaux et jouait des airs mélancoliques, et Nihtgenga la contemplait de ses grands yeux tristes, puis la musique l'envahissait et il dressait son museau en hurlant. Cela nous faisait rire, mais Nihtgenga était vexé, et Brida devait le caresser pour le consoler.

Nous oubliâmes la guerre jusqu'au cœur de l'été, quand une vague de chaleur accabla les collines et que Guthrum le Malchanceux arriva dans notre vallée. Il était accompagné de vingt cavaliers, tout de noir vêtus, et s'inclina devant Sigrid, qui le gronda de ne point avoir prévenu.

– J'aurais préparé un festin, dit-elle.

– J'ai apporté des provisions, dit Guthrum en désignant des chevaux de bât. Je ne voulais point épuiser les vôtres.

Il avait fait tout le chemin de Lundene pour converser avec Ragnar et Ravn, et Ragnar me convia à siéger avec eux, car, disait-il, j'en savais plus que quiconque sur le

Wessex, et c'était de cela que voulait parler Guthrum. Mais je ne fus guère utile. Je décrivis Alfred et sa piété, et avertis Guthrum que le roi saxon avait beau sembler bien terne, il était indéniablement très intelligent. Guthrum haussa les épaules.

– On fait grand cas de l'intelligence, dit-il d'un ton lugubre, mais elle ne gagne point les batailles.

– La sottise les fait perdre, intervint Ravn, comme lorsque nous avons divisé l'armée pour la bataille d'Æbbanduna.

Guthrum se renfrogna mais préféra ne pas se quereller avec Ravn. Il demanda à Ragnar la meilleure manière de vaincre les Saxons et sa promesse de se joindre à la prochaine attaque.

– Si c'est bien l'année prochaine, dit-il en se grattant la nuque et en agitant l'os à pointe dorée de sa mère toujours accroché dans sa chevelure. Nous n'aurons peut-être pas assez d'hommes.

– Dans ce cas, nous attaquerons l'année suivante, se résigna Ragnar.

– Ou dans deux ans, dit Guthrum. Mais comment achèverons-nous ce crétin dévot ?

– En divisant ses forces, dit Ragnar, sinon nous serons toujours dépassés en nombre.

– Toujours dépassés en nombre ? répéta Guthrum, dubitatif.

– Quand nous nous sommes battus ici, dit Ragnar, quelques Northumbriens ont préféré ne pas lutter et se sont réfugiés en Mercie. Quand nous avons combattu Mercie et Estanglie, les hommes se sont enfuis en Wessex. Mais lorsque nous attaquerons le Wessex, ils n'auront nulle part où aller. Ils devront donc se battre, tous. En Wessex, l'ennemi sera acculé.

– Et un ennemi acculé est dangereux, fit observer Ravn.

– Les diviser, répéta pensivement Guthrum.

– Des navires sur la côte sud, proposa Ragnar, une armée sur la Temse, et des guerriers bretons venant de

Brycheinog, Glywysing et Gwent. Trois attaques qu'Alfred devra affronter en même temps. Il n'en sera point capable.

– Et tu seras là ? demanda Guthrum.

– Tu as ma parole, dit Ragnar.

Ils parlèrent ensuite de ce que Guthrum avait observé durant son voyage. Il y avait des troubles en Mercie, disait-il, les Angles se révoltaient, et l'on disait que le roi Egbert encourageait les soulèvements à Eoferwic.

– Egbert ! s'étonna Ragnar. Il ne saurait encourager un ivrogne à pisser !

– C'est cependant ce que l'on m'a dit, répondit Guthrum. Ce n'est peut-être point vrai. Je le tiens d'un certain Kjartan.

– Alors c'est presque certainement faux.

– Il m'a paru un homme de bien, dit Guthrum.

Il ignorait manifestement la querelle entretenue entre les deux hommes, et Ragnar ne lui en dit pas davantage.

Mais Guthrum avait dit vrai. On complotait à Eoferwic, même si je doute qu'Egbert en fût coupable. C'était Kjartan, qui commençait à faire courir le bruit que le roi Egbert organisait secrètement une rébellion. Les rumeurs devinrent si persistantes et la réputation du roi en fut si entamée qu'Egbert, craignant pour sa vie, réussit à échapper à ses gardes danes. Il trouva refuge chez le roi Burghred de Mercie. Ricsig de Dunholm, l'homme qui avait livré à Ragnar les moines capturés, fut proclamé nouveau roi de Northumbrie, et il récompensa Kjartan en l'autorisant à ravager tout lieu pouvant abriter des rebelles. Kjartan saccagea les derniers monastères et couvents de Northumbrie. Il accrut ainsi ses richesses et resta le chef de guerre et le collecteur d'impôts de Ricsig.

Nous n'y attachâmes aucune importance. Nous rentrâmes les récoltes, festoyâmes, et on annonça qu'à Yule auraient lieu les noces de Thyra et Anwend. Ragnar demanda à Ealdwulf le forgeron de fabriquer pour Anwend une épée aussi belle que Souffle-de-Serpent.

Ealdwulf s'en acquitta et me forgea une spathe, la courte épée que conseillait Tokki pour le combat dans le mur de boucliers. J'appelai ma spathe Dard-de-Guêpe, car elle était courte, et j'étais impatient de l'essayer sur l'ennemi.

– Les ennemis surgissent toujours assez tôt dans la vie d'un homme, me dit Ealdwulf pour réfréner mon enthousiasme. Tu n'as point besoin de les chercher.

Je façonnai mon premier bouclier au début de l'hiver en coupant le tilleul et en forgeant la grosse bosse munie d'une poignée qui traversait le bois. Je le peignis en noir et l'ornai d'une bordure d'acier. Il était bien lourd, et j'appris plus tard à en fabriquer de plus légers, mais cette année-là je ne quittai pas mon bouclier, mon épée et ma spathe pour m'accoutumer à leurs poids, et je m'entraînai à frapper et parer tout en rêvant. Je redoutais mon premier combat dans le mur de boucliers autant que je le désirais : nul homme n'était un vrai guerrier tant qu'il n'avait pas combattu dans le premier rang, royaume de la mort et de l'horreur, et comme un sot je voulais y être.

Nous nous préparâmes à la guerre, tandis que Sigrid se réjouissait des préparatifs des noces de Thyra. Il y eut une cérémonie de fiançailles au début de l'hiver. Anwend, revêtu de ses plus beaux habits soigneusement rapiécés, se rendit à notre château avec six de ses amis et demanda timidement à Ragnar la main de Thyra. Tout le monde savait qu'il allait être son époux, mais le rituel était important. Thyra était assise entre ses parents et Anwend promit à Ragnar qu'il l'aimerait, la chérirait et la protégerait. Puis il offrit vingt pièces d'argent. C'était une somme importante, mais sans doute montrait-il ainsi combien il l'aimait.

– Donne-m'en seulement dix, dit Ragnar, toujours aussi généreux. Et dépense le reste pour un manteau neuf.

– Vingt siéront, intervint Sigrid d'un ton ferme, alors que la somme, bien que donnée à Ragnar, devait revenir à Thyra après le mariage.

– Alors, Thyra t'offrira ce manteau, dit Ragnar en prenant les pièces.

Puis il étreignit Anwend, il y eut un festin et Ragnar fut, ce soir-là, heureux comme il ne l'avait pas été depuis la mort de Rorik. Thyra contempla les danses, rougissant parfois quand elle croisait le regard d'Anwend. Ses six amis, tous des guerriers de Ragnar, reviendraient avec lui lors du mariage. Ils assisteraient à leur nuit de noces et ce serait seulement lorsqu'ils témoigneraient que Thyra était devenue femme que le mariage serait officiel.

En un mot comme en cent, nous pensions que le monde continuerait comme depuis toujours. Et au pied d'Yggdrasil, l'arbre de vie, les trois fileuses se moquaient de nous.

J'ai passé de nombreux Noëls à la cour saxonne. Les Saxons parvenaient à gâcher cette fête hivernale avec des moines qui psalmodiaient, des prêtres qui radotaient et d'affreusement longs sermons. Yule est une fête et un réconfort, un moment de chaleur et de lumière au cœur de l'hiver, où l'on mange parce que l'on sait que les privations viendront lorsque manqueront les vivres et que la glace figera les terres. C'est le moment où il faut être heureux et s'enivrer, se réveiller le lendemain en se demandant si l'on sera jamais ragaillardi.

Et la fête de Yule durant laquelle Thyra se marierait allait être la plus grandiose de mémoire de Dane. Nous gardâmes en vie plus d'animaux que de coutume et les abattîmes juste avant la fête, puis nous creusâmes de profondes fosses où porcs et vaches seraient cuits sur d'immenses grils fabriqués par Ealdwulf. Il y rechigna, alléguant que fabriquer des ustensiles de cuisine le détournait de sa véritable tâche, mais il en était secrètement ravi car il adorait manger. Outre porcs et vaches, nous avions harengs, saumons, moutons, perches, pain frais, fromage, ale, hydromel et, suprême délice, du boudin fait d'intestins de mouton farci de sang, abats, avoine, raifort, ail sauvage et baies de genièvre. Je raffole toujours de ce boudin croustillant et juteux tout à la fois. Je me rappelle les grimaces dégoûtées d'Alfred lorsque j'en mangeais et que le sang coulait sur ma barbe, alors qu'il se contentait de suçoter un poireau bouilli.

Nous organisâmes maints jeux et joutes. Le lac au fond de la vallée avait gelé : les Danes se fixaient des os aux pieds et glissaient sur la glace, un passe-temps qui dura jusqu'à ce qu'elle se brise et qu'un jeune homme se noie. Mais Ragnar jugea qu'il serait de nouveau gelé après Yule et j'étais bien déterminé à apprendre cet art. Pour l'heure, cependant, Brida et moi fabriquions toujours du charbon pour Ealdwulf, qui avait décidé d'offrir une épée à Ragnar.

Nous avions prévu d'ouvrir le foyer la veille du festin, mais il n'était pas encore assez refroidi. La plupart des hommes de Ragnar et leurs familles étaient déjà au château, où ils se préparaient pour le premier festin de la journée et les jeux qui se dérouleraient dans la plaine avant le mariage. Cependant, Brida et moi passâmes cette dernière nuit devant le foyer, de crainte que quelque animal ne fouisse la terre et ouvre un évent qui ranimerait les flammes. J'avais avec moi Souffle-de-Serpent et Dard-de-Guêpe, et Brida était accompagné de Nihtgenga, qui ne la quittait jamais. Nous étions tous les deux enveloppés de fourrures, car la nuit était froide. Quand un tas de bois brûle, on peut s'allonger sur la terre et profiter de sa chaleur, mais cette nuit-là le feu était presque éteint.

– Si tu restes bien immobile, me murmura Brida à la nuit tombée, tu peux sentir les esprits.

Je crois que je m'endormis, mais vers l'aube je me réveillai et m'aperçus qu'elle aussi dormait. Je me redressai délicatement pour ne point l'éveiller et, immobile, je tendis l'oreille, guettant les *sceadugengan*. Gobelins, elfes, esprits, spectres et nains, toutes ces créatures viennent la nuit à Midgard et rôdent parmi les arbres. Aussi je m'éveillai l'oreille aux aguets et j'écoutai les petits bruits nocturnes de la forêt, les griffes dans les feuilles et les soupirs du vent.

Et c'est alors que j'entendis les voix.

Je réveillai Brida.

Des hommes approchaient dans la nuit. Nous remontâmes vers le haut de la colline, car les voix provenaient d'en bas, et nous nous tapîmes. Nous entendîmes des hommes approcher du foyer puis le craquement d'une braise, et une flamme jaillit. Ils cherchaient ceux qui surveillaient le charbon, mais, ne nous trouvant pas, ils redescendirent et nous les suivîmes.

L'aube pointait à peine à l'est, teintant le ciel d'un gris de loup. Les feuilles étaient couvertes de givre et un léger vent soufflait.

– Nous devrions aller alerter Ragnar, chuchotai-je.

– Nous ne pouvons, dit Brida.

Elle avait raison : des dizaines d'hommes étaient dissimulés parmi les arbres entre nous et le château, et nous étions bien trop loin pour prévenir Ragnar. Nous tentâmes donc de contourner les intrus pour atteindre la forge où dormait Ealdwulf, mais avant que nous ayons eu le temps les flammes jaillirent.

Nous ne pûmes qu'y assister, impuissants. Kjartan et Sven étaient venus avec plus d'une centaine d'hommes et attaquaient Ragnar en incendiant sa demeure. Tous s'échappaient en courant, accueillis par des lances et des flèches. Les cadavres s'amoncelaient à la lueur des flammes, qui s'accrûrent lorsque le toit prit feu et transforma le château en une fournaise aveuglante qui éclipsa l'aube grise. Nous entendions bêtes et gens hurler à l'intérieur. À chaque porte, à chaque fenêtre, des soldats tuaient les fugitifs, mais pas tous. Les plus jeunes femmes étaient emmenées sous bonne garde, et Thyra fut amenée à Sven qui l'assomma et la laissa gisant à ses pieds tandis qu'il massacrait le reste de sa famille.

Je ne vis point Ravn, Ragnar et Sigrid mourir, mais je pense qu'ils brûlèrent dans le château quand le toit s'effondra dans un rugissement de flammes, de fumées et d'étincelles. Ealdwulf mourut lui aussi et je fondis en larmes. Je voulais dégainer Souffle-de-Serpent, mais Brida me convainquit de partir nous cacher sous les arbres. Durant toute la journée, la fumée s'éleva du château de Ragnar. La nuit suivante, une lueur persista au-dessus des arbres. Le lendemain matin, des filets de fumée montaient encore dans la vallée où nous avions été heureux. Affamés, nous nous rapprochâmes discrètement et vîmes Kjartan et ses hommes fouiller les braises.

Ils en sortaient des morceaux de fer fondu, une cotte de mailles qui n'était plus qu'un horrible entrelacs, des débris d'argent, et prenaient tout ce qui pouvait encore servir ou être vendu. Une charrette emporta les outils et l'enclume d'Ealdwulf. Thyra, une corde au cou, fut hissée sur un cheval et emmenée par Sven le borgne. Kjartan pissa sur un tas de braises encore fumantes, puis éclata de rire.

J'avais seize ans et je n'étais plus un enfant.

Ragnar, mon seigneur, celui qui avait fait de moi son fils, Ragnar était mort.

Les corps gisaient encore dans les cendres, mais il était impossible de discerner les hommes des femmes tant la fournaise les avait recroquevillés. Les adultes ressemblaient à des enfants et les enfants à des nouveaux-nés. Ceux qui étaient morts à l'extérieur étaient reconnaissables : je retrouvai Ealdwulf et Anwend, nus comme vers. Je cherchai vainement Ragnar. Je me demandai pourquoi il n'avait pas jailli du château, l'épée à la main, puis songeai qu'il avait préféré ne pas donner à l'ennemi la satisfaction de mourir sous ses yeux.

Nous trouvâmes des vivres dans l'une des réserves que Kjartan et ses hommes avaient manquées. Nous dûmes déplacer d'énormes morceaux de poutres calcinées pour y parvenir. Pain, fromage et viande étaient sauris par la cendre et la fumée, mais nous mangeâmes malgré tout. Sans un mot. Au crépuscule, des Angles s'approchèrent prudemment du château anéanti. Ils me prirent pour un

Dane, et tombèrent à genoux à mon approche. Kjartan avait accusé les Northumbriens de Synningthwait d'avoir incendié le château et les avait tous massacrés, jusqu'au dernier nouveau-né. Les hommes devaient savoir que c'était lui le coupable, mais la sauvagerie dont il fit preuve troubla les esprits. Par la suite, tout le monde finit par croire que les Angles avaient attaqué Ragnar et que Kjartan s'était vengé sur eux. Cependant, ceux-là avaient échappé à sa fureur.

– Vous reviendrez demain matin, leur dis-je, pour enterrer les morts.

– Oui, mon seigneur.

– Vous serez récompensés, leur promis-je, songeant que je devrais renoncer à mes précieux bracelets.

– Oui, mon seigneur, répéta l'un d'eux.

Je leur demandai s'ils savaient la raison de cette tragédie et ils parurent mal à l'aise. Finalement, un homme déclara avoir entendu dire que le jarl Ragnar fomentait une révolte contre Ricsig. L'un des Angles qui servait Kjartan le lui avait dit en venant chercher de l'ale dans sa masure. Il lui avait également conseillé de se cacher avant que Kjartan ne vienne massacrer tous les habitants de la vallée.

– Tu sais qui je suis ? lui demandai-je.

– Le seigneur Uhtred, mon seigneur.

– Ne dis à personne que je suis en vie.

Il me fixa, interdit. Kjartan, décidai-je, devait penser que j'étais mort, que j'étais l'un de ces corps calcinés et recroquevillés dans les décombres. Son fils Sven me haïssait et je ne voulais pas qu'il me traque.

– Et reviens demain matin, conclus-je, car tu auras de l'argent.

Il existe une notion appelée dette de sang chez tous les peuples, même les Saxons, malgré la piété qu'ils affichent. Tue un membre de ma famille et je tuerai quelqu'un de la tienne. Et cela se poursuit, génération après génération, ou jusqu'à ce que l'une des familles soit exterminée.

Kjartan venait d'appeler ma vengeance sur lui. J'ignorais comment, où et quand, mais je vengerais Ragnar. J'en fis le serment cette nuit-là.

Et cette même nuit, je devins riche. Brida attendit que les Angles soient partis pour me mener aux restes fumants de la forge d'Ealdwulf. Là, elle me désigna l'énorme morceau d'orme brûlé où était naguère posée l'enclume.

– Nous devons le déplacer, dit-elle.

Il fallut nos efforts conjugués pour ébranler l'énorme morceau de tronc. Il n'y avait dessous rien d'autre que de la terre, mais Brida me poussa à creuser. Faute de mieux, je me servis de Dard-de-Guêpe et j'avais à peine creusé que je touchai du métal. De l'or. Véritable. Des pièces et de petits lingots. Les pièces étaient étranges, gravées de lettres comme je n'en avais jamais vues, ni runes ni lettres angles. J'appris plus tard qu'elles provenaient de ces peuples lointains qui vivent dans le désert et adorent un dieu nommé Allah, qui doit être un dieu du feu, car *al*, dans notre langue, signifie brûler. Ces peuples qui adoraient Allah faisaient de la bonne monnaie, et cette nuit-là nous en déterrâmes quarante-huit et maints autres lingots, pièces d'argent, et quatre morceaux de jais. Brida m'apprit qu'elle avait vu Ealdwulf et Ragnar les y placer une nuit. Tous les hommes dissimulent une réserve pour le jour où surviendra un désastre. J'en ai moi-même enfoui, j'ai même oublié l'emplacement de l'une d'elles et peut-être, dans de nombreuses années, quelque chanceux la trouvera. Ce butin, le trésor de Ragnar, revenait à son aîné, mais Ragnar – et c'était étrange de penser qu'il n'y en avait plus qu'un et qu'il n'était plus Ragnar le Jeune – se trouvait en Irlande. Je doutais qu'il soit encore en vie, car Kjartan avait sûrement envoyé des hommes le tuer. Mais, mort ou vif, il n'était point là. Nous nous emparâmes donc du trésor.

– Que faire ? demanda Brida lorsque nous fûmes retournés dans les bois.

Je le savais déjà : peut-être l'avais-je toujours su. J'ai été un Dane du temps que Ragnar avait vécu, car Ragnar m'aimait et m'appelait son fils. Désormais il était mort et je n'avais plus d'ami parmi les Danes. Je n'en avais point parmi les Angles non plus, en dehors de Brida, bien sûr, et peut-être aussi Beocca qui avait de l'affection pour moi à sa manière. Mais les Angles étaient mon peuple. La destinée est tout, et les Nornes m'avaient lancé un signe ce jour-là. À présent, enfin, j'allais y répondre.

– Nous partons au sud.

– Dans un couvent ? demanda Brida, en repensant à Ælswith et au piètre sort qu'elle lui réservait.

– Non.

Je ne voulais pas retrouver Alfred et apprendre à lire en meurtrissant mes genoux dans la prière.

– J'ai des parents en Mercie, dis-je.

Je ne les avais jamais vus, je ne savais rien d'eux, mais ils étaient ma famille et la famille a ses obligations. La poigne des Danes était moins lourde sur la Mercie qu'ailleurs et peut-être pourrais-je y trouver un foyer sans représenter une charge, car je possédais de l'or.

J'étais plongé dans un abîme d'infortune, guetté par le désespoir, et des larmes me montaient aux yeux. Je voulais que la vie continue comme par le passé, avoir Ragnar comme père, festoyer et rire. Mais la destinée nous tient dans sa main et, le lendemain matin, sous une petite pluie hivernale, nous enterrâmes les morts et payâmes en pièces d'argent, puis nous partîmes vers le sud.

DEUXIÈME PARTIE

Le Dernier Royaume

Chapitre 7

Je m'établis au sud de la Mercie. J'y trouvai un autre oncle, l'ealdorman Æthelred, fils d'Æthelred et frère d'Æthelwulf, père d'Æthelred et frère d'un autre Æthelred, lui-même père d'Ælswith, l'épouse d'Alfred. L'ealdorman Æthelred me reconnut à contrecœur comme son neveu, et m'offrit un accueil un peu plus chaleureux lorsque je lui offris deux pièces d'or et jurai sur la croix que c'était là tout l'argent que je possédais.

Le voyage dans le Sud fut épuisant, comme tous les voyages en hiver. Pendant un moment, nous trouvâmes refuge près de Meslach chez des gens qui nous prirent pour des hors-la-loi. Nous arrivâmes à leur masure un soir sous la neige et le vent, tous deux à demi gelés, et nous payâmes notre écot de quelques maillons de la chaîne du crucifix d'argent que m'avait donné Ælswith. Dans la nuit, les deux fils aînés vinrent pour voler le reste de notre argent, mais Brida et moi ne dormions pas, nous attendant à leur forfait. Moi armé de Souffle-de-Serpent et Brida de Dard-de-Guêpe, nous menaçâmes de les étriper. Tout le monde se montra dès lors plus aimable par la force des choses, et ils me crurent lorsque je prétendis que Brida était sorcière. C'étaient des païens, comme nombre des Angles habitant les régions des collines isolées, et ils ignoraient que les Danes avaient envahi le pays. Ils vivaient loin de tout village, marmonnaient des prières à Thor et Odin et nous abritèrent pendant six semaines. En échange, nous coupions du bois, aidions les brebis à agneler et montions la garde pour éloigner les loups.

Nous poursuivîmes notre route au début du printemps. Nous évitâmes Hreapandune, où Burghred tenait sa cour, et autour de laquelle étaient établies de nombreuses colonies danes. Je ne craignais point les Danes, je savais leur langue et leurs tours, je les appréciais même ; mais si l'on apprenait qu'Uhtred de Bebbanburg était encore en vie, je craignais que Kjartan ne mît ma tête à prix. Aussi m'enquis-je de l'ealdorman Æthelwulf mort à Readingum en combattant les Danes. J'appris qu'il avait vécu en un lieu nommé Deoraby, mais que son frère était parti à Cirrenceastre, tout près de la frontière du Wessex. Nous nous rendîmes donc à Cirrenceastre, découvrîmes que c'était une ancienne ville romaine, bien fortifiée de pierre et de bois, et que le frère d'Æthelwulf, Æthelred, était désormais ealdorman et seigneur de ces lieux.

Nous arrivâmes alors qu'il rendait la justice et nous attendîmes parmi requérants et témoins. Nous vîmes deux hommes se faire flageller et un troisième marqué au fer à la face avant d'être banni pour vol de bétail, puis un huissier nous introduisit, pensant que nous étions venus demander réparation pour quelque tort. Il nous ordonna de nous incliner et je refusai. Il essaya de m'y forcer, mais je le frappai, ce qui attira l'attention d'Æthelred. C'était un homme de grande taille, la quarantaine bien passée, chauve et fort barbu, et aussi lugubre que Guthrum. Il fit signe à ses gardes qui fainéantaient aux abords de la salle.

– Qui es-tu ? gronda-t-il.

– Je suis l'ealdorman Uhtred, dis-je. (Le titre figea les gardes et l'huissier recula d'un pas.) Je suis le fils d'Uhtred de Bebbanburg et d'Æthelgifu, son épouse. Je suis ton neveu.

Je devais avoir piètre allure, car j'étais sale, hirsute et déguenillé après notre voyage, mais j'arborais deux épées et un orgueil farouche.

– Tu es le fils d'Æthelgifu ? demanda-t-il.

– Le fils de ta sœur, dis-je.

L'ealdorman Æthelred fit le signe de croix en souvenir de sa jeune sœur, qu'il avait presque oubliée, renvoya les gardes et me demanda ce que je voulais.

– Refuge, dis-je.

Il hocha la tête à contrecœur. Je lui racontai que j'avais été prisonnier des Danes depuis la mort de mon père et il me crut volontiers, mais en vérité je l'intéressais fort peu. Pour tout dire, mon arrivée ne signifiait que désagrément, car nous représentions deux bouches de plus à nourrir, mais la famille impose des obligations et l'ealdorman Æthelred se plia aux siennes. Il essaya pourtant de me faire assassiner.

Ses terres, qui s'étendaient jusqu'à la rivière Sæfern, à l'ouest, étaient pillées par les Bretons de Galles. Les Gallois étaient de vieux ennemis, qui passaient leur temps à lancer des expéditions, songer à en lancer ou chanter qu'ils allaient en lancer. Ils vénéraient un héros appelé Arthur, censé dormir dans sa tombe et se réveiller un jour pour emmener les Gallois à la victoire sur les Angles, mais pour l'heure il ne s'était encore rien passé.

Environ un mois après mon arrivée, Æthelred apprit qu'une troupe armée de Gallois volait du bétail sur ses terres près de Fromtum, et il partit les en chasser. Il descendit dans le Sud avec cinquante hommes, mais ordonna au chef de sa garde, un guerrier nommé Tatwine, de barrer leur retraite près de l'ancienne ville romaine de Gleawecestre. Il lui confia vingt hommes, dont moi-même.

– Tu es un grand garçon, me dit-il avant de partir. As-tu déjà combattu dans un mur de boucliers ?

– Non, mon seigneur, répondis-je.

– Il est temps d'apprendre. Cette épée doit bien servir à quelque chose. Où l'as-tu eue ?

– Elle était à mon père, mon seigneur, mentis-je. (Je ne voulais pas expliquer que l'épée me venait des Danes, car Æthelred aurait voulu me la prendre.) C'est la seule chose que je tiens encore de lui, ajoutai-je d'un ton pitoyable.

Il grommela, me congédia et ordonna à Tatwine de me mettre dans le mur de boucliers en cas de bataille.

Tatwine était immense, aussi grand que moi, avec une poitrine de forgeron et des bras énormes sur lesquels il avait fait des marques avec une aiguille et de l'encre. Il se vantait que chacune représentait un homme qu'il avait tué au combat, et un jour que je voulus les compter je dus renoncer à la trente-huitième : ses manches cachaient le reste. Il ne se réjouissait guère de m'avoir parmi ses guerriers. Il le fut encore moins lorsque Brida insista pour m'accompagner, mais je lui expliquai qu'elle avait juré à mon père de ne me jamais quitter et qu'elle était une femme rusée qui connaissait des sorts propres à troubler l'ennemi. Il crut ces deux mensonges et pensa probablement qu'une fois que je serais mort, ses hommes pourraient prendre leur plaisir avec Brida et que lui-même rapporterait Souffle-de-Serpent à Æthelred.

Les Gallois avaient traversé la Sæfern très haut en amont, puis ils étaient descendus dans les riches prairies où engraissait le bétail. Ils aimaient faire de rapides incursions et disparaître avant que les Merciens aient rassemblé leurs forces, mais Tatwine nous entraîna sur un pont sur la Sæfern.

Les pillards tombèrent tête baissée dans le piège. Nous arrivâmes au pont au crépuscule, dormîmes dans un champ, nous réveillâmes avant l'aube et, juste au moment où le soleil se levait, nous vîmes Gallois et bétail volé arriver vers nous. Ils tentèrent de passer plus loin au nord, mais leurs chevaux étaient fourbus, les nôtres dispos. Se rendant compte qu'ils ne pourraient fuir, ils revinrent vers le pont. Nous en fîmes autant, descendîmes de selle et formâmes le mur de boucliers. Les Gallois également. Ils étaient vingt-huit. Avec leurs cheveux hirsutes, leurs longues barbes et leurs guenilles, ils avaient l'air de sauvages, mais ils portaient des armes bien entretenues et de solides boucliers.

Tatwine, qui parlait un peu leur langue, leur déclara que son seigneur montrerait sa merci s'ils se rendaient. Pour toute réponse, l'un d'eux se tourna, baissa ses braies et nous montra ses fesses crottées.

Nos deux murs se faisaient face, nous bloquions le pont et les Gallois nous hurlaient des insultes. Tatwine n'était point sot. Sa tactique était simple : les Gallois étaient supérieurs en nombre et pouvaient nous vaincre, mais si nous restions sur le pont, nos flancs étaient protégés par le parapet et il voulait les attirer jusqu'à nous. Il me plaça au centre et lui derrière. Je compris plus tard que c'était pour prendre ma place lorsque je tomberais. J'avais un vieux bouclier à la poignée branlante que m'avait prêté mon oncle.

Cela aurait pu durer jusqu'à la nuit si des gens des environs n'étaient arrivés. L'un d'eux portait un arc et commença à tirer sur les Gallois, qui ne cessaient de boire depuis le matin. Tatwine nous avait distribué de l'ale, mais point trop.

J'étais inquiet. Plus encore : terrifié. Je n'avais pas d'armure, alors que les soldats de Tatwine portaient cotte de mailles ou de bon cuir. Tatwine était coiffé d'un casque, je n'avais que mes cheveux. Je pensais mourir, mais je me rappelai ce que j'avais appris et passai mon harnais autour de mon cou, Souffle-de-Serpent pendant dans mon dos. Une épée se dégaine bien plus vite par-dessus l'épaule, et je pensais commencer le combat avec Dard-de-Guêpe. J'avais la gorge sèche et l'estomac noué et ma cuisse tremblait, mais l'excitation se mêlait à ma peur. Voilà à quoi ma vie m'avait mené : un mur de boucliers. Si je survivais, je serais un guerrier.

Les flèches ne cessaient de voler, criblant surtout les boucliers, mais l'une d'elles parvint à se loger dans la poitrine d'un Gallois qui s'effondra. Soudain, leur chef perdit patience et poussa un grand cri. Et ils s'élancèrent.

C'était un petit mur de boucliers, pas une grande bataille. Une querelle pour du bétail, pas l'affrontement de deux armées, mais c'était mon premier mur. Instinctivement, je resserrai mon bouclier contre ceux de mes voisins, je baissai ma spathe pour la pointer par-dessous et je me courbai légèrement pour amortir le choc. Les Gallois hurlaient comme déments, cherchant à nous effrayer, mais j'étais trop concentré pour me laisser distraire par leurs cris.

– Maintenant ! cria Tatwine.

Nous projetâmes nos boucliers en avant, et ce fut comme le marteau d'Ealdwulf frappant son enclume. Je vis une hache se dresser au-dessus de moi et levai mon bouclier pour parer, tout en plongeant ma spathe entre les jambes de mon adversaire. Ce fut net et précis, comme me l'avait enseigné Tokki. C'était un coup mortel et l'homme poussa un cri affreux, comme femme en couches. La lame était fichée en lui, ruisselante de sang, et la hache retomba mollement sur moi quand je me redressai. Je pris Souffle-de-Serpent et l'abattis sur l'homme qui attaquait mon voisin de droite. Le coup porta, en plein sur le crâne, et je retirai l'épée d'un geste vif qui le taillada. L'homme à la spathe plantée dans l'entrejambe gisait à mes pieds. Je lui piétinai le visage. Je hurlais, à présent, en dane, des hurlements de mort, et tout fut soudain facile. J'enjambai ma première victime pour achever la deuxième. Je venais de rompre notre mur de boucliers, mais cela importait peu, car Tatwine allait prendre ma place. Un troisième guerrier se rua sur moi en brandissant son épée. Je déviai le coup de mon bouclier et, alors qu'il tentait de se protéger du sien, je fis tournoyer Souffle-de-Serpent, lui tranchai la gorge et heurtai dans mon geste un bouclier derrière moi. Je chargeai et renversai de tout mon poids un quatrième homme qui implora vainement ma pitié.

La joie. La joie de l'épée. Je dansais de cette joie qui bouillonnait en moi, de la joie de la bataille dont m'avait tant parlé Ragnar : la joie du guerrier. Un homme qui ne l'a point connue n'est point homme. Quand tout fut terminé et que je dansai dans le sang des morts, je sus que j'étais un bon guerrier. Et plus que cela encore. J'aurais pu conquérir le monde à cet instant et mon seul regret était que Ragnar ne puisse me voir. Songeant qu'il me regardait peut-être depuis le Valhalla, je brandis Souffle-de-Serpent vers le ciel et criai son nom. J'ai vu d'autres jeunes hommes revenir de leur premier combat, animés de cette même joie et je les ai enterrés à leur seconde bataille. Les jeunes sont imprudents et j'étais jeune. Mais j'étais doué.

Les voleurs de bétail étaient vaincus. Douze étaient morts ou agonisants et les autres avaient fui. Nous les rattrapâmes sans peine et les tuâmes l'un après l'autre. Après quoi, je revins vers ma première victime pour retirer à grand-peine Dard-de-Guêpe de son corps ; à cet instant, je regrettai de ne pas trouver d'autres hommes à massacrer.

– Où as-tu appris à te battre, mon garçon ? demanda Tatwine.

Je me retournai comme s'il avait été un ennemi, flamboyant d'orgueil, ma spathe tremblant dans ma main, assoiffée de sang.

– Je suis un ealdorman de Northumbrie, répondis-je.

Il marqua une pause, inquiet, puis il acquiesça.

– Oui, mon seigneur, dit-il en tendant la main pour tâter les muscles de mon avant-bras. Où as-tu appris à te battre ? répéta-t-il, renonçant à son insultant « mon garçon ».

– J'ai observé les Danes.

– Observé, répéta-t-il d'une voix sans timbre. (Il me regarda droit dans les yeux, puis il sourit et m'étreignit.) Dieu me garde, mais tu es un véritable sauvage. C'est ton premier mur de boucliers ?

– Si fait, avouai-je.

– Mais pas le dernier, je le crois bien.
Et il ne se trompait point.

J'ai pu sembler immodeste, mais j'ai dit la vérité. Désormais, j'ai à mon service poètes qui chantent mes louanges, car tel est l'usage pour un seigneur, bien que je me demande souvent pourquoi. Ces enfileurs de mots ne fabriquent ni ne font rien pousser, ne tuent nul ennemi, ne pêchent nul poisson ni n'élèvent nul bétail. Ils se contentent de prendre de l'argent en échange de leurs paroles qui ne coûtent pourtant rien. C'est fort habile, mais en vérité ils sont aussi peu utiles que prêtres.

Nous laissâmes sur le parapet leurs têtes coupées. Puis nous retournâmes auprès d'Æthelred qui fut sans doute déçu de me voir en vie et toujours affamé ; mais il accepta le jugement de Tatwine : je pouvais être utile comme guerrier. Non qu'il y aurait beaucoup à guerroyer, hormis contre les voleurs de bétail. Æthelred aurait aimé combattre les Danes, mais il craignait leur vengeance et prenait donc garde de ne point les offenser. Les Danes exigeaient tantôt bétail, tantôt vivres ou argent, et il n'avait d'autre choix que de céder.

Et si j'avais eu alors un peu d'intelligence, j'aurais compris qu'Alfred étendait son emprise sur les régions méridionales de la Mercie. Car les messagers d'Alfred ne cessaient de sillonner les terres et de pousser les seigneurs à envoyer leurs guerriers renforcer l'armée du Wessex.

J'aurais dû m'inquiéter de ces envoyés saxons, mais j'étais trop préoccupé par les intrigues d'Æthelred pour y prêter attention. L'ealdorman ne m'aimait guère, mais son fils aîné, nommé comme lui Æthelred, me détestait. Il était d'un an mon cadet mais, très conscient de son rang, il haïssait les Danes. Il détestait également Brida, surtout parce qu'il avait tenté de la trousser et n'avait reçu pour sa peine qu'un coup de genou dans l'entrejambe. Après quoi elle avait été reléguée aux cuisines et me prévint dès le premier jour de ne pas toucher au brouet. Je m'en abstins, et tous les autres convives souffrirent de coliques pendant les deux jours suivants, à cause des baies de sureau et de la racine d'iris qu'elle y avait mêlées.

Pour mon oncle, j'étais un fardeau. J'étais bien trop jeune, fier et indiscipliné ; mais comme j'étais aussi un membre de sa famille et un seigneur, l'ealdorman Æthelred me supportait et n'était que trop content de me laisser poursuivre les pillards gallois en compagnie de Tatwine.

Au retour de l'une de ces expéditions, je trouvai le père Willibald assis au coin du feu. Je ne le reconnus tout d'abord pas, ni lui non plus, et je passai à côté de lui, avec mon manteau de cuir, mes hautes bottes, mon bouclier et mes deux épées. J'aperçus simplement une silhouette devant les braises.

– Y a-t-il à manger ici ? demandai-je.

– Uhtred ! dit-il. (Je me retournai et scrutai la pénombre. C'est alors qu'il siffla comme un merle et que je le reconnus.) Est-ce Brida qui est avec toi ? demanda le jeune prêtre.

Elle était, elle aussi, vêtue de cuir et portait une épée galloise à sa ceinture. Tatwine et les autres soldats entrèrent, mais Willibald ne leur prêta point attention.

– Je t'espère en bonne santé, Uhtred.

– Je le suis, mon père. Et vous ?

– Je vais très bien.

Il sourit, souhaitant manifestement que je lui demande ce qu'il faisait chez Æthelred, mais je fis mine de ne m'en point soucier.

– Vous n'avez pas été châtié pour nous avoir perdus ? demandai-je.

– Dame Ælswith a été fort courroucée, avoua-t-il, mais Alfred n'a point semblé s'en troubler. Cependant, il a réprimandé le père Beocca.

– Beocca ? Pourquoi donc ?

– Parce que Beocca l'avait convaincu que tu voulais

échapper aux Danes et qu'il s'était trompé. Cependant, il n'y a point de mal, sourit-il. Et Alfred m'a envoyé te mander.

– Alfred vous a envoyé me mander, répétai-je sans émotion. Il veut toujours que j'apprenne à lire ?

– Il veut te voir, mon seigneur.

Je lui jetai un regard soupçonneux. Je me faisais appeler seigneur, ce que j'étais par ma naissance, mais j'étais encore marqué par l'esprit dane selon lequel la noblesse ne se donnait pas mais se gagnait, et je ne l'avais point encore gagnée. Cependant, Willibald me témoignait du respect.

– Pourquoi veut-il me voir ?

– Il souhaiterait te parler, répondit le prêtre, et une fois votre conversation terminée, tu auras toute liberté de revenir ici ou en quelque lieu qu'il te plaira.

Brida m'apporta un peu de pain dur et de fromage. Je mangeai pensivement.

– De quoi me veut-il parler ? demandai-je à Willibald. De Dieu ?

Il soupira.

– Alfred est roi depuis deux ans, Uhtred, et durant ce temps il n'a pensé qu'à deux choses. Dieu et les Danois, et il sait que tu ne peux en rien l'aider pour le premier.

Je souris. Les chiens d'Æthelred s'étaient réveillés en entendant Tatwine et ses hommes monter se coucher sur les plates-formes. L'un d'eux s'approcha pour quémander à manger et je caressai son poil rêche en songeant à l'amour que portait Ragnar à ses chiens. Il était au Valhalla, désormais, à festoyer, brailler, se battre, trousser des femmes et s'enivrer, et j'espérai qu'il y avait des chiens, dans le paradis des Norois, des sangliers et des lances tranchantes comme rasoirs.

– Il n'a posé qu'une condition à cette entrevue, continua Willibald. Il ne faut point que Brida vienne.

– Ah, il ne faut pas ? répétai-je.

– Dame Ælswith y tient. Elle a, à présent, un fils. Dieu

soit loué, un beau garçon prénommé Édouard. Alors, viendras-tu ?

J'effleurai le bras de Brida qui était restée auprès de moi.

– Nous viendrons, lui promis-je.

Willibald secoua la tête devant mon entêtement, mais il ne tenta pas de me convaincre de venir seul. Pourquoi y allai-je ? Parce que je m'ennuyais. J'y allai, parce que c'est le destin qui détermine notre existence.

Nous partîmes au matin. C'était la fin de l'été, une pluie fine tombait sur les arbres chargés de feuilles. Nous traversâmes d'abord les champs d'Æthelred, qui regorgeaient de seigle et d'orge et où caquetaient les râles des genêts. Puis au bout de quelques milles, nous nous trouvâmes dans les régions presque désertes à la frontière du Wessex et de la Mercie. Autrefois, ces terres avaient été fertiles, lorsque les villages étaient peuplés et que les moutons paissaient sur les collines, mais les Danes les avaient ravagées. Quelques habitants occupaient encore des villages et les bois étaient remplis de hors-la-loi. Nous n'en vîmes aucun, et cela valait mieux car Brida transportait encore avec elle une partie du trésor de Ragnar. Chaque pièce était désormais enveloppée dans un morceau de linge pour ne point tinter à chaque mouvement.

À la fin du jour, nous avions gagné l'intérieur du Wessex. Alfred était établi à Wintanceaster, une belle ville située dans une campagne prospère, qui était la capitale des Saxons. C'était bien sûr l'œuvre des Romains, et le palais d'Alfred était en grande partie en pierre. Son père y avait adjoint une grande salle aux poutres magnifiquement sculptées, et Alfred faisait édifier une église en pierre encore plus grande. Un marché se tenait à côté et je me souviens d'avoir trouvé étrange de voir une telle foule sans aucun Dane. Les femmes marchandaient le prix des pommes, du pain, du poisson et du fromage, et la seule langue que j'entendais avait l'accent âpre du Wessex.

Brida et moi fûmes logés dans la partie romaine du palais. Personne n'essaya cette fois de nous séparer. Nous avions une petite chambre chaulée, un matelas de paille, et Willibald nous demanda d'y patienter. Au bout d'un moment, l'attente nous pesa et nous sortîmes explorer le palais envahi de prêtres et moines. Ils nous considérèrent avec perplexité, car nous portions tous les deux des bracelets danes ciselés de runes. J'étais un sot, en ce temps, un sot et un rustre, et je n'eus pas la courtoisie d'ôter mes bracelets. Certes, certains Angles en portaient, surtout les guerriers, mais pas dans le palais d'Alfred. En vérité, cela ressemblait plus à un monastère qu'à la cour d'un roi. Dans une salle, une douzaine de moines copiaient des livres, leurs plumes grattant bruyamment le parchemin ; il y avait trois chapelles, dont l'une se dressait dans un jardin rempli de fleurs. Il était beau, bruissant d'abeilles et débordant de parfums. Nihtgenga pissait sur des fleurs lorsqu'une voix s'éleva derrière nous.

– Ce sont les Romains qui ont planté ce jardin.

Je me retournai et vis Alfred. J'allais m'agenouiller, comme le fait un homme devant un roi, mais il m'arrêta d'un geste. Il portait des braies de laine et un simple bliaud de lin, et n'avait nulle escorte. Sa manche droite était tachée d'encre.

– Sois le bienvenu, Uhtred, dit-il.

– Je vous remercie, mon seigneur.

– Et Brida également. Est-ce ton chien ? demanda-t-il.

– Oui, répondit-elle, méfiante.

– Il semble une belle bête. Venez.

Il nous fit entrer dans ses appartements privés. Il s'y trouvait un haut écritoire, muni de quatre chandelles. Sur une petite table était posé un bassin d'eau pour laver ses mains tachées d'encre. Je vis une couche couverte de peaux de mouton, six livres et un tas de parchemin posés sur un escabeau, et un autel bas avec un crucifix d'ivoire et deux reliquaires ornés de pierreries. Sur le rebord de la fenêtre étaient posés les reliefs d'un repas. Il déplaça les plats, s'inclina pour baiser l'autel, puis il s'assit sur le rebord de fenêtre et entreprit de tailler des plumes.

– Tu as été bien bon de venir, dit-il aimablement. Je comptais te parler ce soir après le souper, mais comme je t'ai vu dans le jardin, j'ai pensé que nous pourrions le faire maintenant.

Il sourit et, rustre que j'étais, je me renfrognai. Brida s'assit près de la porte avec Nihtgenga.

– J'ai appris de l'ealdorman Æthelred que tu étais un redoutable guerrier, Uhtred, reprit Alfred.

– J'ai eu de la chance, mon seigneur.

– La chance est avec nous, d'après mes soldats. Je n'ai point encore conçu une théologie de la chance et ne le ferai peut-être jamais. La chance existe-t-elle, si c'est Dieu qui dispose ? (Il fronça un instant les sourcils, songeant d'évidence à ce paradoxe, puis délaissa la question.) J'imagine donc que j'avais tort de vouloir t'encourager à devenir prêtre ?

– Il n'y a rien de mal à encourager, mon seigneur. Mais je n'ai nulle envie d'être prêtre.

– Tu t'es donc évadé. Pourquoi ?

– Je suis retourné chercher mon épée.

Je regrettai à cet instant de n'avoir pas Souffle-de-Serpent avec moi, car je détestais en être privé, mais le garde du palais avait pris toutes mes armes, même le petit couteau dont j'usais aux repas.

Il hocha gravement la tête, comme si c'était une bonne raison.

– C'est une épée particulière ?

– La meilleure au monde, mon seigneur.

Il sourit, reconnaissant l'enthousiasme irraisonné de la jeunesse.

– Tu es donc retourné auprès du jarl Ragnar ? (J'acquiesçai sans un mot.) Qui ne te gardait pas prisonnier, Uhtred, dit-il sévèrement. Cela n'a jamais été le cas, en vérité, n'est-ce pas ? Il te traitait comme son fils.

– Je l'aimais, bafouillais-je.

Il plongea ses yeux très clairs dans les miens et je me sentis mal à l'aise.

– Pourtant, à Eoferwic, continua-t-il du même ton calme, on dit que c'est toi qui l'as tué.

J'étais si déconcerté que je ne sus que répondre. Mais pourquoi étais-je aussi surpris ? Que pouvait prétendre d'autre Kjartan ?

– Ils mentent, coupa Brida.

– Vraiment ? me demanda Alfred, toujours sur le même ton.

– Ils mentent, répétai-je, tremblant de colère.

– Je n'en ai jamais douté, dit-il. (Il posa plumes et couteau et se pencha sur la pile de parchemins qu'il feuilleta. Il en sortit un et le lut.) Kjartan ? Est-ce ainsi que cela se prononce ?

– Kjartan, corrigeai-je, prononçant le *j* comme un *y*.

– Jarl Kjartan, à présent, dit Alfred. Il est considéré comme un grand seigneur. Il possède quatre navires.

– Tout cela est écrit ?

– C'est pourquoi tu es ici. Pour m'en dire davantage sur mes ennemis. Savais-tu qu'Ivar le Sans-Os était mort ?

Je portai instinctivement la main à mon amulette, que je cachais sous mon bliaud.

– Non.

Je redoutais tant Ivar que j'imaginais qu'il était immortel, mais Alfred disait la vérité. Ivar le Sans-Os était mort.

– Il a été tué dans une bataille avec les Irlandais. Et le fils de Ragnar est rentré en Northumbrie avec ses hommes. Affrontera-t-il Kjartan ?

– S'il sait que Kjartan a tué son père, il l'étripera.

– Le jarl Kjartan a juré de son innocence, dit Alfred.

– En ce cas, il ment.

– C'est un Dane, dit Alfred. Et la vérité n'est point en eux.

Il me jeta un regard oblique, sans doute pour les nombreux mensonges que je lui avais débités au cours des années. Puis il se leva et fit les cent pas dans la petite pièce. J'étais là pour lui parler des Danes, mais pour le moment, c'était lui qui parlait. Le roi Burghred de Mercie, disait-il, était las de la domination des Danes et avait décidé de fuir à Rome.

– À Rome ?

– J'y suis allé deux fois durant mon enfance. C'est une ville où règne le désordre, dit-il d'un ton grave. Mais l'homme s'y sent proche de Dieu, et c'est un lieu qui sied à la prière. Burghred est un faible, et maintenant qu'il n'est plus là, les Danes envahiront ses terres. Ils seront alors sur nos frontières et s'avanceront jusqu'à Cirrenceastre. (Il me fixa.) Kjartan sait que tu es en vie.

– Vraiment ?

– Bien sûr. Les Danois ont des espions tout comme nous. (*Et ceux d'Alfred,* songeai-je, *devaient être efficaces, pour qu'il en sache autant.*) Kjartan se soucie-t-il que tu sois en vie ? poursuivit-il. Si tu dis vrai concernant la mort de Ragnar, Uhtred, il s'en soucie, car tu peux le démasquer. Et si Ragnar le Jeune apprend la vérité de toi, Kjartan craindra certainement pour sa vie. Il est donc dans son intérêt de te tuer. Je te dis cela simplement pour que tu puisses décider si tu veux revenir à Cirrenceastre, où les Danes exercent... de l'influence. Tu seras plus en sécurité au Wessex, mais combien de temps le Wessex tiendra-t-il ? Ubba a envoyé des hommes en Mercie. Le connais-tu ?

– Je l'ai rencontré bien des fois.

– Parle-moi de lui.

Je lui racontai ce que je savais : Ubba était un grand guerrier, bien que fort superstitieux. Cela intrigua Alfred, qui voulut tout savoir sur Storri le sorcier et les bâtons de runes. Je lui expliquai qu'Ubba livrait bataille seulement lorsque les runes lui prédisaient la victoire. Cependant, une fois lancé, il était d'une terrible férocité au combat. Alfred consigna tout cela puis demanda si je connaissais Halfdan, le plus jeune frère, mais je ne l'avais rencontré que très brièvement.

– Halfdan parle de venger Ivar, dit Alfred. Il est donc possible qu'il ne revienne point en Wessex. Pas de sitôt, en tout cas. Les Danes viendront l'an prochain, et nous pensons qu'Ubba sera à leur tête.

– Ou Guthrum, avançai-je.

– Je ne l'ai pas oublié. Il est en Estanglie, à présent. Que sais-tu de Guthrum ?

Cette fois encore, il nota mes paroles. L'os que portait Guthrum dans ses cheveux l'intrigua et il frémit quand je lui fis part du désir de Guthrum de tuer tous les Angles.

– C'est une tâche plus difficile qu'il le pense, ironisa-t-il. (Il reposa sa plume et recommença à faire les cent pas.) Il y a différentes sortes d'hommes, et certains sont plus redoutables que d'autres. Je craignais Ivar le Sans-Os, car il était froid et calculateur. Ubba ? Je ne sais, mais je le crois dangereux. Halfdan ? Un brave, mais à la tête vide. Guthrum ? Celui qu'il faut le moins craindre.

– Le moins ?

J'en doutais. Guthrum était peut-être surnommé le Malchanceux, mais c'était un chef de grande envergure commandant une multitude d'hommes.

– Il pense avec son cœur, Uhtred, dit Alfred, et non avec sa tête. On peut changer le cœur d'un homme, mais pas ce qu'il a dans la tête.

Je me rappelle avoir pensé qu'il débitait des sottises, mais il avait raison. Pas dans tous les domaines, car il essaya de me changer sans y jamais parvenir.

– Mais Guthrum nous attaquera ? demanda Alfred.

– Il veut diviser votre armée, dis-je. Attaquer par la terre et par la mer, pendant que les Bretons attaqueront depuis le Pays de Galles.

– Comment le sais-tu ? me demanda Alfred en me fixant gravement.

Je lui racontai la visite de Guthrum chez Ragnar et la longue conversation dont j'avais été témoin. La plume d'Alfred grattait le parchemin en projetant de petites éclaboussures.

– En d'autres termes, conclut-il sans cesser d'écrire, Ubba viendra de Mercie par la terre, et Guthrum d'Estanglie par voie de mer. (Il se trompait, mais sur le moment cela semblait probable.) Combien de navires peut armer Guthrum ?

– Soixante-dix ? avançai-je, n'en sachant rien. Cent ?

– Bien plus que cela, me corrigea Alfred. Et je ne puis en construire ne serait-ce que vingt. As-tu navigué, Uhtred ?

– Bien des fois.

– Avec les Danes ?

– Avec eux.

– Voici ce que je voudrais que tu fasses. (Au même instant, une cloche sonna quelque part dans le palais, et il s'interrompit aussitôt.) La prière, dit-il en posant sa plume. Tu viendras.

Ce n'était pas une question, mais un ordre.

– J'ai à faire, dis-je, ajoutant après un silence : mon seigneur.

Il me regarda, surpris, car il n'avait point l'habitude qu'on s'opposât à ses volontés, surtout quand il s'agissait de prier, mais je pris une expression butée et il n'insista pas. J'entendis des sandales claquer sur les dalles dans le corridor et il nous congédia, tandis qu'il se hâtait de rejoindre les moines. Un moment plus tard, nous entendîmes chanter un psaume. Brida et moi quittâmes le palais pour la ville, où nous trouvâmes une taverne qui vendait une ale correcte. Alfred ne m'en avait point proposé. On nous jeta des regards soupçonneux, à cause des bracelets ciselés de runes et de nos étranges accents, mais on pesa et éprouva un peu de notre argent et l'atmosphère méfiante disparut lorsque le père Beocca arriva et nous apostropha :

– Je remue ciel et terre pour vous trouver. Alfred vous attend.

– Il voulait que j'aille prier.

– Il désire que tu dînes avec lui.

Je bus une gorgée d'ale.

– Dussé-je vivre cent ans, mon père...

– Je prie pour que tu vives plus encore, coupa-t-il. Pour que tu vives plus vieux que Mathusalem.

Je me demandai de qui il s'agissait.

– Dussé-je vivre cent ans, répétai-je, j'espère ne jamais plus partager de repas avec Alfred.

Il secoua tristement la tête, mais s'assit avec nous et commanda une chope d'ale. Tendant la main, il tira le lacet de cuir de sous mon justaucorps et sortit mon amulette.

– Tu m'as menti, Uhtred, dit-il d'un ton réprobateur. Quand tu as échappé au père Willibald, nous nous sommes renseignés. Tu n'as jamais été prisonnier ! Tu étais traité comme un fils.

– C'est vrai, concédai-je. Vous auriez fait de moi un clerc, mon père, et les Danes m'ont élevé en guerrier. Et c'est de guerriers que vous aurez besoin quand ils reviendront.

Beocca comprenait, mais cela ne le consolait pas. Il regarda Brida.

– Et toi, jeune dame, j'espère que tu n'as point menti ?

– Je dis toujours la vérité, mon père, répondit-elle d'une toute petite voix. Toujours.

– Cela est bon. (Il glissa mon amulette dans mon encolure.) Es-tu chrétien, Uhtred ? demanda-t-il.

– Vous m'avez vous-même baptisé, mon père, éludai-je.

– Nous ne vaincrons point les Danes sans la foi, dit-il gravement. Puis, avec un sourire : mais feras-tu ce que désire Alfred ?

– J'ignore ce qu'il souhaite. Il est parti s'abîmer les genoux avant de pouvoir me l'annoncer.

– Il désire que tu serves sur l'un des navires qu'il construit. (Je restai bouche bée.) Nous en construisons, Uhtred, poursuivit-il, enthousiaste. Pour combattre les Danes, mais nos marins ne sont point soldats. Ils ne sont que... eh bien, marins ! Et pêcheurs, bien sûr, et marchands, mais nous avons besoin d'hommes qui puissent leur enseigner les manœuvres des Danes. Leurs navires ne cessent de piller nos côtes. Ils accostent, brûlent, tuent, capturent des esclaves et disparaissent. Mais avec des navires, nous pouvons les combattre. (Il ponctua sa phrase d'un coup de poing de sa main infirme et frémit de douleur.) Voilà ce que désire Alfred.

Je jetai un coup d'œil à Brida qui haussa discrètement les épaules, comme pour soutenir Beocca.

Je pensai aux deux Æthelred, le père et le fils, qui me détestaient. Je me rappelai ma joie quand je naviguais, le vent qui tendait les cordages, les rames qui scintillaient dans le soleil, les chants des rameurs, le frémissement du gouvernail et le bouillonnement de l'eau verte sur la quille.

– Bien sûr que j'accepte.

– Dieu soit loué, répondit Beocca.

Je fis la connaissance d'Æthelflæd avant de quitter Wintanceaster. Elle avait trois ou quatre ans, des cheveux d'or, et babillait sans cesse. Elle jouait dans le jardin devant les appartements d'Alfred avec son père et une poupée de chiffons. Je me souviens de son rire, qui ne l'a jamais quittée. Alfred était bon avec elle. La plupart du temps, il était solennel et dévot, mais avec les enfants il devenait joueur et je l'appréciai presque en le voyant cacher la poupée de sa fille derrière son dos. Je me rappelle aussi qu'elle se précipita sur Nihtgenga pour le caresser et qu'Ælswith la rappela.

– Ne touche point ce chien pouilleux.

Elle jeta un regard aigre à Brida et murmura : « *Scrætte* ! ». Cela voulait dire catin, et Brida comme Alfred firent comme s'ils n'avaient rien entendu. Ælswith m'ignora, mais cela m'était égal, car Alfred avait appelé un serviteur qui déposa un casque et une cotte de mailles sur l'herbe.

– Pour toi, Uhtred, dit Alfred.

Le casque d'acier resplendissant avait sur le dessus une bosse faite par une arme. Il avait été poli au sable et au vinaigre, et portait un heaume dont les deux trous ressemblaient aux orbites d'un crâne. La cotte était bonne, bien que percée au cœur par une épée ou une lance, mais elle avait été réparée par un bon forgeron.

– Nous les avons pris à un Dane à la colline d'Æsc, dit Alfred sous le regard réprobateur d'Ælswith.

– Mon seigneur, dis-je en mettant un genou en terre et en lui baisant la main.

– Ils sont à toi en échange d'une année de service, rien de plus.

– Je vous la donne, répondis-je en scellant ma promesse d'un autre baiser sur ses doigts tachés d'encre.

J'étais ébloui. Ces deux pièces d'armure étaient rares et précieuses, et je n'avais rien fait qui méritât une telle générosité. Et Alfred avait été généreux, comme un seigneur se doit de l'être. Pourtant, bien que n'ayant pas mérité ces présents, je lui en fus reconnaissant.

J'aurais dû réfléchir plus longuement. Il était généreux, certes, et contrairement à sa femme ne rechignait point à offrir des présents. Mais pourquoi donner une armure aussi précieuse à un jouvenceau qui n'avait pas fait ses preuves ? Parce que je lui étais utile.

Alfred jouait parfois aux échecs, un jeu pour lequel j'avais fort peu de patience. Aux échecs, il se trouve des pièces de grande valeur et d'autres de moindre. J'étais de celles-là. Les pièces les plus précieuses étaient les seigneurs de Mercie, qui, s'il pouvait se les rallier, aideraient le Wessex à combattre les Danes. Mais il songeait déjà à l'Estanglie et à la Northumbrie : il prévoyait le moment où il aurait besoin d'un Northumbrien pour convaincre les peuples du Nord d'accepter un roi venu du Sud. Si j'avais pu lui apporter l'allégeance des populations plus proches, il m'aurait alors donné une noble Saxonne pour épouse, car une femme de haute naissance est le plus précieux présent que puisse offrir un seigneur. Mais un casque et une cotte de mailles suffisaient pour le moment à un Northumbrien, et c'est ainsi qu'il me lia par ses présents et avec force flatteries.

– Aucun de mes hommes n'a jamais combattu sur un navire. Aussi doivent-ils apprendre. Tu es peut-être jeune, Uhtred, mais tu as de l'expérience, et en sais donc davantage qu'eux. Va leur enseigner.

Moi ? En savoir plus que ses hommes ? J'avais navigué à bord de la *Vipère*, certes, mais n'avais jamais combattu sur un navire. Cependant, je n'allais point l'avouer. Alfred nous prêta des chevaux pour le voyage et nous fit accompagner par le père Willibald, non pour nous servir cette fois de tuteur, mais parce qu'il tenait à ce que ses équipages aient avec eux un prêtre qui s'occupe de leurs besoins spirituels. Pauvre Willibald. Il était malade comme un chien chaque fois qu'une vague touchait le navire, mais il n'abandonna jamais sa charge, surtout à mon égard. Si des prières pouvaient faire d'un homme un chrétien, à force des siennes je serais devenu dix fois un saint.

La destinée est tout. Et à présent, quand je regarde en arrière, je discerne le chemin qu'a suivi ma vie. Elle commença à Bebbanburg et m'emmena au sud, toujours plus loin, jusqu'à ce que je parvienne à la côte la plus méridionale d'Anglie, que je ne puisse aller plus avant sans entendre parler ma propre langue. Ce fut le voyage de mon enfance. Devenu un homme, je n'ai cessé de remonter vers le nord, en me frayant à coups de hache, d'épée et de lance un chemin vers mes origines. La destinée. Les Nornes m'ont favorisé, ou du moins elles m'ont épargné, et pendant un temps elles firent de moi un marin.

Je reçus ma cotte de mailles et mon casque en l'an 874, celui où le roi Burghred s'enfuit à Rome. Alfred s'attendait à la venue de Guthrum au printemps suivant, mais il n'en fut rien, pas plus que pendant l'été. Guthrum, en homme prudent toujours prêt à affronter le pire, passa dix-huit mois à rassembler la plus grande armée de Danes qui ait jamais été vue en Anglie. En comparaison, la Grande Armée qui avait marché sur Readingum n'était rien. Celle-ci aurait dû achever le Wessex et exaucer le rêve de Guthrum de voir massacré le dernier Angle. L'ost de Guthrum finit par arriver, et dès lors les Nornes coupèrent un par un les fils de l'Anglie, jusqu'à ce que son sort ne soit plus suspendu qu'à un seul. Mais nous n'en sommes point encore là et je n'en parle que pour expliquer pourquoi nous eûmes le temps de nous préparer.

Je fus donc affecté à l'*Heahengel*. Qu'y puis-je ? c'était le nom du navire, qui signifiait Archange. Il ne m'appartenait pas, bien sûr. Il avait pour capitaine un homme nommé Werfeth. Ses guerriers avaient à leur tête une vieille et sinistre créature nommée Leofric. Et moi, alors ? J'étais l'étron tombé dans la baratte.

On n'avait nul besoin de moi. Et les paroles flatteuses d'Alfred pour me convaincre d'enseigner le combat à ses marins n'étaient rien de plus que cela : des mots. Mais il m'avait persuadé de me joindre à sa flotte, je lui avais promis une année, et j'étais donc au port d'Hamtun. Se battre sur un navire, c'est comme se battre à terre, mais en mer. Il suffit de coller son propre navire à celui de l'ennemi, former un mur de boucliers et tuer l'autre équipage. Mais notre charpentier, en homme malin, avait réfléchi qu'un plus gros navire donnait à son équipage un avantage, car il pouvait porter plus d'hommes et ses flancs, plus élevés, pouvaient servir de mur. C'est ainsi qu'il avait construit douze gros vaisseaux, qui me parurent tout d'abord étranges, car ils n'avaient point de figures de proue ou de poupe, mais des crucifix fixés à leurs mâts. Toute la flotte était commandée par l'ealdorman Hacca qui me conseilla d'envelopper ma cotte de mailles dans un sac huilé afin qu'elle ne rouille point. Après quoi, il me laissa avec Leofric.

– Montre-moi tes mains, m'ordonna celui-ci. (J'obéis et il ricana.) Tu auras bientôt des ampoules, bout de cul.

C'était son expression favorite. Il m'appelait ainsi, ou encore *Endwerc*, ce qui signifie « casse-pieds », et fit de moi un rameur, l'un des seize du rang de bâbord. Nous avions soixante guerriers à bord, trente-deux ramaient en même temps, sauf lorsque la voile était hissée. Werfeth était au gouvernail et Leofric nous haranguait pour que nous ramions plus vite.

Tout l'automne et tout l'hiver, nous ramâmes le long du large chenal d'Hamtun et au-delà de Solente, luttant contre vents et marées, poussant l'*Heahengel* entre les vagues glaciales, jusqu'à ce que nous formions un équipage et que nous soyions capable de le mener en mer. Je fus surpris de constater que c'était un navire rapide. J'avais pensé qu'en raison de sa taille il serait plus lent que les navires danes, mais il était rapide, et Leofric était en passe d'en faire une arme mortelle.

Il ne m'aimait point et bien qu'il m'appelât « bout de cul », je ne l'affrontai jamais, car j'y aurais laissé la vie. Il savait que j'étais un ealdorman, mais il ne s'en souciait guère, pas plus que de savoir que j'avais autrefois servi sur un navire dane.

– La seule chose que les Danes puissent nous enseigner, bout de cul, me déclara-t-il, c'est comment mourir.

Leofric ne m'aimait point, mais, moi, je l'aimais bien. Le soir, quand nous allions dans l'une des tavernes d'Hamtun, je m'asseyais à côté de lui pour écouter ses rares paroles, souvent méprisantes, même quand il s'agissait de nos propres navires.

– Douze, grondait-il. Et combien de vaisseaux possèdent les Danes ?

Personne ne répondait.

– Deux cents ? continuait-il. Et nous douze !

Un soir, Brida parvint à le faire narrer ses batailles, et il évoqua la colline d'Æsc, et le mur de boucliers dane qu'il avait rompu à l'aide d'une hache. Leofric lui-même avait fait cela, et il nous raconta comment il tenait sa hache à mi-hauteur du manche, car cela permettait de se remettre plus vite du coup, bien que cela diminuât sa force. Et qu'il s'était servi de son bouclier pour repousser l'ennemi sur sa gauche, tout en tuant l'adversaire devant lui, puis à droite, et comment il avait repris sa hache en bout de manche pour la faire tournoyer et trancher dans les rangs des Danes. Il me vit écouter et me considéra comme d'habitude en ricanant.

– Tu as déjà été dans un mur de boucliers, bout de cul ?

– Il a même brisé le mur ennemi, déclara Brida. (Leofric aimait bien Brida. Cependant, il refusait qu'elle montât à bord de l'*Heahengel*, car pour lui une femme apportait malchance à bord.) Je l'ai vu.

Leofric me regarda, hésitant à la croire. Je ne pipai mot.

– Contre qui te battais-tu ? demanda-t-il après un silence. Des nonnes ?

– Des Gallois, dit Brida.

– Oh, des Gallois ! Par l'enfer, ils meurent facilement.

Ce n'était pas vrai, mais le lendemain, pendant que nous nous entraînions avec des épées de bois, il me terrassa comme si j'étais un chiot, me gratifia d'une entaille au crâne et me laissa presque assommé.

– Je ne suis pas un Gallois, bout de cul, s'esclaffa-t-il.

J'aimais beaucoup Leofric.

L'année passa. J'eus dix-huit ans. La grande armée dane ne vint pas, mais des navires arrivèrent. Les Danes étaient de nouveaux Vikings, et leurs vaisseaux dragons vinrent harceler la côte du Wessex, piller, violer, incendier et massacrer.

Et nous prîmes la mer.

Chapitre 8

Nous passâmes printemps, été et automne de l'an 875 à naviguer le long de la côte sud du Wessex. Nous étions divisés en quatre flottilles, et Leofric commandait l'*Heahengel,* le *Ceruphin* et le *Cristenlic*, dont les noms signifiaient Archange, Chérubin et Chrétien. C'était Alfred qui les avait ainsi baptisés.

J'avais le corps endolori et les mains dures comme chêne à force de tirer sur ma rame, mais j'y gagnai des muscles, en quantité. J'étais énorme désormais, et grand, insolent et belliqueux. Je n'attendais qu'une chose : que l'*Heahengel* se lance contre quelque navire dane, mais notre premier affrontement fut un désastre. Nous longions une splendide côte de hautes falaises blanches, et le *Ceruphin* et le *Cristenlic* croisaient au large pendant que nous rôdions dans l'espoir d'attirer un navire viking dans une embuscade. Le piège fonctionna, mais le Viking était meilleur. Nous le pourchassâmes contre la marée descendante, gagnant sur lui à chaque coup de rame, mais lorsqu'il vit surgir *Ceruphin* et *Cristenlic*, leurs rames luisant dans le couchant et leurs proues éclaboussées d'écume blanche, le capitaine dane vira de bord presque sur place et, désormais aidé par la marée, se précipita sur nous.

– Droit sur lui ! rugit Leofric à Werfeth, qui tenait le gouvernail.

Mais au lieu d'obéir, Werfeth préféra éviter la collision, et je vis le navire dane rentrer ses rames puis foncer sur nous par tribord. Sous la force du choc, certains de nos rameurs eurent des côtes brisées. Puis les archers danes décochèrent leurs flèches. L'une atteignit Werfeth au cou, du sang jaillit sur le pont et, tandis que Leofric braillait d'une rage impuissante, les Danes ressortaient leurs rames et s'enfuyaient sur la marée en nous huant, tandis que nous restions coincés dans les vagues.

– As-tu déjà manié l'aviron de gouverne, bout de cul ? me demanda Leofric en traînant sur le côté Werfeth qui agonisait.

– Oui.

– Alors, manie celui-ci.

Nous rentrâmes comme nous pûmes avec moitié moins de rames et apprîmes deux choses. D'une part, qu'il fallait prévoir des rames de rechange et, d'autre part, que nous devions embarquer des archers. Seulement, l'ealdorman Freola, qui commandait la *fyrd* d'Hamptonscir, déclara qu'il ne pouvait nous accorder nul archer, car il en avait trop peu, les vaisseaux ayant déjà accaparé un trop grand nombre de ses soldats. Hacca, son frère, nous conseilla de ne pas insister.

– Usez de vos lances, dit-il à Leofric.

– Je veux des archers, insista celui-ci.

Le père Willibald proposa d'écrire à Alfred.

– Eh bien, écris-lui donc, rétorqua Leofric. Et qu'arrivera-t-il ensuite ?

– Il enverra des archers, bien sûr ! s'exclama Willibald.

– La lettre ira à ses damnés clercs, qui sont tous prêtres, et elle finira sur un tas de missives. Et lorsqu'elle parviendra enfin à Alfred, il nous demandera des précisions et d'ici là nous serons à la Noël et tous morts, nos reins criblés de flèches danes. (Il jeta un regard flamboyant au prêtre et je ne l'en appréciai que davantage. Il me vit sourire.) Qu'y a-t-il de si drôle, Endwerc ? demanda-t-il.

– Je peux te trouver des archers.

– Comment ?

Nous nous rendîmes au marché d'Hamtun et montrâmes une pièce d'or du trésor de Ragnar, annonçant que cette pièce gravée d'étranges lettres irait au meilleur archer, vainqueur d'un concours qui se tiendrait la semaine suivante. La pièce valait bien plus que ce que la plupart des hommes pouvaient gagner en un an, et Leofric fut curieux de savoir comment j'étais entré en sa possession, mais je refusai de lui en dire plus. Je préparai des cibles et le bruit courut dans les environs qu'une fabuleuse pièce d'or pouvait être gagnée à l'aide de simples flèches. Plus de quarante hommes vinrent éprouver leur adresse. Nous embarquâmes les douze meilleurs à notre bord, et deux autres dizaines pour le *Ceruphin* et le *Cristenlic,* puis nous prîmes la mer. Nos douze archers protestèrent, bien sûr, mais Leofric montra les dents et ils se firent doux comme agneaux.

– Pour une crotte perdue par un bouc, me dit Leofric, tu n'es pas tout à fait inutile.

– Ils nous feront des ennuis à terre, l'avertis-je.

– Bien sûr, convint-il. Nous aurons sur le râble bailli, ealdorman, évêque et toute leur damnée suite. (Il éclata soudain de rire, ce qui ne lui arrivait que fort rarement.) Alors, allons tuer quelques Danes, en attendant !

Ce que nous fîmes. Et par un heureux hasard, ce fut le navire qui nous avait humiliés. Il essaya le même tour, mais cette fois je lançai *Heahengel* sur lui, notre proue l'emboutit par le travers et nos archers criblèrent son équipage de leurs traits. Leofric mena l'abordage et bientôt la mer fut rouge du sang des Vikings. Deux de nos hommes parvinrent à arrimer les deux navires : cela me permit d'abandonner le gouvernail et, sans prendre la peine de chausser ma cotte ni mon casque, je sautai à bord de l'ennemi en brandissant Souffle-de-Serpent et me joignis à la bataille. Les boucliers s'entrechoquaient sur le large pont, des lances perçaient les chairs, épées et haches tournoyaient sous les volées de flèches, tandis que des hommes hurlaient et que d'autres mouraient. Tout fut consommé avant que le *Ceruphin* ou le *Cristenlic* nous aient rejoints.

Et comme cela me plut ! Quelle joie d'être jeune et fort, d'avoir une bonne épée et de survivre ! Les quarante-six hommes de l'équipage dane furent tous massacrés, sauf un, et il ne dut la vie qu'à Leofric : il cria qu'il nous fallait un prisonnier. Nous perdîmes trois hommes, six furent gravement blessés et moururent quand nous touchâmes terre, mais nous écopâmes le navire viking et le remorquâmes à Hamtun. Et dans ses entrailles ruisselantes de sang, nous trouvâmes un coffre rempli d'argent volé dans un monastère de Wiht. Leofric en offrit une belle partie aux archers, et lorsque nous débarquâmes et fûmes accueillis par le bailli, qui demanda que nous libérions nos archers, deux seulement nous quittèrent. Les autres, ayant vu là moyen de devenir fort riches, demandèrent à rester.

Le prisonnier se nommait Hroi. Son seigneur, que nous avions tué dans la bataille, s'appelait Thurkil et servait Guthrum, qui était en Estanglie et s'y faisait appeler roi.

– Porte-t-il encore cet os dans sa chevelure ? demandai-je.

– Oui, mon seigneur, dit Hroi.

Il ne m'appelait pas seigneur parce que j'étais un ealdorman, car il l'ignorait, mais parce qu'il espérait que je le lui laisserais la vie sauve une fois que je l'aurais interrogé.

– Guthrum attend Halfdan pour attaquer, me dit-il.

– Et où est Halfdan ?

– En Irlande, mon seigneur.

– Pour venger Ivar ?

– Oui, mon seigneur.

– Connais-tu Kjartan ?

– Je connais trois hommes ainsi nommés, mon seigneur.

– Kjartan de Northumbrie, le père de Sven.

– Le jarl Kjartan ?

– Il se fait appeler jarl, à présent ? demandai-je.

– Oui, mon seigneur. Et il est encore en Northumbrie.

– Et Ragnar, fils de Ragnar l'Intrépide ?

– Le jarl Ragnar est avec Guthrum, mon seigneur, en Estanglie. Il a quatre navires.

Nous enchaînâmes Hroi et l'envoyâmes sous escorte à Wintanceaster, car Alfred aimait parler aux prisonniers danes. J'ignore ce qu'il advint de lui. Il fut probablement pendu ou décapité, car la miséricorde d'Alfred n'allait pas jusqu'aux pirates païens.

Et je songeai à Ragnar le Jeune, devenu jarl Ragnar, et me demandai si je croiserais ses navires sur la côte de Wessex, si Hroi avait menti et si Guthrum nous envahirait durant l'été. Mais personne ne vint et, alors qu'arrivait le cœur de l'été, Alfred se sentit suffisamment confiant pour visiter la flotte.

Nous apprîmes la présence de sept vaisseaux danes au large d'Heilincigæ. La nouvelle fut confirmée lorsque nous vîmes s'élever de la fumée d'un village pillé. Alfred ne nous avait point prévenus de sa venue, probablement parce qu'il voulait nous voir tels que nous étions. Dès qu'il apprit que les Danes étaient à Heilincigæ, il nous ordonna de mettre voile et s'embarqua sur l'*Heahengel* avec deux gardes et trois prêtres, dont Beocca, qui vint se placer près du gouvernail.

– Tu es devenu robuste, Uhtred, me dit celui-ci, comme sur un ton de reproche.

J'étais bien plus grand que lui, désormais.

– Si vous ramiez, mon père, répondis-je, vous le seriez aussi.

– Je ne puis m'imaginer à la rame, gloussa-t-il avant de désigner le gouvernail. Est-ce difficile à manœuvrer ?

Je le laissai le manier et lui dis de faire légèrement tourner le navire vers tribord. Il écarquilla ses yeux louches en essayant de pousser le gouvernail contre les vagues.

– Il faut de la force, dis-je en reprenant ma place.

– Tu es heureux, n'est-ce pas ? s'enquit-il d'un ton accusateur.

– Je le suis, oui.

– Tu n'étais point destiné à l'être.

– Non ?

– Alfred pensait que cette expérience te rendrait humble.

Je fixai le roi qui était à la proue avec Leofric, et je me souvins qu'il m'avait offert le casque et l'armure. Cela, probablement, pour que je lui accorde un an de ma vie durant lequel il espérait que Leofric materait l'arrogance et la grossièreté de ma jeunesse.

– Je suis un seigneur de Northumbrie. Qu'imaginait-il ? Qu'au bout d'un an, je ne serais qu'un pauvre chrétien prêt à en passer par sa volonté ?

– Est-ce donc si mal ?

– Ça l'est. Alfred a besoin d'hommes aguerris pour combattre les Danes, et non d'hommes prêts à lécher ses chausses.

Beocca soupira puis il se signa, car le pauvre père Willibald offrait le contenu de son estomac aux mouettes.

– Il est temps que tu te maries, Uhtred, dit gravement Beocca.

– Me marier ? m'étonnai-je. Pourquoi dites-vous cela ?

– Tu es en âge.

– Et vous donc ! rétorquai-je. Et vous ne l'êtes point. Pourquoi le devrais-je ?

– Je vis dans l'espérance, dit Beocca. (Le pauvre. Il louchait, avait une main infirme et le visage d'une fouine malade : cela n'en faisait point le favori des femmes.) Mais il y a une jeune damoiselle au Defnascir que tu devrais connaître, s'enthousiasma-t-il. Une jeune damoiselle fort bien née ! C'est une créature charmante et... (Il se tut, ne lui trouvant manifestement pas d'autres qualités, et qu'il était incapable d'en inventer.) Son père était bailli, paix à son âme. Une charmante jouvencelle. Elle se prénomme Mildrith, conclut-il avec un sourire plein d'espoir.

– Une fille de bailli, répétai-je sans m'émouvoir. Le bailli du roi ? Le bailli du comté ?

– Son père était bailli du Defnascir du Sud, dit Beocca, faisant descendre l'homme sur l'échelle sociale. Mais il a laissé des biens à Mildrith. Une belle portion de terre près d'Exanceaster.

– La fille d'un bailli et non d'un ealdorman ?

– Elle a seize ans, je crois, dit-il en contemplant la grève qui glissait à l'est.

– Seize ans, répétai-je d'un ton méprisant. Et point encore mariée. Elle doit être aussi belle qu'un sac d'asticots.

– Cela n'a point de rapport, grommela-t-il, fâché.

– Ce n'est point vous qui devrez coucher avec elle. Et elle est sans doute pieuse ?

– C'est une bonne chrétienne, je suis heureux de le dire.

– Vous l'avez vue ?

– Non, avoua-t-il, mais Alfred lui a parlé.

– C'est de lui que vient l'idée ?

– Il aime que ses hommes aient leurs racines dans la terre.

– Je ne suis point son homme, mon père. Je suis Uhtred de Bebbanburg, et les seigneurs de Bebbanburg n'épousent pas des gueuses de basse extraction, et laides de surcroît.

– Tu devrais la rencontrer, insista-t-il. Le mariage est chose merveilleuse, Uhtred, conçue par Dieu pour notre félicité.

– Je suis déjà heureux. Je trousse Brida, je tue des Danes. Trouvez un autre homme à cette Mildrith. Pourquoi ne l'épousez-vous point ? Bon Dieu, mon père, vous devez avoir trente ans ! Si vous ne vous mariez point bientôt, vous mourrez puceau. Êtes-vous puceau ?

Il rougit mais ne répondit pas, car Leofric revenait vers nous, le visage sombre. Sans doute s'était-il disputé avec Alfred. Le roi arriva à son tour, l'air sereinement indifférent. Deux de ses prêtres le suivaient, chargés de parchemins, d'encre et de plumes, et je compris qu'on avait pris des notes.

– À ton avis, Uhtred, quel est l'équipement capital d'un navire ? me demanda Alfred. (L'un des prêtres trempa sa plume dans l'encre en prévision de ma réponse, et vacilla alors que le navire sautait une vague. Dieu sait à quoi devaient ressembler les notes prises ce jour-là.) La voile ? me souffla Alfred. Les lances ? Les archers ? Les boucliers ? Les rames ?

– Les seaux.

– Les seaux ?

Il me considéra d'un air réprobateur, me soupçonnant de moquerie

– Pour écoper le navire, mon seigneur, dis-je en désignant du menton le ventre de l'*Heahengel*, où quatre hommes écopaient l'eau et la jetaient par-dessus bord en éclaboussant généreusement les rameurs. Ce dont nous avons besoin, mon seigneur, c'est de mieux calfater nos navires.

– Consignez cela, dit Alfred aux prêtres.

Il se haussa sur la pointe des pieds pour regarder la langue de terre qui séparait de la mer le lac marin où avaient été vus les vaisseaux ennemis.

– Les Danes ne nous attendent point, grommela Leofric, qui était d'une humeur massacrante, si affreuse qu'il était prêt à aboyer sur son souverain. Ils ne sont point sots. Ils débarquent, pillent, et décampent. Ils auront profité de la marée pour faire voile.

– Les païens étaient là à l'aube, dit Alfred.

– Et ils seront à des milles à présent, dit Leofric.

Il s'adressait à Alfred comme à un homme d'équipage, sans lui montrer le moindre respect, mais Alfred tolérait ce genre d'insolence. Il connaissait la valeur de Leofric.

Cependant, Leofric se trompait ce jour-là. Les navires vikings croisaient toujours devant Heilincigæ, tous les sept, coincés par la marée descendante. Ils attendaient que les hautes eaux les libèrent, mais nous arrivâmes les premiers dans le lac marin par l'étroite embouchure. Nous avions à bord un homme qui avait grandi dans ces régions et nous guidait, mais les Danes, qui n'en avaient point, étaient à présent bien échoués sur un banc de vase.

Et c'était parfait. Nous les avions pris au piège comme renard dans un terrier et nous n'avions plus qu'à jeter l'ancre dans l'embouchure du lac et à les massacrer, mais Alfred était pressé. Il voulait rentrer à Hamtun avant la tombée de la nuit, et c'est ainsi que, contre l'avis de Leofric, il donna ordre de lancer immédiatement l'attaque.

Seulement, nous ne pouvions approcher directement le banc de vase, car le chenal était étroit, et notre navire de tête devrait affronter seul sept bateaux danes. Leofric marmonna dans sa barbe que nous nous y prenions tout de travers. Il était furieux contre Alfred.

En attendant, celui-ci était fasciné par les embarcations ennemies qu'il n'avait encore jamais vues d'aussi près.

– Ces bêtes représentent-elles leurs dieux ? me demanda-t-il en désignant les proues et poupes finement sculptées en formes de monstres, dragons et serpents.

– Non, mon seigneur, ce ne sont que des bêtes.

J'étais à ses côtés, ayant laissé le gouvernail à l'homme qui connaissait ces eaux, et j'expliquai au roi que les têtes sculptées pouvaient être ôtées afin de ne pas effrayer les esprits de la terre.

– Note cela, ordonna-t-il à un prêtre. Et les girouettes au sommet des mâts ? me demanda-t-il, désignant la plus proche, où était peinte un aigle. Sont-elles conçues pour effrayer les esprits ?

Je ne répondis pas. Je fixais les sept navires de l'autre côté de la vasière et j'en reconnus un. La *Vipère de Vent*.

– Uhtred ?

– Ce ne sont que girouettes, mon seigneur.

Si la *Vipère* était là, Ragnar était-il à son bord ? Ou bien Kjartan avait-il pris le navire et l'avait-il confié à un capitaine ?

– C'est se donner bien du mal que de décorer un navire, critiqua Alfred.

– Les hommes adorent leurs navires, dis-je. Ils se battent pour eux. On honore ce pour quoi l'on combat, mon seigneur.

J'avais dit cela durement, jugeant que nous aimerions davantage nos vaisseaux s'ils avaient des figures de proues et s'appelaient *Loup de Mer*, *Faiseur de Veuves* ou *Buveur de Sang*. Mais non, nous avions l'*Eftwyrd*, ce qui signifiait Jugement dernier et était probablement le mieux nommé de notre flotte, car il envoya plus d'un Dane par le fond.

Les Danes s'échinaient avec des pelles pour remettre à flot leurs navires, mais en nous voyant approcher, ils retournèrent à bord pour prendre armures, casques, armes et boucliers. J'enfilai ma cotte de mailles, dont la doublure de cuir empestait la sueur rance, et me coiffai de mon casque, puis je plaçai le fourreau de Souffle-de-Serpent dans mon dos et Dard-de-Guêpe à ma ceinture. Ce serait un combat à terre, mur de boucliers contre mur de boucliers, une mêlée dans la boue, et les Danes avaient l'avantage, car ils pouvaient nous cueillir l'un après l'autre. Cela ne me plaisait guère et je voyais bien que Leofric en était furieux, mais Alfred se coiffait de son casque sans se départir de son calme.

– Dieu est avec nous, dit-il.

– Il le faudra bien, marmonna Leofric. Au point mort ! cria-t-il au barreur.

C'était difficile de garder l'*Heahengel* immobile dans les tourbillons, mais nous ramâmes à contre-courant et le navire tourna lentement sur lui-même, tandis que Leofric scrutait la grève. Je crus qu'il attendait que les autres navires nous rejoignent, mais il avait repéré une langue de vase saillant du rivage et jugé qu'un combat à cet endroit serait équilibré.

– C'est un bel endroit pour mourir, bout de cul, me dit-il en m'entraînant. (Alfred nous suivit.) Attendez !

aboya Leofric sur un ton si sec que le roi obéit. Échoue-la sur la langue ! cria-t-il au barreur. Maintenant !

Ragnar était là. Je vis l'aile d'aigle au bout de sa pique puis je le reconnus, et il ressemblait tant à son père que l'espace d'un instant je me crus redevenu un enfant.

– Prêt, bout de cul ? demanda Leofric.

Il avait rassemblé ses six meilleurs guerriers à la proue, tandis que, derrière nous, les archers apprêtaient leurs flèches sur les Danes. Nous vacillâmes lorsque la quille du navire racla le fond.

– Maintenant ! hurla Leofric. Tuez-les !

Et nous sautâmes tous par-dessus bord, dans l'eau jusqu'aux genoux, puis, d'instinct, nous rapprochâmes nos boucliers et j'empoignai Dard-de-Guêpe alors que les premiers Danes accouraient vers nous.

Je projetai mon bouclier en avant et ce fut un fracas d'acier sur le bois de tilleul. Je pointai mon épée sous mon bouclier, mais un Dane para. Je la retirai et sentis une douleur à ma cheville : une épée venait de traverser ma botte. Du sang tourbillonna dans la mer, mais j'avançai dans l'odeur de sel et les cris des mouettes. Ce fut une mêlée où chacun poussait, dans un concert de jurons et grognements, car personne n'avait la place d'user de son arme. À côté de moi, Leofric poussa un cri et l'ennemi recula d'un pas. Des flèches criblèrent nos casques et je sentis Dard-de-Guêpe traverser une cotte de cuir ou de mailles, percer des chairs. Nous devions sans doute crier, mais je ne me rappelle jamais ces détails. On se souvient de l'odeur, de la mêlée, des visages barbus et grimaçants, de la fureur. À cet instant, le *Cristenlic* heurta de la proue le flanc des Danes, et son équipage sauta dans les vaguelettes, armé de lances, épées et haches. J'enfonçai ma spathe à plusieurs reprises dans les chevilles d'un Dane tout en le poussant de mon bouclier. Il trébucha et notre ligne avança brusquement. L'homme tenta de riposter par un coup d'épée dans mon bas-ventre, mais Leofric abattit sa hache, réduisant le crâne du Dane en bouillie.

– Poussez ! hurla-t-il.

Nous obéîmes, et soudain les Danes cédèrent et se mirent à fuir.

Ce n'était pas nos lances et nos épées qu'ils fuyaient : la marée montante avait remis leurs navires à flot et ils les regagnaient en courant. Nous nous élançâmes à leur poursuite. Je boitillais, car ma cheville ensanglantée me faisait souffrir.

– Tu es blessé, bout de cul ? me demanda Leofric.

– Ce n'est rien.

– Reste à l'arrière, m'ordonna-t-il.

Il forma avec les hommes de l'*Heahengel* un nouveau mur de boucliers pour affronter les derniers braves. Alfred était là, scintillant dans sa cotte de mailles, et les Danes durent deviner que c'était un grand seigneur, mais ils n'abandonnèrent pas leurs navires pour lui faire l'honneur de le tuer. Car les Danes évitaient toujours les pertes excessives. Je les vis pousser la *Vipère* dans le chenal à reculons, ses rames raclant le sable. Je courus dans les vaguelettes, contournant notre mur, et quittai la bataille pour gagner le navire en beuglant :

— Ragnar ! Ragnar !

Des flèches sifflèrent autour de moi. L'une se ficha dans mon bouclier, une autre ricocha sur mon casque. Me rendant compte alors qu'il ne me reconnaîtrait pas à cause du casque, je l'ôtai.

– Ragnar !

Des hommes mouraient, la plupart des Danes s'enfuyaient, et le jarl Ragnar me fixa. À son visage, je ne pus deviner ses pensées, mais il ordonna à ses archers de cesser leurs tirs. Puis il mit ses mains en porte-voix et cria :

– Ici ! Demain, au crépuscule !

Les rames avaient touché l'eau. La *Vipère* vira de bord comme une danseuse, glissa sur le chenal et s'en fut.

Je ramassai ma spathe et retournai au combat, mais tout était terminé. Nos équipages avaient massacré la troupe de Danes, sauf quelques-uns qu'Alfred avait ordonné d'épargner. Les autres n'étaient qu'un tas sanglant dont nous prîmes armes, armures et vêtements, laissant les corps blancs aux mouettes. Leur vieux navire qui prenait l'eau fut remorqué jusqu'à Hamtun.

Alfred était satisfait. En vérité, il avait laissé six vaisseaux s'échapper, mais c'était tout de même une victoire dont la nouvelle encouragerait ses troupes à se battre au nord. L'un des prêtres interrogea les prisonniers en consignant les réponses. Alfred posa lui-même quelques questions, puis il revint me trouver au gouvernail et regarda le sang qui coulait de ma cheville et souillait le pont.

– Tu t'es bien battu, Uhtred.

– Vous vous êtes mal battu, mon seigneur, répondis-je.

Et c'était la vérité. Le mur des Danes avait résisté, et s'ils n'avaient pas fui pour sauver leurs navires, ils auraient très bien pu nous repousser à la mer. Je n'étais pas satisfait. Certains jours, il arrive que l'épée et le bouclier paraissent plus lourd, l'ennemi plus rapide. Cela avait été ainsi. Je m'en voulais.

– Tu as parlé à l'un d'eux, m'accusa Alfred. Je t'ai vu. Tu parlais à l'un de ces païens.

– Je lui disais, mon seigneur, que sa mère était une catin, son père un étron de l'enfer et ses enfants des crottes de fouine.

Il frémit. Alfred n'était pas un couard et il connaissait la fureur de la bataille, mais il n'aimait point les insultes qu'hurlaient les hommes. Je crois qu'il aurait voulu que la guerre soit élégante. Il contempla le soleil couchant qui teintait de rouge le sillage de l'*Heahengel*.

– L'an que tu m'as promis sera bientôt terminé, dit-il.

– Je le sais, mon seigneur.

– Je prie pour que tu demeures avec nous.

– Quand Guthrum viendra, mon seigneur, sa flotte noircira la mer et nos douze navires seront écrasés. (Je pensais que c'était sur ce point que Leofric et lui s'étaient querellés. Qu'il était futile d'essayer d'arrêter un débarquement avec nos douze vaisseaux si mal calfatés.) À quoi servirai-je si la flotte n'ose point prendre la mer ?

– Tu dis vrai, répondit Alfred. Mais les équipages peuvent se battre à terre. Leofric m'a dit que tu étais l'un des meilleurs guerriers qui soient.

– C'est qu'il ne s'est jamais vu combattre lui-même, mon seigneur.

– Viens me parler lorsque l'an sera écoulé, et je te trouverai ta place.

– Oui, mon seigneur, dis-je du ton de celui qui entend mais n'obéira point.

– Uhtred, quiconque commande mes troupes doit savoir lire et écrire.

– Pour lire les psaumes, mon seigneur ? demandai-je, sarcastique.

– Pour lire mes ordres, répliqua-t-il froidement, et m'envoyer des nouvelles.

– Oui, mon seigneur, répétai-je.

Des fanaux avaient été allumés sur les eaux d'Hamtun, et la lune et les étoiles se reflétaient dans les vaguelettes tandis que nous gagnions notre ancrage. À terre, il y avait des lumières, des feux, des rires, à manger et à boire, mais, plus que tout, la promesse de retrouver Ragnar.

Ragnar prit un grand risque, bien sûr, en revenant à Heilincigæ, mais peut-être pensait-il, à raison, que nos navires auraient besoin de se remettre de la bataille. Il y avait des blessés à soigner, des armes à affûter, et aucun de nos navires ne prit la mer ce jour-là.

Brida, Nihtgenga et moi traversâmes les lieux, passant devant les cadavres danes de la veille, déjà déchiquetés par les mouettes, les cabanes incendiées des pauvres hères qui vivaient de la pêche avant la venue des Vikings, puis, alors que le soleil se couchait, nous transportâmes des débris de bois sur le rivage et j'allumai un feu avec un silex et une pièce d'acier. Les flammes jaillirent dans le crépuscule et Brida me montra la silhouette de la *Vipère* qui se découpait sur le ciel sombre et arrivait à l'embouchure du lac. Les derniers rayons du couchant rougeoyaient sur la mer et sur la figure de proue.

Je la contemplai, songeant à l'effroi que ce spectacle suscitait en Anglie. Partout où se trouvait une rivière, un port, l'embouchure d'un fleuve, on y redoutait l'arrivée des Danes. On craignait ces proues sculptées de monstres, les hommes à bord de ces bateaux, et l'on priait pour être épargné par la fureur des Norois. J'aimais les voir. J'aimais la *Vipère de Vent*. Ses rames se soulevaient et retombaient, j'entendais leur grincement dans les écoutilles garnies de cuir, et je devinais des hommes vêtus de cottes de mailles à la proue. Puis la quille racla le sable et les rames s'immobilisèrent.

Ragnar descendit l'échelle sur le flanc du navire. Il était seul. Vêtu d'une cotte de mailles, coiffé de son casque, une épée au côté. Une fois à terre, il gagna les flammes du pas du guerrier qui demande vengeance. Il s'arrêta à un jet de lancer et me fixa par les trous noirs de son casque.

– As-tu tué mon père ? demanda-t-il durement.

– Sur ma vie, répondis-je, sur Thor, ajoutai-je en sortant mon amulette et en la serrant dans mon poing, sur mon âme, je ne l'ai point tué.

Il retira son casque, s'avança et nous nous étreignîmes.

– Je le savais, dit-il.

– C'est Kjartan qui l'a tué. Nous l'avons vu faire.

Brida et moi lui narrâmes toute l'histoire. Notre nuit dans la forêt à surveiller le charbon, le château incendié sous nos yeux impuissants et le massacre de tous ses habitants.

– Si j'avais pu en tuer un seul, dis-je, je l'aurais fait, et je serais mort ce faisant, mais Ravn disait toujours qu'il devait y avoir un survivant pour tout raconter.

– Qu'a dit Kjartan ? interrogea Brida.

– Kjartan a prétendu, répondit lentement Ragnar, que les Angles s'étaient soulevés et avaient attaqué le château, menés par Uhtred, et qu'il s'était vengé sur ces assassins.

– Et tu l'as cru ? demandai-je.

– Non. Trop de gens disaient qu'il était coupable, mais il est le jarl Kjartan, désormais. Il a trois fois plus d'hommes que moi.

– Et Thyra ? demandai-je. Qu'a-t-elle dit ?

– Thyra ? répéta-t-il, interloqué.

– Thyra a survécu, lui appris-je. Sven l'a emmenée.

Il me fixa sans un mot. Il ignorait que sa sœur était en vie, et je vis la colère se peindre sur son visage. Il leva la tête vers les étoiles et hurla comme un loup.

– C'est la vérité, dit doucement Brida. Ta sœur a survécu.

Ragnar tira son épée, la posa sur le sable et posa la main droite sur la lame.

– Si c'est la dernière chose que je doive faire, jura-t-il, je tuerai Kjartan, son fils et ses partisans. Tous !

– Je t'y aiderai, dis-je. (Il me regarda à travers les flammes.) J'adorais ton père, et il me traitait comme un fils.

– J'accepte volontiers ton aide, Uhtred, répondit-il cérémonieusement. (Il essuya le sable de la lame et la rengaina dans son fourreau doublé de peau de mouton.) Viendras-tu avec nous, à présent ?

J'étais tenté. Je fus même surpris de l'être autant. Je voulais partir avec Ragnar, retrouver la vie que j'avais vécue avec son père. Mais le destin nous gouverne. J'avais promis à Alfred de rester encore quelques semaines, et j'avais combattu aux côtés de Leofric pendant tous ces mois. Et se battre à côté d'un homme dans le mur de boucliers forge des liens aussi forts que ceux de l'amour.

– Je ne puis, dis-je, regrettant de ne pouvoir accepter.

– Moi si, dit Brida.

Curieusement, cela ne m'étonna point. Elle se sentait prisonnière, inutile, indésirable, et je crois qu'elle regrettait la vie des Danes. Elle détestait le Wessex, ses prêtres, leur réprobation, leur refus de tout ce qui était plaisir.

– Tu es témoin de la mort de mon père, lui dit Ragnar, tout aussi cérémonieusement.

– Je le suis.

– En ce cas, je t'accueille volontiers, dit-il avant de me regarder à nouveau.

Je secouai la tête.

– J'ai donné ma parole à Alfred. À l'hiver, je serai libéré de mon serment.

– Alors rejoins-nous à l'hiver, dit Ragnar, et nous ferons voile sur Dunholm.

– Dunholm ?

– C'est désormais la forteresse de Kjartan. Ricsig l'y laisse habiter.

Je songeai à la place forte de Dunholm sur sa saillie rocheuse, entourée par la rivière, protégée par des rocs, de hauts murs et une solide garnison.

– Et si Kjartan marche sur le Wessex ?

– Il n'ira point, car il ne va pas où je vais. Aussi dois-je aller à lui.

– Il te craint, alors ?

Ragnar sourit. Si Kjartan avait vu ce sourire, il aurait tremblé.

– Il me craint, dit-il. J'ai appris qu'il avait envoyé en Irlande des hommes pour me tuer, mais leur navire s'est échoué. Il nie avoir tué mon père, mais il me craint malgré tout.

– Une dernière chose, dis-je en faisant signe à Brida, qui sortit la bourse de cuir contenant l'or, le jais et l'argent. Le trésor de ton père. Kjartan ne l'a jamais découvert, mais nous si. Nous en avons dépensé un peu, mais cela t'appartient.

Je lui tendis la bourse, faisant aussitôt de moi un pauvre hère.

Ragnar la repoussa sans hésiter, me rendant de nouveau riche.

– Mon père t'aimait lui aussi. Et j'ai bien assez de trésors.

Nous bûmes et mangeâmes, puis nous nous endormîmes. À l'aube, alors qu'un léger brouillard nimbait les roseaux, la *Vipère* s'en fut. Les derniers mots de Ragnar furent une question :

– Crois-tu que Thyra soit encore vivante ?

– Elle a survécu, répondis-je. Je pense donc qu'elle l'est encore.

Nous nous étreignîmes, il partit et je me retrouvai seul. Je pleurai Brida. J'avais de la peine. J'étais trop jeune pour savoir encore comment supporter qu'on m'abandonne. Durant la nuit, j'avais tenté de la convaincre de rester, mais elle avait la tête aussi dure que l'acier d'Ealdwulf, et elle était partie dans la brume avec Ragnar. À cet instant, je détestai les trois Nornes, car elles jouaient des tours cruels avec leurs fils fragiles. Puis je rentrai.

Les tempêtes d'automne s'abattirent sur la côte, et la flotte d'Alfred fut tirée à sec pour l'hiver. Leofric et moi partîmes à cheval à Wintanceaster.

– Alors, que vas-tu faire, bout de cul ? me demanda Leofric. Renouveler ton serment à Alfred ?

– Je ne sais.

– Je ne sais, répéta-t-il, sarcastique. Tu ne sais plus décider depuis que tu as perdu la fille ?

– Je pourrais retourner auprès des Danes.

– Comme cela, je pourrais te tuer, dit-il, jovial.

– Ou rester avec Alfred.

– Pourquoi pas ?

– Parce que je ne l'aime point.

– Tu n'as pas à l'aimer. Il est ton roi.

– Il ne l'est point. Je suis northumbrien.

– Alors c'est ce que tu es, bout de cul, un ealdorman northumbrien, hein ?

J'opinai, pris un peu d'ale, rompis le pain et lui en donnai la moitié.

– Je désire retourner en Northumbrie. Il y a là-bas un homme que je dois tuer.

– Ce que je sais des dettes de sang, dit Leofric, c'est qu'elles durent le temps d'une vie. Tu auras des années pour accomplir ta vengeance, mais seulement si tu vis.

– Je vivrai, répliquai-je, fâché.

– Pas si les Danes prennent le Wessex. Ou bien tu vivras, oui, bout de cul, mais sous leur loi, leur domination et celle de leurs épées. Si tu veux vivre en homme libre, reste ici et bats-toi pour le Wessex.

– Pour Alfred ?

Leofric se radossa, s'étira et rota, puis il but une longue goulée.

– Je ne l'aime point non plus, avoua-t-il, et je n'aimais pas ses frères, pas plus que son père lorsqu'il était roi, mais Alfred est différent.

– Comment cela ?

Il frappa son front couturé de cicatrices.

– Ce maraud réfléchit, bout de cul, bien plus que toi et moi ne le pourrons jamais. Ne le sous-estime pas. Il est capable de se montrer impitoyable.

– Il est roi, dis-je. C'est son devoir de l'être.

– Impitoyable, généreux, pieux, ennuyeux : voilà ce qu'il est, dit Leofric d'un ton lugubre. Quand il était enfant, son père lui a offert des petits soldats en bois sculpté. Il n'y en avait pas un qui ne fût à sa place, et sans un grain de poussière dessus ! Et vers ses quinze ans, il a jeté sa gourme. Troussé toutes les servantes du palais, et je parie qu'il les a mises en rang, elles aussi, et qu'il a vérifié qu'il n'y avait pas le moindre grain de poussière sur elles avant de les besogner !

– Il a eu un bâtard, paraît-il.

– Osferth. On le cache à Winburnan. Le pauvre petit diable doit avoir six ou sept ans, à présent. Tu n'es point censé connaître son existence.

– Pas plus que toi.

– C'est ma sœur qu'Alfred a engrossée, dit Leofric. (Puis, voyant mon étonnement :) Il n'y a pas que moi qui sois beau dans ma famille, bout de cul, ajouta-t-il en nous resservant de l'ale. Alfred veille sur elle. Il lui donne de l'argent, lui envoie des prêtres. Son épouse est au fait de l'existence du petit bâtard, mais elle lui interdit de le voir.

– Je déteste Ælswith, dis-je.

– Une chienne féroce vomie par l'enfer, renchérit-il de bon cœur, et il éclata de rire. Alors que feras-tu, bout de cul, demanda-t-il, si tu retournes avec les païens ? Hormis poursuivre ta vengeance ?

C'était une bonne question et j'y répondis comme je pus malgré l'ale.

– Je servirai un homme appelé Ragnar, dis-je, tout comme j'ai servi son père.

– Pourquoi as-tu quitté son père, alors ?

– Parce qu'on l'a tué.

Leofric fronça les sourcils.

– Alors tu peux demeurer avec les Danes aussi longtemps que vivra ton seigneur, c'est cela ? Et sans seigneur, tu n'es rien ?

– Je ne suis rien, admis-je. Mais je veux aller en Northumbrie reprendre la forteresse de mon père.

– Ragnar fera cela pour toi ?

– Peut-être. Son père l'aurait fait.

– Si tu recouvres ta forteresse, demanda-t-il, en seras-tu le seigneur ? Maître sur tes terres ?

– Les Danes dirigeront.

– Alors tu préfères devenir esclave, hein ? Oui, mon seigneur, non, mon seigneur, laissez-moi tenir votre vit pendant que vous me pissez dessus, mon seigneur ?

– Et qu'adviendra-t-il si je demeure ici ? demandai-je aigrement.

– Tu mèneras des hommes.

Cela me fit rire.

– Alfred a bien assez de seigneurs pour le servir.

Leofric secoua la tête.

– Que nenni. Il a quelques bons chefs de guerre, certes, mais il lui en faut davantage. L'autre jour sur le bateau, lorsqu'il a laissé ces bâtards s'enfuir, je lui ai dit de me laisser débarquer avec des hommes. Il a refusé. (Il assena sur la table un grand coup de son énorme poing.) Je lui ai dit que j'étais un bon guerrier, et ce sot a refusé !

C'était donc là la dispute qui les avait opposés.

– Pourquoi a-t-il refusé ? demandai-je.

– Parce que je ne sais point lire, gronda Leofric, et que je n'apprends point ! J'ai essayé naguère, mais je n'en vois pas l'usage. Et je ne suis pas un seigneur, n'est-ce pas ? Pas même un thane. Juste le fils d'un serf qui sait comment tuer les ennemis du roi, mais cela ne suffit point à Alfred. Il dit que je puis assister (il prononça le mot comme s'il lui brûlait la langue) l'un de ses ealdormen, mais que je ne puis mener des hommes car je ne sais point lire.

– Je sais, moi, dis-je, me laissant emporter par l'ivresse.

– Tu mets fort longtemps à comprendre les choses, bout de cul, sourit-il narquoisement. Tu es un damné seigneur et tu sais lire, n'est-ce pas ?

– Un peu. Les petits mots.

– Mais tu pourrais apprendre ?

– Je le pourrais, dis-je après réflexion.

– Et nous avons douze équipages qui ne font rien. Donnons-les à Alfred et disons-lui que le seigneur Bout-de-Cul est leur chef. Il te donnera un livre, tu liras tous ces jolis mots, et ensuite toi et moi nous emmènerons ces hommes à la guerre et nous irons massacrer comme il convient tes Danes.

Je ne répondis ni oui ni non, car je ne savais guère ce que je voulais. Ce qui m'inquiétait, c'est que je me laissais convaincre par le dernier qui parlait : lorsque j'étais auprès de Ragnar, je voulais le suivre ; à présent, j'étais séduit par la vision de Leofric. Et, n'ayant nulle certitude, au lieu de répondre oui ou non, je retournai au palais et y trouvai

Merewenna, appris que c'était bien elle pour qui pleurait Alfred la première fois que je l'avais vu dans le camp mercien. Mais moi, je savais ce que je voulais lui faire, et je ne pleurai point ensuite.

Et le lendemain, à la demande de Leofric, nous partîmes à cheval pour rejoindre Alfred à Cippanhamm.

Chapitre 9

Je suppose, si vous lisez ceci, que vous avez appris votre alphabet, et que probablement quelque damné moine ou prêtre vous aura tapé sur les doigts, donné maintes calottes, ou pire. Non que je l'aie subi, bien sûr, car je n'étais plus un enfant, mais je supportai leurs ricanements méprisants tandis que je peinais sur les lettres. Ce fut surtout Beocca qui m'enseigna, sans cesser de se plaindre que je le détournais de sa véritable tâche, la rédaction d'une vie de Swithun, évêque de Winchester. Alfred portait un grand intérêt au livre et venait régulièrement voir Beocca pour lui demander s'il savait que Swithun avait un jour prêché l'évangile à une truite ou chanté un psaume à une mouette. Beocca consignait l'anecdote avec un enthousiasme débordant et, une fois Alfred reparti, revenait à contrecœur au texte qu'il me contraignait à déchiffrer.

– Lis-le à haute voix, m'enjoignit-il. (Puis, scandalisé :) Mais non ! *Forliðan* signifie subir un naufrage ! Il s'agit d'une vie de saint Paul, Uhtred, et l'apôtre a fait naufrage ! Ce n'est pas du tout le mot que tu lis !

Je vérifiai.

– Ce n'est point *forlegnis* ?

– Mais bien sûr que non ! s'exclama-t-il, rouge d'indignation. Ce mot signifie...

Il se tut, se rendant compte qu'il ne m'enseignait point l'angle, mais la lecture.

– Prostituée, dis-je. Je sais ce qu'il veut dire. Je sais même combien elles demandent. Il y a une rousse à la taverne de Chad qui...

– *Forliðan*, me coupa-t-il. C'est le mot *forliðan*. Continue.

Ces semaines furent étranges. J'étais un guerrier, désormais, un homme, et pourtant, dans la cellule de Beocca, j'étais comme redevenu un enfant tandis que je peinais devant les lettres noires qui grouillaient sur ces parchemins fendillés. J'appris à lire dans la vie des saints et, à la fin, Beocca ne put résister à l'envie de me faire lire quelques pages de la vie de Swithun.

– Ne pourrions-nous point trouver quelque chose de plus intéressant ? demandai-je.

– De plus intéressant ? répéta Beocca d'un ton de reproche en fixant sur moi un œil louche.

– Quelque chose qui parle de guerre, proposai-je. Des Danes. De boucliers, lances et épées.

– Je n'ose imaginer de tels écrits, grimaça-t-il. Mais cela, dit-il en frappant de l'index les parchemins, devrait t'inspirer.

– M'inspirer ! de savoir que Swithun a réparé des œufs brisés ?

– C'était un geste saint, me gronda Beocca. La femme était vieille et pauvre, elle n'avait que ses œufs à vendre et les brisa en chemin. Elle risquait la famine ! Le saint a reconstitué ses œufs et, Dieu soit loué, elle les a vendus.

– Mais pourquoi ne lui a-t-il point simplement donné de l'argent, ou un bon repas ?

– C'est un miracle, insista Beocca. Une démonstration de la puissance de Dieu !

– J'aimerais bien voir un miracle, soupirai-je, me rappelant la mort du roi Edmond.

– Il vaut mieux trouver Dieu dans la foi que dans les miracles, répliqua sévèrement Beocca.

– Alors pourquoi les miracles existent ?

– Oh, continue de lire, Uhtred. Pour l'amour du Ciel, lis.

J'obéis. Mais la vie à Cippanhamm ne se bornait point à lire. Alfred chassait deux fois par semaine. Il ne courait jamais le sanglier et préférait abattre les cerfs à l'arc. La proie était rabattue sur lui par ses hommes, et si un cerf ne se montrait pas promptement, il s'ennuyait et retournait à ses livres. En vérité, je crois qu'il n'allait chasser que parce que c'est le rôle d'un roi, et non parce qu'il y prenait plaisir. Moi, bien sûr, j'adorais cela. Je tuais loups, cerfs, renards et sangliers, et c'est lors de l'une de ces chasses que je connus Æthelwold.

C'était l'aîné des neveux d'Alfred, l'enfant qui aurait dû succéder à son père, le roi Æthelred. Ce n'était plus un enfant, car il avait seulement un mois de moins que moi, et à bien des égards il me ressemblait, bien qu'il n'ait jamais tué un homme ni connu de bataille. Il avait de longs cheveux bruns, le visage étroit de sa famille, et des yeux vifs qui attiraient l'attention des jeunes servantes. De toutes les filles, d'ailleurs. Il chassait avec Leofric et moi, buvait avec nous, troussait la gueuse avec nous lorsqu'il parvenait à échapper aux prêtres, et ne cessait de se plaindre de son oncle, auprès de moi seulement, car il avait trop peur de Leofric.

– Il a volé la couronne, me dit-il, parlant d'Alfred.

– Le witan t'a jugé trop jeune, fis-je remarquer.

– Je ne le suis plus, non ? s'indigna-t-il. Alfred devrait donc me céder sa place.

Pour toute réponse, je me contentai de vider ma chope.

– Ils ne veulent même pas me laisser combattre, se plaignit-il amèrement. Alfred dit que je devrais devenir clerc. Quel crétin ! (Il avala une gorgée d'ale avant de me considérer d'un air grave.) Parle-lui, Uhtred. Dis-lui que je combattrai avec toi et Leofric.

Je réfléchis brièvement à la question, puis je secouai la tête.

– Je ne te serai d'aucune aide.

– Et pourquoi cela ?

– Parce que ton oncle redoute que tu te fasses un nom. Si tu deviens un guerrier renommé, expliquai-je, des hommes te suivront. Tu es déjà un prince, et c'est assez dangereux, mais Alfred ne souhaite pas que tu deviennes un prince guerrier et renommé. Ne crois-tu pas ?

– Ce pieux imbécile, dit Æthelwold. (Il repoussa ses longs cheveux noirs d'une main et contempla avec humeur Eanflæd, la rousse qui occupait une chambre dans la taverne et faisait venir le chaland.) Dieu, qu'elle est jolie ! dit-il. Il s'est fait prendre un jour qu'il troussait une nonne.

– Alfred ? Une nonne ?

– C'est ce qu'on m'a dit. Et qu'il courait toujours après les filles. Incapable de garder ses braies ! Ce que je devrais faire, ajouta-t-il d'un ton sombre, c'est lui fendre la rate.

– Répète-le à quiconque et tu seras pendu.

– Je pourrais m'enfuir et rejoindre les Danes.

– Tu le pourrais, et tu serais bien accueilli.

– Ils se serviraient de moi ? demanda-t-il, prouvant là qu'il n'était pas sans jugeote.

– Oui, tu serais comme Egbert ou Burghred, ou leur nouvel homme en Mercie.

– Un roi selon leur bon plaisir.

– Alors c'est ce que tu veux ?

– Non, dit-il en dessinant pensivement sur la table dans les éclaboussures d'ale. Mieux vaut ne rien faire.

– Rien ?

– Si je ne fais rien, dit-il gravement, ce crétin mourra peut-être. Il est sans cesse malade ! Il ne peut vivre bien longtemps, n'est-ce pas ? Et son fils n'est qu'un bébé. Donc, s'il meurt, je serai roi ! Oh, par le Christ !

Beocca n'approuvait point mon amitié avec Æthelwold.

– C'est un insensé, m'avertit-il.

– Et moi aussi, selon vous.

– En ce cas, tu n'as pas besoin d'encouragements, n'est-ce pas ? Lisons maintenant comment le saint Swithun a construit la Porte Est de la ville.

À la fête de l'Épiphanie, je savais lire comme un gamin de douze ans, du moins d'après Beocca, et c'était bien suffisant pour Alfred qui, après tout, ne me demandait point de lire des textes théologiques, mais simplement de déchiffrer ses ordres, s'il décidait de m'en donner. Et c'était bien là le cœur de l'affaire. Leofric et moi voulions commander des troupes, et c'était dans ce but que j'avais enduré les leçons de Beocca et les récits du saint Swithun avec les truites, mouettes et œufs cassés. Mais le reste dépendait du bon vouloir du roi et, en vérité, il n'y avait guère de troupes à commander.

L'armée saxonne était divisée en deux parties. La première se composait des hommes du roi, de ses courtisans et de sa famille. Ni Leofric ni moi ne voulions avoir affaire à eux, car rejoindre la garde du palais nous aurait obligés à rester auprès d'Alfred, donc à assister aux messes.

La seconde partie, de loin la plus importante, était la fyrd, et elle était dispersée dans les comtés. Cependant, en dehors des troupes qui servaient les ealdormen, la fyrd se composait surtout de paysans. Certains possédaient un bouclier de fortune, des lances et des haches en bon nombre, mais épées et armures étaient rares et, pire encore, la fyrd rechignait toujours à servir lorsque les travaux des champs exigeaient des bras.

À la colline d'Æsc, l'unique bataille que les Saxons avaient remportée sur les Danes, c'étaient les troupes royales qui avaient combattu. Réparties entre Alfred et son frère, elles avaient conduit l'assaut, tandis que la fyrd, comme à son habitude, ne s'était engagée dans la bataille que lorsque les vrais soldats avaient déjà remporté la victoire. En un mot, la fyrd était à peu près aussi utile qu'un trou dans la cale d'un navire.

Sauf qu'il y avait des équipages de navires qui se saoulaient l'hiver dans les tavernes d'Hamtun. Et c'était eux que voulait Leofric. Pour cela, il devait convaincre Alfred d'en retirer le commandement à Hacca. Par chance, celui-ci vint à Cippanhamm supplier le roi de l'en décharger.

– J'ai le mal de mer, mon seigneur.

Alfred avait compris qu'Hacca n'était pas un commandant bien choisi pour sa flotte, mais il ne savait par qui le remplacer. Afin d'en décider, il manda quatre évêques, deux abbés et un prêtre en conseil et j'appris de Beocca qu'ils priaient tous pour la prochaine nomination.

– Fais quelque chose ! gronda Leofric.

– Et que diable veux-tu que je fasse ?

– Tu as des amis parmi les prêtres ! Parle-leur ! Parle à Alfred, Bout-de-Cul.

Il ne me donnait plus ce surnom que rarement, seulement lorsqu'il était en colère.

– Il ne m'aime point, dis-je. Si je lui demande de nous confier la flotte, il nommera n'importe qui d'autre. Un évêque, probablement.

– Par l'enfer !

Finalement, ce fut Eanflæd qui nous sauva. La rousse était une gentille fille qui avait le béguin pour Leofric. Nous entendant nous disputer, elle vint s'asseoir à notre table, frappa de ses mains pour nous faire taire. Puis elle éternua, car elle était enrhumée.

– Je veux que cet empoté de Bout-de-Cul, déclara Leofric en me désignant, soit nommé commandant de la flotte. Sauf qu'il est trop jeune, trop laid et trop païen, et qu'Alfred n'écoute que sa meute d'évêques qui vont lui souffler le nom de quelque vieille carne ratatinée incapable de distinguer son vit d'une proue.

– Quels évêques ? demanda Eanflæd.

– Ceux de Scireburnan, Wintanceaster, Winburnan et Exanceaster, dis-je.

Elle sourit, éternua de nouveau, et deux jours plus tard Alfred me fit mander. Il se trouva que l'évêque d'Exanceaster avait un faible pour les rousses.

Alfred m'accueillit dans son château, un beau bâtiment aux hautes solives où trônait une cheminée. Ses gardes nous surveillaient depuis le seuil, où un groupe de plaignants attendaient de voir le roi, tandis que des prêtres priaient à l'autre bout de la salle. Mais nous étions seuls près de la cheminée et Alfred parlait en faisant les cent pas. Il déclara qu'il songeait à me nommer commandant de la flotte. Ce n'était qu'une éventualité, souligna-t-il. Dieu, poursuivit-il, le guidait dans son choix, mais pour l'heure, il devait conférer avec moi pour vérifier si les conseils de Dieu confirmaient son intuition. Il faisait grand cas de son intuition. Il m'avait un jour longuement parlé de l'œil intérieur de l'homme, capable de nous ouvrir à une plus haute sagesse, et je crois qu'il avait raison. Cependant, nommer le commandant de la flotte ne requérait point une sagesse mystique, mais un guerrier prêt à occire des Danes.

– Dis-moi, demanda-t-il. L'enseignement a-t-il renforcé ta foi ?

– Oui, mon seigneur, répondis-je en feignant l'empressement.

– Vraiment ? insista-t-il, dubitatif.

– La vie de saint Swithun m'a ébloui, et les histoires de Chad !

Je me tus, comme si les mots me manquaient pour exprimer toute mon admiration pour cet homme insipide.

– Béni soit Chad ! dit Alfred avec bonne humeur. Sais-tu que la poudre de son cadavre a guéri des hommes et du bétail ?

– Un miracle, mon seigneur.

– Il est bon de te l'entendre dire, Uhtred, observa Alfred. Et je me réjouis de ta foi. Car c'est seulement grâce à la foi de Dieu que nous pourrons vaincre les Danes.

– En vérité, mon seigneur, répondis-je avec tout l'enthousiasme que je pus trouver, me demandant pourquoi il ne me nommait pas, tout de go, commandant de la flotte une bonne fois pour toutes.

Mais il était d'humeur bavarde. Il renchérit :

– Je me souviens de notre première rencontre. Ta foi si puérile m'a frappé. Et par la suite, dit-il en se tournant vers moi et en se rembrunissant, j'ai senti faiblir cette foi.

– Dieu nous éprouve, mon seigneur.

– Oh, si fait ! Si fait !

Il frémit soudain. Il avait toujours été souffreteux. Il s'était évanoui à ses noces – mais c'était peut-être d'horreur à l'idée qu'il épousait une harpie. C'était selon lui dû à sa première maladie, des saignements du fondement si douloureux qu'il était parfois incapable de s'asseoir. Mais la plupart du temps, c'était de flux du ventre qu'il était saisi.

– Dieu nous éprouve, continua-t-il. Et je crois que Dieu t'a éprouvé. J'aime à croire que tu as survécu à cette épreuve.

– Je le crois, mon seigneur, affirmai-je gravement, espérant simplement le voir mettre un terme à cette ridicule conversation.

– Mais j'hésite encore à te nommer, avoua-t-il. Tu es jeune ! Il est vrai que tu as prouvé ta diligence en apprenant à lire et que tu es de noble naissance, mais on a plus de chances de te trouver dans une taverne que dans une église. N'est-ce point vrai ?

Cela me cloua le bec, du moins un instant, puis je me rappelai ce que m'avait seriné Beocca durant ses interminables leçons et, sans réfléchir, je répétai ses paroles :

– « Le fils de l'homme est venu, il mange, il boit, et... »

– « ... vous dites : Voilà un glouton et un ivrogne ! » acheva Alfred. Tu as raison, Uhtred, tu as raison de me morigéner. Gloire à Dieu ! Le Christ lui-même fut accusé de passer son temps dans les tavernes, et je l'ai oublié.

Alfred était un fou de Dieu, mais il n'était pas un imbécile, car il attaqua de nouveau, tel un serpent :

– Et on m'a dit que tu passais tu temps avec mon neveu. Que tu le détournais de ses leçons.

– Je fais serment, mon seigneur, affirmai-je, une main sur le cœur, que je n'ai rien fait d'autre que le dissuader de commettre des folies. (C'était vrai, en bonne partie. Je n'avais jamais encouragé les folies d'Æthelwold, qui voulait tantôt égorger Alfred, tantôt s'enfuir chez les Danes. Certes, je l'encourageais à boire, trousser les filles et blasphémer, mais pour moi ce n'étaient point folies.) J'en fais le serment, mon seigneur, répétai-je.

Et ce mot le convainquit.

– Je te remercie, et je dois te dire, Uhtred, qu'à ma grande surprise l'évêque d'Exanceaster a fait un rêve : un messager de Dieu lui est apparu, proclamant que tu devais être fait commandant de la flotte.

– Un messager de Dieu ?

– Un ange, Uhtred.

– Dieu soit loué, dis-je le plus sérieusement du monde, en songeant combien Eanflæd s'amuserait d'apprendre qu'elle était un ange.

– Cependant, dit Alfred en frémissant soudain d'une autre de ses douleurs, cependant... (Je sentis qu'il allait me dire quelque chose d'inattendu.) Je suis inquiet, car tu es de Northumbrie.

– Je suis ici, mon seigneur.

– Mais pour combien de temps ?

– Jusqu'au départ des Danes, mon seigneur.

Il ne releva pas.

– J'ai besoin d'hommes liés à moi par le Seigneur, dit-il. Par Dieu, l'amour, le devoir, la passion et la terre.

Il se tut et me regarda. Je compris que la pique résidait dans ce dernier mot.

– J'ai une terre en Northumbrie, répondis-je, songeant à Bebbanburg.

– La terre saxonne, dit-il. La terre que tu posséderas, que tu défendras et pour laquelle tu combattras.

– Bénie soit cette pensée, dis-je, avec un pincement au cœur.

Mais Alfred changea brusquement de sujet et parla, avec beaucoup de raison, de la menace dane. Ses navires avaient réussi à diminuer les expéditions vikings, mais il s'attendait à ce que la nouvelle année voie l'arrivée d'une nouvelle flotte dane, et cette fois bien trop importante pour que nos douze vaisseaux puissent s'y opposer.

– Aussi me semble-t-il déraisonnable de combattre leurs navires. Je m'attends à ce qu'une armée de païens fonde sur nous pendant que leur flotte assaillira la côte au sud. Je puis en retenir une, mais point l'autre. Aussi le rôle du commandant de la flotte sera-t-il de harceler leurs navires. De faire diversion tandis que je détruirai leur infanterie.

J'approuvai chaudement son projet, même si je me demandais comment douze navires pouvaient détourner l'attention de toute une flotte. Alfred revint à mon poste de commandant.

– Je veux te lier à moi, Uhtred, me dit-il gravement.

– C'est un grand honneur, mon seigneur.

Que pouvais-je dire d'autre ?

– Tu dois appartenir au Wessex, dit-il. (Puis, souriant comme s'il me faisait une faveur :) Je connais une orpheline de Defnascir, continua-t-il. Une jouvencelle, que j'aimerais voir mariée.

Je ne dis mot. À quoi sert-il de protester quand le bourreau a déjà levé sa hache ?

– Elle se nomme Mildrith, continua-t-il, et elle m'est fort chère. C'est une pieuse damoiselle, modeste et fidèle. Son père était bailli de l'ealdorman Odda, et elle apportera à son mari de bonnes terres. Et je désire qu'un homme de bien détienne ces terres.

Je tentai un sourire qui, je l'espérais, dissimulait mon écœurement.

– Il sera bien fortuné, mon seigneur, l'homme qui épousera une fille si chère à votre cœur.

– Va donc la trouver, m'ordonna-t-il. Et épouse-la. (La hache venait de tomber.) Ensuite, je te nommerai commandant de ma flotte.

– Oui, mon seigneur.

Bien évidemment, Leofric fut saisi d'un fou rire.

– Pas si bête, hein ? dit-il quand il s'en fut remis. Il fait de toi un Saxon. Alors, que sais-tu de cette casse-pieds ?

– Mildrith, dis-je. Elle est pieuse.

– Je pense bien ! Il ne voudrait pas que tu épouses une drôlesse qui ne pense qu'à se faire trousser.

– Elle est orpheline, et elle a seize ou dix-sept ans.

– Par Dieu ! Si vieille ? Ce doit être une truie fort laide ! Nous allons donc te marier. Et ensuite, nous irons tuer quelques Danes.

À présent, nous redescendions dans le Sud sous la pluie, le vent et le givre. Le père Willibald nous accompagnait, car il était encore prêtre de la flotte. J'avais l'intention de gagner le Defnascir, m'acquitter de ma corvée et retourner aussitôt à Hamtun pour m'assurer que les travaux d'hiver sur les douze vaisseaux étaient correctement exécutés. C'est en cette saison que les navires sont radoubés, calfatés et nettoyés en prévision du printemps, et cette pensée me fit songer aux Danes et à Brida. Je me demandai où elle était, ce qu'elle faisait et si nous nous reverrions. Ragnar avait-il retrouvé Thyra ? Kjartan était-il encore en vie ? Leur monde n'était plus le mien, désormais, et j'étais maintenant pris dans les fils de l'existence bien ordonnée d'Alfred.

Defnascir et le comté voisin, Thornsæta, me plurent. C'étaient toutes deux de belles terres de douces collines et de torrents, de champs fertiles au sol riche, de hautes landes et de bons mouillages. Un homme pouvait mener belle vie dans l'un ou l'autre, et j'aurais pu être heureux dans le Defnascir si je ne lui avais point préféré Bebbanburg. Nous descendîmes la vallée de l'Uisc, passant devant des champs de terre rouge bien labourés, des villages replets et de grands châteaux, avant d'arriver à Exanceaster, capitale du comté.

– Nous venons voir l'ealdorman Odda, dit Willibald.

– Et cela regarde ?

– Le roi, répondit fièrement Willibald en tirant de sa robe une lettre portant le sceau d'Alfred.

Je doute que les gardes aient pu le reconnaître, mais ils semblèrent suffisamment impressionnés et nous firent entrer dans une ville remplie de bâtiments romains délabrés parmi lesquels se dressait une haute église en bois et le château de l'ealdorman Odda.

Après nous avoir fait attendre, Odda finit par apparaître, suivi de son fils et d'une dizaine de courtisans. L'un de ses prêtres lut alors à haute voix la lettre d'Alfred. Il était du bon plaisir du roi que Mildrith soit mariée à son loyal serviteur, l'ealdorman Uhtred, et Odda recevait ordre d'organiser la cérémonie dans les plus brefs délais. Odda ne fut guère ravi par cette nouvelle. C'était un homme âgé, d'au moins quarante ans, aux cheveux gris et au visage grotesquement marqué de loupes. Son fils, Odda le Jeune, s'en réjouit encore moins.

– Ce n'est point concevable, Père, protesta-t-il.

– Tel est le désir du roi.

– Mais...

– Tel est le désir du roi !

Odda le Jeune se tut. Il avait dix-neuf ans comme moi, il était beau garçon, avec des cheveux noirs, et portait une élégante tunique de même couleur et brodée de fil d'or. Un crucifix en or pendait à son cou. Il me jeta un regard courroucé. J'étais crotté et dépenaillé, il dut me trouver aussi appétissant qu'un chien mouillé.

– Demain matin, annonça Odda sans entrain, l'évêque te pourra marier. Mais tu dois payer le prix de l'épouse.

– Payer ? répétai-je.

Alfred n'avait rien mentionné de tel, même si c'était, bien sûr, la coutume.

– Trente-trois shillings, répondit Odda, arborant un petit sourire narquois.

C'était une fortune. Un trésor. Le prix d'un bon destrier ou d'un navire. Je fus décontenancé et j'entendis Leofric étouffer un cri de surprise.

– Est-ce ce qu'a demandé le roi ? demandai-je.

– C'est ce que je demande, répliqua Odda, car Mildrith est ma filleule.

Rien d'étonnant à ce qu'il sourie. Le prix était très élevé, et si j'étais incapable de le payer, je ne pourrais épouser la fille. Odda l'ignorait, mais si je ne me mariais pas, la flotte m'échappait.

– Puis-je voir la dame ? demandai-je.

– Tu le pourras à la cérémonie demain matin, répondit-il d'un ton ferme, mais seulement si tu paies le prix. Sans quoi, non.

Il sembla déçu lorsque j'ouvris ma bourse et lui donnai une pièce d'or et trente-six pièces d'argent. Il parut plus déçu encore en voyant que j'en avais bien davantage, mais il était désormais pris au piège.

– Tu la pourras rencontrer à la cathédrale, demain.

– Pourquoi pas maintenant ?

– Elle est à la prière, répondit-il.

Et sur ces mots, il nous congédia.

Leofric et moi trouvâmes le coucher dans une taverne proche de la cathédrale et, durant la nuit, je me saoulai comme un lièvre de printemps. Je me querellai avec un inconnu et je me souviens seulement que Leofric, qui n'était pas aussi ivre que moi, nous sépara et terrassa mon adversaire, puis que je vomis dans la cour de l'écurie. Je bus de nouveau, dormis fort mal, fus réveillé par la pluie qui battait le toit de l'écurie et retournai vomir.

– Pourquoi ne partons-nous pas en Mercie ? proposai-je à Leofric.

Le roi nous avait prêté des chevaux et cela m'était bien égal de les lui voler.

– Ne sois point sot, Bout-de-Cul. Nous voulons la flotte. Et si tu n'épouses point la laide truie, je ne pourrai la commander.

– C'est moi qui la commanderai.

– Mais seulement si tu te maries.

À ce moment, le père Willibald arriva. Il avait dormi dans le monastère voisin et était venu s'assurer que j'étais prêt.

– Quelle est cette marque sur ton front ? demanda-t-il, l'air alarmé en voyant mon état.

– Un maraud m'a frappé hier soir, dis-je. J'étais ivre. Lui aussi, mais moi davantage. Suivez mon conseil, mon père. Ne vous battez jamais quand vous êtes saoul.

Je bus encore de l'ale au petit déjeuner. Willibald tint à ce que je porte ma plus belle tunique : cela ne voulait pas dire grand-chose, car elle était tachée, froissée et déchirée. J'aurais préféré porter ma cotte de mailles, mais Willibald déclara que cela ne convenait pas pour une église. Sans doute avait-il raison, et je le laissai l'épousseter et tenter d'en ôter les taches. Je nouai mes cheveux d'un lien du cuir, ceignis Souffle-de-Serpent et Dard-de-Guêpe. Là encore, Willibald déclara que je ne devais point les porter en un lieu saint, mais je tins à les prendre et c'est en homme accablé que je me rendis à la cathédrale en sa compagnie et celle de Leofric.

Il pleuvait comme si les cieux se vidaient. La pluie éclaboussait les rues, ruisselait dans les caniveaux et gouttait par le toit de chaume de la cathédrale. Un vif vent froid soufflait de l'est et s'insinuait dans la moindre fente des parois de bois, faisant vaciller les chandelles dont certaines s'éteignirent. L'évêque était déjà là et deux autres prêtres arrangeaient soigneusement les chandelles sur l'autel, puis l'ealdorman Odda arriva avec ma future épouse.

Qui me jeta un regard et éclata en sanglots.

À quoi m'attendais-je ? À une femme qui avait l'air d'une truie, sans doute. À une femme au visage vérolé, l'air aigri et aux hanches de génisse. Mon rôle était de prendre sa terre, de la travailler et de faire fortune. Le sien, de me donner des fils et de s'assurer qu'il y ait toujours de l'ale et à manger sur ma table. Tel est le saint sacrement du mariage.

Je ne voulais pas l'épouser. De droit, en tant qu'ealdorman de Northumbrie, je méritais une fille de la noblesse, une fille qui m'apporterait bien plus de terres qu'une douzaine d'arpents dans le Defnascir, mais il était évident que cela n'arriverait point. Aussi épousai-je une fille de basse extraction qui serait appelée dame Mildrith. Au moins aurait-elle pu exprimer quelque gratitude pour cela, mais elle préféra pleurer et tenter d'échapper à l'ealdorman Odda.

Il devait compatir, mais le prix ayant été payé, elle fut menée à l'autel, et l'évêque, qui revenait de Cippanhamm avec la goutte au nez, nous consacra mari et femme.

– Que votre union soit bénie par le Père, le Fils et le Saint-Esprit.

Au lieu de dire *amen*, il éternua violemment.

– Amen, ponctua Willibald.

Personne ne pipa mot.

Et c'est ainsi que Mildrith devint mienne.

Odda le Jeune nous regarda quitter l'église, pensant sans doute que je ne le voyais pas, mais je le remarquai. Je savais pourquoi il nous observait.

Car en vérité Mildrith était désirable. Ce mot ne lui rend point justice, mais il est si difficile de se rappeler un visage d'un passé si lointain. Parfois, en rêve, je la vois, et elle me paraît réelle, mais quand je me réveille et que je tente d'évoquer son visage, j'en suis incapable. Je me souviens qu'elle avait la peau claire et limpide, une moue un peu boudeuse, des yeux fort bleus et des cheveux du même or que les miens. Elle était grande, et cela lui déplaisait, car elle ne trouvait pas cela très féminin, et avait une expression inquiète, comme si elle craignait constamment un désastre. Cela peut être fort séduisant chez une femme et j'avoue que je la trouvai séduisante. Cela me surprit, cela m'étonna, même, car une telle femme aurait dû être mariée depuis longtemps. Elle avait presque dix-sept ans et, à cet âge, la plupart avaient déjà donné naissance à trois ou quatre enfants ou étaient mortes en couches, mais tandis que nous nous dirigions vers ses terres situées à l'ouest de l'embouchure de l'Uisc, j'en appris davantage sur elle. Elle voyageait dans un chariot tiré par deux bœufs que Willibald avait tenu à couronner de fleurs. Leofric, Willibald et moi chevauchions à côté. Willibald la questionnait et elle répondait assez volontiers, car c'était un prêtre et il se montrait fort doux.

Les ennuis, expliqua Mildrith, avaient commencé lorsque son père avait consacré un dixième de ses biens en terre d'église. Son père avait fait ce don parce que tous ses enfants étaient morts hormis Mildrith, et qu'il voulait s'attirer les faveurs de Dieu. Je soupçonnai qu'il cherchait plutôt à s'attirer celles d'Alfred. Cependant, les Danes étaient venus, le bétail avait été massacré, une récolte détruite, et l'église avait assigné son père en justice, car la terre n'avait rien produit. En Wessex, je l'appris, tous les magistrats étaient des prêtres, du premier au dernier. En d'autres termes, la loi était l'église, et lorsque le père de Mildrith mourut, la loi décréta qu'il devait à l'église une importante somme, bien au-delà de ses capacités. Alfred, qui avait pouvoir d'annuler une dette, s'y refusa. En conséquence, tout homme qui épousait Mildrith épousait sa dette, et personne n'avait voulu se charger de ce fardeau jusqu'au jour où quelque sot de Northumbrie était tombé dans le piège comme un ivrogne dévale une colline.

Leofric riait. Willibald semblait soucieux.

– Quelle est cette dette ? demanda-t-il.

– Deux mille shillings, mon père, murmura Mildrith d'une toute petite voix.

Leofric faillit s'étrangler de rire. Je l'aurais volontiers égorgé.

– Et elle augmente annuellement ? demanda finement Willibald.

– Oui, dit-elle en refusant de croiser mon regard.

Un homme sensé se serait renseigné sur la situation de Mildrith avant de l'épouser, mais j'avais considéré ce mariage comme le sésame de la flotte. Désormais, j'avais la flotte, les dettes et la donzelle, ainsi qu'un nouvel ennemi, Odda le Jeune, qui convoitait clairement Mildrith.

En vérité, Mildrith n'était comme moi qu'un pion sur l'échiquier d'Alfred. Et moi qui croyais avoir été malin lors de notre conversation au château de Cippanhamm. En vérité, j'aurais pu prier Thor à voix haute avant d'aller pisser sur les reliques de l'autel, et Alfred m'aurait tout de même donné la flotte, car son seul but était de me retenir prisonnier pour servir ses ambitions futures en Northumbrie. J'étais donc pris au piège, et ce coquin d'Odda m'avait gentiment laissé m'y jeter.

Cela me rappela autre chose :

– Combien Odda t'a-t-il donné en dot ? demandai-je à Mildrith.

– Quinze shillings, mon seigneur.

– Quel misérable !

– Récupère le reste à la pointe de l'épée, gronda Leofric.

Deux yeux bleus le contemplèrent un instant et se posèrent vers moi avant de disparaître à nouveau sous leur voile.

Ses douze arpents de terre, qui étaient désormais miens, s'étendaient sur les collines au-dessus de l'embouchure de l'Uisc, en un lieu nommé Oxton. Le toit de chaume était tellement couvert de mousse et d'herbes qu'on eût dit un tas de terre. Il n'y avait nul château, comme un aristocrate se doit de posséder pour y nourrir son entourage, mais il y avait une étable, une porcherie et des terres assez vastes pour nourrir seize serfs et cinq familles de fermiers. Ils furent tous mandés pour m'accueillir ainsi qu'une demi-douzaine de serviteurs, pour la plupart des serfs. Tous furent heureux de revoir Mildrith, car, depuis la mort de son père, elle demeurait avec l'épouse d'Odda, tandis que sa ferme était dirigée par un certain Oswald, qui semblait aussi digne de confiance qu'une fouine.

Le soir venu, nous dînâmes de pois, poireaux, pain rassis et ale aigre, et ce fut mon premier festin de mariage dans ma propre maison, laquelle était sous la menace de la dette. Le lendemain matin, la pluie avait cessé, et je déjeunai de nouveau de pain rassis et d'ale aigre. Après quoi, je montai avec Mildrith au sommet d'une colline d'où je pus contempler la vaste embouchure qui creusait la terre comme une lame de hache.

– Où vont ces gens, lorsque arrivent les Danes ? demandai-je, parlant de ses serfs et fermiers.

– Dans les collines, mon seigneur.

– Je me nomme Uhtred.

– Dans les collines, Uhtred.

– Tu n'iras point dans les collines, répliquai-je d'un ton ferme.

– Vraiment ? s'étonna-t-t-elle, les yeux écarquillés et inquiète.

– Tu viendras avec moi à Hamtun, et nous y aurons demeure tant que je commanderai la flotte.

Elle acquiesça, manifestement troublée, puis je lui pris la main, déposai dans sa paume trente-trois shillings, autant que ce que j'avais versé à Odda.

– C'est à toi, femme, dis-je.

Car c'est ce qu'elle était. Mon épouse. Et nous partîmes le jour même pour l'Est, mari et femme.

Mon histoire s'accélère, à présent. Telle une rivière qui arrive à une chute dans les collines et, comme une cascade qui écume sur les rocs déchiquetés, elle devient furieuse et violente, confuse, même. Car c'est en cette année, en l'an 876, que les Danes déployèrent leurs plus grands efforts pour anéantir le dernier royaume d'Anglie, et l'assaut fut énorme, féroce et soudain.

Guthrum le Malchanceux le mena. Cependant, les espions saxons échouèrent et ne purent avertir Alfred, et l'armée dane arriva à cheval. Les troupes d'Alfred n'étaient pas au bon endroit et Guthrum traversa la Temse puis le Wessex, pour s'emparer d'une vaste forteresse. Elle se nommait Werham et était sise non loin d'Hamtun. L'armée de Guthrum assaillit Werham, la prit, viola les nonnes du couvent, et tout cela avant qu'Alfred ait pu réagir.

Une fois dans la place, Guthrum était protégé par deux rivières, l'une au nord de la ville et l'autre au sud. À l'est s'étendait la vaste étendue placide de la Poole, et un solide rempart garni d'un fossé protégeait l'ouest, unique approche possible.

Notre flotte était impuissante. À peine apprîmes-nous que les Danes étaient à Werham que nous nous préparâmes à prendre la mer, mais nous n'étions pas arrivés au large que nous vîmes leurs vaisseaux.

Guthrum avait traversé le Wessex avec près de mille cavaliers, mais le reste de son armée arrivait par la mer et les navires remplissaient l'horizon. Ils étaient des centaines. Certains racontèrent plus tard qu'il y en avait trois cent cinquante, mais je pense qu'ils n'étaient certainement pas plus de deux centaines. C'était une flotte en ordre de bataille : proues ornées de dragons et de serpents, rames qui faisaient écumer les flots. Nous ne pûmes que nous replier piteusement sur Hamtun en priant que les Danes ne fassent pas voile vers nous.

Ils ne vinrent pas et poursuivirent leur route pour rejoindre Guthrum à Werham. Je me rappelai le conseil qu'avait donné Ragnar à Guthrum. *Diviser leurs forces*. En conséquence, une autre armée dane attendait probablement quelque part, et lorsque Alfred partirait à sa rencontre, Guthrum surgirait de Werham et l'attaquerait à revers.

– C'est la fin de l'Anglie, proféra sombrement Leofric.

Il n'était pourtant guère du genre à se laisser abattre. Mildrith et moi avions pris demeure à Hamtun, et il dînait avec nous la plupart des soirs. Nous prenions encore la mer, avec notre flottille de douze navires, espérant toujours surprendre quelque vaisseau dane isolé, mais je n'osais risquer la marine d'Alfred dans une attaque contre un ennemi aussi puissant.

Nous l'apprîmes plus tard, mais Guthrum attendait à Werham qu'Halfdan lance depuis les Galles une armée composée de Norois et de Bretons. Alors, selon Beocca, un miracle survint. Ou bien ce furent les Nornes. Le destin est tout, car la nouvelle arriva qu'Halfdan était mort en Irlande et que, des trois frères, il ne restait désormais plus qu'Ubba.

Nous ignorions tout cela à Hamtun. Nous poursuivions nos piètres expéditions et attendions la nouvelle de la seconde attaque qui guettait le Wessex. Mais rien ne venait et, alors que les premières bourrasques d'automne frappaient la côte, un messager d'Alfred arriva, m'enjoignant d'aller trouver le roi. Le messager était Beocca et je fus agréablement surpris de le voir, mais agacé qu'il me transmette l'ordre oralement :

– Pourquoi ai-je appris à lire, demandai-je, si l'on ne m'apporte point un ordre écrit ?

– Tu as appris à lire, Uhtred, répondit-il avec bonne humeur, pour élever ton esprit, bien entendu. (C'est alors qu'il vit Mildrith et resta bouche bée.) Est-ce... ? commença-t-il avant de rester le bec cloué.

– Dame Mildrith, répondis-je.

– Gente dame, dit Beocca en s'étranglant et en frétillant comme un chiot qui quémande caresse. Je connais Uhtred depuis qu'il est tout enfant ! parvint-il enfin à articuler. Tout enfant !

– Il est bien grand, maintenant, rétorqua Mildrith.

Beocca trouva cela fort drôle et se répandit en gloussements.

– Pourquoi dois-je trouver Alfred ? demandai-je, faisant retomber sa bonne humeur.

– Halfdan est mort, Dieu soit loué, et aucune armée ne viendra du Nord, Dieu soit loué ! Guthrum recherche un accord ! Les discussions ont déjà commencé et Dieu soit loué pour cela aussi.

Il me fit un sourire rayonnant comme s'il était responsable de cette soudaine bonne fortune, et peut-être l'était-il, car il déclara que la mort d'Halfdan était survenue à force de prières.

– Maintes prières, Uhtred. Ne vois-tu pas la puissance de la prière ?

– Dieu soit loué, en vérité, répondit Mildrith à ma place.

Elle était en effet fort pieuse, mais personne n'est parfait : elle était également grosse, mais Beocca ne le remarqua point et je ne lui en fis point part.

Je laissai Mildrith à Hamtun et partis à cheval avec Beocca rejoindre l'armée saxonne. Une douzaine de soldats de la garde personnelle du roi nous tenaient lieu d'escorte.

– Que me veut Alfred ? ne cessais-je de répéter à Beocca.

Nous arrivâmes devant Werham par une froide soirée d'automne. Alfred était en prière dans une tente qui servait de chapelle royale, devant laquelle attendaient l'ealdorman Odda et son fils. Le premier me jeta un regard circonspect et l'autre m'ignora. Tandis que Beocca entrait pour se joindre à la prière, je m'assis, dégainai Souffle-de-Serpent et l'aiguisai avec la pierre à affûter que je portais dans ma besace.

– Tu t'attends à la bataille ? demanda Odda d'un ton acerbe.

– Peut-être, répondis-je en jetant un regard au fils, puis au père. Tu dois de l'argent à mon épouse, continuai-je. Dix-huit shillings.

Il rougit sans mot dire. Son fils porta la main à son épée. Cela me fit sourire et me lever, Souffle-de-Serpent à la main. Furieux, Odda décampa en entraînant son fils.

– Dix-huit shillings ! criai-je dans leurs dos avant de me rasseoir et de reprendre ma tâche.

Les femmes. Les hommes se battent pour elles, et c'était une autre leçon à apprendre. Enfin, je pensais que les hommes luttaient pour la terre ou le pouvoir, mais ils se battent tout autant pour les femmes. Mildrith et moi étions étonnamment heureux ensemble, mais il était évident qu'Odda le Jeune me haïssait de l'avoir épousée, et je me demandais s'il ne mijotait pas quelque vengeance.

J'ai entendu des femmes se plaindre de n'avoir aucun pouvoir alors que les hommes dirigent le monde, mais les femmes ont cependant le pouvoir de mener les hommes à la bataille et à la tombe.

Telles étaient mes pensées lorsque Alfred sortit de sa tente. Il arborait l'expression béate qu'il avait toujours au sortir de la prière, mais il avait aussi la démarche raide, sans doute à cause d'une nouvelle crise d'hémorroïdes. Il parut d'ailleurs fort incommodé durant le souper. C'était un innommable brouet que j'aurais hésité à servir aux cochons, mais il y avait suffisamment de pain et fromage pour que je ne reste pas sur ma faim. Je notai qu'Alfred se montrait distant avec moi, remarquant à peine ma présence, et j'attribuai cela à l'absence de véritable victoire de la flotte durant l'été. Pourtant, il m'avait fait mander et je me demandai s'il avait l'intention de m'ignorer encore longtemps.

Le lendemain matin, il me convoqua après la prière et nous fîmes les cent pas devant la tente royale au-dessus de laquelle flottait la bannière au dragon dans le soleil d'automne.

– La flotte, dit Alfred d'un air soucieux. Peut-elle empêcher les Danes de quitter la Poole ?

– Non, mon seigneur.

– Non ? répéta-t-il sèchement. Et pourquoi ?

– Car, mon seigneur, nous avons douze vaisseaux et ils en ont plus de deux centaines. Nous pourrions en occire quelques-uns, mais nous finirions par succomber sous le nombre et vous n'auriez plus de flotte alors qu'ils posséderaient encore plus de deux cents navires.

Alfred devait le savoir, il n'apprécia pourtant pas ma réponse. Il fit la grimace et continua d'arpenter la tente en silence.

– Il me sied que tu sois marié, lança-t-il brusquement.

– J'ai épousé une dette.

Mon ton lui déplut, mais il ne releva point.

– La dette, Uhtred, répondit-il, réprobateur, est envers l'église, tu dois donc l'accueillir avec bienveillance. Par ailleurs, tu es jeune, tu as le temps de payer. Le Seigneur aime celui qui donne de bon cœur. J'attends ta présence aux négociations, dit-il en tournant les talons et en me jetant un dernier regard.

Sans plus d'explication ni attendre de réponse, il s'éloigna.

Un dais avait été dressé entre le camp d'Alfred et la forteresse de Werham, et c'est sous cet abri que la trêve était laborieusement négociée. Alfred aurait aimé attaquer Werham, mais la muraille était élevée et en très bon état, et les Danes nombreux. Les Danes, quant à eux, étaient pris au piège. Ils comptaient qu'Halfdan vienne attaquer Alfred par l'arrière, mais Halfdan était mort en Irlande. Les troupes de Guthrum étaient trop nombreuses pour être transportées par bateau, si grande soit la flotte, et s'ils tentaient une sortie par la terre, ils seraient contraints de combattre Alfred sur une étroite langue de terre. Je me souviens que Ravn disait que les Danes craignaient de perdre trop d'hommes, car ils ne pouvaient les remplacer rapidement. Guthrum pouvait rester là où il était, bien sûr, mais Alfred l'assiégerait et les Danes allaient être affamés l'hiver venu.

Ainsi les deux parties aspiraient à la paix, et j'arrivai alors qu'Alfred et Guthrum finissaient d'en discuter les termes. Alfred avait accepté que Guthrum passe l'hiver à Werham. Il avait aussi accepté de fournir des vivres et de l'argent, à condition que les Danes n'exercent point de pillages. En retour, ils promettaient de rester paisiblement à Werham et de partir tout aussi paisiblement le printemps venu.

Personne d'aucun côté ne croyant aux promesses de l'autre, chacun demanda des otages. Ils devaient être de rang, sans quoi ils ne garantiraient rien. Une dizaine de jarls danes qui m'étaient tous inconnus furent livrés à Alfred, et le même nombre de nobles angles à Guthrum.

C'était pour cela qu'on m'avait fait mander. Pour cela qu'Alfred s'était montré si distant avec moi, car il savait depuis le début que je serais l'un d'eux. Mon rang avait encore du poids, et c'est ainsi que je fus choisi. J'étais l'ealdorman Uhtred, utile simplement parce que j'étais noble, et je vis Odda le Jeune sourire largement lorsque les Danes acceptèrent mon nom.

Guthrum et Alfred échangèrent ensuite des serments. Alfred insista pour que le chef des Danes jure sur les reliques qu'il transportait toujours avec lui : une plume de la colombe que Noé avait lâchée depuis son arche, un gant ayant appartenu à saint Cedd, et, plus sacré que tout, un anneau d'orteil de Marie Madeleine, qu'Alfred appelait le Saint Anneau. Et ce fut un Guthrum perplexe qui posa la main sur le débris d'or en jurant qu'il tiendrait sa promesse, avant d'exiger d'Alfred qu'il pose la sienne sur l'os qu'il avait dans les cheveux.

C'est seulement une fois ces serments prononcés, et sanctifiés par l'or d'une sainte et l'os d'une mère, que les otages furent échangés. Et lorsque je traversai l'espace vide entre les deux camps, Guthrum dut me reconnaître, car il posa sur moi un long regard pensif. Après quoi, nous fûmes escortés en grande cérémonie à Werham.

Où m'accueillit le jarl Ragnar, fils de Ragnar.

Il y eut grande joie dans ces retrouvailles. Ragnar et moi nous étreignîmes comme des frères, car je le considérais comme tel, puis il me donna de grandes tapes dans le dos, servit l'ale et me narra les nouvelles. Kjartan et Sven étaient encore en vie et demeuraient à Dunholm. Ragnar les avait rencontrés lors d'une entrevue officielle où les armes étaient interdites, Kjartan avait juré qu'il était innocent de l'incendie du château et qu'il ne savait rien du sort de Thyra.

– Ce bâtard mentait, me dit Ragnar. Et je le savais. Quant à lui, il sait qu'il va mourir.

Brida, qui partageait la couche de Ragnar, m'accueillit chaleureusement, mais pas autant que Nihtgenga, qui sautillait et me léchait le visage. Brida fut amusée d'apprendre que j'allais être père.

– Ce sera bon pour toi, dit-elle.

– Ah ? Et pourquoi cela ?

– Car tu seras vraiment un homme.

Il me semblait bien déjà l'être, mais il me manquait cependant quelque chose, que je n'avais confié à personne, ni à Mildrith ni à Leofric, ni même à Ragnar et Brida. J'avais combattu les Danes, vu leurs vaisseaux brûler et leurs hommes se noyer, mais je ne m'étais encore jamais trouvé dans le grand mur de boucliers. J'avais combattu, équipage contre équipage, mais jamais je n'avais été sur le vaste champ de bataille, tandis que les bannières de l'ennemi cachent le soleil, ni connu la peur qui surgit lorsque des centaines, des milliers d'hommes s'élancent vers le massacre. Je n'avais jamais subi les longs et affreux combats sanglants où la soif et l'épuisement affaiblissent les hommes et où l'ennemi ne cesse de déferler. C'était seulement lorsque j'aurais vécu cela que je me qualifierais d'homme véritable.

Je me languissais de Mildrith, et cela me surprit. De Leofric aussi, bien que j'éprouvasse un immense plaisir à revoir Ragnar et que la vie d'otage ne fût point pénible. Nous habitions à Werham, recevions assez de vivres, et regardions le gris de l'hiver dévorer les journées. L'un des otages était un prêtre nommé Wælla, cousin d'Alfred, qui était terrifié et pleurait parfois, mais le reste d'entre nous étions assez satisfaits de notre sort. Hacca, qui avait naguère commandé la flotte d'Alfred, faisait partie des otages, mais je passais mon temps avec Ragnar et ses hommes, qui m'acceptèrent comme l'un des leurs et essayèrent même de refaire de moi un Dane.

– J'ai une femme, leur dis-je.

– Eh bien, amène-la ! s'exclama Ragnar. Nous n'en avons jamais assez !

Mais j'étais un Angle, désormais. Je ne détestais point les Danes, et en vérité je préférais leur compagnie à celle des autres otages, mais j'étais un Angle. Alfred n'avait pas changé mon allégeance, mais Leofric et Mildrith y étaient parvenus, ou bien les trois fileuses s'étaient lassées de jouer avec moi.

Ragnar accepta mon choix.

– Mais s'il y a la paix, demanda-t-il, m'aideras-tu à combattre Kjartan ?

– S'il y a la paix, promis-je, je viendrai dans le Nord.

Pourtant, je doutais que la paix survienne. Au printemps, Guthrum quitterait le Wessex, les otages seraient libérés, mais après ? L'attaque du Wessex reprendrait. Guthrum s'entretenait souvent avec tous les otages, afin de connaître les forces d'Alfred.

– Elles sont inépuisables, lui répondis-je. Si tu occis son armée, une autre apparaîtra aussitôt.

Ce n'étaient que billevesées, bien sûr, mais que pouvait-il attendre d'autre de ma part ?

Je doute de l'avoir convaincu, mais Wælla, le prêtre cousin d'Alfred, lui inculqua la crainte de Dieu. Guthrum passait des heures à converser avec Wælla, et je servais souvent d'interprète. Qui était le Dieu des chrétiens ? Que proposait-il ? Il était fasciné par l'histoire de la crucifixion, et je pense qu'avec assez de temps Wælla aurait pu le convaincre de se convertir. Wælla en était certainement persuadé, car il m'encourageait à prier dans ce but.

– Nous sommes proches, Uhtred, disait-il, tout excité. Et une fois qu'il sera baptisé, ce sera la paix !

Tels sont les rêves des prêtres. Les miens étaient de Mildrith et de l'enfant qu'elle portait. Ceux de Ragnar étaient de vengeance. Et Guthrum ?

Malgré sa fascination pour le christianisme, Guthrum ne rêvait que d'une chose.

Il rêvait de la guerre.

TROISIÈME PARTIE

Le Mur de boucliers

Chapitre 10

L'armée d'Alfred se retira de Werham. Alfred en profita pour renvoyer les soldats des *fyrds* à leurs fermes pendant qu'il retournait avec ses troupes personnelles à Scireburnan, à une demi-journée de marche de Werham. Beocca me raconta qu'Alfred passa l'hiver à lire les anciens codes de lois du Kent, de Mercie et du Wessex. Sans doute était-ce pour se préparer à édicter ses propres lois, ce qu'il fit plus tard. Je suis certain qu'il fut heureux cet hiver-là, à rêver d'une société parfaite.

Huppa, l'ealdorman de Thornsæta, commandait les quelques hommes restés devant les remparts de Werham, tandis qu'Odda le Jeune menait une troupe de cavaliers qui patrouillaient le long de la Poole ; mais les deux réunis ne formaient qu'une petite armée capable de bien peu d'exploits, à part surveiller les Danes. D'ailleurs, pourquoi auraient-ils fait davantage ? La trêve était prononcée, Guthrum avait juré sur le Saint Anneau, et le Wessex était en paix.

La fête de Yule fut peu de chose à Werham, même si les Danes firent de leur mieux et qu'il nous fut servi suffisamment d'ale pour que tous s'enivrent ; mais mon souvenir le plus marquant de cette Yule fut d'avoir vu Guthrum pleurer. Les larmes ruisselèrent sur ses joues tandis qu'un harpiste jouait un air triste et qu'un scalde récitait un poème sur la mère de Guthrum. Sa beauté, disait le scalde, n'avait d'égale que celle des étoiles, et sa douceur était telle que les fleurs jaillissaient en plein hiver pour lui rendre hommage.

– C'était une garce, me chuchota Ragnar. Et laide comme un seau de crottin. Ravn l'a connue. Il disait qu'elle avait une voix à déraciner les arbres.

Guthrum méritait bien son surnom de « Malchanceux ». Il avait frôlé d'un cheveu l'anéantissement du Wessex et seule la mort d'Halfdan l'avait privé de sa récompense. Ce n'était pas sa faute, mais une rancœur sourde couvait au sein de l'armée prisonnière. On murmurait que rien ne pourrait réussir sous l'égide de Guthrum. Peut-être cette défiance l'avait-elle rendu d'humeur plus sombre. À moins que ce ne fût la faim.

Car les Danes étaient affamés. Alfred tenait parole et envoyait un peu de vivres, et je ne comprenais pas pourquoi les Danes ne mangeaient point leurs chevaux. Les bêtes maigrissaient affreusement, leur pitance étant à peine agrémentée de paille. Quand elle fut épuisée, les Danes arrachèrent le chaume de quelques maisons, et cela permit aux chevaux de subsister jusqu'aux premiers rayons du printemps. J'accueillis avec joie les signes de la nouvelle année : le chant d'une grive, les violettes poussant dans les sous-bois, les chatons sur les noisetiers et les premières grenouilles coassant dans les marécages. Le printemps arrivait, et lorsque la terre aurait verdi, Guthrum s'en irait et les otages seraient libérés.

Nous n'avions que peu de nouvelles, mais parfois un message était apporté à l'un d'entre nous, et j'en reçus un. Pour la première fois, je fus reconnaissant à Beocca de m'avoir appris à lire, car le père Willibald m'écrivait pour m'annoncer la naissance d'un fils. Mildrith avait accouché avant Yule, et le garçon, qu'elle avait prénommé Uhtred, était en bonne santé tout comme elle. Je pleurai en lisant cela. Je ne m'attendais pourtant pas à éprouver autant d'émotion, et lorsque Ragnar me demanda pourquoi je pleurais et que je le lui expliquai, il fit sortir un tonneau d'ale et nous fêtâmes l'événement. Puis il me donna un minuscule bracelet d'argent pour l'enfant. J'avais un fils. Uhtred.

Le lendemain, j'aidai Ragnar à remettre à flots la *Vipère* qui avait été tirée au sec. Nous remplîmes la cale de pierres qui servaient de lest, gréâmes le mât, puis nous offrîmes en sacrifice un lièvre capturé dans les champs où les chevaux tentaient de paître, et Ragnar versa le sang de l'animal sur la coque du navire en invoquant Thor, pour qu'il nous donne un vent favorable, et Odin pour obtenir de grandes victoires. Nous mangeâmes le lièvre au souper et terminâmes l'ale, et le lendemain matin un navire viking arriva du large. Je fus étonné qu'Alfred n'ait point ordonné à sa flotte de patrouiller dans l'embouchure de la Poole, mais ce vaisseau dane solitaire remonta donc apporter un message à Guthrum.

Cette nuit-là, Guthrum offrit aux otages un copieux festin, avec les vivres et l'ale qu'avait apportés le navire dane. Il nous félicita d'avoir été des hôtes exemplaires et nous offrit à chacun un bracelet avec la promesse de notre libération prochaine.

– Quand ? demandai-je.

– Bientôt ! (Son long visage luisait dans le feu tandis qu'il levait sa corne d'ale à ma santé.) Bientôt ! Maintenant, bois !

Nous bûmes tous, et après le festin, les otages se rendirent au couvent où Guthrum tenait à ce que nous passions la nuit. Le jour, nous pouvions nous promener à notre guise dans la ville, avec nos armes si nous le souhaitions ; mais la nuit il voulait que tous les otages soient réunis au même endroit, afin que ses gardes vêtus de noir puissent garder un œil sur nous. Ce furent ces mêmes gardes, brandissant des torches, qui se jetèrent sur nous au plus noir de la nuit. Ils nous réveillèrent sans ménagement en nous ordonnant de sortir, et l'un d'eux écarta d'un coup de pied Souffle-de-Serpent lorsque je voulus m'en emparer.

– Sors ! gronda-t-il.

Lorsque je voulus reprendre mon épée, je reçus un coup de lance sur le crâne et deux autres aux fesses. Je n'eus d'autre choix que de sortir en titubant dans les rafales d'un vent glacial qui rabattait sur nous une pluie battante. Le vent faisait vaciller les flammes des torches éclairant la rue où attendaient une centaine de Danes, tous armés. Je vis qu'ils avaient harnaché et sellé leurs maigres chevaux, et je pensai tout d'abord qu'ils allaient nous escorter jusqu'aux lignes saxonnes.

C'est alors que Guthrum, tout de noir vêtu, fit son apparition. Pas un mot ne fut prononcé. Guthrum, le visage fermé, son os blanc dans les cheveux, se contenta de hocher la tête, et ses hommes dégainèrent leurs épées. Le pauvre Wælla, le cousin d'Alfred, fut le premier otage exécuté. Guthrum frémit imperceptiblement, car il appréciait Wælla. Je m'étais retourné, prêt à combattre les soldats massés derrière moi. Une épée était déjà levée sur moi. Le Dane qui la brandissait portait une cotte de cuir cloutée. Il souriait tandis qu'il s'apprêtait à me l'enfoncer dans le ventre et il ne cessa point de sourire lorsqu'une hache lancée à toute volée se ficha entre ses deux yeux. Je me rappelle le bruit mat, le sang qui jaillit à la lueur des flammes, l'homme qui s'écroula dans la rue pavée de silex et de planches, et tous les cris de protestation des autres otages que l'on exécutait. Moi, je survécus. C'était Ragnar qui m'avait sauvé de sa hache : il se tenait maintenant à mes côtés, épée dégainée. Il portait sa tenue de guerre, cotte de mailles polie, hautes bottes et casque décoré d'une paire d'ailes d'aigle. Dans la lumière crue des flammes vacillantes, on aurait dit un dieu descendu en Midgard.

– Ils doivent tous mourir, insista Guthrum.

Les autres otages étaient morts ou agonisants, les mains ensanglantées alors qu'ils tentaient, impuissants, de repousser les lames. Une douzaine de guerriers à l'épée déjà rouge se tournaient vers moi pour terminer leur travail.

– Pour le tuer, cria Ragnar, vous devrez me tuer avant.

Ses hommes surgirent de la foule et se rangèrent à ses côtés. Nous étions à un contre cinq, mais c'étaient des Danes : ils ne connaissaient point la peur.

Guthrum fixa Ragnar. Hacca n'était toujours pas mort et se tortillait encore. Guthrum, irrité, lui plongea son épée dans la gorge. Ses hommes dépouillaient les morts de leurs armes et des bracelets que leur avait offerts leur seigneur le soir même.

– Ils doivent tous mourir, répéta Guthrum. Alfred tuera aussi nos otages, à présent. Ce doit donc être un homme pour un homme.

– Uhtred est mon frère, répondit Ragnar. Tue-le donc, mon seigneur, mais tu devras me tuer avant.

Guthrum recula.

– Ce n'est pas le moment de nous tuer entre nous, dit-il avec réticence en rengainant son épée pour montrer qu'il m'épargnait.

Je traversai la rue pour trouver l'homme qui avait volé Souffle-de-Serpent, Dard-de-Guêpe et mon armure. Il me les rendit sans protester.

Les hommes de Guthrum remontaient à cheval.

– Que s'est-il passé ? demandai-je à Ragnar.

– Nous ne sommes pas venus de si loin, dit-il, pour nous retirer la queue entre les jambes. (Il me regarda ceindre mon épée.) Viens avec nous.

– Venir, mais où ?

– Prendre le Wessex, bien sûr.

Je ne nie pas que j'étais tenté de suivre les Danes dans leur expédition contre le Wessex, mais je résistai.

– J'ai une femme, dis-je. Et un enfant.

– Alfred t'a pris au piège, Uhtred, grimaça-t-il.

– Non, ce sont les fileuses. La destinée est tout. Je dois retrouver ma femme.

– Pas encore, répondit Ragnar avec un petit sourire.

Il m'emmena à la rivière, où une barque nous conduisit au mouillage de la *Vipère.* La moitié de l'équipage était déjà à son bord, tout comme Brida, qui me servit du pain et de l'ale. Aux premières lueurs de l'aube, quand il y eut juste assez de gris dans le ciel pour révéler la vase des rives, Ragnar fit lever l'ancre. Nous nous laissâmes porter en aval par le courant, glissant le long des silhouettes des autres navires danes, jusqu'à ce que le passage soit assez large. Nous sortîmes alors les rames et la *Vipère* pivota gracieusement, puis elle sortit de la Poole, où était encore ancré le reste de la flotte dane. Nous n'allâmes pas bien loin, jusqu'à une grande île située au milieu de la Poole. Elle était habitée d'écureuils, d'oiseaux de mer et de renards. Ragnar laissa le navire glisser jusqu'à la grève et, lorsque la proue toucha le sable, il m'étreignit.

– Tu es libre, dit-il.

– Merci, dis-je avec ferveur, me rappelant les corps ensanglantés du couvent de Werham.

Il posa ses mains sur mes épaules.

– Toi et moi, nous sommes unis comme frères. Ne l'oublie pas. Maintenant, va.

Brida me cria adieu, j'entendis les rames fendre l'eau, puis la *Vipère* s'éloigna.

Cette île était un lieu intimidant. Des pêcheurs et chasseurs de gibier à plume y vivaient autrefois, et un anachorète avait élu domicile dans le tronc d'un arbre creux, au milieu de l'île. Mais l'arrivée des Danes les avait tous chassés et les cabanes des pêcheurs n'étaient plus que décombres calcinés sur un sol noirci. J'étais seul sur cette île, et c'est depuis ce rivage que je vis la flotte dane ramer vers l'embouchure de la Poole et s'y arrêter, car le vent, déjà vif, s'était renforcé.

Toute la journée, le vent du sud souffla, de plus en plus fort, chargé d'une pluie cinglante, et je me lassai d'observer les navires danes osciller sur leurs ancres. J'explorai donc le rivage et trouvai les restes d'une petite barque à demi dissimulée par un buisson. Je la tirai à l'eau et m'aperçus qu'elle flottait assez bien. Comme le vent m'entraînerait loin des Danes, j'attendis que la marée change et, dissimulé dans l'esquif délabré, je me laissai flotter. Je m'improvisai une pagaie d'un morceau de bois, mais le vent qui soufflait à présent violemment me glaça en m'entraînant au nord, de l'autre côté de la Poole. Ayant atteint la grève, je redevins un *sceadugengan* et me faufilai parmi roseaux et marais. Je finis par arriver à pied sec et trouvai des buissons qui abritèrent mon sommeil agité. Au matin, je marchai vers l'est, toujours giflé par le vent et la pluie, et j'arrivai à Hamtun le soir même.

Où je découvris que Mildrith et mon fils avaient disparu.

Enlevés par Odda le Jeune.

Le père Willibald me narra ce qui était arrivé. Odda était venu le matin, pendant que Leofric était descendu au rivage vérifier les amarres des bateaux. Odda avait déclaré que les Danes avaient rompu la trêve et tué tous les otages, qu'ils pouvaient arriver ici d'un instant à l'autre et que Mildrith devait fuir.

– Elle ne voulait point partir, mon seigneur, dit Willibald, intimidé par ma colère. Ils avaient des chevaux, ajouta-t-il, comme si cela expliquait tout.

– Vous n'avez pas envoyé mander Leofric ?

– Ils ne m'ont point laissé, mon seigneur. (Un silence.) Nous étions effrayés. Les Danes avaient rompu la trêve et nous vous croyions mort.

Leofric s'était lancé sur leurs traces, mais Odda avait presque une matinée d'avance. Il avait dû renoncer et s'était résolu à regagner Hamtum où il m'accueillit avec soulagement.

– Ils sont retournés dans le Defnascir, dis-je.

– Et les Danes ? demanda Leofric. Où vont-ils ?

– En Mercie ? suggérai-je.

Il haussa les épaules.

– En traversant le Wessex ? Où Alfred les guette ? Et tu dis qu'ils sont partis à cheval ? Dans quel état étaient les bêtes ?

– Piètre : elles étaient à moitié affamées.

– Peut-être sont-ils partis retrouver Ubba, avança Willibald.

– Ubba !

Cela faisait si longtemps que je n'avais entendu ce nom.

– On raconte, dit Willibald, mal à l'aise, qu'il était chez les Bretons des Galles. Qu'il avait une flotte sur la Sæfern.

C'était logique. Ubba remplaçait son frère défunt, Halfdan, et menait d'évidence une autre armée de Danes sur le Wessex, mais pour le moment je ne m'en souciais guère. Je voulais seulement retrouver mon épouse et mon fils.

– Le Defnascir, répétai-je. C'est là que ce coquin est parti. Et c'est là que nous irons demain.

J'étais certain qu'Odda avait choisi un abri sûr : son domaine. Non parce qu'il craignait ma vengeance – il me croyait mort –, mais parce qu'il redoutait les Danes. Moi, je craignais que ceux-ci ne l'aient repéré durant sa fuite.

– Toi et moi ? demanda Leofric.

– Non, nous allons prendre l'*Heahengel* et un équipage au complet et en armes.

– Par ce temps ? interrogea-t-il, dubitatif.

– Le vent faiblit, affirmai-je.

C'était vrai. Il continuait à siffler dans le chaume et à faire claquer les volets, mais il se calma un peu le lendemain matin. Guère, car les eaux d'Hamtun étaient encore parsemées d'écume et de petites vagues rageuses s'abattaient sur le rivage, laissant prévoir que la mer serait grosse et agitée au-delà de la Solente. Mais il y avait des éclaircies entre les nuages, le vent était passé à l'est et je n'étais pas d'humeur à attendre. Deux des hommes d'équipage, marins de leur état, tentèrent de me dissuader de cette expédition. Ils connaissaient ce temps, disaient-ils, l'orage allait revenir. Mais je refusai de les croire et ils acceptèrent de venir, je le leur accorde, tout comme le père Willibald ; c'était fort courageux de sa part, puisqu'il détestait naviguer et n'avait jamais connu une mer aussi agitée.

L'*Heahengel* tressautait dans des gerbes d'écume et filait. Nous passâmes au bout de Wiht les hauts rochers blancs appelés les Nædles, et nous affrontâmes une mer démontée. Pourtant, l'*Heahengel* poursuivit sa route, puis le vent fléchit et le soleil perça entre les nuages noirs, faisant scintiller la mer. Leofric poussa soudain un cri.

Comme moi, les Danes devaient se hâter de rejoindre Guthrum, car la flotte tout entière quittait la Poole et contournait le cap rocheux pour aller tout comme nous vers l'ouest. Soit ils allaient au Defnascir, soit ils avaient l'intention de passer le Cornwalum pour retrouver Ubba aux Galles.

– Tu veux leur chercher noise ? me demanda Leofric d'un ton sombre.

Je pesai sur le gouvernail pour mettre cap au sud.

– Nous allons les contourner par le large.

Nous avions vent en poupe et c'était un plaisir de manœuvrer le navire sur une mer tumultueuse. Je doute qu'il était partagé par les hommes qui devaient écoper. C'est d'ailleurs l'un d'eux, regardant à l'arrière, qui donna l'alerte. Je me retournai et vis un grain s'annoncer au-dessus des vagues. Une partie du ciel était noire de pluie et la tempête gagnait sur nous, si rapide que Willibald, qui vomissait, cramponné au bastingage, tomba à genoux, se signa et se mit à prier.

– Abaissez la voile ! criai-je à Leofric.

Il se précipita en titubant, mais trop tard, bien trop tard, car la tempête s'abattait déjà sur nous comme un mur de boucliers.

Alors qu'un instant plus tôt le soleil brillait, nous étions maintenant comme un jouet entre les mains du diable. Le navire frémit, eau, vent et obscurité nous enveloppèrent dans leur tourbillon, et l'*Heahengel* gîta par le travers. Je ne pouvais rien faire pour le redresser et je vis Leofric se débattre sur le pont tandis que la mer nous submergeait par tribord.

– Écopez ! criai-je vainement. Écopez !

C'est alors qu'avec un fracas déchirant la grand-voile fut déchiquetée en lambeaux qui fouettèrent le pont. Le navire se redressa lentement, mais il avait pris l'eau et je dus peser de toutes mes forces pour virer de bord. Pendant ce temps, les hommes priaient, se signaient et écopaient, tandis que les restes de la voile et les cordages battaient l'air comme des démons et que la tempête hurlait. Je songeai soudain que cela aurait été un bien piètre destin que de mourir en mer juste après que Ragnar m'eut sauvé la vie.

Nous réussîmes malgré tout à sortir six rames et, avec deux hommes pour chacune, nous nous enfonçâmes dans ce tourbillon bouillonnant. Nul ordre ne fut donné, car aucune voix ne pouvait se faire entendre dans ce vent hurlant qui fouettait la mer en faisant jaillir des panaches d'écume blanche. D'énormes vagues se dressaient, mais l'*Heahengel* les chevauchait et leur crête menaçait de nous submerger. Je vis alors le mât trembler, ses haubans s'écarter, je poussai vainement un cri, et l'immense tronc de pin se brisa. Le mât cogna contre la coque et tressauta, car il était encore retenu par un entrelacs de cordes de peau de phoque. Leofric ramassa une hache dans la cale inondée et commença à les trancher, mais je lui criai à pleins poumons d'arrêter. En effet, le mât, encore attaché au navire et flottant derrière nous avec sa grand vergue et les restes de la voile, semblait nous stabiliser. Il maintenait l'*Heahengel* contre vents et marées, laissant les grosses vagues rouler sous la coque, et nous pûmes enfin reprendre notre souffle. Nous nous regardâmes, interdits, stupéfaits d'être encore en vie, et je pus même lâcher le gouvernail. J'avais mal partout. J'étais trempé jusqu'aux os et glacé, mais je n'y prêtai pas attention.

Leofric vint me rejoindre. La proue de l'*Heahengel* faisait face à l'est, mais nous voguions vers l'ouest, entraînés par le vent et les courants. Je me retournai et désignai le rivage à Leofric.

Les Danes faisaient naufrage. L'un après l'autre, les navires étaient repoussés vers la côte. Quelques-uns parvinrent à doubler le cap et d'autres à ramer pour éviter les falaises, mais la plupart étaient condamnés. Nous ne les vîmes pas périr, mais je n'eus aucune peine à imaginer le fracas des coques contre les rochers, l'eau bouillonnante défonçant les planches, le vent, les vagues et les débris s'abattant sur les hommes pour les engloutir, les proues sculptées de dragons fendues en deux et le château du dieu de la mer se remplissant des âmes des guerriers. Ils avaient beau être des ennemis, je crois qu'aucun d'entre nous n'éprouva d'autre sentiment que de la pitié. La mer n'offre qu'une mort glacée et solitaire.

Ragnar et Brida. Je fixais la flotte, incapable de distinguer un navire de l'autre dans la pluie et les vagues. Ils furent peu nombreux à s'en sortir, leurs équipages ramant désespérément, mais tous étaient surchargés, transportant les soldats dont les chevaux étaient morts, transportant toute une armée vers une destination inconnue. Et cette armée était en train de périr.

Nous étions à présent au sud du cap, et un navire dane, plus petit que le nôtre, se rapprocha de nous. Le barreur nous adressa un sourire lugubre, comme pour signifier que nous n'avions plus qu'un seul ennemi commun, la mer. Le Dane dériva devant nous, car il n'était pas ralenti comme nous par un mât brisé. Une pluie cruelle nous accablait en sifflant, décuplée par le vent, et la mer était jonchée de planches, vergues brisées, proues déchiquetées, longues rames, boucliers et cadavres. Je vis un chien se débattre, les yeux révulsés, et l'espace d'un instant, je crus que c'était Nihtgenga, puis je vis qu'il avait des oreilles noires, alors que celui de Brida les avait blanches.

L'*Heahengel* se dressait sur chaque vague, piquait du nez dans les creux et tremblait comme s'il était vivant à chaque choc, mais il tint bon. C'était un navire solide qui nous protégea, tandis que le père Willibald priait et que nous assistions au naufrage de la flotte dane. Curieusement, il n'avait plus le mal de mer. Certes, il était pâle et se sentait fort mal, mais alors que la tempête s'acharnait sur nous, il avait cessé de vomir et vint même me retrouver en se cramponnant à la barre.

– Qui est le dieu dane de la mer ? me demanda-t-il dans les hurlements du vent.

– Njorð ! criai-je.

– Prie-le, sourit-il, et je prierai Dieu.

– Si Alfred vous entendait, jamais vous ne seriez évêque !

– Je ne le deviendrai que si nous nous en sortons. Alors, prie !

Je priai et lentement, comme à contrecœur, la tempête s'apaisa. Des nuages bas filaient au-dessus de la mer démontée, mais le vent baissa et nous pûmes couper les cordages qui retenaient le mât, sortir de nouveau les rames et mettre cap à l'ouest dans les débris d'une flotte de guerre anéantie. Nous rattrapâmes les plus petits navires danes et je m'en rapprochai pour les héler l'un après l'autre par-dessus les vagues.

– Vous avez vu la *Vipère de Vent* ?

– Non, criaient-ils.

Non. Toujours la même réponse. Nous continuâmes notre route à la rame, mât abattu, laissant les Danes derrière nous et, alors que la nuit tombait et qu'un rai de soleil couchant filtrait comme un filet de sang entre les nuages, je dirigeai l'*Heahengel* vers l'embouchure de l'Uisc. Une fois le cap passé, la mer se calma et nous ramâmes, soudain sauvés, le long du banc de sable, puis dans la rivière. Je pus alors contempler les collines assombries où se trouvait Oxton, et je n'y vis nulle lumière.

Nous échouâmes l'*Heahengel*, et je descendis à terre en chancelant, tandis que certains tombaient à genoux et baisaient la terre et que d'autres faisaient le signe de croix. Il y avait dans le vaste estuaire un petit port et quelques maisons. Nous y entrâmes, demandâmes qu'on allume le feu et qu'on nous apporte à manger. Puis, dans l'obscurité, je ressortis et vis des lumières en amont. Je me rendis compte que c'étaient des torches allumées à bord des navires danes rescapés qui remontaient la rivière vers Exanceaster. Je savais que c'était là qu'allait Guthrum, que les Danes s'y trouvaient, que les survivants de la flotte allaient renforcer son armée et qu'Odda le Jeune, s'il était encore en vie, avait peut-être essayé de se rendre.

Avec Mildrith et mon fils. Je portai la main à mon amulette et priai pour qu'ils soient encore en vie.

Puis, alors que les silhouettes des navires s'éloignaient, je m'endormis.

Au matin, nous tirâmes l'*Heahengel* dans le petit port, où il put reposer sur la vase à marée basse. Nous étions quarante-huit, épuisés mais en vie. Nous gagnâmes Oxton par les bois remplis de campanules. Pensais-je y trouver Mildrith ? Je le crois, oui, mais elle n'y était pas. Je ne trouvai qu'Oswald, le régisseur, et les serfs, mais personne ne savait rien.

Leofric insista pour que nous passions une journée à sécher nos vêtements, affûter nos armes et nous remplir la panse, mais je n'étais pas d'humeur à me reposer. Je pris donc deux hommes, Cenwulf et Ida, et remontai vers Exanceaster. Le long de la rive, les villages étaient abandonnés, car leurs habitants avaient appris la venue des Danes et s'étaient réfugiés dans les collines. Nous y montâmes donc pour leur demander ce qui s'était passé, mais ils savaient seulement qu'il y avait des navires vikings sur la rivière, ce que nous pouvions voir nous-mêmes. Nous les comptâmes. Ils étaient près de quatre-vingt-dix, soit la moitié de la flotte de Guthrum. Je tentai de repérer la *Vipère*, mais nous étions trop loin.

Guthrum le Malchanceux. Comme il était bien nommé. Il avait failli de peu mériter un plus glorieux surnom, mais les dieux de la mer l'avaient terrassé. Pourtant, l'armée dane était encore puissante et, pour le moment, à l'abri derrière les murs de pierre d'Exanceaster.

Des hommes en armes marchaient sur la route qui menait aux landes de Cornwalum. Il m'apparut que c'étaient des Angles et nous sortîmes donc du bois, nos boucliers sur le dos pour montrer que nous venions en paix.

Ils étaient dix-huit, menés par un thane nommé Withgil qui avait commandé la garnison d'Exanceaster et perdu la plupart de ses hommes dans l'attaque de Guthrum. Il raconta sa défaite à contrecœur. Withgil prétendait avoir tenu depuis le fort situé au centre de la cité, mais à voir la gêne de ses soldats ils n'avaient guère résisté. La vérité était sans doute que Withgil avait tout simplement pris la fuite.

– Odda était là ? demandai-je.

– L'ealdorman Odda ? Bien sûr que non.

– Où était-il ?

Withgil me regarda comme si je venais de la lune.

– Au nord, voyons.

– Au nord du Defnascir ?

– Il est parti il y a une semaine. À la tête de la fyrd.

– Contre Ubba ?

– Ce sont les ordres du roi, dit Withgil.

Apparemment, Ubba avait abordé loin à l'ouest du Defnascir. Comme il était passé avant la tempête, son armée devait être indemne, et Odda avait reçu ordre de lui barrer le chemin du Wessex. Odda le Jeune avait dû rejoindre son père. En conséquence, Mildrith devait être là-bas. Je demandai à Withgil s'il avait vu Odda le Jeune, mais il n'avait eu aucune nouvelle de lui.

– Combien d'hommes compte Ubba ? demandai-je.

– Beaucoup, répondit-il.

Ce n'était guère précis, mais il n'en savait pas plus.

– Mon seigneur ! coupa Cenwulf en me désignant l'est.

Je vis des cavaliers apparaître dans les plaines qui s'étendaient entre la rivière et la colline d'Exanceaster. Ils étaient nombreux, suivis d'un porte-bannière. Bien qu'ils fussent trop loin pour que je puisse en distinguer le symbole, je vis le vert et le blanc de l'oriflamme saxon. Alfred était donc arrivé ? Je n'avais nulle envie de traverser la rivière pour vérifier. Seule m'intéressait ma quête de Mildrith.

La guerre se déroule dans le mystère. La vérité peut prendre des journées pour arriver, et en avant-coureur il y a les rumeurs. Il est toujours difficile de savoir ce qui se passe vraiment, et toute la finesse consiste à extirper l'os net des faits de la chair corrompue des mensonges et de la peur.

Que savais-je donc ? Que Guthrum avait rompu la trêve et pris Exanceaster, et qu'Ubba était au nord du Defnascir. Cela laissait à penser que les Danes tentaient de réussir là où ils avaient échoué l'année précédente : diviser les forces saxonnes. Pour empêcher cela, la *fyrd* du Defnascir avait reçu ordre de contrer Ubba. La bataille avait-elle eu lieu ? Odda était-il encore en vie ? Et son fils ? Et Mildrith et mon enfant ? Connaissant Ubba et Odda, je misais sur une victoire du premier. C'était un grand guerrier, un homme légendaire parmi les Danes, alors qu'Odda était un vieil homme usé et tatillon.

– Partons au nord, dis-je à Leofric quand nous revînmes à Oxton.

Je n'avais nul désir de voir Alfred. Il m'ordonnerait sans le moindre doute de me joindre à ses troupes et je devrais ronger mon frein, accablé par l'inquiétude. Aussi, le lendemain matin, sous un soleil printanier, l'équipage de l'*Heahengel* partit vers le nord.

La guerre faisait rage entre les Danes et le Wessex. La mienne se jouait contre Odda le Jeune et je me savais mû par l'orgueil. Les prêtres prétendent que c'est un grand péché, mais ils se trompent. L'orgueil construit l'homme, l'orgueil le pousse, et c'est le bouclier qui protège sa réputation. Les Danes comprenaient cela. Les hommes meurent, disaient-ils, mais la réputation est immortelle.

Que cherchons-nous chez un seigneur ? La puissance, la générosité, l'opiniâtreté et la réussite – et un homme ne devrait-il pas s'enorgueillir de cela ? Montrez-moi un guerrier humble, et je verrai un cadavre. Alfred prêchait l'humilité, se piquant d'apparaître à l'église pieds nus, prosterné devant l'autel, mais il était orgueilleux. Les hommes le craignaient, comme chacun doit redouter un seigneur. Et moi, je marchais vers le nord, car mon orgueil était menacé. Ma femme et mon enfant m'avaient été enlevés, et j'allais les reprendre. Et si leur ravisseur leur avait fait du mal, je me vengerais et la puanteur du sang de cet homme me ferait craindre plus encore. Le Wessex pouvait bien tomber, je ne m'en souciais plus. Et nous partîmes, contournant Exanceaster par un tortueux sentier à bétail s'enfonçant dans les collines, pour atteindre Twyfyrde, un petit village abritant les réfugiés d'Exanceaster. Aucun d'eux n'avait vu Odda le Jeune ni eu de ses nouvelles, pas plus qu'entendu parler d'une bataille dans le nord. Mais un prêtre prétendit que la foudre était tombée par deux fois la nuit précédente : selon lui, c'était le signe que Dieu avait frappé les païens.

De Twyfyrde, nous prîmes les chemins qui longeaient la vaste lande, traversant de splendides régions de profondes forêts et de collines. Nous aurions été plus rapides à cheval, mais les rares bêtes que nous croisâmes étaient vieilles, malades et en nombre insuffisant. Nous allions donc à pied, et nous dormîmes cette nuit-là dans une profonde combe couverte de fleurs. Les oiseaux de l'aube nous réveillèrent et nous continuâmes notre chemin parmi les fleurs de mai. Dans l'après-midi, nous arrivâmes aux collines et, en croisant des gens qui avaient fui la côte, emmenant famille et bétail, nous devinâmes que nous approchions des Danes.

Je l'ignorais, mais les trois Nornes s'affairaient à filer mon destin. Elles tressaient leurs fils, de plus en plus serrés, pour faire de moi ce que je suis ; mais en regardant les environs du sommet de cette haute colline, je ne ressentis qu'un frisson de crainte.

Les fuyards nous racontèrent que les Danes étaient venus des Galles par la large mer de Sæfern. Les vaisseaux d'Ubba étaient restés inexplicablement dans le port de Beardastopol, alors que le temps s'était éclairci. Je devinai qu'Ubba, qui ne faisait jamais rien sans l'approbation des dieux, avait jeté les bâtons de runes, jugé leur verdict néfaste, donc attendu que les augures soient meilleurs. Depuis, les runes avaient dû être favorables, car son armée s'était mise en route. Je comptai trente-six vaisseaux, soit probablement une armée de douze à treize cents hommes.

– Où vont-ils ? demanda l'un des nôtres.

– À l'est, grommelai-je.

À l'est, à l'intérieur du Wessex. Vers le cœur prospère du dernier royaume d'Anglie. Alfred serait contraint de se retourner contre eux, et c'est alors que l'armée de Guthrum arriverait d'Exanceaster et prendrait l'ost de Wessex entre deux feux.

Nous partîmes à l'est, en restant sur les hauteurs pour ne pas nous faire repérer. Cette nuit-là, je vis les vaisseaux d'Ubba aborder et des feux s'embraser dans le camp dane. Nous reprîmes notre route à l'aube, si bien qu'à midi nous apercevions déjà les premières forces saxonnes. C'étaient des cavaliers, probablement envoyés épier l'ennemi, qui se repliaient devant l'avance des Danes. Nous continuâmes jusqu'aux collines qui surplombaient une rivière se jetant dans la mer de Sæfern, et de là nous découvrîmes que Odda avait pris position dans un fort nommé Cynuit. Il était vieux, ce fort. Le père Willibald déclara qu'il était plus ancien que les Romains et déjà vieux quand le monde était jeune. Il était constitué de talus de terre érigés sur une colline, au pied de laquelle était creusé un fossé. Le temps avait fait son œuvre, comblant le fossé et rabotant les talus, l'herbe avait poussé sur les remparts et d'un côté, le mur était presque réduit à rien. Mais c'était une forteresse.

Je ne me dirigeai pas immédiatement vers le fort. Je m'arrêtai sous le couvert des arbres et m'équipai pour la bataille, devenant l'ealdorman Uhtred dans toute sa splendeur guerrière. Par-dessus la cotte de mailles que les serfs d'Oxton avaient polie avec du sable, je ceignis mon harnais pour Souffle-de-Serpent et Dard-de-Guêpe. J'enfilai de hautes bottes, me coiffai de mon casque resplendissant, pris mon bouclier à bosse d'acier. Quand tout fut bien fixé, j'eus l'impression d'être un dieu prêt à la guerre. Mes hommes s'équipèrent, lacèrent leurs bottes, éprouvèrent le tranchant de leurs épées, et même le père Willibald se coupa un bâton dans un bon morceau de frêne assez solide pour briser le crâne d'un homme.

– Nous n'aurons pas besoin de nous battre, lui dis-je.

– Nous le devons, désormais, mon seigneur. (Il recula d'un pas et me toisa avec un sourire.) Tu as grandi.

– Comme tout le monde, mon père.

– Je me rappelle la première fois où je t'ai vu. Un enfant. Maintenant, tu m'effraies.

– Espérons que l'ennemi aussi aura peur, répliquai-je, ne sachant pas moi-même si je voulais parler d'Odda ou d'Ubba.

Je regrettais de ne pas avoir ma bannière de Bebbanburg, la tête de loup aux babines retroussées, mais j'avais mes épées et mon bouclier et je sortis du bois à la tête de mes hommes pour traverser les champs et rejoindre le campement de la *fyrd* du Defnascir.

À environ un mille sur notre gauche, les Danes quittaient la route côtière et se précipitaient pour encercler la colline de Cynuit, mais ils arriveraient trop tard pour croiser notre chemin. À droite, d'autres Danes, sur leurs navires à proues de dragon, remontaient la Pedredan.

– Ils nous dépassent en nombre, dit Willibald.

– Oui, opinai-je.

Des cygnes nageaient sur la rivière, des râles des genêts caquetaient dans les haies et la prairie était jonchée de fleurs pourpres. C'était l'époque de l'année où nous aurions dû faucher les foins et tondre les moutons. *Je n'ai pas besoin d'être ici*, pensai-je. *Je n'ai pas à gravir cette colline où les Danes viendront nous tuer*. Je considérai mes hommes en me demandant s'ils pensaient comme moi, mais ceux qui croisèrent mon regard se contentèrent de sourire ou de hocher la tête, et je me rendis brusquement compte qu'ils me faisaient confiance. Mais Leofric comprit le danger et arriva à ma hauteur.

– Il n'y a qu'un chemin pour gagner le sommet de cette colline, dit-il à mi-voix.

– Je sais.

– Si nous ne pouvons nous en sortir, nous resterons ici. Nous y finirons enterrés.

– Je sais, répétai-je.

Je songeai aux Nornes et je sus qu'elles tiraient sur les fils. Je contemplai le flanc de Cynuit, et je vis des femmes tout en haut. Mildrith devait être parmi elles et si je gravissais cette colline, c'était parce que je ne savais pas où la chercher en dehors d'ici.

Mais les fileuses m'envoyaient à cette vieille forteresse pour une tout autre raison. Je n'avais pas encore combattu dans le grand mur de boucliers, avec les guerriers, dans le tumulte et l'horreur d'une vraie bataille. La colline de Cynuit était la route menant à l'homme accompli et je la pris parce que je n'avais pas le choix : les Nornes m'y envoyaient.

Soudain, un grondement s'éleva sur notre droite, au fond de la vallée de la Pedredan. Je vis une bannière se dresser auprès d'un navire qui avait accosté. C'était celle du corbeau, la bannière d'Ubba.

– Vous voyez ce navire ? dis-je à Willibald en lui désignant l'oriflamme. Il y a dix ans, je l'ai nettoyé. Raclé, poncé et nettoyé. J'avais dix ans.

– C'était le même bateau ? demanda-t-il.

– Je ne sais pas.

Peut-être était-ce un autre. Cela n'avait pas d'importance. Tout ce qui comptait, c'est qu'il avait amené Ubba. À Cynuit.

Les hommes du Defnascir avaient formé une ligne à l'endroit où le rempart du vieux fort s'était effondré. Un petit nombre étaient armés de pelles et essayaient de creuser le talus, mais ils n'auraient pas le temps de terminer si Ubba attaquait. Je passai entre eux en les repoussant de mon bouclier, sans prêter attention à leurs questions, et nous arrivâmes au sommet de la colline, où flottait la bannière d'Odda, ornée d'un cerf noir.

J'ôtai mon casque et le jetai au père Willibald. Puis je dégainai Souffle-de-Serpent, car je venais de voir Odda le Jeune auprès de son père, qui me fixait comme si j'étais un revenant – et pour lui, ce devait être le cas.

– Où est-elle ? criai-je en pointant mon épée sur lui. Où est-elle ?

Les courtisans d'Odda tirèrent leurs épées et levèrent leurs lances, tandis que Leofric dégainait la sienne, Tueuse-de-Danes.

– Non ! cria le père Willibald en se précipitant, son bâton dans une main et mon casque dans l'autre. Non !

Je le repoussai et rejoignis Odda le Jeune.

– Où est-elle ?

Odda le Jeune portait une cotte de mailles si polie qu'elle était éblouissante. Son casque était incrusté d'argent, ses bottes munies de plaques d'acier, et une cape bleue couvrait ses épaules, retenue par une magnifique broche d'or et d'ambre.

– Où est-elle ? demandai-je pour la quatrième fois, mon épée à une main de sa gorge.

– Ta femme est à Cridianton, répondit l'ealdorman Odda.

Son fils était trop terrifié pour ouvrir la bouche.

– Et mon fils ? demandai-je en fixant Odda le Jeune dans les yeux. Où est mon fils ?

– Ils sont tous les deux avec mon épouse à Cridianton, répondit l'ealdorman. En sécurité.

– Tu le jures ?

– Jurer ? répéta l'ealdorman, furieux, son hideux visage pourpre de colère. Tu oses me demander de jurer ? hurla-t-il en dégainant son épée. Nous pourrions te trancher en deux comme un chien, ajouta-t-il.

Les épées de ses hommes frémirent.

De la mienne, je désignai la rivière.

– Tu sais à qui appartient cette bannière ? demandai-je, haussant la voix pour qu'une bonne partie de l'assemblée m'entende. C'est la bannière au corbeau d'Ubba. Je l'ai vu à la bataille. Je l'ai vu piétiner des hommes, les repousser dans la mer, leur ouvrir le ventre et leur couper la tête. Je l'ai vu patauger dans leur sang et le faire chanter avec son épée. Et tu voudrais tuer celui qui est prêt à le combattre à tes côtés ? Fais-le, alors, dis-je en écartant les bras et en exposant ma poitrine. Fais-le ! crachai-je. Mais avant, jure que ma femme et mon fils sont sains et saufs.

Il finit par baisser son épée.

– Ils le sont. Je le jure.

– Et cette bête ne l'a point touchée ? repris-je en désignant son fils de mon épée.

L'ealdorman regarda son fils qui secoua la tête.

– Je jure que non, dit Odda le Jeune, qui avait retrouvé sa voix. Nous te croyions mort et je voulais la sauver. C'est tout, je le jure.

Je rengainai Souffle-de-Serpent.

– Tu dois à mon épouse dix-huit shillings, ajoutai-je à l'intention de l'ealdorman avant de tourner les talons.

J'étais venu à Cynuit. Je n'avais pas besoin d'être sur cette colline. Mais j'y étais. Parce que la destinée est tout.

Chapitre 11

L'ealdorman Odda refusa de combattre. Il voulait laisser Ubba l'assiéger. Selon lui, c'était suffisant.

– Si nous retenons les Danes ici, assena-t-il, Alfred pourra les attaquer.

– Alfred, fis-je remarquer, est en train d'assiéger Exanceaster.

– Il laissera ses hommes surveiller Guthrum, répondit Odda, hautain. Et il viendra ici.

Il n'aimait pas converser avec moi, mais j'étais ealdorman et il ne pouvait m'empêcher d'assister à son conseil de guerre où siégeaient des prêtres, son fils et une dizaine de thanes que mes commentaires irritaient. Je répétais qu'Alfred ne viendrait pas en renfort et Odda refusait de quitter sa colline parce qu'il était convaincu du contraire. Ses thanes, tous de solides gaillards en lourdes cottes de mailles et aux visages fermés et burinés, l'approuvaient. L'un d'eux murmura qu'il fallait protéger les femmes.

– Il ne devrait point y en avoir ici, dis-je.

– Mais il y en a, répondit-il sans s'émouvoir.

Au moins une centaine de femmes avaient suivi leurs époux et se trouvaient maintenant sur la colline où rien ne les protégeait, ni elles ni les enfants.

– Et même si Alfred vient, demandai-je. Combien de temps cela lui prendra-t-il ?

– Deux jours ? avança Odda. Trois ?

– Et que boirons-nous en attendant ? De la pisse d'oiseau ?

Ils posèrent tous sur moi un regard flamboyant de haine, mais j'avais raison, car il n'y avait nulle source à Cynuit. L'eau la plus proche était la rivière, dont les Danes nous barraient la route. Odda comprenait fort bien que nous serions d'abord assaillis par la soif, mais il refusa de bouger.

Les Danes étaient tout aussi prudents. Ils nous étaient supérieurs en nombre, mais de peu, et nous tenions une position élevée, ce qui les obligerait à attaquer le long de l'abrupt flanc de Cynuit. Peut-être cette prudence était-elle renforcée par le sorcier d'Ubba, Storri, si celui-ci était encore en vie. Quoi qu'il en soit, au lieu de former un mur de boucliers pour attaquer la vieille forteresse, Ubba posta ses hommes en cercle autour de Cynuit, puis, avec cinq de ses capitaines, il gravit la colline. Il ne portait ni épée ni bouclier, indiquant qu'il voulait parlementer.

L'ealdorman Odda, son fils, deux thanes et trois prêtres allèrent à sa rencontre et, puisque j'étais ealdorman, je les suivis. Odda me jeta un regard mauvais, mais une fois de plus il ne put me l'interdire. Ubba ne prit la peine ni de nous saluer, ni de perdre son temps dans les habituelles insultes rituelles. Il se contenta de nous déclarer que nous étions pris au piège et que le plus sage était de nous rendre.

– Je prendrai des otages et vous laisserai la vie.

L'un des prêtres d'Odda lui traduisit ses exigences. J'observai Ubba. Il me parut vieilli, avec sa barbe grisonnante, mais il était toujours aussi effrayant, avec son large poitrail, son arrogance et sa dureté.

Odda était manifestement terrifié. Il s'efforça de prendre un air de défi et rétorqua qu'il resterait là où il était et mettait sa foi dans l'unique véritable dieu.

– Dans ce cas, je te tuerai, répondit Ubba.

– Tu peux essayer, dit Odda.

C'était une bien piètre réponse, et Ubba cracha de mépris. Il allait tourner les talons quand je pris la parole, en langue dane.

– La flotte de Guthrum est anéantie, dis-je. Njord a surgi des profondeurs et il a entraîné ses vaisseaux jusqu'au fond de la mer. Tous ces braves sont allés rejoindre Ran et Ægir. (Je sortis mon amulette et la brandis.) Je dis la vérité, seigneur Ubba. J'ai vu la flotte périr, et ses hommes engloutis par les vagues.

Il posa sur moi son regard impitoyable et je sentis la fureur dans son cœur comme la chaleur d'une forge. Je la sentais, mais je percevais aussi sa peur, non de nous, mais des dieux. Je connaissais sa superstition et j'avais, à dessein, évoqué les dieux en racontant le naufrage de la flotte.

– Je te connais, gronda-t-il en pointant sur moi deux doigts pour conjurer le sort de mes paroles.

– Et je te connais aussi, Ubba fils de Lothbrokson, dis-je en lâchant l'amulette et en levant trois doigts. Ivar est mort, continuai-je en pliant un doigt. Halfdan aussi, dis-je en pliant le deuxième. Il ne reste plus que toi. Qu'ont dit les runes ? T'ont-elles prédit qu'à la nouvelle lune il n'y aura plus de frère Lothbrok à Midgard ?

J'avais fait mouche car instinctivement, Ubba porta la main à son amulette. Le prêtre traduisait à mi-voix, et Odda me fixait avec de grands yeux étonnés.

– Est-ce pour cela que tu veux que nous nous rendions ? demandai-je à Ubba. Parce que les runes disent que nous ne pourrons être tués au combat ?

– Je te tuerai, dit Ubba. Je t'éventrerai du nombril au gosier. Et je t'éparpillerai comme déchets.

Je me forçai à sourire, et c'était difficile quand Ubba proférait des menaces.

– Tu peux essayer, mais tu échoueras. J'ai tiré les runes, Ubba. Je les ai interrogées à la pleine lune cette nuit et je sais.

Il était furieux, car il croyait à mon mensonge. Il voulut faire semblant de ne pas me croire, mais l'espace d'un instant il ne put que me regarder, terrifié.

– Tu es le garçon de Ragnar, dit-il, me reconnaissant enfin.

– Et Ragnar l'Intrépide me parle, proférai-je. Il m'appelle depuis le séjour des morts. Il crie vengeance, Ubba, vengeance sur les Danes, car Ragnar a été traîtreusement tué par l'un des siens. Je suis son messager, désormais je parle pour les morts et je suis venu te chercher.

– Je ne l'ai pas tué ! gronda Ubba.

– Peu importe à Ragnar, dis-je. Il veut simplement être vengé, et pour lui une vie dane en vaut une autre. Interroge les runes et rends-nous ton épée. Tu es maudit, Ubba.

– Et toi, tu es une crotte de fouine, dit-il.

Et sur ces mots, il tourna les talons précipitamment.

Odda me regardait toujours, bouche bée.

– Tu le connais ? me demanda-t-il.

– Je le connais depuis que j'ai dix ans, répondis-je en regardant le chef des Danes s'éloigner. (Je songeais que j'aurais préféré combattre aux côtés d'Ubba que de l'affronter, mais les Nornes en avaient décidé autrement.) Depuis mes dix ans, continuai-je. Et ce que je sais de lui, c'est qu'il craint les dieux. Maintenant, il a peur. Tu peux l'attaquer et le courage l'abandonnera, car il est convaincu de perdre la bataille.

– Alfred va venir, dit Odda.

– Alfred surveille Guthrum, répondis-je. (Je n'en étais pas certain, bien sûr, mais je doutais qu'il laisse le Wessex à Guthrum.) Il ne viendra pas, et nous mourrons de soif avant qu'Ubba nous attaque.

– Nous avons de l'eau, intervint son fils d'un ton boudeur. Et de l'ale.

– À peine pour une journée, dis-je avec mépris.

En voyant l'expression de son père, je sus que j'avais raison.

Odda contempla la vallée de la Pedredan. Il mourait d'envie de voir les troupes d'Alfred, le scintillement du soleil sur les lances, mais il ne vit rien que les arbres qui ondoyaient sous le vent.

Odda le Jeune sentit l'inquiétude de son père.

– Nous pouvons attendre deux jours, insista-t-il.

– La mort ne sera pas plus douce au bout de deux jours, répondit Odda d'un ton sombre. À l'aube, dit-il sans me regarder. Nous attaquerons à l'aube.

Nous dormîmes tout harnachés. Du moins tentâmes-nous de dormir malgré les cottes de cuir ou de mailles, ceinturons, casques et armes à portée de main, et nous n'allumâmes point de feu, car Odda ne voulait pas que l'ennemi sache que nous étions prêts à la bataille. Les feux des Danes nous encerclaient, plus nombreux près de Cantucton où se trouvait le campement de Guthrum. Près des navires danes, leurs flammes se reflétaient sur les figures de proue dorées et peintes. Depuis les remparts, j'observais les quelques Danes qui montaient la garde, allant de feu en feu sous les proues sculptées, et je priais pour que la *Vipère* soit parmi ces longs navires élancés.

Je pensais aux boucliers, aux Danes, aux épées et à la peur. À mon fils que je n'avais jamais vu et à Ragnar l'Intrépide, me demandant s'il me regardait depuis le Valhalla. Je craignais d'échouer lorsque, enfin, je serais dans le mur de boucliers. Je n'étais pas le seul à ne point trouver le sommeil car, au cœur de la nuit, un homme monta sur le talus et me rejoignit. C'était l'ealdorman Odda.

– Comment connais-tu Ubba ? me demanda-t-il.

– J'ai été capturé par les Danes et élevé parmi eux. Ils m'ont appris à me battre. C'est Ubba qui m'a donné ceci, dis-je en montrant l'un de mes bracelets.

– Tu as combattu pour lui ? demanda Odda, plus curieux qu'accusateur.

– J'ai combattu pour survivre, répondis-je, évasif.

Il contempla les reflets de la lune sur la rivière.

– Quand il s'agit de se battre, dit-il, les Danes ne sont point sots. Ils s'attendent à une attaque à l'aube. (Je ne répondis rien, me demandant si les craintes d'Odda ne le faisaient pas changer d'avis.) Et ils nous dépassent en nombre.

Je ne répondais toujours pas. La peur travaille un homme, et il n'est pire crainte que celle du mur de boucliers. Cette nuit-là, la peur m'envahissait, car je n'avais jamais combattu d'homme à homme sur un champ de bataille. J'étais à la colline d'Æsc, et dans les autres batailles de ce lointain été, mais je n'avais pas fait partie du mur de boucliers. *Demain,* pensai-je, *demain.* Et comme Odda, je souhaitais que l'armée d'Alfred arrive en renfort, mais je savais qu'il n'en serait rien.

– Ils nous dépassent en nombre, répéta Odda. Et certains de mes hommes n'ont que des faucilles pour armes.

– Une faucille peut tuer, dis-je. (C'était une sottise : je n'aurais pas voulu affronter un Dane si je n'avais été muni que d'une faucille.) Combien sont correctement armés ?

– La moitié, je pense.

– Alors, ils seront en première ligne. Les autres ramasseront les armes des ennemis tombés.

Je ne savais pas ce que je disais, mais j'avais l'air sûr de moi. La peur travaille un homme, mais l'assurance combat la peur.

Odda se tut et contempla les silhouettes des navires.

– Ta femme et ton fils vont bien, dit-il enfin.

– Tant mieux.

– Mon fils n'a agi que pour les sauver.

– En espérant que j'étais mort.

Il haussa les épaules.

– Mildrith est venue vivre avec nous après la mort de son père et il s'est épris d'elle. Il ne voulait causer nul mal et n'en a point fait. (Il tendit la main et, à la faible clarté de la lune, je vis au creux de sa paume une bourse en cuir.) Le reste du prix de l'épouse.

– Donne-le moi après la bataille, mon seigneur. Et si je meurs, donne-le à Mildrith.

Une chouette passa au-dessus de nous à tire-d'aile et je me demandai ce que signifiait cet augure. Au loin, bien au-delà de la Pedredan, un feu minuscule brillait. Cela aussi, c'était un augure, mais je fus incapable de le déchiffrer.

– Mes hommes sont vaillants, dit Odda, mais s'ils sont débordés sur leurs flancs ? (La peur le tenaillait toujours.) Ce serait préférable si Ubba attaquait.

– Ce serait préférable, certes, mais il n'en fera rien si les runes ne l'y contraignent pas.

La destinée est tout. Ubba le savait, et c'est pourquoi il lisait les signes des dieux. Je savais que la chouette était de ces signes. Elle avait volé au-dessus de nous, vers les navires danes, et rejoint le feu lointain sur le rivage de la Sæfern. Soudain, je me rappelai les quatre navires du roi Edmond arrivant sur la grève d'Estanglie et les flèches enflammées criblant les navires danes. Et je me rendis compte que je savais finalement déchiffrer les augures.

– Si les Danes sont débordés, ce sont eux qui mourront. C'est pourquoi nous devons les déborder.

– Comment ? demanda-t-il aigrement. (Il ne voyait que le massacre de l'aube : une attaque, un combat, une défaite. Mais moi, j'avais vu la chouette. Elle avait survolé les navires vers le feu, et c'était un signe. Il fallait brûler les vaisseaux.) Comment les déborderons-nous ? répéta Odda.

Je gardai le silence. Si je suivais l'augure, nous devrions diviser nos forces, et c'était l'erreur qu'avaient commise les Danes à la colline d'Æsc. Mais Odda était venu me trouver parce que j'avais défié Ubba. J'étais le seul à Cynuit à avoir foi en la victoire et c'est ce qui fit de moi le chef, malgré mon âge. L'ealdorman Odda, qui aurait pu être mon père, quémandait mon soutien, à moi qui n'avais jamais combattu dans le grand mur de boucliers. Mais j'étais jeune, j'étais arrogant, et les augures m'avaient dit ce que je devais faire. Aussi m'en ouvris-je à Odda.

– As-tu jamais vu les *sceadugengan* ? demandai-je. (Pour toute réponse, il se signa.) Quand j'étais enfant, je rêvais d'eux. Je sortais la nuit et j'ai appris à me fondre en elle pour les rejoindre.

– Quel est le rapport avec l'aube ? demanda-t-il.

– Donne-moi cinquante hommes. Ils se joindront aux miens, et à l'aube nous attaquerons là-bas, dis-je en désignant les navires. Nous commencerons par brûler leurs vaisseaux.

Odda jeta un regard vers les feux les plus proches qui indiquaient les postes des sentinelles ennemies dans la prairie.

– Ils te verront arriver et tu seras accueilli.

Il ne pouvait concevoir que cent hommes descendent sur la crête du Cynuit, franchissent le cordon des sentinelles et traversent sans bruit le marais. Il avait raison.

– Quand les Danes verront brûler leurs vaisseaux, dis-je, ils courront à la rivière, et non à la prairie. Et les berges longent des marais. Ils ne pourront pas nous déborder là-bas.

– Tu n'atteindras jamais la berge, dit Odda, déçu de mon idée.

– Une ombre qui marche peut le faire. J'en suis capable, et lorsque le premier navire brûlera tous les Danes se précipiteront pour sauver leurs vaisseaux sur la rive. C'est alors que les cent hommes chargeront ; nous brûlerons d'autres navires et les Danes tenteront de nous tuer. (Je désignai la berge, montrant le chemin que suivraient les Danes sur la langue de terre jusqu'aux bateaux.) Et lorsqu'ils seront tous là, continuai-je, coincés entre la rivière et le marais, tu mèneras la *fyrd* pour les prendre à revers.

Odda contempla pensivement les navires. Dans une bataille de murs de boucliers, ce serait nos neuf cents hommes contre douze cents Danes. Au début nous aurions l'avantage, car nombre des soldats d'Ubba étaient postés autour de la colline et il leur faudrait du temps pour se joindre aux autres. Ce temps, nous le mettrions à profit pour opérer une percée dans leur camp. Mais ils se feraient plus nombreux, et alors commencerait le massacre, et les hommes de l'arrière, ceux armés seulement de faucilles, commenceraient à succomber.

Mais si je descendais la colline et brûlais leurs navires, les Danes se précipiteraient pour m'arrêter. Cela les obligerait à passer sur l'étroite langue de terre, et si les cent hommes commandés par Leofric me rejoignaient, nous pourrions retenir l'ennemi assez longtemps pour qu'Odda les prenne à revers. Ce seraient alors les Danes qui succomberaient, pris au piège entre Odda, mes hommes, le marais et la rivière. Tout comme l'armée de Northumbrie avait été prise au piège à Eoferwic. Certes, à la colline d'Æsc, l'armée qui s'était divisée avait été vaincue.

– Cela pourrait réussir, murmura Odda, sans conviction.

– Donne-moi cinquante hommes, le pressai-je. Des jeunes.

– Des jeunes ?

– Ils devront courir vite. Atteindre les vaisseaux avant les Danes, et cela à l'aube. (Je parlais avec une assurance que je n'éprouvais point, et je marquai une pause, attendant qu'il opine. Il ne broncha point.) Si tu es victorieux, mon seigneur, dis-je – et je ne l'appelai point seigneur parce qu'il était d'un rang plus élevé, mais parce qu'il était plus âgé –, tu auras sauvé le Wessex et Alfred te récompensera.

Il réfléchit un moment et ce fut peut-être la perspective d'une récompense qui le convainquit, car il hocha la tête.

– Je te donnerai cinquante hommes.

Ravn m'avait souvent conseillé, et toujours fort judicieusement ; mais là, dans le vent nocturne, je ne me rappelais que ce qu'il m'avait dit la première fois que je l'avais vu, et que je n'avais jamais oublié :

Ne te bats jamais contre Ubba, avait-il dit. *Jamais.*

Les cinquante hommes étaient commandés par le bailli du comté, Edor, un homme à l'air aussi dur que Leofric et qui, comme lui, avait combattu dans les grands murs de boucliers. Son arme favorite était un javelot court pour la chasse au sanglier, mais il portait aussi une épée à la ceinture. Comme Leofric, Edor avait accepté mon plan sans hésitation. Jamais il ne me serait venu à l'esprit qu'ils refusent, mais pourtant, en y repensant, je suis stupéfait que la bataille de Cynuit se soit déroulée selon les idées d'un jeune homme de vingt ans qui n'avait jamais participé à un massacre. Cependant, j'étais un seigneur, j'avais été élevé parmi les guerriers et j'avais l'arrogante assurance d'un homme né pour les combats. J'étais Uhtred, fils et petit-fils d'Uhtred, et nous n'avions pas défendu Bebbanburg en gémissant devant l'autel. Nous étions des guerriers.

Les hommes d'Edor et les miens se rassemblèrent derrière le rempart de Cynuit. Leofric était sur le flanc droit avec l'équipage de l'*Heahengel*. Je le lui avais demandé, car c'était là qu'Ubba enverrait ses hommes à l'attaque au bord de la rivière. Edor et les hommes du Defnascir étaient sur le flanc gauche et leur tâche, outre celle de tuer quiconque les croiserait sur les berges, était de dérober des braises dans les feux des Danes et de les jeter sur les autres navires.

– Ne tentons pas de brûler tous les vaisseaux, ordonnai-je. Il suffira d'en incendier quatre ou cinq. Cela attirera les Danes comme un essaim d'abeilles.

– Les abeilles piquent, lança une voix dans l'obscurité.

– As-tu peur ? demandai-je avec mépris. Ce sont eux qui ont peur ! Leurs augures sont défavorables, ils pensent qu'ils vont être défaits, et ils ne veulent surtout pas affronter les hommes du Defnascir dans l'aube blême. Nous les ferons hurler comme femmes, nous les tuerons et les enverrons dans l'enfer des Danes !

Voilà à quoi se borna mon discours avant la bataille. J'aurais dû parler davantage, mais j'étais inquiet, car je devais partir le premier, et seul. Leofric et Edor ne lanceraient les cent hommes que s'ils voyaient les Danes courir à leurs navires. Si je ne pouvais les incendier, les Danes vaincraient, le Wessex périrait et avec lui toute l'Anglie.

– Reposez-vous, maintenant, conclus-je gauchement. Il reste trois ou quatre heures jusqu'à l'aube.

Je retournai au rempart, où le père Willibald me tendit un crucifix sculpté dans un fémur de bœuf.

– Désires-tu la bénédiction de Dieu ? me demanda-t-il.

– Ce que je désire, mon père, dis-je, c'est votre cape. (Il portait une belle cape de laine teinte en brun et munie d'une capuche. Il me la donna et je la nouai sur mes épaules, dissimulant ainsi ma cotte de mailles trop brillante.) Et à l'aube, mon père, continuai-je, je veux que vous restiez ici. Les berges de la rivière ne sont pas pour les prêtres.

– Si des hommes y meurent, répliqua-t-il, c'est là-bas qu'est ma place.

– Vous voulez aller au paradis demain matin ?

– Non.

– Alors, restez ici.

L'inquiétude m'avait fait parler plus durement que je ne le voulais. Puis vint le moment du départ, car, malgré la nuit encore noire, j'avais besoin de temps pour passer les lignes danes. Leofric m'accompagna jusqu'au flanc nord de Cynuit, qui était plongé dans l'ombre. Je lui confiai mon bouclier.

– Je n'en ai point besoin, dis-je. Il ne ferait que m'encombrer.

– Tu es un insolent coquin, Bout-de-Cul. Le sais-tu ?

– Est-ce mal ?

– Non, mon seigneur, répondit Leofric, plaçant grande louange dans ce mot. Dieu soit avec toi, ajouta-t-il. Quel qu'il soit.

Je portai la main à mon amulette et la glissai sous ma cotte de mailles.

– Accours avec tes hommes dès que tu vois les Danes rejoindre leurs navires.

– Nous serons prompts, promit-il. Si le marécage nous le permet.

J'avais vu des Danes traverser de jour le marais et j'avais remarqué que le sol était mou, sans être boueux.

– Tu pourras le traverser rapidement, estimai-je en ramenant le capuchon sur mon casque. Il est temps.

Leofric ne dit mot tandis que je me laissais tomber du haut du rempart dans le fossé. À présent, j'allais devenir une ombre qui marche. Mon rêve d'enfant devenait réalité, vie et mort. Je touchai la garde de Souffle-de-Serpent pour me porter chance et traversai le fossé. Je continuai à progresser, accroupi puis, à mi-chemin de la pente, je me couchai à plat ventre et rampai tel un serpent noir sur l'herbe, pouce par pouce, vers un espace entre deux feux mourants.

Les Danes sommeillaient. Je les voyais assis près des feux, et quand j'eus quitté l'ombre de la colline, le clair de lune fut suffisant pour me trahir dans la prairie broutée par les moutons. Mais je me déplaçais tel un fantôme, un spectre rampant, lentement, sans un bruit, telle une ombre dans l'herbe. Il leur aurait suffi de lever les yeux ou de se promener entre les feux, mais ils n'entendirent, ne virent ni ne soupçonnèrent rien. Cela me parut une éternité, mais je franchis leurs lignes sans jamais approcher un Dane à moins de vingt pas. Une fois le marécage atteint, des touffes d'herbes m'offrirent le couvert et je pus avancer plus vite dans la vase et l'eau peu profonde. Ma seule inquiétude fut provoquée par un oiseau que je dérangeai de son nid et qui poussa un cri en battant des ailes. Je sentis les Danes scruter l'obscurité, mais je restai immobile, aussi noir que l'ombre. J'attendis dans le silence, l'eau s'infiltrant sous ma cotte de mailles, tout en priant Hoder, le fils aveugle d'Odin et dieu de la nuit.

Veille sur moi, priai-je, regrettant de ne point lui avoir offert de sacrifice. Je songeai qu'Ealdwulf m'observait depuis les cieux et je me jurai qu'il serait fier de moi. Car je faisais ce qu'il avait toujours souhaité : j'allais porter le fer de Souffle-de-Serpent contre les Danes.

Je continuai derrière les sentinelles, vers l'endroit où étaient échoués les navires. Je poursuivis lentement, toujours à plat ventre, assez lentement pour que la peur s'empare de moi. Je sentais une crampe faire trembler ma cuisse, une soif inextinguible me gagner et mon ventre se nouer. Je ne cessais de toucher la garde de Souffle-de-Serpent, me remémorant les sorts que Brida et Ealdwulf avaient jetés à sa lame. *N'affronte jamais Ubba*, avait dit Ravn.

À l'est, le ciel était encore noir. Je rampais toujours, non loin de la grève, et je voyais la lune scintiller sur les vaguelettes de la Sæfern comme sur une plaque d'argent martelé. La marée montait et le rivage vaseux se rétrécissait. Je touchai encore la garde de mon épée, car j'étais tout près des cabanes où logeaient les gardes des navires. Ma cuisse trembla. J'avais la nausée.

Mais Hoder l'aveugle veillait sur moi. Les gardes n'étaient pas plus réveillés que leurs camarades au pied de la colline – pourquoi l'auraient-ils été ? Ils n'avaient à craindre aucun danger. En vérité, ils n'étaient là que parce que les Danes ne laissaient jamais leurs navires sans surveillance. Ils étaient immobiles, probablement endormis, et un seul garde faisait sa ronde entre les proues dressées.

Je me levai.

J'avais été une ombre qui marche, mais j'avais alors passé les lignes danes. Je défis les cordons de la cape, l'ôtai, essuyai la boue de ma cotte de mailles et marchai dans la vase. Arrivé auprès du plus proche navire, je jetai mon casque dans l'ombre et attendis que le seul Dane encore éveillé me découvre.

Et que verrait-il ? Un homme en cotte de mailles, un seigneur, un capitaine, un Dane. Je m'adossai à la proue du navire et levai les yeux vers les étoiles. Mon cœur battait, ma cuisse tremblait, et je songeai que si je mourais ce matin, au moins je retrouverais Ragnar. Je serais avec lui au Valhalla, même si certains prétendaient que les guerriers qui n'avaient pas péri à la bataille allaient au Niflheim, cet épouvantable enfer glacé des Norois où le serpent Faucheur-de-Cadavres rampe dans le givre pour ronger les morts. Mais, me disais-je, Ragnar ne pouvait qu'être en compagnie d'Odin. J'entendis alors les pas du Dane et le regardai en souriant.

– Fraîche matinée, lui dis-je.

– En vérité.

C'était un homme à la barbe grisonnante, manifestement étonné de me voir, mais sans méfiance.

– Tout est calme, dis-je en tendant le menton vers le nord, pour faire croire que j'avais parlé aux sentinelles de l'autre côté.

– Ils ont peur de nous.

– Ils ont bien raison. (Je feignis de bâiller et m'écartai du navire, comme pour m'étirer, puis je fis semblant de remarquer le casque posé sur le sol.) Qu'est-ce que cela ?

Il mordit à l'hameçon et se baissa pour examiner le casque. Au même instant, je dégainai mon couteau et l'enfonçai dans sa gorge en lui plongeant la tête dans l'eau afin de le noyer. Il lui fallut longtemps pour mourir, plus que je ne pensais. Les hommes sont difficiles à tuer. Il se débattit et je craignis que le bruit n'attire les gardes assis autour du feu le plus proche. Mais il était à une cinquantaine de pas de là, et les vaguelettes de la rivière étaient assez bruyantes pour couvrir son agonie. C'est ainsi que je le tuai, sans que personne n'en sache rien, hormis les dieux. Une fois son âme envolée, je retirai mon couteau, repris mon casque et retournai à la proue du navire.

Là, j'attendis que l'aube éclaire l'horizon de l'Estanglie. Le moment était venu.

Je gagnai d'un pas vif le plus proche feu de camp. Deux hommes y étaient assis.

– Tues-en un, chantonnai-je, puis deux et trois, puis quatre et cinq et encore d'autres. (C'était un chant de rameur dane que j'avais souvent entendu à bord de la *Vipère).* Vous allez bientôt être relevés, dis-je d'un ton jovial.

Ils me fixèrent sans comprendre. Ils ignoraient qui j'étais, mais tout comme ma première victime ils ne se méfièrent point, alors que je parlais leur langue avec un léger accent angle. Les Angles étaient nombreux dans les armées danes.

– Nuit calme, dis-je en me baissant et en prenant un tison enflammé dans le feu. Egil a oublié son couteau sur son bateau, expliquai-je.

Egil était un prénom assez répandu parmi les Danes pour ne pas éveiller leurs soupçons : ils me regardèrent m'éloigner, pensant sans doute que j'avais besoin de cette torche improvisée pour m'éclairer. Je passai devant les cabanes, saluai d'un signe de tête les hommes qui se reposaient devant un autre feu, et poursuivis mon chemin jusqu'au navire. Puis, tout en sifflotant avec insouciance, je gravis l'échelle appuyée à la proue, sautai à bord et longeai les bancs des rameurs. Je pensais trouver des hommes assoupis dans les bateaux, mais il était désert à l'exception des rats qui galopaient dans la cale.

Je m'accroupis et plaçai ma torche sous le tas de rames, mais, doutant que cela suffise pour y mettre le feu, je sortis mon couteau pour couper de petits copeaux de bois d'un banc. Quand j'en eus assez, je les jetai sur la flamme. Le feu commençait à prendre. J'en coupai d'autres et tisonnai le feu. Sur la rive, personne ne bronchait. Les flammes n'étaient pas assez hautes pour donner l'alerte, mais elles se propageaient et il ne me restait plus guère de temps : je rengainai mon couteau et enjambai le bastingage pour me laisser glisser dans la Pedredan, sans me soucier d'abîmer ma cotte de mailles ou mes armes. Une fois dans l'eau, je pataugeai vers le nord en me dissimulant derrière les poupes jusqu'au dernier navire, celui auprès duquel flottait encore le cadavre du premier garde. Une fois là, j'attendis.

Je crus que le feu s'était éteint. J'avais froid. Et pourtant, j'attendais toujours.

L'horizon s'éclaircit. Soudain, un cri furieux retentit. Je m'écartai de ma cachette et je vis les Danes se précipiter vers le bateau qui flambait. Je courus à leur feu abandonné, pris un autre tison et le jetai dans le second bateau. Les Danes étaient trop occupés à gagner le navire en feu à soixante pas de là pour me voir. Une corne sonna alors plusieurs fois, donnant l'alerte : les hommes d'Ubba allaient accourir depuis leur campement de Cantucton. Je jetai un dernier tison sur les bateaux et me brûlai la main en le glissant sous un tas de rames. Puis je repartis me cacher dans la pénombre d'une coque.

La corne sonnait toujours. Des hommes sortaient des cabanes, d'autres arrivaient du campement pour sauver la flotte. Les hommes d'Ubba venaient donc de tomber dans notre piège. Ils arrivaient en désordre, souvent sans armes, uniquement préoccupés d'étouffer les flammes qui léchaient les gréements et rougeoyaient sur la grève. Les Danes se servaient de leurs boucliers pour puiser de l'eau et la jeter sur le premier navire, mais un autre cri retentit et je compris qu'ils avaient aperçu Leofric. Il avait dû passer la première ligne de sentinelles et les massacrer, et il se trouvait maintenant dans le marais. Je sortis de ma cachette le long de la coque du bateau, et vis les hommes de Leofric arriver et une quarantaine de Danes prêts à les accueillir. Mais les Danes virent de nouveaux feux jaillissant des navires le plus au nord et furent saisis de panique devant ce double danger. La plupart étaient encore à une centaine de pas et je songeai que, pour l'heure, les dieux étaient avec nous.

Je sortis de l'eau. Lances et épées commençaient à s'affronter, mais Leofric avait l'avantage du nombre et l'équipage de l'*Heahengel* vint à bout de la poignée de Danes à coups d'épées et de haches. L'un des nôtres fut saisi de panique en me voyant, mais je lui criai mon nom et me baissai pour ramasser un bouclier dane. Les hommes d'Edor étaient derrière nous. Je leur ordonnai d'incendier d'autres navires pendant que les hommes de l'*Heahengel* formaient un mur de boucliers barrant l'étroite langue de terre. Puis nous avançâmes. Nous marchâmes vers l'armée d'Ubba : elle venait seulement de comprendre qu'elle était attaquée.

Nous étions une centaine et devant nous se dressait toute l'armée dane, désemparée. Je levai les yeux vers Cynuit et ne vis aucun signe des hommes d'Odda. *Ils allaient arriver,* me dis-je, *oui, certainement.* Leofric donna l'ordre de resserrer les boucliers et je dégainai Souffle-de-Serpent et Dard-de-Guêpe.

Le mur de boucliers. Mon père disait que c'était un endroit affreux. Il y avait combattu sept fois et avait trouvé la mort dans le dernier. *N'affronte jamais Ubba,* avait dit Ravn.

Derrière nous, les navires brûlaient, et devant nous une masse de Danes furieux hurlaient vengeance. C'est ce qui causa leur perte, car, au lieu de former correctement le mur, ils se ruèrent sur nous comme des chiens enragés, cherchant seulement à nous tuer, certains de nous vaincre puisqu'ils étaient des Danes et nous des Saxons. Nous nous préparâmes à l'affrontement et je vis un homme au visage couturé de cicatrices, hurlant, la bave aux lèvres, se précipiter sur moi. C'est alors que l'apaisement me gagna. Soudain, je ne sentis plus mon ventre se nouer ni mes muscles trembler : le calme magique de la bataille m'enveloppait. J'étais heureux.

Je n'avais point dormi. J'étais trempé. J'avais froid, mais soudain je me sentais invincible. Le calme de la bataille est une chose merveilleuse. Les nerfs cèdent, la peur se volatilise, tout est clair comme le cristal et l'ennemi n'a aucune chance, car il est trop lent. D'un coup de bouclier, je déviai la lance de mon adversaire, pointai ma spathe en avant et le Dane s'y embrocha. Mon bras vibra sous le choc tandis que la pointe s'enfonçait dans son ventre et, déjà, je la retournai et la ressortis en arrachant cuir, peau, muscles et tripes. Je sentis la chaleur du sang sur ma main glacée. Un autre homme s'avançait sur ma droite, assenant des coups de hache sur le bouclier de mon compagnon. Je n'eus aucune peine à le tuer d'un coup d'épée dans la gorge, et nous avançâmes. Une femme échevelée se rua sur moi en brandissant une lance et je lui donnai un violent coup de pied avant de lui écraser le visage du rebord de mon bouclier. Elle tomba en hurlant dans les braises et ses cheveux dénoués prirent feu comme petit bois.

– Formez le mur ! entendis-je crier dans les rangs des Danes.

Il faisait jour, à présent, et le soleil pointait à l'horizon. Les navires n'étaient plus qu'une fournaise. Une tête de dragon se dressait dans la fumée et ses yeux dorés étincelaient. Des mouettes criaient dans le ciel et un chien courait le long des navires en jappant. Un mât s'écroula, éparpillant des étincelles dans les airs. Je vis se dresser la bannière au corbeau, le triangle d'étoffe qui annonçait qu'Ubba était arrivé pour prendre part au carnage.

– Formez le mur ! criai-je. (C'était la première fois que je donnais cet ordre.) Le mur !

Il était temps de resserrer nos rangs. Bouclier contre bouclier. Devant nous, des centaines de Danes s'apprêtaient à nous submerger et je frappai de ma spathe sur le rebord d'acier de mon bouclier.

– Ils courent à la mort ! criai-je. Ils viennent répandre leur sang ! Ils se jettent sur nos lames !

Mes hommes poussèrent des vivats. Nous étions une centaine au début du combat, mais nous avions perdu une douzaine de nos compagnons ; l'ennemi était six fois plus nombreux. Leofric entonna le chant de bataille de Hegga, un chant de rameurs angles, rythmé et brutal, qui raconte une bataille menée par nos ancêtres contre ceux qui possédaient la terre avant notre venue. À présent, nous nous battions à nouveau pour cette terre et, derrière moi, j'entendis une voix solitaire murmurer une prière. Je me retournai et vis le père Willibald qui brandissait une lance. J'éclatai de rire devant sa désobéissance.

Rire dans la bataille. C'est ce que m'avait enseigné Ragnar. Je frappai Dard-de-Guêpe contre mon bouclier, dans un fracas qui couvrit les cris des Danes. Nous devions tenir jusqu'à l'arrivée d'Odda, mais je comptais sur Leofric pour résister sur le flanc droit, là où les Danes tenteraient de nous contourner en passant par le marécage. Le flanc gauche était sûr, car il côtoyait les navires.

– Boucliers ! braillai-je.

Nous resserrâmes nos rangs. Nous étions trop peu nombreux pour effrayer les Danes, ils n'avaient pas besoin de rassembler leur courage pour cette bataille : il leur suffisait de venir à nous.

Et c'est ce qu'ils firent. Rangs serrés, boucliers contre boucliers, la lumière du matin étincelant sur l'acier des armes.

Haches et lances furent les premières à pleuvoir. Notre premier rang se baissa derrière ses boucliers tandis que le second levait les siens au-dessus de nous. Les projectiles firent mouche, mais ne causèrent point de mal, puis j'entendis le cri de guerre des Danes, la peur m'effleura un instant, et ils furent sur nous.

Le fracas des boucliers résonna jusque dans ma poitrine, puis ce furent les cris de fureur, une lance entre mes chevilles, Dard-de-Guêpe brandie en avant, une hache sifflant au-dessus de moi. Les Danes hurlaient, poussaient, frappaient. Le premier mur à se rompre serait le premier à périr. Je savais que Leofric était débordé, mais je n'avais pas le temps de regarder ni de l'aider, car un homme à la joue arrachée s'acharnait sur mon bouclier à coups de hache, essayant de le fendre. Je baissai brusquement le bouclier, le prenant de court, et lui enfonçai Dard-de-Guêpe en plein visage. Elle racla un os, le sang jaillit. Il vacilla, mais les hommes qui le suivaient le remirent d'aplomb. Cette fois, Dard-de-Guêpe lui trancha la gorge et le sang s'échappa en bouillonnant de son gosier. Il tomba à genoux et l'homme qui le suivait lança son javelot qui se ficha dans mon bouclier. Les Danes poussaient toujours, mais le mort les gênait et mon adversaire trébucha sur son corps. Les Danes ne cessaient de déferler et nous de reculer, brisant nos lignes, car d'autres nous débordaient depuis le marais.

Je sentais la chaleur des flammes et crus que nous allions mourir là, l'épée à la main. Nous n'étions qu'une masse indistincte et haletante d'hommes qui distribuaient coups de haches et d'épées, saignaient et mouraient. C'est alors qu'Odda arriva.

L'ealdorman avait attendu que les Danes soient rassemblés sur la berge, attendu qu'ils se bousculent dans leur empressement à nous tuer. Alors il avait lancé ses hommes et ils avaient fondu sur eux comme la foudre, armés d'épées, de haches, de faucilles et de lances. Les Danes poussèrent un cri d'alarme en les voyant et je sentis aussitôt la poussée faiblir, alors que leurs derniers rangs se retournaient pour affronter cette nouvelle menace. J'enfonçai Dard-de-Guêpe dans l'épaule d'un homme, profondément, jusqu'à l'os, mais il se dégagea et m'arracha mon arme. Je dégainai Souffle-de-Serpent et criai à mes hommes d'abattre ces gueux. La journée nous souriait et Odin nous donnait la victoire.

Ravn m'avait dit que seul un homme sur trois ou peut-être quatre est un véritable guerrier et que les autres ne se battent qu'à contrecœur, mais je devais apprendre que seul un homme sur vingt aime vraiment la bataille. De tels hommes sont les plus dangereux, les plus habiles, ceux qui fauchent les âmes et qu'il faut craindre. J'étais de ceux-là, et ce jour-là, près de la rivière qui charriait le sang dans la marée montante, le long des navires en flammes, je laissai Souffle-de-Serpent chanter sa chanson de mort. Je me rappelle peu de choses en dehors de la furie, de l'exultation et du massacre. C'était le moment que célèbrent les scaldes, le cœur de la bataille qui mène à la victoire ; les Danes s'étaient crus victorieux, alors que la *fyrd* du Defnascir s'abattait sur eux comme l'orage.

– En avant ! criai-je.

– Pour le Wessex ! beugla Leofric. Pour le Wessex !

De sa hache tournoyante, il abattait les hommes, dégageant l'équipage de l'*Heahengel* des navires incendiés.

Les Danes reculaient et essayaient de nous échapper. D'autres fuyaient vers les navires encore intacts et les poussaient dans les vagues, mais Ubba se battait toujours. Telle était sa volonté, telle était sa rage ardente, que le nouveau mur tint bon. Nous le heurtâmes avec force, le criblâmes de coups d'épées, de lances et de haches, mais de nouveau la place nous manquait, nous ne faisions que pousser en haletant. Cette fois, pourtant, ce furent les Danes qui reculèrent, pas à pas, tandis que les hommes d'Odda les accablaient d'un déluge d'acier.

Mais Ubba tenait bon sous la bannière au corbeau. Il ne cherchait plus désormais qu'à sauver hommes et navires. Six navires danes ramaient déjà vers la Sæfern et d'autres se remplissaient d'hommes. Je hurlai à mes troupes de forcer, mais la place nous faisait défaut et sur ce sol gluant de sang nous ne pouvions que frapper par-dessous les boucliers qui nous résistaient, tandis qu'à l'arrière nos blessés s'échappaient en rampant.

C'est alors que, dans un rugissement de rage, Ubba trancha dans nos lignes avec sa grande hache de guerre. Je me rappelais l'avoir vu agir de même à la bataille près du Gewæsc, l'avoir vu se fondre dans les rangs de l'ennemi et le faucher. L'immense lame tournoyait et faisait le vide autour d'elle. Nous reculâmes et les Danes suivirent Ubba qui semblait déterminé à gagner ce combat tout seul. La folie de la bataille l'avait gagné, il oubliait les runes. Ubba écrivait sa légende et les Danes se massèrent derrière lui. À présent, il menaçait de percer nos défenses. Je reculai et le rejoignis. Je criai son nom, le traitai de fils de chèvre et d'étron. Il se retourna, le regard flamboyant.

– Petit bâtard morveux, gronda-t-il.

Devant moi, les hommes s'écartèrent pour le laisser passer, sa cotte de mailles ruisselant de sang, son bouclier ébréché, son casque cabossé et sa hache pourpre.

– Hier, criai-je, j'ai vu un corbeau tomber.

– Petit menteur, dit-il en brandissant sa hache.

Je parai de mon bouclier et ce fut comme un coup de bélier. Il retira sa lame qui en arracha un grand morceau de bois, me laissant voir le jour.

– Un corbeau, repris-je, tombant d'un ciel clair.

– Fils de putain ! dit-il en abattant de nouveau sa hache.

Je parai de nouveau en vacillant, et la fente s'agrandit.

– Il a prononcé ton nom en tombant, poursuivis-je.

– Ordure d'Angle, cria-t-il en frappant une troisième fois.

Je reculai et brandis Souffle-de-Serpent pour tenter de lui trancher la main, mais il était rapide, vif comme un serpent, et il la retira juste à temps.

– Ravn m'a dit que je te tuerais, continuai-je. Il l'a prédit. Lors d'un rêve dans la fosse d'Odin, dans le sang, il a vu la bannière au corbeau tomber.

– Menteur ! cria-t-il en se jetant sur moi, bouclier contre bouclier, de tout son poids et de toute sa force. Je tins bon et je bondis en arrière avant que sa hache ne s'abatte sur mes jambes, puis je m'élançai de nouveau, pointant Souffle-de-Serpent sur sa poitrine. Sa cotte de mailles l'arrêta. Il porta un nouveau coup de hache en essayant de me fendre en deux de l'entrecuisse au cœur, mais mon bouclier en lambeaux l'arrêta.

– Trois frères, le narguai-je. Tu es le seul encore en vie. Salue de ma part Ivar et Halfdan. Dis-leur qu'Uhtred Ragnarson t'envoie les rejoindre.

– Bâtard ! hurla-t-il en s'avançant et en faisant tournoyer sa hache.

Il visait ma poitrine, mais le calme de la bataille m'avait de nouveau envahi, et la peur s'était envolée. Je projetai ce qui restait de mon bouclier pour parer son coup, sentis la lourde lame s'y enfoncer et le lâchai. Il se retrouva avec des débris de métal et de bois au bout de sa hache et je pus alors le frapper. Une fois, deux fois, tenant Souffle-de-Serpent à deux mains, de toutes les forces gagnées sur le banc de nage de l'*Heahengel*. Je le fis reculer, et il glissa. Profitant de son déséquilibre, j'enfonçai Souffle-de-Serpent au creux de son coude et son bras retomba, inerte, privé de toute force. Souffle-de-Serpent revint à la charge et lui entailla la bouche. Je hurlais. Du sang ruisselait sur sa barbe, et il sut alors qu'il allait rejoindre ses frères au séjour des morts. Cependant, il ne renonça pas. Mais j'étais trop rapide, j'exultais, et je le frappai au cou. Il tituba, du sang ruisselant sur son épaule et sa poitrine.

– Attends-moi au Valhalla, mon seigneur, dis-je.

Il tomba à genoux sans me quitter des yeux. Il voulut parler, mais aucun son ne sortit de ses lèvres et je lui assenai le coup de grâce.

– Achevez-les ! cria Odda.

Les Angles qui avaient assisté au duel poussèrent un cri de triomphe et se précipitèrent sur l'ennemi en proie à la panique, qui cherchait à regagner les navires. Pendant ce temps, les femmes de Cynuit avaient envahi le camp dane et tuaient et pillaient.

Je m'agenouillai auprès d'Ubba et refermai son poing inerte sur le manche de sa hache.

– Va au Valhalla, mon seigneur.

Il n'était pas encore mort, mais il agonisait, car mon dernier coup d'épée lui avait transpercé la gorge. Il frissonna soudain, un râle s'échappa de sa gorge et je lui maintins la main serrée sur sa hache tandis qu'il mourait.

Une douzaine de navires s'échappèrent, tous remplis de Danes, mais le reste de la flotte d'Ubba était à nous. Ce jour nous avait apporté la victoire, et Willibald, sa lance rougie de sang, dansait de joie.

Nous prîmes chevaux, or, argent, prisonniers, femmes, armes, vaisseaux et cottes. J'avais combattu dans le mur de boucliers, et j'avais vaincu.

Odda avait été blessé à la tête d'un coup de hache qui lui avait percé le casque et fendu le crâne. Il vivait encore, mais il avait les yeux révulsés, le teint blême, le souffle court et le visage couvert de sang. Des prêtres le veillèrent et prièrent dans l'une des petites cabanes. Peut-être m'entendait-il, aussi j'écartai deux des prêtres, m'agenouillai à son chevet et le remerciai d'avoir vaincu les Danes. Son fils, indemne, son armure intacte, m'observait depuis un coin sombre.

Je me relevai. Mon dos et mes bras me faisaient mal.

– Je pars à Cridianton, dis-je au jeune Odda.

Il haussa les épaules, comme s'il s'en moquait. Je passai la porte en baissant la tête.

– Ne pars point à Cridianton, me dit Leofric qui m'attendait.

– Ma femme s'y trouve. Et mon enfant.

– Alfred est à Exanceaster, répondit-il.

– Et alors ?

– Alors, l'homme qui lui annoncera la victoire en remportera tout le mérite.

– Vas-y, en ce cas.

Les prisonniers danes voulaient enterrer Ubba. Déjà, la grande hache de guerre que je lui avais mise dans la main avait disparu. J'en fus marri, car je la voulais, mais je souhaitais qu'Ubba soit lui aussi bien traité et je laissai les prisonniers creuser sa tombe. Odda le Jeune n'osa s'y opposer, il laissa les Danes enterrer leur chef et ériger un tumulus sur son corps afin d'envoyer Ubba rejoindre ses frères au séjour des morts.

Quand tout fut accompli, je partis dans le Sud avec une vingtaine de mes hommes, tous montés sur des chevaux pris aux Danes.

J'allais retrouver ma femme, et connaître mon fils Uhtred.

Aujourd'hui, bien longtemps après la bataille de Cynuit, j'ai à mon service un joueur de harpe. C'est un vieux Gallois aveugle, mais fort doué, qui chante souvent les légendes de ses ancêtres. Il aime à chanter celle d'Arthur et Guenièvre, narrer comment Arthur massacra les Angles, mais il prend soin de ne point me laisser entendre ces chants et préfère me louer, moi et mes batailles, avec d'excessives flatteries, en chantant les œuvres de mes poètes, qui m'appellent Uhtred le Fort d'Épée, Uhtred le Donneur de Mort ou Uhtred le Bienveillant. Parfois, je le vois sourire tout seul tandis que ses doigts courent sur les cordes et j'ai plus de sympathie pour cet homme sceptique que pour les poètes qui ne sont qu'une horde de flatteurs hypocrites.

Mais en l'an 877, je n'avais nul poète à mon service ni joueur de harpe. J'étais un jeune homme ébloui par le mur de boucliers, qui empestait le sang et filait vers le Sud. Pourtant, et j'ignore pourquoi, alors que nous franchissions les collines et les bois du Defnascir, je songeai à une harpe.

Tout seigneur possède une harpe en son château. À Bebbanburg, j'étais intrigué par les cordes qui jouaient comme seules. Il suffisait d'en toucher une pour que les autres frémissent et résonnent.

– Alors, on perd son temps, mon garçon ? avait dit mon père un jour que j'étais accroupi près de la harpe.

Sans doute le perdais-je, mais en ce printemps de l'an 877 je me rappelai la harpe de mon enfance et le frisson de ses cordes. Je songeais à Ragnar le Jeune et me demandais s'il était encore en vie, si l'assassin de sa famille, Kjartan, vivait encore, et sinon, comment il était mort. Penser à Ragnar me rappela Brida, et son souvenir fit surgir l'image de Mildrith puis celles d'Alfred et de son aigre épouse, Ælswith, et de tous ces êtres séparés qui peuplent ma vie, ces cordes qui vibrent sur la harpe qu'est Uhtred, et qui ensemble chantent la musique de ma vie.

Sottes pensées, me dis-je. La vie n'est que la vie. Nous vivons, nous mourons, nous allons dans le séjour des morts. Il n'y a nulle musique, rien que le hasard. Le destin ne renonce jamais.

– À quoi penses-tu ? me demanda Leofric alors que nous chevauchions à travers une vallée parsemée de fleurs roses.

– Je croyais que tu allais à Exanceaster.

– J'y vais, mais je t'accompagne d'abord à Cridianton. Où allaient tes pensées ? Tu es aussi lugubre qu'un prêtre.

– Je pensais à une harpe.

– Une harpe ! répéta-t-il en riant. Tu as la tête pleine de sottises.

– Touche une harpe. Elle fera simplement du bruit. Mais joues-en, et elle fera de la musique.

– Par le Christ ! fit-il en me regardant d'un air soucieux. Tu es pire qu'Alfred. Tu penses trop.

Il avait raison. Je voulais discerner une trame dans les fils de la vie. J'ai fini par en trouver une, et elle n'a rien à voir avec quelque dieu que ce soit, mais avec les gens. Ceux que l'on aime. Mon joueur de harpe a raison de sourire lorsqu'il chante que je suis Uhtred le Généreux, Uhtred le Vengeur ou Uhtred le Faiseur de Veuves, car il est vieux et il a appris ce que j'ai appris : que je ne suis en réalité qu'Uhtred le Solitaire. Nous le sommes tous, et chacun de nous cherche une main dans les ténèbres. Ce n'est pas la harpe qui joue, mais la main qui la touche.

– Tu finiras avec la migraine, à trop penser, me dit Leofric.

– Bout-de-Cul, répondis-je.

Mildrith était saine et sauve. Elle n'avait point été violée. Elle pleura en me voyant, et je la pris dans mes bras en m'émerveillant de tant l'aimer. Elle me confia qu'elle me croyait mort et qu'elle avait prié son dieu pour qu'il m'épargne, puis elle me mena à la chambre où dormait notre fils dans ses langes. Pour la première fois, je contemplai Uhtred, fils d'Uhtred, et je priai pour qu'un jour il devienne le seul propriétaire des terres précisément bornées de pierres et de digues, de chênes et de frênes, par les marais et par la mer. Ces terres sont encore miennes. Elles ont été achetées par le sang de notre famille, et je les reprendrai à celui qui me les a volées afin de les donner à mes fils. Car je suis Uhtred, le comte Uhtred, Uhtred de Bebbanburg, et la destinée est tout.

NOTE HISTORIQUE

Alfred est le seul monarque de l'histoire d'Angleterre a avoir eu l'honneur d'être appelé « le Grand ». Ce roman, ainsi que les suivants que j'ai l'intention d'écrire, essaie de montrer ce qui lui a valu ce titre.

Bien évidemment, Uhtred figurera tout au long de cette histoire. Mais elle est centrée sur Alfred, qui était un roi très pieux et fréquemment malade. Selon une théorie récente, il aurait souffert de la maladie de Crohn, qui provoque des douleurs abdominales aiguës ainsi que des hémorroïdes chroniques, détails mentionnés dans un ouvrage rédigé par l'évêque Asser. Une controverse existe actuellement sur son authenticité : cette *Vie d'Alfred* a-t-elle réellement été écrite par Asser, ou bien est-ce un faux, composé un siècle après la mort du souverain ? Je n'ai pas qualité pour juger des arguments des universitaires, mais, même s'il s'agit d'un faux, il exhale un parfum de vérité.

Certains lecteurs seront peut-être déçus que les Danois soient appelés Danes, Norois ou païens dans ce roman, et plus rarement Vikings. Car le mot *Viking*, d'ailleurs, décrit plus une activité qu'un peuple ou une tribu. « Faire viking » signifie piller, et les Danois qui combattirent l'Angleterre au IXe siècle, bien qu'étant indubitablement des pillards, étaient avant tout des envahisseurs et des occupants. Une imagerie pittoresque leur est attachée, tout particulièrement l'atroce supplice appelé aigle déployé, dans lequel les côtes de la victime étaient écartées pour exposer poumons et cœur. Il semble qu'il s'agisse d'une invention tardive. Il en est de même du casque à cornes dont il n'existe absolument pas la moindre preuve. Les guerriers vikings étaient bien trop sensés pour affubler leurs casques de telles protubérances qui auraient facilité la prise.

L'attaque des Danois sur les églises est bien attestée. Les envahisseurs n'étaient pas chrétiens et ne voyaient donc pas de raison d'épargner les églises, monastères et couvents, notamment ceux qui contenaient de considérables trésors.

Ivar le Sans-Os, Ubba, Halfdan, Guthrum, les différents rois, Æthelwold le neveu d'Alfred, Odda et tous les ealdormen dont l'initiale est Æ (lettre disparue autrefois appelée « ash ») ont existé. Il n'est pas certain que le roi Edmond d'Estanglie soit mort comme il est raconté ici, bien qu'il ait été avec certitude tué par les Danois.

Ragnar et Uhtred sont des personnages de fiction, bien qu'une famille portant ce nom ait régné sur Bebbanburg (actuellement connu sous le nom de château de Bamburgh) au cours de la période anglo-saxonne, et comme cette famille fait partie de mes ancêtres j'ai décidé de leur attribuer ce lieu magique. La plupart des principaux événements ont réellement eu lieu : l'assaut d'York, le siège de Nottingham et l'attaque des quatre royaumes. Tous sont attestés dans *La Chronique anglo-saxonne* ou dans *La Vie du roi Alfred* d'Asser, qui constituent les principales sources de la période.

J'ai utilisé ces deux documents et également consulté bon nombre de textes mineurs. La vie d'Alfred est remarquablement documentée, certains des textes étant de la main d'Alfred lui-même ; malgré tout, je ne me suis pas privé de spéculer, comme il est du devoir des romanciers historiques.

Alfred a eu le mérite de sauver le Wessex des agressions danoises. Son fils Édouard, sa fille Æthelflæd et son petit-fils Æthelstan achevèrent ce qu'il avait entrepris de créer, une entité politique qu'ils appelèrent Englaland. À une époque aussi troublée, où les royaumes anglais frôlaient périlleusement l'extinction, il a construit un rempart qui a protégé la culture anglo-saxonne et lui a permis de survivre. Mais cette histoire est loin d'être terminée et Uhtred partira de nouveau en campagne.

GLOSSAIRE

L'orthographe des noms de lieux dans l'Angleterre anglo-saxonne était incertaine. Londres était ainsi appelée Lundonia, Lundenberg, Lundenne, Lundene, Lundenwic, Lundenceaster et Lundres. J'ai généralement observé l'orthographe donnée dans l'*Oxford Dictionary of English Place-Names*, bien que cette solution ne soit pas infaillible.

Je n'ai pas non plus fait toujours preuve de cohérence : j'ai préféré le terme moderne d'Angleterre à l'ancien Englaland et, au lieu de Norðhymbralond, utilisé Northumbrie. C'est pourquoi cette liste, tout comme les graphies, est capricieuse.

Anglie	Angleterre.
Baðum	Bath.
Blaland	Afrique du Nord.
Cornwalum	Cornouailles.
Dalriade	Écosse Occidentale.
Eoferwic	York.
Haithabu	Hedeby, ville marchande du sud du Danemark.
Norses	Norvégiens.
Pictie	Écosse Orientale.
Sviars	Suédois.
Temse	Tamise.
Wiht	Île de Wight.

Composition PCA
44400 – Rezé

Dépôt légal : juin 2006
ISBN : 2-7499-0493-5

Achevé d'imprimer par Corlet, Imprimeur, S.A. - 14110 Condé-sur-Noireau
N° d'Imprimeur : 91935 - Dépôt légal : juin 2006 - *Imprimé en France*